中国海洋大学"985工程"

海洋发展人文社会科学研究基地建设经费资助

# 文学研究的恒与变

## 中国现当代文学采薇集

徐妍 著

中国社会科学出版社

图书在版编目（CIP）数据

文学研究的恒与变：中国现当代文学采薇集/徐妍著 . —北京：
中国社会科学出版社，2016. 10
ISBN 978 - 7 - 5161 - 9135 - 4

Ⅰ.①文… Ⅱ.①徐… Ⅲ.①中国文学—现代文学—文学研究②中国文学—
当代文学—文学研究 Ⅳ.① Ⅰ 206.6

中国版本图书馆 CIP 数据核字（2016）第 252546 号

---

出 版 人　赵剑英
责任编辑　刘　芳
特约编辑　孔　岳
责任校对　郝阳洋
责任印制　李寡寡

---

出　　　版　中国社会科学出版社
社　　　址　北京鼓楼西大街甲 158 号
邮　　　编　100720
网　　　址　http://www.csspw.cn
发 行 部　010 - 84083685
门 市 部　010 - 84029450
经　　　销　新华书店及其他书店

---

印刷装订　北京君升印刷有限公司
版　　　次　2016 年 10 月第 1 版
印　　　次　2016 年 10 月第 1 次印刷

---

开　　　本　710×1000　1/16
印　　　张　17
字　　　数　261 千字
定　　　价　65.00 元

---

# 自　序

　　本书是笔者2000—2014年写作且公开发表过的论文结集。这意味着本书无法剥离于新世纪中国的学术语境。特别是，由于中国现当代文学学科一直葆有介入现实的学科属性，新世纪以后的中国现当代文学学科无论是在方法论上的选取，还是在学术立场上的选择，都与中国社会一道发生了诸多变化。本书同样也会以这样或那样的方式与复杂多变的新世纪中国社会产生某种关联。

　　新世纪以来，中国社会由20世纪90年代市场化的初始期进入全球化背景下改革开放的"深水区"。中国知识界的左、右翼自1998年公开分化演变为新世纪"新左派"与"公共知识分子"两大阵营的对峙。思想史研究由此成为"新世纪"中国现当代文学学科的主流学术范式之一种，并居于新世纪中国现当代文学学科的中心地位。与此同时，自90年代就倡导"思想淡出，学术凸显"的学院知识分子在新世纪以来选取了以退守学术岗位、回到历史现场的文学史研究范式，既为中国现当代文学学科确立了次主流研究范式，又在中国现当代文学学科中居于"副中心"地位。而且，这两种主流研究范式具有共同之处：主张历史非本质论和文学非本质论，选取由"外"到"内"的研究路径。进一步说，它们或者重点研究文学的思想史价值或者重点研究文学的文学史价值，以思想、历史等文学的"外部"要素来裁定文学的意义，以此介入并回应新世纪中国社会的各种变化。应该说，这两种主流研究范式对新世纪中国现当代文学学科的推进确实非常有效，其成为新世纪中国现当代文学学科的"主流"研究范式自有道理。但是，如果中国现当代文学学科完全选取这两种主流研究范式，也会存在不小的问题。最不可忽视的问题是：新世纪中国现当代文学学科存在的"丢弃文学本体"和"解构审美本质论"的现象就与这两种主流范式几乎一统"天下"不无关系。在此学术格局下，即便仍有中国现当代文学研究者坚持"历史本质论"和"文学本质论"，坚持从"内"到"外"的研究方法（即思想研究和历史研究等文学"外部"研究要以文学"内部"的审美研究为前提），也不过是"第三等"的居于中国现当代文学学科边缘位置的"非主流"研究。

在新世纪中国现当代文学研究界如此心照不宣地划分学术研究等级的背景下，作为一位历史循环论者和审美本质论者，笔者所持的文学研究观念依旧是：无论历史如何在循环中演变，文学研究和文学批评的一切研究范式都应以对文学本体的审美性为恒定基点。由"外"到"内"或由"内"到"外"的研究路径都不应逾越文学的审美性。思想、历史、政治、经济、文化等文学"外部"要素即便催生了中国现当代文学的内容和形式，即便影响了中国现当代文学史的走向，中国现当代文学研究也要依据文学本体的审美特质来做出基本的分析和判断。文学本体绝不是文学研究和文学批评为了确立某个预设的立论，或为了支持某种预设的立场而被绑架或被架空的对象。文学本体更不是被"大文化批评""拘来面前为神话学、社会学、政治学、历史学、伦理学以及各种主义作注解而已"①。当然，"历史（尤其是 19 世纪意义上的历史）以一种重复的形式延续，但重复总是在昭示着差别"②。中国现当代文学史也不是任何时段的历史的必然

---

① 曹文轩：《质疑"大文化批评"》，《天涯》2003 年第 5 期。
② 汪晖：《去政治化的政治——短 20 世纪的终结与 90 年代》，生活·读书·新知三联书店 2008 年版，第 2 页。

性延伸，新世纪中国现当代文学研究也不可能简单地沿用既定的研究范式就可以处理我们所面临的文学中的新问题。如"全球化""底层写作""青春文学""网络写作""重读鲁迅""城市文学"、《读书》杂志换帅事件等。但如果新世纪中国所出现的文学新问题不隶属于文化学、政治学、社会学、历史学、经济学、伦理学、传媒学等范畴，而隶属于文学范畴，就应该以文学本体的审美研究为出发地和归属地。概言之，思想文化等范畴的问题固然可以选用文化学、政治学、社会学、历史学、经济学、伦理学、传媒学的研究方法，但如果是文学范畴的问题，就不应丢弃文学本体的审美研究。非但不应丢弃，反而应将文学本体的审美研究视为新世纪中国现当代文学学科的恒定的研究范式，更不该在各有分工的研究范式之间，建立一种所谓的等级制。如果对于一位作家而言，一个细节的设计，一种语体的创立，具有与思想和历史同等的作用，那么对于一位文学研究者而言，一个细节的解读，一种美感形态的研究，也应与思想研究和历史研究同等重要。

的确，在思想史研究与文学史研究这两种主流研究范式日渐与边缘的审美研究相分离的总体态势下，思想史论者与文学史论者固然从思想或历史的纵深层面抓住了中国现当代文学的思想特征，但不必讳言，思想史论者与文学史论者的目光主要聚焦于中国现当代文学的思想世界或历史世界，而不是其本体世界。而况，只有少数具有原创力的思想史论者与文学史论者可以超越思想、历史与文学本体之间的边界，往返于文学的"外部"世界与"内部"世界，而相当多的研究者则投身于思想史生产与文学史生产的学术大生产的潮流之中。

正是基于对文学本体的审美价值的坚持，本书所收录的论文无论是鲁迅研究，还是中国现当代作家作品研究，或是中国青春文学研究和中国儿童文学研究，都是以文学本体的审美世界为主要关怀对象，以"美感形态"与"历史演变"的关系为研究主线，讨论的多是新世纪以来"去文学本体"和"解构审美本质论"的"主流"学术问题之外的"非主流"问题，即从美感形态的视角和审美本质论的文学观念出发，分析并解读鲁迅等中国现当代作家作品如何以多样性的美感形态参与中国社会历史的变化，为何在中国现当代文学史的演变中被经典化或有可能被经典化，以期从文学本体的审美世界来重读中国现当代文学的文学史意义。

《"二十世纪中国文学"总体美感的阐释误读——以现当代文学史中古典形态作家作品为中心》一文是对"二十世纪中国文学"这一中国现当代文学的重要概念的重新读解。该文从对"二十世纪中国文学"这一文学史观反思的角度切入，主要论述了"悲凉"作为"二十世纪中国文学"总体美感特征的合理性和有限性，同时论证了美感形态与20世纪中国文学历史演变之间的内在关系。《从放逐到消亡：新时期以来文学批评的内在尺度——美感》一文从文学批评观的角度切入，梳理并辨析了美感这一文学批评的内在尺度如何在新时期至新世纪的历史演变中由被放逐，被误读，乃至被遗弃的一波三折的命运。如果说这两篇论文只是对中国现当代文学轻视审美研究的"主流"文学观与文学批评观进行整体反思，那么自选集中的多篇论文则是在审美本质论的文学观和批评观的观念下对中国现代作家作品论进行个案解读。《鲁迅小说："启蒙"如何内在化于"美感"》将鲁迅小说放置在中国现代历史演变中，从美感的视角，将"外部"研究与"内部"研究结合起来，重读鲁迅小说的启蒙与美感之间的内在关系，进而论证鲁迅小说为何与如何为中国现代小说确立了经典美感形态。《"张腔张调"与"张看"：张爱玲四十年代小说美感论》一反张爱玲小说"去历史化"的观点，而是通过张爱玲20世纪40年代小说浮华与苍凉的美感形态解读了另一种历史叙事的可能性。《顽皮的飞鸟与寂寞的落红——萧红小说中的女儿性》是笔者甚为"得意"之作。笔者不仅得意于提出了"女儿性"这一概念，而且得意于实践了以直觉批评与文学史批评相结合的批评方法，发现了萧红小说特异的美感形态。

在美感形态与历史演变的关系所关涉的问题中,鲁迅小说《故乡》《社戏》所开创的中国古典主义文学流脉如何实现中国文学的现代性转换,如何以现代性反思的方式实现其自身的现代性,是本书所讨论的主要问题。除了前述三篇文章《"二十世纪中国文学"总体美感的阐释误读——以现当代文学史中古典形态作家作品为中心》《从放逐到消亡:新时期以来文学批评的内在尺度——美感》和《鲁迅小说:"启蒙"如何内在化于"美感"》都以中国古典主义美感形态在中国现当代文学历史演变中被误读的命运为例,反思了中国现当代文学美感形态的多样性被压抑与被忽视的历史原因与现实原因之外,《曹文轩小说:坚守记忆并承担责任》和《巧置新用的江湖叙事:徐则臣小说的别一种读法》既是作家论,也是中国古典主义美感形态在历史演变中恒在的典型范例。

需要说明的是,本书之所以不合时宜地将对文学本体的审美研究视为文学研究与文学批评的基点,固然是因为笔者对审美本质论的坚持,但更是因为审美研究在新世纪以来中国现当代文学研究中被严重漠视。新世纪以来,文化研究与文化批评一夜爆红,霸气地取代了20世纪80年代中期叙事学和新批评所引发的、昙花一现的文本细读,中国现当代文学研究的审美鉴赏力和审美判断力严重受挫。尽管中国现当代文学研究者大多对自身的审美鉴赏力和审美判断力自信满满,但笔者在阅读了那些以立场预设替代文学本体研究的过度阐释后还是对此深表怀疑。此外,笔者坚持审美本质论,并非囿于中国现当代文学学科的需要,也并非沉迷于文学的"小审美"而自得其乐,而是更着力于在文学的"大审美"中获得提升新世纪中国读者审美素质的一种可能性。

当然,除了"审美形态"与"历史演变"关系的研究主线,本书同时关注如下副线:新世纪以来多变、复杂的文化背景下中国当代知识界的思想分化与转变问题及以"80后"为主力军的青少年写作现象的文化意义与文学意义。此外,中国儿童文学观念的现代源起与今日新变也是本书研究与批评的对象。

需要对本书的"体例"和题名做一说明。本书依循笔者的四个研究方向（鲁迅研究、现当代作家作品研究、青春文学研究、儿童文学研究）为外部结构，每一方向"略举数篇"以为体例。本书更选取"美感形态"与"历史演变"为内部结构，以期表达笔者对中国现当代文学研究的观念与立场，并提取为本书的题目。"文学研究的恒与变"作为本书的主题，恰是笔者所认定的文学研究观念和立场。"中国现当代文学采薇集"作为本书的副题，固然取自《诗经·小雅·采薇》篇，但更符合笔者对本书的期许和认知：基于笔者的功力和视角的限定，本书中的文章或许恰是那刚刚浮出水面的薇菜。

本书的编选让我有机会回头打量自己在新世纪以来所行走的学术之路。我再一次清楚地认知：命运中诸多不可更改的要素虽然使得我很难做出大学问，但那些小学问——那些一个个与生命、与时代、与历史密切相关的小学问也足以让我有限的生命有所依托。而况，在这条路途上，我还能够有幸相遇到精神相通的同道。这样的人生，对我而言，足够快慰和充实。

本书收录的文章原本是散落在"各处"的孤单生命，如今聚拢在一起，合为一个共同的生命体，源自各种机缘。笔者除了感恩引导我走上学术之路的老师们的帮助和鼓励，感谢鼓励我、刊发我文字的编辑们，感谢与我学术文字相切相磋的朋友们的交流，还要感谢迄今我已供职了近十二年之久的中国海洋大学文学院领导、同事们的相助相扶，感谢安芳、刘芳编辑的辛勤劳作。如果缺失了其中任何的一个机缘，这本论文集都不可能在此时此刻汇合为"一体"。

徐　妍

2015 年 9 月 22 日星期二写于浮山居

# 目　录
## CONTENTS

## 现当代作家作品研究

### 文学史观与文学批评观研究

### 现当代作家作品研究

## 青春文学研究

## 儿童文学研究与批评

# 鲁迅研究

# 鲁迅小说："启蒙"如何内在化于"美感"

## ——鲁迅如何确立中国现当代小说的经典美感形态

虽然 20 世纪 80 年代中期鲁迅小说中的"悲凉"已经被文学史论者概括为"二十世纪中国文学"的"总体美感特征"①，但"悲凉"总体美感特征在被强调的同时，又覆盖了鲁迅小说的多样性美感特征。事实上，作为思想家型的文学家鲁迅，固然选取了以小说的方式进行思想启蒙，但一经进入小说世界，他的一切写作行动便会服从于小说的最高要义，即让多样性的小说美感形态内在化地承担启蒙。进一步说，鲁迅小说在悲凉总体美感特征的统摄之下开启了现代主义的峻急之美，接续了古典主义的舒缓之美，实验了暗合于后现代主义的戏谑之美，由此确立了中国现代小说的多样性美感形态。而且，鲁迅无论选取哪种美感形态，都始终葆有写实主义的真实之美。本文正是在学界笼统地将"悲凉"概括为鲁迅小说的总体美感特征的基础上，从美感的视角重读鲁迅小说如何探索了启蒙思想与美感形态的内在化关系，进而探讨鲁迅如何率先确立了中国现代小说的多样性、悖论性与有限性并存的美感形态。

---

① 钱理群、黄子平、陈平原：《论二十世纪中国文学》，《文学评论》1985 年第 5 期。

# 一 以现代主义的峻急美感承担启蒙之重

中国现代文学在整体上很明显地呈现出一种普遍性的美感特征——峻急。由于中国现代文学一面致力于形式的现代性探索，一面又承担着思想启蒙的使命，文本内部不能不充满了焦灼感。加上中国现代作家悬空的精神心理，缺少大块的时间思考、来不及精雕细刻的个人处境，一并生成了中国现代文学幽冷的色调、激昂的旋律、紧张的结构。而中国现代小说的峻急美感，就生成于中国现代文学的时代背景和作家的个人处境之中。鲁迅也毫不例外，而且率先确立了中国现代小说的峻急美感形态。

鲁迅小说中的峻急美感形态首先体现为峻急的叙事节奏。《狂人日记》不仅是"中国现代文学史上第一篇用现代体式创造的白话短篇小说"[1]，而且奠定了中国现当代文学史上峻急的叙事节奏。然而，如何将节奏掌控在现代主义的峻急美感的临界点上？这是现代主义小说的叙事难题。1919年，鲁迅在同友人谈起《狂人日记》时说："《狂人日记》很幼稚，而且太逼促，照艺术上说，是不应该的。"[2] 如果仅从小说的叙事节奏而言，鲁迅对《狂人日记》的评价应该说不是谦辞。《狂人日记》的节奏确实处于逼促之中，即一路任由峻急的节奏将人物和读者一并逼到绝境中。从开篇的"月光""赵家的狗"所渲染的阴冷、恐怖的氛围，到赵太翁、路人、小孩子等各方力量的联手，再到大哥、母亲、仆人、医生等家族力量的合谋，在为狂人布置了一个密不透风的罗网之时，也为读者设计了一个窒息之所。《狂人日记》之外，《药》《白光》《长明灯》和《明天》等都属于节奏峻急之作。《药》中的场景无论如何转换，小说的叙事节奏都步步紧

---

① 钱理群、温儒敏、吴福辉：《中国现代文学三十年》（修订本），北京大学出版社1998年版，第38页。

② 鲁迅书信《致傅斯年（1919年4月16日）》（未收入《鲁迅全集》），转引自《中学课本鲁迅小说汇释》，天津人民出版社1983年版。参见张梦阳编《中国鲁迅学通史》（上卷），广东教育出版社2001年版，第43页。

逼地将主要人物——革命者夏瑜和患病者小栓逼入死亡的绝境。至于《白光》《长明灯》和《明天》，所有的情节都是为了推进落榜秀才陈士成、"疯子"和宝儿或疯狂或死亡的进程。

如果说鲁迅小说中峻急的叙事节奏是为了表现社会现实、历史文化等外部因素如何将人物逼进绝境，那么鲁迅小说中峻急的心理辩难叙事则是为了表现心理、精神等内部要素如何对人物进行压迫。这种让人物在深渊中挣扎、厮杀、回旋、上升、坠落的跌宕起伏的心理叙事方式，既构成了鲁迅小说峻急的心理辩难叙事，也确立了中国现当代文学史上心理辩难叙事的经典方式。被钱理群评价为"最富有鲁迅气氛的小说"①的《在酒楼上》就是典型的属于峻急美感形态的心理辩难叙事。在这篇小说中，至少有两个声音同时并置，且始终进行峻急的心理辩难对话："我"作为叙述者以一种声音向"你"说话，而"你"作为受述者以另一个声音却向"我"反驳；"你"作为叙述者向"我"倾诉，"我"作为受述者向"你"进行自我辩难。由此，文本内部构成峻急的不可调和的心理矛盾冲突。《孤独者》同样极具心理辩难叙事之峻急——它抵达了人物心理的最幽深处。当小说主人公魏连殳在夜半审视自我世界时，倾听到的是自我灵魂碎裂时的巨大爆炸声。小说最具辩难色彩的语句是："我失败了。先前，我自以为是失败者，现在知道那并不，现在才真是失败者了。""……我已经躬行我先前所憎恶，所反对的一切，拒斥我先前所崇仰，所主张的一切了。我已经真的失败——然而我胜利了。"当鲁迅以咄咄逼人的现代主义者的目光撕裂了魏连殳们的分裂的自我时，幽冷语气中的反讽令人不寒而栗！比较《在酒楼上》和《孤独者》，《伤逝》中的心理辩难叙事注入了现代主义的诗性要素。《伤逝》从始至终，被一个个缠绕着罪与罚的强烈情感峻急的诗句所构成，将涓生抛上抛下，直到一无所值，孑然一身。例子不再多举，这三个短篇足以证明：心理辩难叙事的峻急美感形态使得鲁迅小说有一种将人物和读者一道吸入生命虚空之中的巨大力量。

---

① 钱理群：《"最富鲁迅气氛"的小说——读〈在酒楼上〉〈孤独者〉和〈伤逝〉》，《新高考·高二语文》2012 年第 3 期。

鲁迅小说的峻急美感还体现在峻急的人物塑造原则上。鲁迅小说中的人物形象大体有三类：一是典型化人物，如阿Q、闰土、祥林嫂、孔乙己、吕韦甫、魏连殳、子君、涓生等；二是类型化人物，如夏瑜、老栓、小栓、鲁四老爷、赵太爷、赵七爷、七大人、假洋鬼子、四铭、爱姑、杨二嫂、康大叔等；三是符号化人物，如大哥、妹子、母亲、医生、老五、六斤、七斤、九斤老太等。这三类人物有重叠的边界，但都是罗兰·巴特所说的"有效隐喻"。"按此隐喻，语言结构运作着，斗争着，而不是无所作为。"① 有效隐喻的"意指形式应当是充分复杂的"②。依据罗兰·巴特的观点，重读鲁迅小说的人物形象，便会发现：鲁迅小说中的人物形象正是经由鲁迅小说语言充分复杂的运作、斗争而生成。而且，这些人物的塑造原则固然符合写实主义典型化塑造人物的原则——注重人物在外部环境中性格渐变的叙事逻辑，也符合中国传统小说类型化和符号化的人物塑造原则——依据某种观念或理念以具象或抽象的人物塑造方式表现人物性格的共通性，但是更符合现代主义隐喻化塑造人物的原则——强调人物在心理世界中由忍耐到抵抗的峻急突变的叙事逻辑。但当忍耐达到极致时，人物形象随时峻急地变化为一种极致的抵抗而坠入死亡，或彻底放弃抵抗而成为"活死人"。阿Q、闰土、祥林嫂、孔乙己、吕韦甫、魏连殳、子君、涓生、爱姑等皆呈现了由"忍耐到极致"而转向或"抵抗到极致"或"放弃极致抵抗"的峻急突变的逆转。而就在人物形象由忍耐到抵抗或放弃抵抗的逆转瞬间，鲁迅小说常常产生出一种致使人物形象的不可摧毁之物被各方力量打击的沉重声响——锐利、冰冷、汹涌、有力。我们由此可以体味到鲁迅小说中人物形象塑造的峻急美感原则。但是，需要说明的是，鲁迅与一般的现代主义作家不同之处在于：他只是不再满足于写实主义或中国传统小说的塑造人物原则，但并不放弃写实主义与中国传统小说的人物塑造方法，只不过将其内化为由坚实细节所铺陈的底色。

鲁迅小说选取峻急美感形态，自然有其深意。在传统与现代转型的

---

① ［法］罗兰·巴特：《小说的准备》，李幼蒸译，中国人民大学出版社 2010 年版，第 188 页。
② 同上书，第 189 页。

"大时代"背景下，鲁迅试图借助西方现代主义的文学观念和叙事技术开创中国现代小说的新观念和新形式，由此承担启蒙主义的写作宗旨。这种选择，无论对于鲁迅而言，还是对于中国现代文学而言，其实都是一个有效却无奈的举措。为什么这样说？在传统文化的负面因素逐渐沦为扼杀中国人精神的压迫性力量时，鲁迅所开创的现代小说不仅要反叛传统文化，而且还要告别传统文学形式。而事实上，这是一条无所依傍的道路。引进西方的现代文化思想和西方现代主义文学形式，固然可以在一定程度上撼动中国社会固有的文化思维模式，确立中国现代小说的原型样式，但又注定要踏上文化精神的漂泊之乡、文学形式的悬空之地。因此，以鲁迅为中心的中国现代知识分子在悲壮地引进异域文化观念与文学形式之时，又心生悲凉之气。正是这种复杂的心态，使得鲁迅在小说世界中选取了现代主义的峻急美感承担了"立人"的启蒙思想之重。这样，鲁迅小说无论如何选取现代主义的峻急美感形态对中国历史、中国现实，以及国民性进行彻底批判，都不为过。无论如何评说鲁迅小说以峻急美感形态所承载的启蒙思想所具有的文学史意义，亦不为过。但是，启蒙思想作为"五四"文学革命的旗帜，究竟在多大程度上介入文学世界？启蒙思想是提升了文学还是背离了文学？这是个有争议的问题。为此，鲁迅小说中现代主义的峻急美感与启蒙思想充溢着悖论。笔者认同20世纪80年代文学界领军人物刘再复在多年后对文学的理解："把小说当成救国的工具或当成启蒙的工具，好像是'大道'，其实是'小道'。此时小说的语境只是家国语境、历史语境，并非生命语境、宇宙语境。文学只有进入生命深处，抒写人性的大悲欢，叩问灵魂的大奥秘，呼唤心灵的大解放，才是大道。"① 当然，鲁迅小说固然是从启蒙思想出发，但并未到启蒙思想为止，而是在超越了启蒙思想且深入人性深处的大悲欢中进行体察和拷问，这才是鲁迅小说所提供的"大道"。

---

① 刘再复：《红楼梦悟》，生活·读书·新知三联书店2006年版，第9页。

## 二 以古典主义的舒缓美感体味生命的自在之境

对于现代主义的峻急美感与启蒙思想之间的两难悖论，鲁迅有着深切的体验。所以，鲁迅一面始终抱着"启蒙主义"，认为做小说"必须是'为人生'，而且要改良这人生"①；一面又格外注重文体的锤炼，心仪于"文体家"的称谓，如鲁迅自己所说，"我做完之后，总要看两遍，自己觉得拗口的，就增删几个字，一定要它读得顺口；没有相宜的白话，宁可引古语，希望总有人会懂，只有自己懂得或连自己也不懂的生造出来的字句，是不大用的。这一节，许多批评家之中，只有一个人看出来了，但他称我为 Stylist"②。其实，让"启蒙"内在化于"美感"，可谓鲁迅一直信奉的文学理念。"美感"和"启蒙"对于鲁迅来说，同等重要。然而，长期以来，文学家的鲁迅一直被思想家鲁迅所覆盖。也正因为文学家鲁迅被遮蔽，那个永远眉头紧锁、手执匕首和投枪的思想家鲁迅才长期以来规定了我们观念中的鲁迅形象。或许，鲁迅确实有作为精神界战士的冲杀、论战的一面，但与此同时，鲁迅还有着无数个丰富的侧面。其中包括在文学世界中将个人化趣味和文学性自然地结合在一起的文学家鲁迅的一面。因此，鲁迅在进入小说世界时，即便是思想启蒙的使命挥之不去，他也会沉浸在艺术创造的自在之境。小说也便在现代主义的峻急美感形态之外，呈现出另一种淡定自如的古典主义"舒缓"美感形态，如《孔乙己》《故乡》《社戏》和《风波》。

舒缓美感形态首先体现在小说的叙事节奏上，即在峻急的小说总体叙事节奏之外，鲁迅小说还有舒缓节奏叙事。而且，如果让鲁迅来评价，他更喜欢舒缓节奏。这一点，正如孙伏园的披露："我曾问鲁迅先生，其中哪一篇最好，他说他最喜欢《孔乙己》，所以译了外国文。我问他的好处，

① 鲁迅：《我怎么做起小说来》，《鲁迅全集》第4卷，人民文学出版社1981年版，第512页。
② 同上书，第512—513页。

他说能于寥寥数页之中,将社会对于苦人的冷淡,不慌不忙地描写出来,讽刺又不很明显,有大家风度。"① 显然,鲁迅对小说所秉持的评价标准是"美感"优先于"启蒙"。更确切地说,鲁迅之所以最喜欢《孔乙己》,不仅是因为讽刺了被科举制度所毒害的中国传统知识分子的性格弱点,批判了社会的冷漠和凉薄,而且是因为它呈现了古典主义舒缓美感。事实也是这样:《孔乙己》的笔墨过于简洁。一个 2600 字的短篇竟然浓缩了孔乙己一生的悲剧。可它又过于复杂:有谁能够深切地体味孔乙己悲剧的原因、孔乙己的性格组成和作者的情感世界? 小说通过孔乙己被毁灭的悲剧,不仅讽刺了被传统科举制度所毒害的中国传统知识分子的性格弱点,而且也批判了整个社会的冷漠和凉薄。同时,它也寄予了鲁迅的悲悯之心。不过,鲁迅没有如《狂人日记》那样将人物一味地逼进绝望之中,而是调动了延宕、减速、加速、变速、空白等叙事手法,以舒缓的节奏逐层地展现小说的多重主题、人物多重性格和作者复杂的情感,由此展现了古典主义的舒缓美感特征。

舒缓美感形态尤其体现在小说的意境营造上。意境作为中国古典美学的核心范畴,植根于中国传统哲学观念,意旨阴阳化一的宇宙意识和"有节奏的"生命意识,正如宗白华所说:"中国画所表现的境界特征,可以说是根基于中国民族的基本哲学,即《易经》的宇宙观,阴阳二气化生万物,万物皆禀天地之气以生……这生生不已的阴阳二气织成一种有节奏的生命。"② "中国人感到宇宙全体是大生命的流行,其本身就是节奏与和谐……一切艺术境界都根基于此。"③ 然而,意境这一中国古典美学的核心范畴,却被中国现代文学的主流写作所悬搁了。即便是鲁迅,也是将写实主义的真实美感和现代主义的峻急美感作为小说的主体美感。只有在《故乡》和《社戏》等极少量小说中,鲁迅才难得地借助于意境的营造而享有

① 曾秋士(孙伏园):《关于鲁迅先生》,中国社会科学院文学研究所鲁迅研究室主编《1913—1983 鲁迅研究学术论著资料汇编》(一),中国文联出版公司 1985 年版,第 43 页。
② 宗白华:《论中西画法的渊源与基础》,林同华主编《宗白华全集》第 2 卷,安徽教育出版社 2008 年版,第 109 页。
③ 宗白华:《艺术与中国社会》,林同华主编《宗白华全集》第 2 卷,安徽教育出版社 2008 年版,第 416 页。

古典主义的舒缓美感。

在《故乡》和《社戏》中，有两处风景描写最具意境之美。一处是《故乡》中少年"我"视角下的"神异的图画"："深蓝的天空中挂着一轮金黄的圆月，下面是海边的沙地，都种着一望无际的碧绿的西瓜，其间有一个十一二岁的少年，项带银圈，手捏一柄钢叉，向一匹猹尽力的刺去，那猹却将身一扭，反从他的胯下逃走了。"另一处是《社戏》中少年"我"视角下"飞驰"的图画："两岸的豆麦和河底的水草所发散出来的清香，夹杂在水气中扑面的吹来；月色便朦胧在这水气里。淡黑的起伏的连山，仿佛是踊跃的铁的兽脊似的，都远远地向船尾跑去了，但我却还以为船慢。"这两处风景不仅将儿童生命和自然生命化而为一（风景是少年、少年是风景），而且将其诗化为"节奏与和谐"的意境。这意境是水性的，由浙东的水气和人性的水气——儿童性共同构成，慢悠悠地从薄雾与微光中的童年升起，与"五四"时期由焦灼之火构成的主流小说非常不同，沉淀着边缘意境之美。但是，鲁迅不是单纯地营造古典主义的意境，而是在现代主义意蕴的参照下复杂地激活意境。进一步说，这两处意境描写作为"古典的风景"只限定在儿童视角之下，与成人视角下的"不是美而是不愉快的对象"的"现代的风景"① 形成暗中对照关系。正是在"古典的风景"与"现代的风景"之间的对照关系中，小说中成人"我"才会在漂泊中沉入悠久的童年记忆，远离现实回返到生命的最初记忆，少年闰土、少年"我"、宏儿、水生、双喜、阿发等童真面孔才会迎着成人"我"而来。此情此景，对于具有悲凉总体美感形态的鲁迅小说来说，偶或流动着一径童年之河，该是多么稀缺的舒缓之美！同样，对于鲁迅和现代漂泊者来说，拥有一个童年的故乡可以回返（尽管回返后终将告别），该是多么自在的生命之境！

不仅如此，这两处意境描写在小说的结构上具有接通过去、现在与未来的哲学功能，即过去是现在的追忆，又在追忆中成为未来的想象。进一

---

① ［日］柄谷行人：《日本现代文学的起源》，赵京华译，生活·读书·新知三联书店2003年版，第2页。

步说，如果在写实主义和现代主义这两大主流文学观念的支配下，《故乡》和《社戏》可以被视为"乡土小说"的先驱之作或现代主义的"回忆的诗学"，那么，将其放置在古典主义文学观念下，便会发现：无论是写实主义的真实美感，还是现代主义的峻急美感，都依托于古典主义意境的舒缓美感。如《故乡》的内容可以被概括为：知识者"我"在回返故乡时开始回忆童年故乡的"风景"，在回忆后幻灭，在幻灭中离去，在离去时复活。可以说，正是由于古典主义意境的营造，《故乡》和《社戏》才在写实主义美学原则下的直视现实人生与现代主义美学原则下的透视人生之外，还表现为古典主义美学原则下的温暖人生和憧憬人生。

至此，笔者以为，鲁迅作为中国现代文学奠基人，并没有悬搁中国古典美学资源。只是由于特定的时代语境和动荡的个人际遇，鲁迅割舍了他对古典主义美学资源的心仪之情。如果时代环境和个人际遇有所不同，如果鲁迅的个人生活留有余裕，我毫不怀疑：童年生活在浙东水乡的鲁迅具有成为古典主义抒情诗人的可能。

## 三 以后现代主义的戏谑美感体察启蒙者的精神困境

鲁迅除了以现代主义的峻急美感承担启蒙之重，以古典主义的舒缓美感享有生命的自在之境，还以后现代主义的戏谑美感体察启蒙者日渐深陷的精神困境。戏谑美感作为鲁迅小说中的美感形态之一，在《呐喊》和《彷徨》中就曾反复呈现。如《阿Q正传》和《肥皂》呈现出整体戏谑，《风波》《孤独者》和《在酒楼上》呈现出局部戏谑。但是，从整体上呈现出戏谑美感的小说集则是《故事新编》。

《故事新编》的创作时间是从1922年到1935年，可谓鲁迅历时最长的一部小说集。在此期间，鲁迅经历了"五四"新文化运动、"大革命"失败、"左联"文艺运动和"抗战"运动初期。每一次历史大事件带给鲁迅的与其说是一个个希望，不如说是一次次绝望。鲁迅在以启蒙者身份托举他人从绝望上升到希望处的同时，自身却陷入了永无救赎、唯有戏谑自身的精神绝境。从呐喊经彷徨再到彻底的无望，鲁迅要经历多少不被人知的伤痛，才会完成这种看似洒脱、实则悲凉透骨的精神历程？

在一般意义上，鲁迅的小说集《故事新编》被评价为历史小说。的确，小说的题材和人物，都取自历史哲学故事。但仅仅从题材和人物来定位并不能真正理解《故事新编》的经典品质。鲁迅如何叙述历史和为何叙述历史，才构成了《故事新编》的经典价值。或者说，鲁迅如何选取戏谑美感与为何选取戏谑美感形态，才是解读《故事新编》的深意所在。

如何理解戏谑美感形态？戏谑美感形态在《故事新编》中固然体现在有时有根有据、有时则"信口开河"的情节编排上；① 体现为"认真不像认真，玩耍又不像玩耍"② 的叙述语调；体现为类似于"鸟有羽，兽有毛，黄瓜茄子吃挑剔啊"（《起死》）的人物语言；体现为"古衣冠小丈夫"（《补天》）、"乌鸦炸酱面"（《奔月》）、"滑溜翡翠汤""一品当朝羹"（《理水》）的谐趣命名；体现为王公大臣观赏三头大战（《铸剑》）、老子讲学时听者完全不知所云（《出关》）、墨子为宋解除战争灾难后在宋国国界处遭遇到一连串霉运（《非攻》）等细节设计。但归根结底，戏谑美感形态体现为鲁迅对历史观和现实感的戏谑处理方式。

概言之，鲁迅戏谑地将历史观和现实感处理为同一关系：鲁迅如何戏谑地讲述历史，也便如何戏谑地讲述现实，即在《故事新编》中，历史是现实的历史，现实是历史的现实。《故事新编》正因为历史的时间向度而体察了启蒙者"反抗绝望"的现实宿命；也正因为现实的时间向度而理解了启蒙者悲剧宿命的历史性循环。可以说，命中注定，鲁迅的历史观与现实感不仅始终绑定在一起，而且属于同一关系。更确切地说，《故事新编》的核心历史观并非是历史进化论——历史进化论主要是说给他最在意的青年读者群的，而是历史循环论——历史循环论才是说给他自己的。只是循环论历史观在鲁迅小说中通常不像进化论历史观那样被明说，而是以戏谑的方式婉曲表达。

---

① 鲁迅：《故事新编·序言》，《鲁迅全集》第 2 卷，人民文学出版社 1981 年版，第 342 页。
② 鲁迅：《故事新编·起死》，《鲁迅全集》第 2 卷，人民文学出版社 1981 年版，第 471 页。

　　首先，在"五四"新文化运动初始至 1927 年"大革命"失败前，鲁迅在其创作前期所创作的《故事新编》中的前三篇就已深度地陷于历史进化论与历史循环论相互冲突的精神困境。1922 年 11 月，鲁迅创作了第一篇历史小说《不周山》。鲁迅一面重述女娲造人的历史神话，一面戏谑了女娲造人的历史神话，由此确立了历史观与现实感相同一的戏谑美感形态。在中国人的传统文化想象中，女娲造人的历史神话通常被英雄化、神话化。然而在《不周山》中，鲁迅不仅将被造之人塑造为猥琐和不堪的"小东西"，而且还设计了禁军安营扎寨于为补天赴死的女娲的丰腴肚皮之上的结局。而小说中女娲的命运与其说是对女娲命运的重述，不如说是对现实中启蒙者命运的历史性循环的直视。对此，如果我们阅读与《不周山》同年同月完成的杂文《即小见大》就可略见一斑："凡有牺牲在祭坛前沥血之后，所留给大家的，实在只有'散胙'这一件事了。"① 可见，即便是在"五四"新文化运动的高潮期，鲁迅也困扰于启蒙者立人使命与女娲造人命运的历史性循环。随着"五四"新文化运动的落潮和时代激变，循环论历史观便愈加战胜进化论历史观。1927 年 1 月发表的《奔月》将后羿射日的英雄神话传说重述为英雄落魄的故事：妻子逃离、朋友背弃，还要遭受不知名老婆子的嘲笑……这种戏谑处理方式，固然有效地想象了一位神话英雄谢幕后的种种可能，但同时也投放了 1926 年间鲁迅的种种心境，以及由己推人，延展至启蒙者与后羿之间的历史性循环的悲剧宿命。1927 年 4 月发表的《铸剑》更是将循环论历史观处理为一种极致的戏谑美感形态：任何常态性的情节链条都无法通向复仇故事模式的逻辑结构，任何确定性的分析都无法概括复仇故事模式的内容。特别是，小说高潮部分——敌我友三头大战，朝臣兴奋围观的场面描写使得复仇故事模式被极致地戏谑讲述同时又被极致地戏谑消解。小说结局部分——朝臣再次围观、三头合葬的细节描写抵达了极致的戏谑美感形态。经由极致的戏谑美感形态，历史与现实形成极致的循环关系：极致的"复仇"在现实中未能改变社会，"复仇"者所设定的任何现实性目标的完成都是虚妄的。

---

① 鲁迅：《热风》，《鲁迅全集》第 1 卷，人民文学出版社 1981 年版，第 407 页。

其次，"大革命"失败后，鲁迅先是"向左转"继而不得不"横站"。一种近乎死寂的哀痛在鲁迅后期所创作的历史小说中弥散开来。但鲁迅越绝望，《故事新编》中历史观与现实感相同一的戏谑处理方式就越复杂。最典型的是1935年12月创作的《出关》。它复杂到鲁迅的创作意图和文本效果之间出现了很大的错位。《出关》在1936年年初发表后，被当时的评论者评价为"斥人"或"自况"。这两种观点皆有悖于鲁迅的"对于老子思想的批评"①的立意。鲁迅为此竟抱病破格专门撰文说明："我同意于关尹子的嘲笑：他（指老子——作者注）是连老婆也娶不成的。于是加以漫画化，送他出了关，毫无爱惜……"②可是，无论鲁迅如何自我说明，都很难有效地说服人。迄今为止，仍有鲁迅研究者倾向于"自况说"："但是，我自己阅读这篇小说，对'自况说'（批评家邱韵铎的感受）却也深有同感。"③当然，作家立意与读者接受之间的错位，应该说属于正常的文学接受范畴，但同时也归因于《出关》中戏谑处理方式的复杂性，即鲁迅的确对老子的历史故事选取了戏谑的处理方式，但同时他又不可抗力于他自身的精神困境在重述老子历史故事时的斑驳投影。想想1935年左右鲁迅病弱、腹背受敌的境遇，再对照出"关"前老子与孔子的貌合神离、老子与众人的隔膜，出"关"后老子所置身的无水无食、只有"流沙"滚滚的生存绝境，我们如何能够撇清鲁迅与老子的精神关联？鲁迅又如何能够摆脱长期纠缠于他内心的循环论历史观？与《出关》的戏谑处理方式的复杂性相一致，《非攻》中的历史观和现实感的同一性同样婉曲、多义。《非攻》重述了主张"兼爱"的墨子冒着生命危险阻止了一场楚欲攻宋的战争，然而，墨子非但未受到庆功宴的礼遇，反而遭遇到一连串的霉运。这样极具戏谑化的处理方式，大概只有对现实不抱任何希望的鲁迅才能够如此设计。与《出关》和《非攻》的绝望相比，《理水》或许出现了些许

---

① 鲁迅：《书信·360221致徐懋庸》，《鲁迅全集》第13卷，人民文学出版社1981年版，第318页。

② 鲁迅：《且介亭杂文末编·〈出关〉的"关"》，《鲁迅全集》第6卷，人民文学出版社1981年版，第521页。

③ 高远东：《论鲁迅对道家的拒绝——以故事新编的相关小说为中心》，《中国现代文学研究丛刊》2007年第1期。

亮色。《理水》借助于大禹治水这一历史故事的重述，似乎为启蒙者寻找到了一条理想化的道路：置身于"坚毅卓苦的平民世界"①，以坚韧果决的行动来对抗荒诞世界的压迫，最终实现自己的奋斗目标。然而，鲁迅在肯定这条理想化道路的同时，又让大禹最终与荒谬世界达成和解。这样的结局是何其悲凉？却又如何不是启蒙者的现实遭际？或许唯有鲁迅，才会以如此戏谑的处理方式展现历史观与现实感在现实世界中的荒诞同一。

《故事新编》始终将戏谑美感形态从根本上处理为历史观与现实感的同一关系，由此传递出鲁迅所体察的启蒙者的精神困境：启蒙者为解决历史问题和现实问题所做的努力，不仅不会使他人的精神发生真正的变化，而且还会导致自身增加新的精神困境，即为他人追求"立人"的痛苦是不可避免的，却又没有任何依托之处。不仅如此，启蒙者自身也会在启蒙之途发生变化，由此产生出新的问题，正如《铸剑》中的"黑色人"所说："我的魂灵上是有这么多的，人我所加的伤，我已经憎恶了我自己。"因此，启蒙者面对历史和现实，从原则上说提供不出一劳永逸的方案。面对历史与现实的双重无所依托，启蒙者或许只有戏谑才能够抚慰自身的伤痛，减缓自身向绝望深渊坠落时的速度。而就在启蒙者无所希望地坠落的时候，"自由意志、选择、意图、努力和斗争这些概念，总会给人类的完善开辟难以预见的新途径"②。

## 四 多样性美感的悖论性与有限性

行文至此，如果从美感形态的角度来重读鲁迅小说的文学史意义，我们将不难发现：在中国现代文学史上，鲁迅小说开创性地将现代主义、古典主义、后现代主义的美感形态与写实主义美感形态兼容在一起，进而实

---

① 钱理群、温儒敏、吴福辉：《中国现代文学三十年》（修订本），北京大学出版社1998年版，第389页。

② ［英］罗杰·豪舍尔：《反潮流：观念史论文集》序言，伯林《反潮流：观念史论文集》，冯克利译，译林出版社2011年版，第41页。

现了启蒙与美感之间关系的内在化表达。不过，这诸种美感形态并非始终处于互相支持的协调关系之中，而是时而处于互相抵牾的悖论性关系之中。更确切地说，鲁迅一面率先引进了西方现代主义的新型技术而选取小说的峻急美感形态，一面又流连于中国古典美学的写作资源而得意于小说的舒缓美感形态；一面终其一生坚持了一位现实主义者所信奉的"为人生"的真实美感形态，一面又如一位怀疑论者那样选取了戏谑美感形态。但是，无论哪种美感形态，都统摄在"悲凉"总体美感形态之下。

当然，"悲凉"作为一种美感形态，在中国古代文论中曾被反复论及。孔子的《论语·阳货》说："诗可以兴，可以观，可以群，可以怨。"虽然"怨"只是四个作用里的一个，而且是末了的一个，但还是不可忽视。锺嵘的《诗品》如是评价曹操："曹公古直，甚有悲凉之句。"——悲凉被径直道来，直指诗歌的美学风格。萧统的《魏晋南北朝·文选序》如是评价屈原："临渊有怀沙之志，吟泽有憔悴之容。"——悲凉被具象化为"憔悴之容"。张戒如是评点《古诗十九首》中的"白杨多悲风，萧萧愁杀人"："'萧萧'两字，处处可见，然惟坟墓之间，白杨悲风，尤为至切。所以为奇。"——悲凉美感被理解为作用于视知觉的情感体验。曹雪芹的《红楼梦》更是被鲁迅评价为"悲凉之雾，遍被华林"。可见，悲凉美感形态古已有之，且同样灌注了中国古代文人的审美意识和生命意识。中国古代文人正是借由悲凉美感来表达人生的痛苦和空幻、不被君王理解的孤独况味及人生有限与宇宙无限的生命意识。然而，鲁迅小说中的悲凉美感形态与中国古代文人诗文中的悲凉美感形态显然不同：鲁迅小说中的悲凉美感形态是为了表达从传统到现代转型期中国现代知识分子在大时代中痛苦转变的审美意识和生命意识，是"一种根源于民族危机的'焦灼'"[①]，是"一个通过语言的艺术来折射并表现古老的中华民族及其灵魂在新旧嬗替的大时代中获得新生并崛起的进程"[②]，即鲁迅小说中的悲凉美感承载着鲁迅对中华民族文化心理的深入探究、对他个人生命体验的深切自省及对中国现

---

① 钱理群、黄子平、陈平原：《漫说文化》，《二十世纪中国文学三人谈》，北京大学出版社2004年版，第20页。

② 同上书，第11页。

代文学的自觉实验。这意味着鲁迅小说中悲凉美感内部的诸种形态——真实、峻急、舒缓、戏谑,无论如何不同,都内含了思想家型的文学家鲁迅在启蒙和文学之间的悖论心理。事实上,自中国现代文学伊始,启蒙和文学、现代和古典、忧患和欢娱、理性和情感、思想和美感等要素就悖论地联系在一起。无论是作为思想家的鲁迅,还是文学家的鲁迅,都无法摆脱中国文学在现代化进程中所遭遇的无所不在的悖论性问题。而在所有悖论性问题中,如何以不同的美感形态来处理文学与启蒙的内在关系,便集中了中国现代文学悖论性的根本问题。

进一步说,对于鲁迅小说而言,峻急美感与戏谑美感、舒缓美感与真实美感之间不仅很难轻易地兼容起来,而且构成一种悖论关系。小说越峻急,就越压抑舒缓;越戏谑,就越消解真实。峻急美感追求的是力与极致的美;而舒缓美感向往的是趣与适度的美。戏谑美感主张的是非本质化的历史和现实,真实美感信守的是本质化的历史和现实。在启蒙思想的旨归下,散发着热力的峻急美感和凝结着冷气的戏谑美感的确能够发出启蒙者的呐喊之声和绝望之声。因此,在鲁迅小说中,这两类小说分别占据了鲁迅前后期小说创作的显要位置。但不得不承认,这两类小说的问题在于:热力或冷气构成了小说的文气,自虐且虐人。因此,在美感形态的个人旨趣下,鲁迅同时心仪于古典主义文学的自在之境与文学的慰藉功能——古典主义文学既养自心也养他心,也始终坚持写实主义的直面人生并为人生服务的创作理念——精确、坚实的小说细部描写源自鲁迅咄咄逼人的写实主义目光。其实,承担着启蒙之重的峻急美感固然可以起到思想启蒙的直接功效——以现代理性的方式唤醒人心,但寄予着鲁迅个人古典情怀的舒缓美感同等重要,也同样可以收获思想启蒙的另一种功效——以古典诗性的方式浸润人心。同样,暗合后现代主义的戏谑美感固然是以怀疑启蒙的方式来承担启蒙,但它与其他美感形态一样都要依托于真实美感。而无论以哪种美感形式承担启蒙,审美性都是鲁迅所看重的小说创作的首要尺度。例如,鲁迅在编译苏联作家毕力涅克的短篇小说《苦蓬》时曾经指出:"然而他的技术,却非常卓拔的。如这一篇,用考古学,传说,村落生活,农民谈话,加以他所喜欢运用的 Erotic 的故事,编成革命现象的一段，而就在这一段中，活画出在扰乱和流血的不安的空气里，怎样在复归于本能的生活，但也有新的生命的跃动来。惟在我自己，于一点却颇觉不满，即在叙述和议论上，常常令人觉得冷评气息——这或许也是他所以得到非难的一个原因罢。"① 这段话语，完全可以传达出鲁迅对启蒙与美感关系的理解，即在鲁迅看来，作家可以将各种手法"活画"在文学作品中，但不应该让"冷评气息"浮现出来。如果以启蒙与美感的关系来解读，便是：无论小说承担着怎样的启蒙使命，都不应因此而牺牲小说的美感。

诸种美感形态之间的悖论性关系如果进入文学观念层面思考，也便牵连出鲁迅在选用西方现代主义和中国古典主义时的矛盾性心理。为了实现中国文学的现代性转型，鲁迅借鉴了西方现代主义文学的叙事方法，接受了西方现代主义的思想意蕴。但是，鲁迅对西方现代主义文学对于人性恶的剖解又有所疑虑。在《呐喊》再版时，鲁迅迟迟不予准许。鲁迅尤其反对《狂人日记》进入教科书。据孙伏园对鲁迅的回忆："听说有几个中学堂的教师竟在那里用《呐喊》做课本，甚至有给高小学生读的，这是他所极不愿意的，最不愿意的是竟有人给小孩子选读《狂人日记》。他说'中国书籍虽然缺乏，给小孩子看的书虽然缺乏，但万想不到会轮到我的《呐喊》'。他说他虽然悲观……这种凶险的印象给他们做什么！"② 这里，"凶险的印象"可理解为鲁迅对西方现代主义文学观念的一种评价。由此可见，虽然西方现代主义文学观念符合鲁迅对中国文学的现代性观念，也暗合了鲁迅内心中悲观、绝望的一面，但鲁迅并不期望西方现代主义小说对人性"恶"的剖解带给年轻读者一味的负能量。相反，鲁迅对于中国古典文学资源有着深厚的历史研究功力。一本薄薄的《中国小说史略》抵得上多少部"后来者"研究中国古代小说史的皇皇巨著？而且，鲁迅中国古典文学资源有着强大的转换能力。《故乡》《社戏》等少量短篇竟创建了中国现当代小说的古典主义小说流脉。然而，令人遗憾的是：鲁迅小说中的古

---

① 鲁迅：《〈苦蓬〉译者附记》，《鲁迅全集》第10卷，人民文学出版社1981年版，第380页。

② 曾秋士（孙伏园）：《关于鲁迅先生》，中国社会科学院文学研究所鲁迅研究室主编《1913—1983鲁迅研究学术论著资料汇编》（一），中国文联出版公司1985年版，第43页。

典主义美感形态被长期忽略了。

与此同时，鲁迅小说中的现代主义美感形态的限度也被忽略了。虽然鲁迅小说居于中国现当代文学的巅峰位置，但它们仍然不可避免地存在着压抑或想象力受挫的地方。进一步说，"启蒙"如何内在化于"美感"？这是本文反复追问的问题，也是鲁迅小说的叙述难题和美感限度。换言之，鲁迅虽然以引进西方现代主义小说手法的方式为中国现代小说带来了观念革命和形式革命，但同时也潜藏着风险并将为此付出"代价"。客观地说，鲁迅小说固然为中国现代文学做出了无可比拟的开创性贡献，但也存在美感形态的有限性。如现代主义的峻急美感形态使得鲁迅小说"呈现出金圣叹所说的'瘦'的形态"①。尽管这种"瘦"也可以表现为一种单纯、疏朗、空脱，但也不必讳言，这种"瘦"也是现代主义小说为了追求寓言化效果所必得付出的代价。"瘦"身化，而不是肉身化，这是现代主义小说的审美原则。因此，鲁迅在塑造小说人物时，往往只拷问人物分裂的灵魂，而回避人物沉重的肉身。的确，鲁迅率先借助于西方现代主义的文学观念和文学形式使得其小说获得了先锋性和经典性。正如茅盾在1923年所说："在中国新文坛上，鲁迅君常常是创造'新形式'的先锋；《呐喊》里的十多篇小说几乎一篇有一篇新形式，而这些新形式又莫不给青年作者以极大的影响，必然有多数人马上去实验。"② 但是，鲁迅小说同时也要受制于现代主义小说的有限性。对此，刘再复所言或许道出了其中某种原委："20 世纪的小说，从卡夫卡开始，许多作家把小说变成大寓言，中国作家也学习了这一点。寓言往往负载一种观念，一种哲学，一种对世界的大感受与大发现，但弱化了故事情节和人物性格，这种寓言的小说与传统的小说相比，其优劣得失何在，是一个需要研究的大题目。"③ 据此观点，鲁迅小说因追求峻急美感而将小说寓言化所带来的问题并不是鲁迅小说自

---

① 刘纳：《"也是人"的鲁迅作为"人"的独异性》，一土编《21 世纪：鲁迅和我们》，人民文学出版社 2001 年版，第 128 页。

② 茅盾：《读〈呐喊〉》，中国社会科学院文学研究所鲁迅研究室主编《1913—1983 鲁迅研究学术论著资料汇编》（一），中国文联出版公司 1985 年版，第 36 页。

③ 刘再复：《红楼梦悟》，生活·读书·新知三联书店 2006 年版，第 304 页。

身的问题，而是现代主义小说与生俱来的问题。而况，鲁迅毕竟以写实主义的深厚功力补救了现代主义小说寓言化所带来的有限性，并抵达了现代主义小说寓言化的极限。因此，作家王安忆说："鲁迅的小说，总是给人'瘦'的感觉，很少血肉。但这决不是指'干'和'枯'，思想同样是具有美感的，当它达到一定的能量。"[①] 事实上，鲁迅已经自觉意识到了现代主义美学原则所潜存的问题，进而通过对小说细部的精到描写而改变了峻急美感所容易导致的某些缺憾。

峻急、舒缓、戏谑这三种美感形态与真实美感一道互相兼容又互相矛盾地存在于鲁迅小说的内部。它们构成了鲁迅文学小说美感形态的丰富性和矛盾性。如果说鲁迅的思想文化性格一直在"人"与"鬼"之间挣扎，那么鲁迅在小说的美感形态上则始终在峻急、舒缓、戏谑、真实之间探索。而正是这四种不同美感形态的兼容，构成了鲁迅小说所独有的悲凉美感。不仅如此，鲁迅通过对这四种不同美感形态的不断探索，呈现了现代主义美学的局限并传达出现代主义（包括后现代主义）与古典主义、写实主义之间的"似断实联"，进而成为中国现当代文学的美感形态中心。

（本文发表于《中国现代文学研究丛刊》2016 年第 7 期。有改动和删节）

---

① 王安忆：《类型的美》，一土编《21 世纪：鲁迅和我们》，人民文学出版社 2001 年版，第 438 页。

# 故乡的"风景"是如何在追忆中丧失的

## ——鲁迅小说的"归乡叙事"传统与"新生代"作家的改写

自鲁迅小说《故乡》《社戏》诞生后,中国现当代小说不仅确立了"归乡叙事"模式①,而且还呈现了"风景"的不同审美范畴。中国现当代作家在接续鲁迅小说的"归乡叙事"传统的同时,还在"风景"中寄予了不同的审美理想和文化理想。然而,相对而言,鲁迅研究界,乃至现当代文学界对鲁迅"归乡叙事"模式与"风景"的关系研究比较薄弱②。特别是,鲁迅的"归乡叙事"传统与当下"新生代"作家的内在关联,更是没有得到应有的关注。其实,徐则臣、李云雷、甫跃辉等当下"新生代"作家,皆对鲁迅"归乡叙事"模式中的"风景"进行了追忆与寻找,且由此延展了如何在现代性进程中借助文学的审美理想来确立自我尊严、想象现代民族国家图景的小说流脉。在这条流脉中,映现的不仅是鲁迅对"新生代"作家的影响,而且还内含着中国现当代作家无法逃离的宿命:故乡的"风景"正是在追忆中日渐丧失。本文意欲从小说"风景"描写的角度切入,试图对鲁迅的"归乡叙事"传统与当下"新生代"作家的关系进行文学史视野下的研究。

---

① 钱理群、温儒敏、吴福辉:《中国现代文学三十年》(修订本),北京大学出版社1998年版,第42页。

② 在鲁迅研究中,研究者通常从写实主义的层面,关注鲁迅小说中"风景"描写的功能意义,比如烘托氛围、过渡情节等。不过,鲁迅研究界之外的学者倒是更关注"风景"描写,如张夏放的博士学位论文《旗帜上的风景》就对现代作家的"风景"写作进行了专门的研究。

# 一 "古典"与"现代": 鲁迅"归乡叙事"中两种不同审美范畴的"风景"

风景,按照一般的含义,或者按照《现代汉语词典》的理解,意指:一定地域内由山水、花草、树木、建筑物及某些自然现象(如雨、雪)形成的可供人观赏的景象。① 这一界定,也是人们在现实生活中对"风景"的常规理解。然而,"风景"在小说世界中,已经不再是单纯的自然风景了。更确切地说,"风景"在小说世界中,依据不同的审美范畴,意蕴和功能并不相同。在现实主义和浪漫主义的审美范畴中,"风景"分别指"写实的风景"和"崇高的风景"。这两种"风景"或将小说的氛围或情节构成作为目的;或将调动人的想象力的极限以超越人自身的限度作为目的。然而,在本文中,围绕鲁迅小说的"归乡叙事"传统,"风景"固然兼容写实主义和浪漫主义的意蕴和功能,但更主要意指这样两种含义:其一,是指"古典的风景",即具有怡人美感的自然风景。它通常与"童年""故乡""追忆"联系在一起;属于现代人的根性记忆。其二,便是日本学者柄谷行人所认为的"现代的风景",用他的话表达就是:"现代的风景不是美而是不愉快的对象。"②

鲁迅小说《故乡》和《社戏》正是以"古典的风景"和"现代的风景"为主体结构的。它们既呈现了童年记忆中怡人的"古典的风景",也出现了成人视角下"不愉快的对象",即"现代的风景"。两种"风景"互为对比,往返循环,才构成了《故乡》和《社戏》诗化的现代小说结构。尤其,小说因不同审美范畴的"风景"的选取,才实现了"古典"与"现代"互相融合、渗透的审美世界。先看《故乡》:既有"海边""沙

---

① 中国社会科学院语言研究所词典编辑室:《现代汉语词典》(修订本),商务印书馆1998年版,第375页。

② [日]柄谷行人:《日本现代文学的起源》,赵京华译,生活·读书·新知三联书店2003年版,第2页。

地""月夜"和"少年"①等怡人的风景，也有"荒村""冷风""雪""枯草""断茎"等"不愉快的对象"。再看《社戏》：既有"豆麦""水草""连山""两岸""渔火""航船"和"松柏林"等儿时记忆中清新的风景，也有成人视角下的"戏园""红的绿的""满是许多头""专等看客的车辆"等都市燠热的风景。那些带给人美感的"风景"，属于"古典的风景"，而那些"不愉快的对象"则属于"现代的风景"。两种审美范畴的"风景"皆以"写实"为底色，也时而透露出某种"浪漫"的气息，但又不是"写实主义"和"浪漫主义"的美学范畴所能够涵盖的。换言之，《故乡》与《社戏》中的"风景"与其说是写实主义或浪漫主义的典范，不如说创立了古典主义与现代主义两种审美范畴并置的小说样式。

不过，究竟在哪种审美范畴上理解《故乡》与《社戏》中的"风景"，并非意在比较各种审美范畴的长短，而是在于：不如此辨析就不能解读鲁迅"归乡叙事"的深意。进一步说，《故乡》和《社戏》的文学史意义在于：它们以"归乡叙事"的方式开启了现代中国小说的一个重要主题。换言之，《故乡》和《社戏》试图通过对故乡"风景"的追忆和发现，来实现对自我身份的寻找和对现代民族国家的想象。而这一现代小说主题的确立，在中国现当代文学史上，则可谓自鲁迅的《故乡》《社戏》始。此后，鲁迅小说"归乡叙事"传统中的"风景"写作，经废名、萧红的深化，沈从文的大成，到汪曾祺、曹文轩、迟子建等的转换，一直延展到徐则臣、甫跃辉等"新生代"作家的改写，蜿蜒曲折，时断时连。

这样，从"风景"的角度切入《故乡》和《社戏》，便可探寻中国现当代文学史中"归乡叙事"小说发生和演变的源头，由此获取重新触摸中国现当代文学内部肌理、作家精神构成、审美观念，乃至文化流转的一个新视点。事实上，柄谷行人在《日本现代文学的起源》中已经依据"风景之发现"来考察日本"现代文学"的形成过程。在他看来，从"风景"的角度，可以考察日本现代文学的现代性。而中国现当代小说同样有一个

---

① 在古典主义审美世界中，人即风景。如曹文轩所说："小说中的人物是一棵树。"见曹文轩《小说门》，作家出版社2003年版，第316页。

"现代性"任务，就是寻找自我身份，进而参与到"现代民族国家"的确立中去。所以，本文关注的内容虽然与柄谷行人在《日本现代文学的起源》中所论及的对象并不一致，但不妨将他的"风景"理论作为本文可参照的研究方法。

## 二　回忆的诗学：鲁迅"归乡叙事"中"风景"的隐喻

在相当长时期的鲁迅研究史上，《故乡》和《社戏》仅仅被评价为现实主义的杰出代表作。小说中的"风景"自然也就被简单化地视为与社会环境相配套的自然环境。其功能只被理解为衬托人物心理、推动情节发展、渲染故事氛围。应该说，将《故乡》和《社戏》放置在现实主义的审美范畴内，有其合理性。但这两篇小说绝非仅仅到"现实"为止，而是在"古典"和"现代"的双重审美范畴中确立了现代小说的"归乡叙事"模式。而且，"归乡叙事"模式如果从小说的现代意义来说，则是探索了中国现代小说的"回忆的诗学"。由此，小说中的"风景"固然兼具现实主义的诸多功能，但更主要的是内含了现代主义的隐喻功能。

那么，《故乡》和《社戏》如何建立了"回忆的诗学"？"回忆的诗学"在《故乡》和《社戏》中体现为如下层面："回忆"首先是一种现代人的心理机制和意识行为。小说中的重要内容表现为中国现代知识分子"我"在回忆。譬如，《故乡》和《社戏》的大约一半或大半内容都是"我"回忆的产物。"回忆"的过程便展现了中国现代知识分子漂泊而苦痛的心路历程。其次，回忆同时又是小说情节的结构方式，进而构成小说的诗化形式。也就是说，作者借助于回忆来结构小说的诗化形式，《故乡》和《社戏》的诗化叙述结构是由回忆所规定的。再次，回忆抵达了小说的诗学范畴。它使《故乡》和《社戏》超越了具体的小说本身，实现了柄谷行人在《日本现代文学的起源》中所发现的"现代文学"的意义，即上升为对现代知识分子自我身份的寻找和对现代民族国家的想象。

但是，"回忆的诗学"如果不以"风景"描写的方式来实现，《故乡》

和《社戏》也就难以为"后来者"确立"归乡叙事"的小说模式。可以说,在《故乡》和《社戏》中,不仅"我"回忆的内容与"风景"密切相关,而且"风景"生成了回忆的内容——如果"我"的记忆,不存储着少年时期"神异的图画"的"风景"和儿时"到赵庄去看戏"的"风景",就没有"我"的"故乡"。"风景"于《故乡》和《社戏》,既是情节的构成要素,又是其诗化形式。正是由于《故乡》中的"金黄的圆月""海边的沙地""一望无际的碧绿的西瓜",以及勇武的少年闰土,《故乡》的结构才一唱三叹;也正是由于《社戏》中的水声、月色、"河底水草所发散出来的清香",以及明暗闪烁的"渔火",《社戏》才充溢着诗意。特别是,那些纯美的"风景"与"风景"中的"少年",以及那些温暖、友爱、淳朴、美好的民间日常生活景象皆具有批判现代文明的隐喻功能。换言之,"风景"寄予了鲁迅毕生为之奋斗的文学目标——以独立的知识分子的自我身份,为未来"人国"提供合乎人性自由发展的理想化生存图景的深意。所以,我们有必要从"风景"描写的角度重读《故乡》和《社戏》。

如果依据"风景"描写的角度,《故乡》的内在结构便可以概括为:开头"风景"的改变、中间"风景"的还原、结尾"风景"的消失、尾声"风景"的复活。《社戏》的内在结构则可以概括为:北京戏园的无趣和赵庄看戏的生趣,即乡村月夜航船时"风景"的怡人之美反衬都市的"不愉快的对象"。由此,巧妙地表达了小说的故事内核:"叙述故乡的丧失。"① 或者说"知识阶级回乡而离乡的故事"②。进一步解读,《故乡》开篇,就以"不愉快的对象"巧设谜团:"阿!这不是我二十年来时时记得的故乡?"这意味着"我"记忆中的故乡"怡人的风景"已经改变。可是,记忆中故乡的"风景"究竟怎么"怡人"?"我"却不着一字。"我所记得的故乡全不如此。我的故乡好得多了。但要我记起他的美丽,说出他的佳处来,却又没有影像,没有言辞了。仿佛也就如此。"这是一种古典

① [日]藤井省三:《鲁迅〈故乡〉阅读史》,董炳月译,新世纪出版社2002年版,第34页。
② 同上书,第193页。

美学的空白的叙述策略。但是,《故乡》的表现方式不会完全重复古典的空白。或者说,这里的"空白"是鲁迅在承继古典美学精神后的现代性转化,即鲁迅是以空白的叙述策略为"我"追忆了一个"怡人的风景",以悬搁"我"精神深处的现代性伤痛。那么,在"回忆的诗学"的意义上,我们如何理解开篇"我"对记忆中"风景"的"关闭"?藤井省三的一段话语可供参考:"小说开头对风景的抑制是为使这种美丽风景更加引人注目的一条伏线。"①按照藤井省三的观点,小说这样设计的诗学意义首先在于:开篇"关闭"记忆中的"风景"是为了下文的重新开启。那么,"风景"何时开启?开启后故乡的"风景"是否会重现?随着小说情节的发展,当"我"对少年伙伴闰土充满期待时,记忆中的"风景"自行开启。少年记忆中那幅神异的图画再次浮现:"深蓝的天空中挂着一轮金黄的圆月,下面是海边的沙地,都种着一望无际的碧绿的西瓜,其间有一个十一二岁的少年,项带银圈,手捏一柄钢叉,向一匹猹尽力的刺去,那猹却将身一扭,反从他的胯下逃走了。这少年便是闰土。"在这幅经典画面中,一切皆"风景",包括勇武的少年闰土。少年闰土与中国神话故事中少年英雄哪吒那样神似:勇敢、自然、快乐、无拘无束等原本属于少年的天性。这一形象既与传统文化所规训的"缩小的成人"背道而驰,又区别于西方文化中的张开飞翔的翅膀的天使形象。可以说,鲁迅一方面以现代儿童观的立场追忆少年闰土的形象,用鲁迅的话表达,就是"一切设施,都应该以孩子为本位"②;另一方面,又以传统的民间文化创造出未来"人国"的新型少年。然而,当"我"目睹了中年闰土的麻木、昔日的"豆腐西施"变成今日的"瘦脚伶仃的圆规"杨二嫂后,记忆中的"风景"则因开启而丧失。现实的"不愉快的对象"和过去的"怡人的风景"两相对照,清末民初中国社会从传统的自然形态坠落到前资本主义的残酷现实就自然地呈现出来了。但,就在当"我"终于告别故乡之时,那幅记忆中的"怡人的风景"竟然因又一代少年宏儿与水生的纯真情谊而绝地逢生。《故

---

① [日]藤井省三:《鲁迅〈故乡〉阅读史》,董炳月译,新世纪出版社2002年版,第4页。
② 鲁迅:《我们怎样做父亲》,《鲁迅全集》第1卷,人民文学出版社1981年版,第135页。

乡》中的"风景"就是这样在"古典"和"现代"之间的不断交替、变化，承载着丰富的现代性隐喻。

由此，"回忆的诗学"在"风景"的隐喻功能作用下，别有意味。"风景"与"故乡"相互生成。小说中的"我"因追忆"风景"而回返故乡，因回返故乡而改变了"风景"，在"风景"改变后重新复现，在复现后幻灭，在幻灭中离开故乡，在离去时却复活了"风景"。"回乡而离乡"不仅在表层上构成了《故乡》的故事内核，而且在深层上隐喻了现代中国知识分子的心路历程。即是说：在整个现代中国历史上，中国知识分子一直行走在寻找与漂泊、回返与告别的精神路途上。正是在这个意义上，《故乡》沉重地背负了现代性的伤痛，也带着伤痛来建立一个"人国"的现代民族国家的理想形态。进一步说，"我"对"故乡"的告别意味着"故乡"复活为现代性背景上现代知识分子恒久依存的意象；"我"与"故乡"的隔膜生成了对未来"人国"中理解、关爱的渴望和欲求。巴赫金说："记忆对我来说是对未来的记忆，对他人来说是对过去的记忆。"①鲁迅在《故乡》中对于记忆的理解同样体现了记忆的这一诗学性质：记忆对"我"来说固然是对过去的追忆——以追忆的方式透视中国社会现实，但同时也是对未来理想社会的建构。小说进而表达了其多义、复杂、丰富的现代性主题：对故乡"风景"的追忆不仅构成了鲁迅追寻失去了的童年乐园的真正动因，而且传达了鲁迅在现代性反思与批判立场上所确立的"立人"的真正题旨：对自我身份的寻找和对现代民族国家的想象。

不过，鲁迅在《故乡》和《社戏》中所探索的"风景"的"古典"与"现代"兼具的双重性，在古典主义流脉的"后来者"——废名、沈从文、汪曾祺、曹文轩、迟子建那里，则只发生了变化。古典主义者大多凸显"古典"的"怡人的风景"的一面，而将"不愉快的对象"的另一面淡化了。但古典主义的信奉者，并非对"不愉快的对象"视而不见，而是在目睹了这一面后，才将"怡人的风景"作为一种抵抗现代主义的审美方式。为了增强抵抗的力量，在古典主义作品中，"风景"的古典的、怡人

---

① ［俄］M. 巴赫金：《巴赫金文论选》，佟景韩译，中国社会科学出版社1996年版，第1页。

的一面，其至被强化到神性的位置。废名小说中的"凌荡""竹林""桥""桃源"，沈从文小说中的"边城""水""塔""渡口""少女"，萧红小说中的"后花园"，汪曾祺小说中的"芦花荡""小儿女"，曹文轩小说中的"油麻地"，迟子建小说中的"北极村"等都接续了鲁迅《故乡》和《社戏》的"归乡叙事"传统与其对"风景"的神性隐喻。概言之，故乡的"风景"之于古典主义者，并非是一座过往的记忆之桥，而是一座未来的乌托邦之城。甚至，故乡的"风景"对于古典主义形态作家来说，就是写作与生命的信仰。在这条路途上，古典主义者一直在以各自不同的小说创作接续着鲁迅的《故乡》和《社戏》所确立的中国现代小说主题：对自我身份的寻找和对现代民族国家的想象。

## 三 "新生代"小说：不忘"本根"却日渐丧失的"风景"

鲁迅在《故乡》和《社戏》中所确立的"归乡叙事"传统到了以"70后""80后"为主体的"新生代"，则经历了一个改写阶段。新世纪之后，随着中国城市化进程的发展、乡土中国土地流失的加速、全球化背景下"纯文学"的边缘化，以及当下"新生代"作家遭遇商业化冲击等诸多因素的影响，再加上"新生代"作家"正处在一个暧昧的'可塑期'"[①]，《故乡》与《社戏》中的故乡记忆不再成为年轻作家的根性记忆。越来越多的"新生代"作家倾向于选取都市题材作为主打对象，以迎合都市青春一族读者群的消费欲求。即便是从乡土故乡出身的"新生代"作家，也常常将故乡作为出发地，而不是归属地。因此，"新生代"作家中，很少有人还将故乡的"风景"作为小说的描写对象，更不用说将故乡的"风景"作为写作与生命的信仰。可以说，鲁迅《故乡》和《社戏》所确立的"归乡叙事"传统，在"新生代"作家中，已经被边缘化。然而，在这样的文学生态环境下，依然有徐则臣、李云雷、甫跃辉等"新生代"作

---

① 徐则臣：《关于70后的创作》，左岸文化网站，2008年11月23日。

家将鲁迅的"归乡叙事"传统作为小说创作的"本根",并竭力挽救日渐消失的小说中的"风景"。他们不约而同地将"风景"由鲁迅的根性记忆和前辈古典主义作家的神性化隐喻,改写为日常化的成长记忆。

"70后"代表作家徐则臣,可谓新世纪文学背景下一个独特又矛盾的存在。他的小说既有追忆故乡的"花街系列",也有讲述都市生活的"京漂系列";既接续鲁迅、废名、沈从文、萧红、汪曾祺等本土作家"归乡叙事"传统,也汲取福克纳、卡尔维诺、海明威、契诃夫、帕默罕、巴别尔等异域经典作家作品的诸多养分。乃至新时期以来,余华、苏童、张炜、曹文轩等著名作家及其作品,都为徐则臣的小说创作提供了不竭的资源。可以说,中外经典作家对于徐则臣小说的悲悯情怀、"归乡叙事"模式、成长故事主题、现代性批判立场、古典主义的审美精神、现代主义的叙述方式等方面,都起到了重要作用。不过,在这样如此驳杂的创作谱系中,鲁迅的《故乡》和《社戏》所确立的"归乡叙事"传统,以及这一传统中的"风景"描写一直被徐则臣视为创作的"本根"。更确切地说,徐则臣在小说叙事美学的意义上,自觉地继承了鲁迅的"归乡叙事"传统。所以,徐则臣小说从故乡的"风景"——"花街""石码头"出发,告别故乡,漂泊在京城,但又时时回返故乡。在他的"故乡系列"中,小说始终围绕"石码头"和"花街"这两个故乡"风景"的核心意象展开,生发出"水""船""岸""树""花"等"风景"意象。而且,在"故乡系列"的各式"风景"中,"怡人的风景"和"不愉快的对象"互相渗透,难以分离。进一步说,徐则臣在他的"故乡系列"中,曾经将"怡人的风景"作为小说古典情调、慢的节奏,乃至叙事美学的构成要素,并作为少年对故乡美好、忧伤记忆的核心要素。如果说在鲁迅小说《故乡》和《社戏》中,没有"海边沙地"和"月夜航船",就没有闰土和阿发、双喜等纯真少年,那么在徐则臣的小说中,如果没有"鸭子们的天堂"——"芦苇荡"(《鸭子是怎样飞上天的》)、"青砖灰瓦的一个个小院子""院子里的老槐树"(《失声》)、"沙路""瓜棚""火烧云"(《奔马》)等"风景",就没有少年"我"、少女小艾、"黄豆芽"等快乐又疼痛的成长过程。特别是,没有"石码头"和"花街",就没有徐则臣小说中的故乡。

但是，徐则臣既然成长在现代文明居于中心地位的新世纪背景下，他就很难一门心思地追忆故乡的"怡人的风景"，或者说沉湎于古典的"风景"。与鲁迅的《故乡》和《社戏》相似，徐则臣小说也同时呈现了"不愉快的对象"，即现代的"风景"。这种"古典"与"现代"混杂的"风景"构成，在故乡的核心意象"石码头"和"花街"的描写中体现得最为充分。徐则臣如是描写"石码头"和"花街"："从运河边上的石码头上来，沿一条两边长满刺槐树的水泥路向前走，拐两个弯就是花街。一条窄窄的巷子，青石板铺成的道路歪歪扭扭地伸进幽深的前方。远处拦头又是一条宽阔惨白的水泥路，那已经不是花街了。花街从几十年前就是这么长的一段。临街面对面挤满了灰旧的小院，门楼高高低低，下面是大大小小的店铺。生意对着石板街做，柜台后面是床铺和厨房。每天一排排拆合的店铺板门打开时，炊烟的香味就从煤球炉里飘摇而出，到老井里拎水的居民起得都很早，一道道明亮的水迹在青石路上画出歪歪扭扭的线，最后消失在花街一户户人家的门前。"这段"风景"描写很难说属于古典主义或现代主义或写实主义或浪漫主义的审美范畴。因为这段"风景"描写兼容了"古典""现代""写实"和"浪漫"的多种美学要素，颇能传达出徐则臣小说中"风景"特异的气味：古典的冲淡、现代的神秘、浪漫的感伤、写实的逼真。当然，徐则臣小说中的"风景"描写与鲁迅小说中"风景"的隐喻并不相同：鲁迅小说中的"风景"寄寓着一位启蒙思想家丰富而深刻的"立人"思想，而徐则臣小说中的"风景"则更多呈现出新世纪的少年在成长阶段的日常体验。鲁迅的小说更着力于未来"人国"中强健、勇武、自然的人性重建，而徐则臣则更关注于现实社会中少年在心理和身体上的孤独和迷茫。由此，与鲁迅在《故乡》和《社戏》中"风景"的根性记忆相比，徐则臣的"故乡系列"中的"风景"则始终处于朦胧的状态，且日渐消失①。譬如，他近年来的长篇小说《午夜之门》和《水边书》，故乡的"风景"不仅遭遇到现代文明的冲击，而且也从以往的朦胧转变为漂浮了。尽管如此差异，徐则臣作为"70后"代表作家，已经日渐

---

① 对于风景消失现象，在曹文轩的著作《小说门》中，有详细阐释。

完成成长阶段的写作过程。而随着他"京漂系列"的写作，他已日渐自觉地接续了鲁迅《故乡》和《社戏》所开创的对自我身份寻找、对现代民族国家想象的主题。或许，当徐则臣经由"京漂系列"回返"故乡系列"后，故乡的"风景"在他的小说中才会真正复活。

　　"70后"著名批评家李云雷，在鲜明地表达自己文学观念和批评立场的同时，也是一位对故乡"风景"充满深情的小说家。他的作品数量不多，却是"70后"代表作家中少有的、在思想文化立场上自觉地继承了鲁迅"归乡叙事"传统的写作，也是少有的对故乡"风景"挥之不去的写作。李云雷先是忠实于"70后"一代人的切实体验，讲述年轻"离乡者"的少年成长往事。如《花儿与少年》（2002年）、《小城之春》（2003年）、《初雪》（2006年）。然后，又转向对父辈的追忆和体察。如《父亲与果园》《舅舅的花园》《为什么一条路越走越远》。其中，少年记忆中的"风景"作为少年成长往事的重要构成，温暖、动人、耐人寻味，从一开始就奠定了他小说的基调和色调。《花儿与少年》可谓他最早创作的代表作。小说主要讲述少年二黑在少年阶段的甜美却忧伤的记忆：少年二黑关于"小红花"之梦的得而复失。小说中一段"风景"描写堪称李云雷小说中围绕故乡的"怡人的风景"的浓缩："学校在栽了一行柳树的路边。操场很平整，夏天曾是人家的打麦场，现在也还堆着几堆麦秸垛，像是一座座小碉堡，是个玩捉迷藏的好地方。一只母鸡领着一群鸡雏在那里悠闲地散着步，她不时地昂起脖子咕咕地叫几声，一会儿又低下头去这儿啄啄，那儿嗅嗅，像是在找掉落的麦粒。那些鸡雏们跟在她后面东张西望，一个个胖乎乎、毛茸茸的，像洒落了一地的雪球，却又比雪球更丰富多彩。"这段"风景"描写选取少年视角，将乡土农村的自足、自然、安宁的日常生趣呈现出来，颇似鲁迅《故乡》和《社戏》中"怡人的风景"的一面。但是，故乡的"风景"随着城市化、市场化的包围，少年记忆中的"风景"日渐消失了。所以，在《父亲与果园》《舅舅的花园》《为什么一条路越走越远》中，出现了"不愉快的对象"。如《父亲与果园》中的风景："现在，这一切都消失了，苹果树都被刨掉了，种上了庄稼，是冬小麦，青青的，参差着雪色，一直蔓延到天边。篱笆也不见了，松树呢，那两排士兵一样整齐的松树，也不见了，路边是新种的杨树，种了好像也没有几年，还是细小的瘦条儿，在寒风中瑟缩着。"对于"70后"代表作家而言，他们在新世纪所面对的，已经不是鲁迅所置身的离乡与回乡的矛盾，而是故乡的"风景"已经与故乡一样越走越远。这种伤痛感如他所说："如果说对于鲁迅来说，他的痛苦在于故乡是'不变'的而自己已经发生了变化，那么对当代的'离乡者'来说，痛苦不是来自于故乡没有变化，而是变化得太快了，而且以一种意想不到的方式在发生变化：迅速的现代化与市场化不仅改变了农村的面貌，也改变了农村的文化及人们相处的方式，而外出打工、土地撂荒，以及转基因食品、全球化市场与中国农村的关系等问题，甚至从根本上动摇了人们对传统农村的想象。"① 也因为新世纪生存现实的转变，李云雷和其他"新生代"作家或者注定要丧失故乡的根性记忆，或者以其他的思想资源重建故乡的根性记忆。而无论怎么说，"新生代"作家对自我的寻找与对民族国家的想象，注定了要经历更多的不确定性。

如果说"70后"代表作家徐则臣、李云雷对于鲁迅《故乡》和《社戏》中所确立的"归乡叙事"传统的承继尚属自觉，那么"80后"作家则显得犹疑和迷茫。由于乡土农村的流失、文化环境的失序、生存压力的严峻，以及作家自身的精神困境等诸多因素的制约，在"80后"作家中，曾经显露出对鲁迅"归乡叙事"传统有可能承继的少数创作，常常突然被中断。譬如，曾经火爆一时的、被评论界称为"少年沈从文"的李傻傻，在发表了数篇颇有才情的湘西"归乡叙事"小说后，搁笔至今；曾经写过不俗的"归乡叙事"的王惟径，也同样停止了小说创作。此外，董夏青青的长篇小说《年年有鱼》虽然讲述了山东"李家庄子"从大禹治水到20世纪90年代的社会历史变迁，表现出可贵的"史诗"气魄和作者力图修正批评界对"80后"已有"成见"的努力，但由于诸多因素的限制，这个容量庞大的"归乡叙事"流于既有的历史观念，而没有提供出"80后"对"归乡叙事"所独有的自身体验。郑小驴的中篇小说《1921年的童谣》

---

① 李云雷：《故乡与现代知识分子的"乡愁"》，《文艺报》2011年9月16日。

看似继承了沈从文的湘西记忆的流脉，实则属于新历史主义的小说观念。他小说中的"风景"——白马湖、鬼魅、吊脚楼如落花流水一样从小说中飘过，而没有成为小说不可撼动的核心意象。因此，这篇小说并不适合放置在鲁迅所开创的"归乡叙事"传统中来探讨。

正是由于鲁迅所确立的"归乡叙事"传统在"80后"作家的小说创作中几近中断，来自云南边陲之地的保山、现居上海的甫跃辉的"归乡叙事"系列格外富有意义。甫跃辉自2006年在《山花》上发表了第一个短篇小说《少年游》，经《雀跃》《街市》《红马》《少年行》等，到2009年和2010年发表的中篇小说《鱼王》和《鹰王》，形成了他独异的"故乡系列"。或许，对于甫跃辉而言，他未必如徐则臣和李云雷那样对鲁迅的"归乡叙事"传统怀有着自觉的继承意识——鲁迅不过是影响他小说创作的重要经典作家之一。但是，不管他有无自觉意识，他的小说选取少年和成人相交替的叙事视角，体察乡土农村中人与人之间的温暖与隔膜、表现乡土农村社会的安宁与躁动，可谓与鲁迅的"归乡叙事"传统血脉相连。不过，甫跃辉的"故乡系列"随着中国社会现实的改变，已经改写了鲁迅"归乡叙事"模式。在代表作《鱼王》和《鹰王》中，他一面尽显乡土农村的淳朴民风，一面也呈现了"外来者"（承包村里池塘的老刁和突兀而至的鹰）进入乡村后的矛盾和冲突。这种矛盾与冲突，除了表现在人与人之间的关系中，也体现在"风景"的描写上。但是，"风景"对于甫跃辉小说，即便是在少年视角的叙述中，也消失了鲁迅《故乡》和《社戏》中的纯然的"怡人的风景"。或者说，"怡人的风景"里面潜存着"不愉快的对象"，仿若暗流汹涌。如《鱼王》开篇的一段"风景"描写："傍晚灰蒙蒙的阳光下，寂寂的山林一下子喧腾了。我们下了小山坡，一眼就望见那片白亮的湖水。湖面夕光粼粼，好似一尾尾红鲤鱼跃出水面又钻入水底。我们立住脚，望一会儿湖水，湖水把眼睛浸得湿漉漉的，不少人想起两年前的白水湖。那时候的白水湖清亮、热闹，鱼王的传说让人满怀想象。"应该说，开篇描写白水湖的基调、节奏、声响、色彩，都具有鲁迅《故乡》和《社戏》中"怡人的风景"的古典美感：优美、静谧、充满童趣。但是，与此同时，白水湖又透露出现代的"不愉快的对象"之气息。

这种"不愉快",带给白水湖边的少年以一种玄妙的不安。这种不安伴随着现代商业文明对乡土农村的入侵而越来越明晰。如甫跃辉在散文《我和我的村庄》中,将"不愉快的对象"做了直接表现:"这时候,一辆吉普车自北朝南开了过来,经过村子时,大概由于仍有几头猪毫无顾忌大摇大摆走在路上,司机按了几下喇叭。在这宁静的小村庄,那几声喇叭的鸣声显得异常尖利,说时迟,那时快,只听得整座村庄响起了一阵扑腾腾的声音,那是无数只乌鸦,黑翅膀黑胸脯黑头颅黑眼睛的乌鸦,呼啦啦啦展开它们的黑翅膀从村子的每一棵树上,子弹一般射向黄昏的天空。它们围绕村庄盘旋,嘎嘎嘎叫着,抗议着,谴责着,愤怒着。"当然,这种不安在小说中,甫跃辉更倾向于借助现代主义的隐喻手法来表达,如一位评论家所言:"在最纯朴的生活里却具有魔幻色彩的意象和景致。"① 可以说,无论"鱼王",还是"鹰",都汲取了现代主义的隐喻手法。更不用说2011年他发表的中篇小说《巨象》,甚至汲取了魔幻现实主义的手法。小说通过"巨象穿过雨林,雨林纷纷倒伏"的噩梦反复降临,将"不愉快的对象"所内含的各种不安,不可抑制地浮现出来。不安,对于告别了少年时代而进入都市的成年人,已经构成了自我生命的巨大压迫物。其实,比较徐则臣、李云雷等拥有相对单纯乡土记忆的"70后",甫跃辉等"80后"作家从一出生,就相遇了改革开放的大时代,并失去了真正意义的乡土童年记忆。这样,故乡的"风景",在"80后"作家的小说中,不仅与鲁迅《故乡》和《社戏》中的"风景"并不同质,而且只能日渐丧失。而一个没有根性记忆的"归乡叙事",虽然也会承担自我寻找和民族国家想象的沉重主题,但会更加力不从心。幸好,这个时代的人们已经不再期待这样沉重的小说主题。

从鲁迅小说《故乡》和《社戏》"归乡叙事"模式中对"风景"的根性记忆,到古典形态作家对"风景"的神性化记忆,再到"新生代"小说中对"风景"日渐丧失的成长记忆,这个过程,其实正是中国现当代文学与鲁迅小说传统的精神联系被弱化的过程。这个过程,或许是中国现当代

---

① 阎晶明:《让心灵在人间烟火中互相沟通》,新浪读书,2011年12月9日。

文学必将经历的一个过程。但鲁迅小说的"归乡叙事"传统是否能够被"新生代"作家所接续，不仅关乎鲁迅，而且关乎中国当代文学的走向。"新生代"作家固然做不成鲁迅，但他的文学写作中，是否自觉地继承鲁迅传统，在未来的写作道路上，究竟不一样。可是，在整个世界的"风景"日渐消失的时代，"新生代"作家又如何接续鲁迅的"归乡叙事"传统呢？又如何能够在寻找中发现故乡的"风景"呢？事实上，他们各有各的困境。如何在困境中挣扎？首先需要精神的强度。因为"精神强度是一个人拨开意念的迷雾，创作出作品所必需的"①。

（本文发表于《孝感学院学报》2012年第1期。有删节）

---

① ［美］E. L. 多克特罗：《创造灵魂的人》，郭英剑译，译林出版社2010年版，第16页。

# 在过去之事、现在之事、将来之事之间穿越

## ——鲁迅短篇小说《狂人日记》的叙述学解读

### 一　回顾叙述与传统封建道德的根性批判

鲁迅短篇小说《狂人日记》被视为"中国现代文学史上第一篇用现代体式创作的白话短篇小说"①，占据新文化运动中的现代白话小说第一篇的文学史地位，有诸多原因。其劲力十足，恰好配合了"将令"的精神，应该是主要原因。但《狂人日记》仅仅是因为听从了"将令"便获得了其文学史的现代第一篇白话小说地位了吗？事实上，正是因为《狂人日记》对传统文化的根性进行了彻底的批判，才获得了这样的声誉。这一点，正如第一位对《狂人日记》进行评价的吴虞的发现："我觉得他这日记，把吃人的内容，和仁义道德的表面，看得清清楚楚。那些戴着礼教面具吃人的滑头伎俩，都被他把黑幕揭破了。"② 但是，鲁迅在小说中以何种叙述方式对传统文化进行批判，研究者一直有所忽略。尽管小说在思想史、文学史层面被反复深入地解读，但从叙事学的角度却鲜有论及。而正是"狂人"

---

① 钱理群、温儒敏、吴福辉：《中国现代文学三十年》（修订本），北京大学出版社 1998 年版，第 38 页。
② 吴虞：《吃人与礼教》，《新青年》第六卷第六号，1919 年 11 月 1 日。

的回顾叙述视角，才使得小说对传统封建道德核心——封建礼教的批判力量获得了艺术的实现。

什么是"回顾叙述"？按照叙事学理论，回顾叙述可以这样理解："当被叙述事件过程在文本中呈现为先前事件，在观察之前已经完成，我们面对的显然就是叙事回顾，即对早先已然事情的重构，把早先的状态和事件组合成具有统一结构和意义的总体。就是说，所有相关事实及其相互关系都已经存在。"① 这段话语，包含三层意思：其一，在叙述时间上，"过去"是小说的真正起始时间，它一直以一种现在完成进行时的状态在持续性地运行着；其二，在叙述事件上，"过去之事"必须经过重新的价值评估；其三，在故事意义上，小说中的人与人之间、事与事之间都处在一个相互关联的结构中，即历史记忆、社会记忆和未来理想始终难以分离。

细读《狂人日记》，我们发现：小说有一部分句子的时间维度是指向过去的时间。小说的确是从现在起笔。可笔力几乎没有在"现在"停留，只虚射一箭，便一下子让锋利的箭头射中了三十多年前的"过去"。即便让"我"心情一爽的今天晚上的"很好的月光"也不仅没有让"我"有丝毫的流连，反而顺势成为"我"退回到"过去"的起因。接着小说步步深入，追问狂人癫狂的根源。从叙述时间上看，作者一旦让"我"回到"过去"，就一下子回到了"过去"的根性记忆，即"狂人"之所以成为"狂人"的病根上："我想：我同赵贵翁有什么仇，同路上的人又有什么仇；只有廿年以前，把古久先生的陈年流水簿子，踹了一脚，古久先生很不高兴。""陈年流水簿子"隐喻一切传统文化所印刻在个人记忆中的历史记忆。这里，小说在处理历史记忆时，有一种"举重若轻"的绝妙。这样说，有两方面含义：其一，"踹了一脚"透露出过去时态里狂人反叛的决绝和勇敢，可反叛的结果却只是让"古久先生很不高兴"。小说以很轻的笔墨对应很重的动作，在不经意间颠覆了反叛的行动。由此，隐含了鲁迅对传统封建道德批判的决心和对传统封建道德强大力量的估价，以及对自

---

① ［美］戴卫·赫尔曼主编：《新叙事学》，马海良译，北京大学出版社 2002 年版，第 93 页。

身反叛结果的怀疑。其二，十年的狂人癫狂史不仅被轻描淡写地带过，而且对传统文化的反叛结果进行了冷处理。这是一种高妙的艺术手法。像鲁迅这样的伟大作家，都善于在小说推向高潮时，反而轻描淡写地一笔带过。冷处理，却更加能把人物的心理状态表现得淋漓尽致。作家汪曾祺谈及过类似的经验：无话则长，有话则短。

值得注意的是：小说不是对狂人进行病理学考察，而是借助狂人的癫狂性思维"回顾"中国文明史的吃人历史。而狂人这种癫狂性思维非常符合回顾叙事的特征。在回顾叙述中，"叙述声音也可能以非真实的方式指涉被叙述世界里的某些情形、属性、关系、行动或事件，这是一种怀疑和不确信的认识方式……只要把一种声言限定为'可能''或许''应该'等，它就会立刻由事实性声言转变为对故事世界的某些方面的纯粹信从、假设、推测或未经证实的设想"①。即是说：对于回顾叙述而言，假设和推测的未经证实的可能性范围之内的事件，也可以成为小说叙述的内容。小说第五节、第十节两段叙述属于这种叙述类型：

　　这几天是退一步想：假使那老头子不是刽子手扮的，真是医生，也仍然是吃人的人。他们的祖师李时珍做的"本草什么"上，明明写着人肉可以煎吃；他还能说自己不吃人么？至于我家大哥，也毫不冤枉他。他对我讲书的时候，亲口说过可以"易子而食"；又一回偶然议论起一个不好的人，他便说不但该杀，还当"食肉寝皮"。我那时年纪还小，心跳了好半天。

　　易牙蒸了他儿子，给桀纣吃，还是一直从前的事。谁晓得从盘古开辟天地以后，一直吃到易牙的儿子；从易牙的儿子，一直吃到徐锡林；从徐锡林，又一直吃到狼子村捉住的人。去年城里杀了犯人，还有一个生痨病的人，用馒头蘸血舐。

---

① ［美］戴卫·赫尔曼主编：《新叙事学》，马海良译，北京大学出版社2002年版，第95—96页。

小说对狂人所回顾的历史事件是否发生过、性质如何等情况缺乏确定性和真实性，在回顾叙述里狂人所叙述的完全是一种认识现象，即狂人是根据自己的思维方式推理出来的，而不一定都是历史本事。它们可以真有其事，也可以是谵语、错乱之言。但正因如此，这两段叙述才颇具荒诞性，符合狂人的癫狂性思维的逻辑联系，尤其符合当代法国思想家福柯所说的"部分的疯癫"。"在这些部分的疯癫中，有一些损害了理智但不损害其余的行动，有一些正相反，损害了其余的行为但不损害理智。"① 狂人更多地属于前者：他不过是限定在思维层面的疯癫，而没有影响到行为层面。或者说，它只是在思想上"启蒙"而缺少现实的行动。这是鲁迅思想文化中的一个复杂构成：既怀疑启蒙的效果，却又始终在坚持启蒙。

另外，《狂人日记》的回顾叙述具有一种特别的功能：表示事件的确定性和真实性，如叙述学理论指出："在回顾叙述里，占支配地位的通常是表示确信知情或绝对真实的声音，限定一个稳定的确定性框架，由存在过的和不曾存在的以及某一特定时刻实际上可能存在的事态组成。"② 而《狂人日记》中的叙述者由于狂人精神性格的偏执性格，更增加了对所回顾事件的确定性和真实性，并由此建立起一个现代性背景上的宏大叙事结构的模式：现代人对于传统文化负面的清算。可是，在整个确定性和真实性的回顾叙述框架中，狂人身在何处？是否可以从这个回顾叙事框架逃离或悬空？第四节和第十二节出现了始料未及的情节逆转："吃人的是我哥哥！／我是吃人的人的兄弟！／我自己被人吃了，可仍然是吃人的人的兄弟！""不能想了。四千年来时时吃人的地方，今天才明白，我也在其中混了多年；大哥正管着家务，妹子恰恰死了，他未必不和在饭菜里，暗暗给我们吃。我未必无意之中，不吃了我妹子的几片肉，现在也轮到我自己……有了四千年吃人履历的我，当初虽然不知道，现在明白，难见真的人！"回顾叙述，原本是为了清算传统封建文化的"吃人"本质，结果却

---

① ［法］米歇尔·福柯：《不正常的人》，钱翰译，上海人民出版社2003年版，第154页。
② ［美］戴卫·赫尔曼主编：《新叙事学》，马海良译，北京大学出版社2002年版，第97页。

发现：不仅自己就在"被吃"之列，而且在无意识里被裹挟在吃人者之列。这是一个无奈的莫大的悲哀。回顾"过去"，不仅没有清算传统封建道德的旧账，反而产生了一种原罪心理。

这恰是鲁迅从传统阵营中冲杀出来之后的犹豫不决的原因。或者说，这一矛盾与作者当时的生命形式是一致的。写作《狂人日记》之时，鲁迅尽管竭力以理想主义的启蒙热情告别过去，甚至不惜以西方进化论理论彻底否决传统文化，以迎接一个新的充满希望的现代民族国家。但他无法摆脱"过去"带给他的爱与恨的个人记忆和历史记忆。譬如，鲁迅的"鬼气"很大部分原因就是他一直生活在"过去"的时间里。可以说，"过去"如毒蛇纠缠他并构成"恨"是他生命之爱、生存的一个原动力。不过，在个人记忆和文化记忆之间，鲁迅更耿耿于怀的还是传统礼教，而且认为正是传统礼教屠杀了中国人的现在与将来："做了人类想成仙；生在地上要上天；明明是现代人，却偏偏要勒派朽腐的名教，僵死的语言，侮蔑尽现在，这都是'现在的屠杀者'。杀了'现在'，也便杀了'将来'。"① 所以，他在历史批判的基础上发出了第一声现代性的呐喊。

## 二 同步叙述与现实性生活的直面剖解

《狂人日记》在对以回顾叙述的方式批判传统封建道德之时，更多的是以同步叙述的方式对现在时态的现实性生活进行直面剖解。

什么是"同步叙述"？它通常是日记体的一种叙述方式，可以这样界定："文本声音所体验和报道的事件仍然处于进行过程中，还未发展到观察、言说或写作的完成或最后阶段。"② 《狂人日记》是日记体。它与其他日记体小说一样，尽管大多使用过去时态，似乎属于回顾叙述的范畴，但日记体所描述的事件通常在写作时仍然处于进行过程当中。譬如小说开

① 鲁迅：《热风·随感录五十七》，《鲁迅全集》第1卷，人民文学出版社1981年版。
② ［美］戴卫·赫尔曼主编：《新叙事学》，马海良译，北京大学出版社2002年版，第97—98页。

始："今天晚上，很好的月光。我不见他，已是三十多年；今天见了，精神分外爽快。才知道以前的三十多年，全是发昏；然而须十分小心。不然，那赵家的狗，何以看我两眼呢？我怕得有理。"虽然狂人所叙述的事件似乎成了过去时，但狂人叙述的事件时间和观察时间始终同步进行。而且，事件没有因为狂人的观察而获得一个结论，事件仍然处于动态的发展过程中。接着，往下阅读第二节：

> 今天全没月光，我知道不妙。早上小心出门，赵贵翁的眼色便怪：似乎怕我，似乎想害我。还有七八个人，交头接耳的议论我，张着嘴，对我笑了一笑；我便从头直冷到脚根，晓得他们布置，都已妥当了。

> 我可不怕，仍旧走我的路。前面一伙小孩子，也在那里议论我；眼色也同赵贵翁一样，脸色也铁青。我想我同小孩子有什么仇，他也这样。忍不住大声说，"你告诉我！"他们可就跑了。

它看似错乱，在时间结构上和第一节却紧密相连：不仅"月光"与前文形成照应关系，而且外部事件对于狂人的心理继续施加影响。并且，小说仍然选用同步叙述的方法。它一方面在内容上描写了一个迫害狂的精神特征：满眼的警觉、狐疑的目光、灵敏的嗅觉，搜索着周围一切人的声音、行动，并将所接受的一切声音和行动都按照臆想去猜想。整个一个精神病态的感官和认知。另一方面，它在形式上体现了同步叙述的特征：它是各种现在的间歇、片断或阶段所体验的事件组成。此后，第三节狂人对现实性生活中被吃者也加入吃人者行列的百思不得其解；第四节狂人发现仆人、医生，甚至大哥合谋成为吃人者后的惊愕；第五节狂人对历史和现实的双向取证。第十节狂人对大哥的规劝……都位于同步叙述之下。

同步叙述首先依靠作者对现实生活的深切、细致的体验。这样说，不仅因为狂人的原型是鲁迅的表兄弟。鲁迅"亲自见过'迫害狂'的病人，又加了书本上的知识，所以才能写出这篇来，否则是很不容易下笔的"①。也不仅因为鲁迅应用了他所积累的医学知识。其根本原因在于同步叙述主要建立在小说中的一系列细节描写上，而这些细节恰是来自鲁迅对现实生活的深切体验。譬如："黑漆漆的，不知是日是夜。赵家的狗又叫起来了。/ 狮子似的凶心，兔子的怯弱，狐狸的狡猾……"既形象地描写了狂人的境遇，又准确地传达了狂人的心理体验。狂人的处境仿佛被囚禁在一个全景式的监狱里。监狱的构造如福柯的描述："四周是一个环形建筑，中心是一座瞭望塔。瞭望塔有一圈大窗户，对着环形建筑。环形建筑被分成许多小囚室，每个囚室都贯穿建筑物的横切面。"② 狂人的心理犹如一位洞穿现实的精神战士。他的斗争精神支撑他以个人之力量与历史和社会独战。可以说，《狂人日记》虽然满篇都是癫狂性语句，可作为小说它却具有惊人的真实感。正是基于现实生活的真实性，同步叙述在小说的情节安排上才具有特殊的效果。

同步叙述呈现了社会生活的各个侧面。依据叙述学观点，"由于同步叙述报道的是事件发生时的情形，是现在各个时刻组成的序列或报道的直接体验，所以这个序列在整体上往往有一种补充和并列的性质，事件被并置或排列在一起"③。即是说，同步叙述尽管无法对事件的结果进行报道，但可以对现象的情状进行描述。它们在小说中处于动态变化之中。尤其，这些并置的事件可以展现不同侧面的生活场景。在《狂人日记》中，一个突出的例子是：小说将自己的现实性体验和狂人的癫狂性思维结合在一起，使得各个没有逻辑性的事件连贯在一起，进而呈现出社会人生的本相。它们是：赵家的狗多看我两眼；赵贵翁的眼色似乎怕我又似乎想害我；小孩子"也在那里议论我；眼色也同赵贵翁一样，脸色也铁青"；女人边打儿子边说"老子呀！我要咬你几口才出气"；陈老五"硬把我拖回家中"；狼子村的佃户；"借了看脉这名目，揣一揣肥瘠：因这功劳，也分

---

① 周作人著，止庵编：《关于鲁迅》，新疆人民出版社 1997 年版，第 204 页。

② ［法］米歇尔·福柯：《规训与刑罚》，刘北成、杨远婴译，生活·读书·新知三联书店 1999 年版，第 224 页。

③ ［美］戴卫·赫尔曼主编：《新叙事学》，马海良译，北京大学出版社 2002 年版，第 99 页。

一片肉吃"的老头子;"合伙吃我的"我的哥哥,以及想也知道"妹子是被大哥吃了"的母亲。一切描写都以细节为根基。这些细节是荒诞不经的,但又是合情合理的。进一步说,表面上看,这些事件或人物之间在现实意义上没有关联。甚至,他们与狂人之间也没有任何事实上的冲突。但是,它们被并置在一起,从不同的侧面为小说提供确定性的"吃人"的蛛丝马迹。而且,通过同步叙述建立起来的并置结构,使得小说中的人与人之间的关系与小说主题一道逐层地呈现出来。不仅权贵者,而且弱势者、孩子、族人也都存在着一种合谋关系:"他们可是父子兄弟夫妇朋友师生仇敌和各不相识的人,都结成一伙,互相劝勉,互相牵掣,死也不肯跨过这一步。"而这种潜存的合谋关系,在狂人的偏执的追问下,终于显现出传统封建道德的本质:"凡事总须研究,才会明白。古来时常吃人,我也还记得,可是不甚清楚。我翻开历史一查,这历史没有年代,歪歪斜斜的每叶上都写着'仁义道德'几个字。我横竖睡不着,仔细看了半夜,才从字缝里看出字来,满本都写着两个字是'吃人'!"总之,同步叙述旨在通过多重意义的组合实抵达一个追问:"从来如此,便对吗?"进而实现其写作目的:"意在暴露家族制度和礼教制度的弊害。"①

需要指出的是:同步叙述的功能只是为了讲述各个故事的可能性,而不是事件的必然性。其原因是:"那些事件只是从目前情境推断出来的假设,言说者并不能肯定它们是否真的存在。"② 细读小说,可以发现,虽然作者用大量的笔墨描写吃人,但几乎没有一处可以落到实处。加上狂人的特殊精神性格不同于一般的叙述者,即狂人生活在一个完全臆断性的世界,而不是一个现实的世界。狂人说不出其中哪一种被实际化,他一直处于证据的寻找和推断之中。狂人的每一个猜想仅仅是狂人按照癫狂性思维认为可能的现象。譬如,第五节描写狂人透视医生和大哥"吃人"心理的情节设计非常典型、有趣。

---

① 鲁迅:《中国新文学大系·小说二集导言》,良友公司 1935 年版。
② [美] 戴卫·赫尔曼主编:《新叙事学》,马海良译,北京大学出版社 2002 年版,第 100—101 页。

我也不动，研究他们如何摆布我；知道他们一定不肯放松。果然！我大哥引了一个老头子，慢慢走来；他满眼凶光，怕我看出，只是低头向着地，从眼镜横边暗暗看我。

大哥说，"今天你仿佛很好。"我说"是的。"大哥说，"今天请何先生来，给你诊一诊。"我说"可以！"其实我岂不知道这老头子是刽子手扮的！无非借了看脉这名目，揣一揣肥瘠：因这功劳，也分一片肉吃。

可以说，整个同步叙述的内容，都是遵循着"我看，故我想；我听，故我思"的思维方式。"看"和"听"，对于狂人而言，比常人更依赖这些认知方式。同步叙述完全符合小序所设定的狂人的形象特征："语颇错杂无伦次，又多荒唐之言。"

同步叙述在《狂人日记》中的作用当然不限定在叙述学范畴。它的背后隐含了作者的思想文化性格，即狂人在现在的大无畏的反抗反映了鲁迅作为现代知识分子第一人的彻底的怀疑精神。从这个意义上，正如周作人所说："这篇文章虽然说是狂人的日记，其实思路清彻，有一贯的条理，不是精神病患者所能写出来的，这里迫害狂的名字原不过是作为一个楔子罢了。"[1] 的确，写作《狂人日记》的鲁迅，固然是在犹疑中加入新文化的阵营，固然难以消除内心的晦暗，但一经加入，还是竭力发出勇猛的呐喊。在小说中，呐喊声主要体现为狂人对礼教的怀疑，对家族的怀疑，甚至对未来的怀疑。这样，同步叙述完美地实现了狂人的隐喻功能。狂人开启了现代中国文学史精神界战士的象征性符号。狂人一直在偏执地追问：谁是吃人者？吃人者为何吃掉被吃者？怎样吃掉被吃者？被吃者是否有抗争的可能性？这个世界上是否还有没有吃过人的人？等等。这些追问中，寄予着鲁迅思想文化性格的一面：敏锐、尖刻，对现实的彻底的剖解。如许寿裳所说："他看准了缺点，就要愤怒，就要攻击，甚而至于轻蔑。"[2]

---

① 周作人著，止庵编：《关于鲁迅》，新疆人民出版社1997年版，第205页。
② 许寿裳：《怀亡友鲁迅》，《新苗》月刊第十一期，1936年11月15日。

## 三　预示叙述与乌托邦之梦

《狂人日记》除了回顾叙述和同步叙述，还运用了预示叙述。尽管预示叙述的笔墨最为轻淡，并透露出犹疑之气，但其寓意之深、承担之重，耐人寻味。

按照叙述学的阐释，"预示叙述是关于言说时尚未发生之事的叙事：预言、预演、计划、推测、愿望、筹划，等等。这里的决定因素是时间和情态，而不是体式。在特定话语世界或基础世界里，还没有可以体验或讲述的确切事实，无论肯定的或否定的都没有。叙述者或文本声音此时所做的事情就是预见，预示，建构"①。《狂人日记》所讲述的故事世界从现实的层面上可以被概括为一个"迫害狂"遭受迫害的故事，从理想的层面又可以理解为一个现代"狂人"的革命寓言故事。在后者的视角下，小说的一切情节，都不仅剖解了现实社会各阶层的"吃人"结构，而且为未来社会的建构奠定了基础。它一面讲述了狂人对现实的绝望的抗争，一面又书写了狂人的确信和希望。确信和希望生成了这篇小说的动力，这正如小说发表四年多之后，鲁迅所道出的写作《狂人日记》的深层心理："是的，我虽然自有我的确信，然而说到希望，却是不能抹杀的，因为希望是在于将来，决不能以我之必无的证明，来折服了他之所谓可有，于是我终于答应他也做文章了，这便是最初的一篇《狂人日记》。"② 可以说，《狂人日记》是一篇激情饱满、斗志昂扬的励志之作。鲁迅从《狂人日记》出发，决计竭力悬搁内心深处的晦暗。类似的激情和斗志，在新文化运动时期，鲁迅曾经反复表达："生命的路是进步的，总是沿着无限的精神三角形的斜面向上走，什么都阻止他不得。""什么是路？就是从没路的地方践踏出来的，从只有荆棘的地方开辟出来的。"③ "曙光在头上，不抬起头，便永远

---

① ［美］戴卫·赫尔曼主编：《新叙事学》，马海良译，北京大学出版社2002年版，第100页。
② 鲁迅：《呐喊》自序，《鲁迅全集》第1卷，人民文学出版社1981年版，第419页。
③ 鲁迅：《热风》，《鲁迅全集》第1卷，人民文学出版社1981年版，第368页。

只能看见物质得闪光。"① "所以我时常害怕，愿中国青年都摆脱冷气，只是向上走，不必听自暴自弃者流的话。能做事的做事，能发声的发声。有一分热，发一分光，就令萤火一般，也可以在黑暗里发一点光，不必等候炬火。"②

预示叙述在《狂人日记》中分为部分预示和全部预示。部分预示是指预示叙述是以回顾叙述和同步叙述的事件为起点，与同步叙述或回顾叙述始终对立地交织在一起，进而使得小说具备了一种开放性的故事结构。譬如，第十节狂人断定"大哥"也"入伙"于吃人者行列之后，决计对大哥规劝的一段对话描写："我只有几句话，可是说不出来。大哥，大约当初野蛮的人，都吃过一点人。后来因为心思不同，有的不吃人了，一味要好，便变了人，变了真的人。有的却还吃——也同虫子一样，有的变了鱼鸟猴子，一直变到人。有的不要好，至今还是虫子。这吃人的人比不吃人的人，何等惭愧。怕比虫子的惭愧猴子，还差得很远很远。"这两段话语将现在、过去、将来三个时间世界相互缠绕在一起，"野蛮的人""人""真的人"混杂在一起很难彻底区分。这在阅读效果上的确符合狂人错乱的思维，但这种处理方式还隐含了鲁迅的历史观：传统封建道德的强大力量是以循环的方式不断地复活于现在和将来。尽管如此，预示叙述作为一种虚拟的方向，比同步叙述和回顾叙述更多地承载着作者的情感倾向。狂人的意愿及他对未来世界的预想在预示叙述中具有充分的力量。譬如，狂人在规劝之后，义正词严地发出了警告之声："你们可以改了，从真心改起！要晓得将来容不得吃人的人，活在世上。/你们要不改，自己也会吃尽。即使生得多，也会给真的人除灭了，同猎人打完狼子一样！——同虫子一样！/你们立刻改了，从真心改起！你们要晓得将来是容不得吃人的人……"进化论的信奉为鲁迅提供了批判传统封建文化的精神起源和勇气。

比较而言，全部预示是指预示叙事以未来的可能性设想为叙述内容。

---

① 鲁迅：《热风》，《鲁迅全集》第1卷，人民文学出版社1981年版，第356页。
② 同上书，第325页。

它包含三种表现形态：其一，叙述者相信某种事情会在将来的某一时刻发生；其二，叙述者假设某一事情会在将来的某一时刻发生；其三，叙述者祈愿某一事情会在将来的某一时刻发生。无论哪一种形态，都有一个共同之处："预示叙述中的唯一事实是叙述声音在叙述时间的现在从事假想、编造或心理的拟真行为。这种行为产生了纯粹的观念建构（一种尚未存在的情境）。"① 从这个意义上，狂人的预示叙述承担了鲁迅作为现代中国知识分子第一人的乌托邦之梦。对于其乌托邦的特点，《狂人日记》一问世，就被人破译："鲁迅先生所作的《狂人日记》的狂人，对于人世的见解，真个透彻极了……我敢决然断定，疯子是乌托邦的发明家，未来社会的制造者。"② 小说中，全部的预示叙述只有结尾一节："没有吃过人的孩子，或者还有？救救孩子……"尽管如此简短，但还是可以透射出鲁迅对未来世界犹疑的希望和坚定的承担。这里的核心词是"孩子"。"孩子"在鲁迅笔下，一向不是可以超越于传统和现实而超然存在的洁净的生命。联系前文，"孩子"在未出生前就被"娘老子"教会了"吃人"的本领。所以，鲁迅在《狂人日记》中建立乌托邦之梦时，又怀疑这乌托邦之梦。小序在小说正文开始之前，就交代了狂人的病好了，去外地候补去了。其用意在于：颠覆狂人的一切追求和反叛，进而对启蒙的过程进行颠覆。类似的颠覆话语，鲁迅在同期的随感录中剖解得更为透彻：何谓"如此"？说起来话长；简单的说，便只是纯粹兽性方面的欲望的满足——威福，子女，玉帛，——罢了。然而在一切小丈夫，却要算最高理想（？）了。我怕现在的人，还被这理想支配着。③ 尽管鲁迅选择了呐喊，内心还是被晦暗包围着。可是，孩子是"将来"的代名词，是这个世界上唯一可以具有象征意义的象征物。如果启蒙者还想拯救这个世界，只有从孩子开始。救救孩子，也是拯救我们的未来世界。

　　《狂人日记》的意义至少包含了三个层面的意义：其一，从传统文化的阵营内部冲杀出来，再杀回去，清算其根性弊端：家族和礼教对人的统

---

① ［美］戴卫·赫尔曼主编：《新叙事学》，马海良译，北京大学出版社2002年版，第101页。

② 孟真：《一段疯话》，《新潮》第一卷第四号，1919年4月1日。

③ 鲁迅：《热风》，《鲁迅全集》第1卷，人民文学出版社1981年版，第355页。

治；其二，在现实生活的深切体验中，剖解现代中国人和传统封建文化的妥协、合谋；其三，以进化论的哲学观点，呼唤真的人在未来世界中出现。三重意义反映了鲁迅矛盾的思想文化性格：反叛传统又背负传统的重负；透彻地认知现实可又难以改变现实；心怀希望可又怀疑希望。由此，《狂人日记》在写实处充满象征意味，在象征处又贴近现实人生。在过去、现实、将来中穿越才是小说的叙述结构。狂人在叙述学意义上可以被理解为：一个同时具有过去、现在、将来三个时间维度的有着无限阅读可能性的现代性寓言。或者说，狂人原本就不是一个具体的个人，而是 20 世纪现代启蒙者的群像。

［本文发表于《陕西师范大学学报》（哲学社会科学版）2008 年第 1 期。有删节］

# "慢"："峻急" 之外的另一种美感

## ——重读鲁迅小说《孔乙己》

## 一 "慢"：不该忽视的鲁迅小说美感

在鲁迅研究史中，有相当长一段历史时期，鲁迅仅仅被理解为一位眉头紧锁、手执匕首和投枪的斗士。的确，一袭陈旧的长衫，直立的头发，犀利的目光，难免不给人一种启蒙思想家的冷峻之感。而况，鲁迅小说《狂人日记》《白光》《伤逝》《孤独者》等确实因启蒙之重而选取了现代主义小说的峻急美感。但与此同时，鲁迅还接续了古典主义的文学流脉，以随风润物的自在心态享受着一位小说家的个人化趣味，即鲁迅小说在"峻急"之外，还存在着另一种舒缓、雍容的美感——"慢"。譬如《孔乙己》。

按照中国现代文学史教科书的权威评价，鲁迅的小说《狂人日记》因第一篇现代白话小说的地位而受到高度赞誉。如果从文学史的角度，怎样高度评价《狂人日记》的文学史意义，都不为过。但如果让鲁迅自己来评价，他则更喜欢《孔乙己》。究其原因，正如曾秋士（孙伏园的化名）在1924 年 1 月 12 日《京报》副刊发表的《关于鲁迅先生》一文所说："我曾问鲁迅先生，其中哪一篇最好，他说他最喜欢《孔乙己》，所以译了外国文。我问它的好处，他说能于寥寥数页之中，将社会对于苦人的冷淡，不慌不忙地描写出来，讽刺又不很明显，有大家风度。"① 一向对自己小说言语谨慎的鲁迅对《孔乙己》可谓破了例。在此，鲁迅所说"不慌不忙""讽刺又不很明显""大家风度"的评语显然不是着眼于《狂人日记》所确立的启蒙主题，而是指向《孔乙己》的叙事艺术。换言之，鲁迅满意于《孔乙己》的原因就在于它在叙事艺术上有别于《狂人日记》式的峻急，而追求一种"慢"。基于"慢"，《孔乙己》才产生了感动的力量和鲁迅小说的另一种美感。

那么，如何理解"慢"？"慢"，在小说世界中，首先意旨小说的叙事节奏；其次，意旨一种叙事美学——通常隶属于古典主义叙事美学；再次，意旨一种叙事结构，即"诗化"结构。当然，"慢"，又超出了小说世界之外，即"慢"的小说的艺术背后隐含着鲁迅自觉、深刻的现代性批判精神。更确切地说，"慢"意旨现代人对现代社会"快"节奏的对抗方式；"慢"还意旨现代人所渴求的从容的心态和有风度的生命态度。当然，"慢"的丰富含义是借助于《孔乙己》的文本世界来实现的。

## 二 "慢"：《孔乙己》的总体叙事美学

任何经典小说，都有其独特的、属于它自身的总体叙事美学原则。而这一总体叙事美学原则，总是最先体现在其故事模式和开头的设计上。可以说，小说的故事模式和开头，既会成为读者被吸引的重要构成要素，也能够划分出小说艺术水准的高下之别。一位作家能否在人们熟悉的故事模式中发现新意？小说的开头能否呈现出作者的高妙的叙事智慧？类似这些问题，其实都构成小说总体叙事美学的内涵所在。沿着这样的思路，重读《孔乙己》的故事模式和开头，别有意义。

---

① 曾秋士（孙伏园）：《关于鲁迅先生》，中国社会科学院文学研究所鲁迅研究室主编《1913—1983 鲁迅研究学术论著资料汇编》（一），中国文联出版公司 1985 年版，第 43 页。

　　《孔乙己》的故事模式并不新鲜。它不过讲述了一位落魄老书生的悲剧命运。要知道，这样的故事模式在吴敬梓的《儒林外史》中早已发生。可见《孔乙己》的经典性意义并不在于它的故事模式，而在于它以思想家的目光抵达了小说艺术的至极之境。如果仅仅局限于它的故事模式，我们就难免停滞在以往文学史权威教科书因历史语境限制而概括的确定性主题：《孔乙己》以"简练的现实主义笔触，描写了一个深受孔孟之道毒害的下层知识分子可悲可怜的一生，对封建科举制度戕害人们精神的罪恶，提出了有力的控诉"①。事实上，《孔乙己》的经典意义早已超越了这一故事模式所提供的这一确定性主题。进一步说，《孔乙己》以2600字的短篇竟然浓缩了孔乙己一生的悲剧，可谓确立了中国现代小说史上极简主义的"慢"的叙事美感的典范。这样，这个似曾相识的故事模式在意蕴上非常复杂。有谁能够深切地体味孔乙己悲剧的原因、孔乙己的性格组成及作者的情感世界？小说通过孔乙己被毁灭的悲剧，不仅讽刺了被传统科举制度所毒害的一代中国知识分子的性格弱点，而且也批判了整个社会的冷漠和凉薄。不过，鲁迅并没有让悲痛之心、愤激之情浮于表面，而是在简洁的叙述里从容地逐层展现小说的多重主题和作者复杂的情感。

　　我们还需要重读小说《孔乙己》开头的深意。任何经典小说，大凡都会在开头隐含着艺术高妙的端倪。正因如此，当代以色列著名作家阿摩思·奥兹才会潜心研究一些世界经典小说的故事是如何开始的，并诙谐地比喻道："开始讲一个故事就像在餐馆和一个素昧平生的人调情。"②鲁迅深谙小说开头决定小说成败的艺术之道，但鲁迅却似乎反其道而行之，即《孔乙己》的开头竟然不露声色地设定了"慢"的叙事美感。

　　小说开头的文字，确如鲁迅所说"不慌不忙"。作者似乎全然"忘却"了短短篇幅要承担一个人的一生的超负荷重任，实则恰是"大家之气"。

　　那么，从"慢"到令人着急的开头的文字里，我们看到了什么呢？首

---

　　① 王瑶：《中国新文学史稿》（上册），《王瑶全集》第三卷，河北教育出版社2000年版，第136页。

　　② ［以色列］阿摩思·奥兹：《故事开始了》，杨振同译，译林出版社2011年版，第2页。

先是"鲁镇"。"鲁镇"是鲁迅小说中反复出现的特定的故事背景。它和 S 城一样，是长养鲁迅的故乡，也是鲁迅记忆中的故乡，更是鲁迅据此透视中国乡土农村及中国农民的窗口。其次，是"当街一个曲尺形的大柜台"。它是鲁迅为小说人物活动所设计的场景。它一方面透露出浓郁的乡土民俗；另一方面，它还为当时社会的"短衣帮"，即社会底层的农民提供了活动场所。不仅如此，"当街一个曲尺形的大柜台"和"店面隔壁的房子"悄无声息地划分了中国社会的各个阶层。不过，鲁迅并没有像 20 世纪 30 年代的"左翼"写作那样，将农民和权力阶层即"穿长衫的"形成剑拔弩张的尖锐对立的敌对关系。相反，"短衣帮"自得其乐，即使每碗酒从四文涨到十文，也还是规矩地站在柜外，为酒、盐煮笋、茴香豆、荤菜等生活目标而憧憬、而奋斗。至于"穿长衫的"，不仅不是"短衣帮"的仇恨对象——古中国的儿女没有现代人的仇富心理，而且被"短衣帮"艳羡和由衷仰视。那种"慢慢地喝"的举止，让"短衣帮"永远可望而不可即。看起来一切都按部就班、风平浪静。不同阶层、身份的人，在柜台的场景里各有自己的位置，一同维系着这个社会的既定秩序。

当《孔乙己》的故事模式和故事开头在"慢"的总体叙事美学中舒缓落定，小说的总体叙事美学原则已然确定。《孔乙己》不似《狂人日记》那样一味将人物逼上绝境的"峻急"美感，而是适时地延宕人物通向绝境的进程。

# 三 "慢"：《孔乙己》的情节编排策略

"慢"不仅构成了《孔乙己》的整体叙事美学原则，而且还内化为具体的情节编排策略。所以，当鲁镇酒店的格局布置停当后，主人公仍然没有上场。小说开始"不慌不忙"地借助于小伙计的叙述视角来讲述他所目睹的世道人心。

借助于小伙计之口，小说开头所描摹的中国社会秩序井然的假面瞬间就被剥落了。原来，咸亨酒店里人与人之间的关系潜存着矛盾和冲突。

"短衣帮"的"严重监督"传达了底层人对柜台老板的不信任感，也传达了酒店老板对底层人的盘剥。当然，这两段内容主要是为了完成叙述人称的巧妙安排。以少年小伙计作为小说的叙述者，从小说结构来看，具有成人视角无法具有的特殊功能。进一步说，少年的目光通常朦胧又纯真，可以过滤人世间成人目光中的丑恶和残酷。反过来说，连少年在成长过程中都逐渐感受到了周围社会的冷漠和残酷，这个世界也就真的陷入堕落。小说也便更有震撼人心的力量。

值得注意的是：鲁迅既然选择了少年视角，也就格外尊重少年的成长历程，而决不在文本之外操纵少年叙述者的叙述世界。于是，小说透过少年的目光"慢"节奏地聚集了一团"单调、无聊、教人活泼不得"的氛围。氛围，在《孔乙己》中，是与人物和情节同等重要的小说要素。可氛围固然重要，在一个2600字的短篇中，整整两段过去了，主人公孔乙己却迟迟没有现身，情节的编排可谓"慢"到了惊险的地步。

终于，孔乙己"慢慢"地出场了。

"站着喝酒而穿长衫的唯一的人"，一笔落定，就使得孔乙己在纷乱的人群中凸显出来。他给读者的第一印象就是一个落魄、尴尬的知识分子形象：虽然失去了知识分子的资本——经济地位，却还舍不得告别知识分子的身份象征——"长衫"。接着，循着"高大"的身影细看，落魄老书生的形象更加清晰了。拖沓的服饰、明摆着没有得到他人的关心；"满口之乎者也"标志着传统文化在他身上留下的深深印痕，也隐含着他最后的骄傲。可连名字的由来都是别人随心所欲地命名，给人一种可笑又酸楚的反讽意味。在此，鲁迅对于孔乙己的出场描写，始终运用简单的文字。但简单文字是最见功力的，这功力在于：它简练准确地表达复杂的意思。或者说，简单的文字蕴有丰富的意韵。这和鲁迅的深厚的古典文学修养有关。也正是在简单的文字描写中，我们看到了鲁迅小说的另一种美感："慢"。我们据此可以看到：鲁迅小说在《狂人日记》似的"峻急"的急风暴雨中，还有另一种淡定。不过，鲁迅并非一"慢"到底，而是在舒缓的情节编排中陡然凝定犀利的目光，锁定在孔乙己的"伤痕"上，由此洞穿笔下人物复杂的魂灵，真可谓张弛有度，收放自如。于是，孔乙己的"伤痕"

成了不断推进小说情节奔赴发展、高潮的"戏眼"。孔乙己的苦楚竟成了"看客"的乐趣所在。小说随着情节的发展逐渐剖解了这个人世间的冷漠和麻木，与此同时，也批判了孔乙己的自身悲剧。两条线索看似波澜不惊，实际则渗透了作者的双重批判思想：对"大众"和孔乙己的双重批判。而且，孔乙己和"大众"初次对话过程中意味深长的是：围绕着孔乙己和"大众"之间的最初对话似乎平实，在情节编排上却机关重重。"大众"一方步步进逼，孔乙己则步步为营。最后的结果虽然充满了快活的空气，可这"快活"建立在孔乙己的尊严之上，而落魄知识分子则将尊严看成命根子。其中，"所有喝酒的人""故意的高声喊""涨红了脸，额上的青筋条条绽出"等细节描写，使得"快活的空气"成为含泪的反讽。

然而，小说在情节节奏急促、紧张之时，陡然减缓了悲剧的进程，再度使情节"慢"下来。为了有效地实现"慢"的美感，小说选用插叙的方式延宕了孔乙己的悲剧结局。如果说孔乙己的一生用了 2600 字，那么他的大半生的生命历程和悲剧则浓缩在二百多字里。这真可谓：越是精简的文字，《孔乙己》越是节奏从容。值得注意的是：情节的延宕选用的却是叙述的加速手法。什么是加速？"加速"在小说的世界中可以被理解为作者选取概述、简写等叙事策略使得小说的情节节奏快起来。譬如，博尔赫斯称道："当代小说要花五六百页才能让我们了解一个人物，而且前提是我们预先了解他。但丁只需一个片断。……在但丁的作品中，人物的一生被浓缩在一两个三行诗里，并因此而获得了永生。"① 将加速和延宕放置在一起对于小说来说是一种极大的冒险，但鲁迅处理得非常自如。不过，鲁迅并没有因为加速手法而简化人物的性格。寥寥几句，不仅了解了预先素不相识的孔乙己，而且将其作为被封建传统文化戕害的旧式知识分子的诸多弱点表现充分。"好吃懒做""从不拖欠"概括了孔乙己的悲剧性格：没有任何生存能力，但仍然保留尊严，这正是导致孔乙己悲剧的性格原因。

① ［阿根廷］博尔赫斯：《博尔赫斯文集》，王永年等译，海南国际新闻出版中心 1996 年版，第 19 页。

　　当然，小说至此仍然让孔乙己存在于少年叙述者的间接转述中。我们更期待少年叙述者对孔乙己的直接叙述，或者说让孔乙己自己表现自己。于是，小说再次回到了咸亨酒店，并再度让情节编排"慢"下来，即小说在孔乙己和"大众"的第二轮对话中转为减速的叙述策略。"减速"与"加速"正好相反：如果说加速是对时间的浓缩，"减速"则是对时间的拉长。它旨在通过描写的方式透视人物的内心，而不是仅仅对人物概述。因此，经由这段对话，将咸亨酒店热闹氛围背后的冷酷的世道人心被表现得更为入骨。一面是"大众"的致命的发问："你怎的连半个秀才也捞不到呢？"一面是孔乙己的颓唐不安模样。"大众"连孔乙己最后一点面子都不给留。尤其，咸亨酒店的哄笑声加速了孔乙己的悲剧结局：一次次哄笑声将孔乙己逼至绝境。

　　不过，如果说"大众"的麻木和冷漠是构成孔乙己的悲剧根源，但这不是作者的全部本意。鲁迅在批判这个"大众"麻木、冷漠之时，同时批判了孔乙己自身的病症。只是鲁迅对孔乙己的批判之中又充满了温情，可以说，鲁迅对孔乙己的感情是小说最复杂的情感世界。围绕孔乙己与小伙计之间的对话描写颇耐人寻味。我们可以从两个层面来理解这段对话。从叙述学的立场，这段对话暂时使得孔乙己从悲剧进程中被暂时解救出来。或者说，在孔乙己无地自容之时，作者让小伙计步入场景，中断了众人对孔乙己的奚落。可是，小伙计能够理解孔乙己吗？孔乙己能够在少年小伙计那里挽回一位知识分子的身份和尊严吗？从孔乙己自身来看，孔乙己的知识分子身份除了前文出现的长衫，还有知识。可他的知识是一种怎样的结构？如茴香豆的四种写法等所谓知识在现实社会中早已过气。小说继续运用减速策略，"慢"节奏地安排孔乙己走向悲剧：咸亨酒店里唯一有可能与孔乙己谈天的小伙计也最终离他而去，孔乙己的知识在现实里百无一用，但他却浑然不知。既不了解社会，也不了解他人，更不了解自己，孔乙己的悲剧结局在劫难逃。

　　但是，格外令人感动的是：鲁迅在批判孔乙己的至深处，却不禁充满了温情。在性情中人的鲁迅看来，孔乙己再怎么咎由自取，也还是保留了一颗善良的心。为此，鲁迅设计了孔乙己给孩子们吃茴香豆的动人情节。

对于这一关键情节，鲁迅仍然选取减速的叙述策略。鲁迅笔下几乎没有一个成年人如孔乙己那样保留了孩子般的天真和善良。小说中的"着了慌，伸开五指将碟子罩住"等细节描写，传神地表现出孔乙己心太软、太真的可爱一面。鲁迅按捺不住情感的倾向性。然而，鲁迅毕竟不会听凭感情支配。孩子的笑声让我们确证这个世界透骨的冷。"孔乙己是这样的使人快活，可是没有他，别人也便这么过。"少年叙述者的旁白是入骨的悲凉之语。

小说的情节发展到这里，孔乙己被毁灭的悲剧因素已经逐层地展现出来：社会现实和传统封建文化及自身的弱点一同导致了孔乙己的精神毁灭。但是，小说并没有停止在精神层面，而是越过精神又返回肉身层面，从而在双重毁灭中完成孔乙己悲剧的结局。这种处理方式，传达了鲁迅的咄咄逼人的现实主义穿透力。在传统中国知识分子将精神视为至高无上的存在之时，鲁迅偏不相信精神的唯一性。或者，鲁迅认定：如果肉体不遭受毁灭性的摧毁，传统知识分子就会仍然生活在欺与瞒之中。那么，鲁迅选用什么样的叙述方式最终完成孔乙己肉体的毁灭呢？变速叙事。如何理解"变速"叙事？在加速与减速叙述的铺垫下对时间的非逻辑的跳跃。譬如这段描写：

> 有一天，大约是中秋前的两三天，掌柜正在慢慢的结账，取下粉板，忽然说，"孔乙己长久没有来了。还欠十九个钱呢！"我才也觉得他的确长久没有来了。一个喝酒的人说道，"他怎么会来？……他打折了腿了。"掌柜说，"哦！""他总仍旧是偷。这一回，是自己发昏，竟偷到丁举人家里去了。他家的东西，偷得的么？""后来怎么样？""怎么样？先写服辩，后来是打，打了大半夜，再打折了腿。""后来呢？""后来打折了腿了。""打折了怎样呢？""怎样？……谁晓得？许是死了。"掌柜也不再问，仍然慢慢的算他的账。

"有一天"的叙事方式充满了随心所欲的成分，没有时间的确定性和精确性。而且，故事中人物通过道听途说的讲述方式，更加强了情节的跳跃性。但这种方式可以跳跃、便捷地讲述故事情节中的关键性的铺垫成分，使得小说的悲剧结局自然而然。由此变速叙事，孔乙己后面的出场才显得合理。

不仅如此，变速的叙述还调动了读者对结局情节的期待之心。被打折了腿的孔乙己在最后究竟什么时候出现？如何出场？如何退场？这是小说的悬疑之处，也是小说最有难度的地方。鲁迅为此选用了空白叙事。如何理解"空白"？"它是加速的一种极端行为，并且又是小说创作中的一个不可或缺的基本行动。它采用'粗暴'的却是必要的直接切割时段的方式，造成跳空，把速度陡然加快。"① 在空白叙事中，孔乙己最后一次出现于咸亨酒店是"中秋过后"的"一天的下半天"。孔乙己"盘着两腿"，在众人的取笑中，"坐着用这手慢慢走去了"。"自此以后，又长久没有看见孔乙己。到了年关，掌柜取下粉板说，'孔乙己还欠十九个钱呢！'到第二年的端午，又说'孔乙己还欠十九个钱呢！'到中秋可是没有说，再到年关也没有看见他。我到现在终于没有见——大约孔乙己的确死了。"这是一段高难度的写作：时间跨度较长、既要写实人物的被毁灭，又必须保留前面哄笑的氛围。空白叙事和精到的细节描写使得这些难题举重若轻。而举重若轻的艺术震撼力则是经久的，如废名所说："我读完《孔乙己》之后，总有一种阴暗而沉重的感觉，仿佛远远望见一个人，屁股垫着蒲包，两手踏着地，在旷野当中慢慢地走。"②

作家曹文轩说："对速度的独到理解和独到处理，更是一个衡量小说家在掌握时间方面的水平的尺度。"③ 鲁迅通过情节的减速、加速、变速和空白的交替使用而从容地讲述了孔乙己一生的悲剧命运，进而确立了鲁迅小说独特的"慢"的叙事美学。

英国小说家福斯特有一段话语可以传达《孔乙己》"慢"的高妙："我并不认为事先把小说的内容规划停当才动手写作的那些作家，能够把节奏安排得非常妥帖。它必须经过一段时间的间隔，凭着作者的心血来潮

---

① 曹文轩：《小说门》，作家出版社 2003 年版，第 159 页。
② 冯文炳：《呐喊》，《晨报》副刊 1924 年 4 月 13 日。
③ 曹文轩：《小说门》，作家出版社 2003 年版，第 162 页。

而出现，才能产生效果。可是，这效果将会非常美妙，而且不必以危及人物的塑造为代价，也减轻了我们对小说外部形式的要求。"① 《孔乙己》可谓鲁迅一篇"心血来潮"之作，而不是如《狂人日记》一般"听从将领之作"。正因如此，《孔乙己》成了鲁迅最喜爱的小说；也因如此，《孔乙己》探索了另一种中国现代小说的美感——"慢"。

（发表于《名作欣赏》2013 年第 14 期。有删节）

---

① ［英］福斯特：《小说面面观》，朱乃长译，中国对外翻译出版公司 2002 年版，第 433 页。

# 祛魅与还原：新时期以来鲁迅形象重构的逻辑演变

新时期以来鲁迅形象的重构，是新时期以来中国知识分子对于自身精神演变的书写形态。换言之，考察新时期以来中国知识分子的思想变化状况，鲁迅形象的重构是一个绕不过去的核心问题。因为新时期以来鲁迅形象如何被重构，几乎构成了新时期以来中国知识分子的精神演变过程。新时期以来鲁迅形象的重构远非任何西方思潮的"外部冲击"可以决定，也并非仅仅由于鲁迅形象自身的丰富性可以生成，而是源自中国知识分子自身的内部需要，即在鲁迅形象被重构的背后，隐含着中国知识分子不同的现实选择。可以说，新时期以来鲁迅形象如何被重构，与这一时期中国知识分子在不同文化环境中的精神构成有直接关联：一方面，被重构的鲁迅形象参与了新时期以来中国知识分子的精神构成；另一方面，新时期以来中国知识分子如何看待自身，也便如何重构鲁迅形象。

## 一　重构基点：对经典评价的祛魅与还原

新时期以来鲁迅形象的重构无论有多少差异，阐释者在这一点上达成了共识，即他们的建构与解构都是为了实现一个共同的目标：从毛泽东和瞿秋白对鲁迅的经典评价出发，修正或颠覆被逐渐"一体化"的意识形态所规定的鲁迅形象。不过，需要指出的是：被意识形态所规定的鲁迅形象固然与毛泽东、瞿秋白的鲁迅论有某种关联，但不能简单化地等同于毛泽东、瞿秋白的鲁迅论。毛泽东、瞿秋白对鲁迅的经典评论虽然是以政治意识形态作为阐释鲁迅的文化背景，但它们的经典性不在于政治意识形态本身的介入，而在于意识形态的文化背景与政治革命领袖的阐释视角、批评目光、历史使命相结合并达到了当时文化语境的最高视域。瞿秋白在1933年将鲁迅概括为"从进化论到阶级论，从绅士阶级的逆子贰臣进到无产阶级和劳动群众的友人，以至于战士"，将鲁迅思想道路总结为"从个性主义进到集体主义；从进化论进到阶级论"①。其中论述，在新时期的鲁迅研究者看来，虽然存在着"视域仍然不够开豁"和"概念缺乏足够的准确性"等缺憾②，但其经典意义在于：一方面，回应了1928年"革命文学"论争中各方（包括无产阶级内部）对鲁迅的诸种诘难；另一方面，又以"左翼"无产阶级革命家的立场对鲁迅的精神特质进行了高度的总结，在中国文化革命史的立场上回答了"鲁迅是谁"这一问题。尤其，毛泽东在1937年、1940年对鲁迅的评价构成了当代中国文化语境中鲁迅研究的至高无上的阐释理论，指导、规定着鲁迅研究的总体思路。"鲁迅在中国的价值，据我看要算是中国第一等圣人，孔子是封建社会的圣人，鲁迅是新中国的圣人。"③"鲁迅是中国文化革命的主将，他不但是中国伟大的文学家，而且是伟大的思想家和伟大的革命家。鲁迅的骨头是最硬的，他没有丝毫的奴颜和媚骨，这是殖民地半殖民地人民最可宝贵的性格。鲁迅是在文化战线上，代表全民族的大多数，向着敌人冲锋陷阵的最正确、最勇敢、最坚决、最忠实、最热忱的空前的民族英雄。鲁迅的方向，就是中华民族新文化的方向。"④ 这两段经典话语，隐含着毛泽东作为一位政治家的历史洞

---

① 何凝编：《鲁迅杂感选集》，中国社会科学院文学研究所鲁迅研究室主编《1913—1983鲁迅研究学术论著资料汇编》（一），中国文联出版公司1985年版，第818页。

② 张梦阳：《中国鲁迅学通史——20世纪中国一种精神文化现象的宏观描述与理性反思》，广东教育出版社2001年版，第145页。

③ 毛泽东：《鲁迅论——在"陕公"纪念大会上演辞》，中国社会科学院文学研究所鲁迅研究室主编《1913—1983鲁迅研究学术论著资料汇编》（二），中国文联出版公司1986年版，第889—890页。

④ 毛泽东：《新民主主义论》，中国社会科学院文学研究所鲁迅研究室主编《1913—1983鲁迅研究学术论著资料汇编》（三），中国文联出版公司1987年版，第32页。

见与战略眼光：鲁迅不仅被纳入中国新民主主义革命的现实框架里，而且被纳入共产主义的全球化理想中；鲁迅不仅被整合到马列主义毛泽东思想的新文化旗帜之下，而且还被解释为现代性话语的一部分。当然，作为政治家的毛泽东所建构的鲁迅形象与作为个人的毛泽东心目中的鲁迅形象也有所区别。前者与后者相比，会出于政治家的目的而有所取舍、有所保留。总之，毛泽东、瞿秋白对于鲁迅的经典评价可谓在现代文化背景上对鲁迅研究的"极限"发起的冲击和超越，当这种超越变成前瞻的现实时，它们便获得了经典的意义。

然而，经典评价一经被确立，也就同时置身于悖论之中：一方面，经典之所以成为经典，正是因为它们具有文化价值的稳定性和象征性；另一方面，它们正是由于获得了某一个时代的青睐，才能使自己得到被大多数人崇拜的位置，然后一劳永逸地存在下去。毛泽东、瞿秋白关于鲁迅的经典评论也同样符合经典的逻辑。当然，也同样不能逃离经典的命运，即后来的鲁迅研究者不仅没有把毛泽东、瞿秋白关于鲁迅的经典评价所隐藏的或者关联的额外意义负荷揭示出来，反而在反复重复的过程中或者对其"过度解释"，或者"任意胡说"。事实上，毛泽东、瞿秋白关于鲁迅的经典评价被后来历次政治运动中的具有不同阐释意图的阐释者不断阐释，不仅逐渐抽空了鲁迅形象原初的内涵，而且也逐渐远离了毛泽东、瞿秋白的鲁迅论的原初精神，直至最终沦为历次政治运动中的争夺政治领导权的暴力工具。尤其，毛泽东关于鲁迅的论述的"空白、沉默与沟壑"①，被意识形态的阐释意图所填满、夸大和教条化地发挥。当然，其中原因，并不能归咎于在特定的历史条件下为鲁迅研究做出了巨大贡献、永远具有重要价值的研究者。或许，经典之所以被工具化，除了自身的存在理由，还与一个民族史上的民族文化心理相暗合。

---

① 蓝棣之：《毛泽东心中的鲁迅什么样》，《现代文学经典：症候式分析》，清华大学出版社2002年版，第233页。

## 二　重构脉络：从集体性鲁迅到个人化鲁迅的逻辑演变

新时期以来鲁迅形象的重构可以大致划分为两个阶段：1980年代的集体性重构与90年代后的个体性重构。

"文化大革命"结束，鲁迅研究并没有即刻进入新的历史时期，而是经历了一个艰难的阻滞期。鲁迅形象虽然结束了"文化大革命"时期被扭曲的命运，但这并不意味着阐释者可以走出政治意识形态中的思维模式。除了"左"的教条主义，研究者对于毛泽东、瞿秋白的经典评价的绝对尊崇心理、研究者个人的历史记忆、知识结构等因素都一同助长了惯性思维的生成。这集中表现在1979年发生在茅盾、夏衍和李何林等之间的关于"反对'神化'鲁迅"问题的论争①。这场论争生成的深层原因是什么？如何看待论争双方从意识形态话语中突围的努力和限度？回溯这场论争，论争双方如何一面突围，一面秉持批评的双重标准？通过这些问题的追问可发现："文化大革命"结束初始阶段，意识形态中的鲁迅形象并没有很快地从意识形态的规定下解放出来，倒是在惯性思维的驱动下与"左"的教条主义达成一种契约。

1980年代初期，鲁迅研究经历了一个过渡期。鲁迅研究既保留了意识形态的主流话语，又突破了意识形态主流话语的某些禁忌。鲁迅研究者既捍卫了毛泽东经典评价的"三家""五最"的形象，又重新论及了久违了的启蒙者鲁迅形象。在这一点上，鲁迅100周年诞辰纪念活动②值得格外

① 1979年10月17日《人民日报》和同年出版的《鲁迅研究年刊》创刊号上发表了茅盾的《答鲁迅研究年刊记者的访问》一文。文中指出："鲁迅研究中也有'两个凡是'的问题。"由此，引发了茅盾、夏衍与李何林之间的论争。

② 鲁迅诞辰100周年纪念活动具有盛大的庆典性质。纪念地点是人民大会堂，各界代表6000多人，党和国家领导人几乎全部到场。胡耀邦做了题为"在鲁迅诞辰一百周年纪念大会上的讲话"的主旨讲话，复出后的周扬做了题为"坚持鲁迅的文化方向，发扬鲁迅的战斗传统"的报告，知识分子组成了新时期以来规模空前的鲁迅研究的学术讨论会。三方话语表现出团结一致大方向下的某种差异的缝隙。

关注。该纪念活动由党和国家的最高领导机构及各地方的最高组织全权操办，可以被表达为一个"团结一致向前看"的标准的盛大仪式。但是，在这个"团结一致"的盛况背后，是否存在着许多自相矛盾的裂缝？意识形态的主流话语为何否定了"文化大革命"记忆，可又悬搁了"文化大革命"记忆；纪念鲁迅，可又回避了鲁迅的启蒙者形象？意识形态主流话语是否存在着"能够拥有两种隶属于截然不同话语群的绝然不同的陈述"①？在这个仪式上，权威发言人周扬为何改变了以往有力量的明晰文风而变得有些吞吞吐吐？与会的知识分子在什么样的大目标下求同存异地与国家意识形态达成了默契的合作？他们所重构的鲁迅又如何为"整个国家的改革实践提供了意识形态的基础"②？对这些问题的追问，应该是考察鲁迅100周年诞辰纪念活动的重点所在。

鲁迅重构真正得到推进是在1980年代中期。在思想文化解放的背景下，意识形态规定下的鲁迅形象受到各种不同角度、不同程度的质疑。其中，《杂文报》《青海湖》风波③是新时期一次来自民间的否定鲁迅形象的行动。事件发起人以主观的情绪和武断的思维方式质疑、否定鲁迅，可谓不堪一击。但当时，为什么那么多鲁迅研究者全面出击？这场论争是否又展现了几分意识形态批评的遗风？"捍卫者"是否在无意识里再次充当了意识形态的权威代言人？尤其，没有学理性的风波是否具有被转化为学理性研究的可能？至少，事件发起者的确存在着让鲁迅从意识形态神话下走出的初衷，存在着渴望在阐释鲁迅的世界里获得主体性解放的朦胧愿望，只是因为他们的知识结构、思维方式等限定使得他们不知道自己追寻的主体究竟是什么。

鲁迅重构获得真正推进和转型的标志性事件是1980年代中期王富仁的

---

① ［法］米歇尔·福柯：《知识考古学》，谢强、马月译，生活·读书·新知三联书店1998年版，第86页。
② 汪晖：《当代中国的思想状况与现代性问题》，《天涯》1997年第5期。
③ 1985年8月6日的《杂文报》发表了署名为李不识（当时安徽某高校大二学生）的杂文《何必言必称鲁迅》，1985年第8期的《青海湖》杂志发表了邢孔阳的文章《论鲁迅的创作生涯》。二人文章中的主要观点有"贬损鲁迅"之嫌，由此引发了一些鲁迅研究者的批评。

《中国反封建思想革命的一面镜子——〈呐喊〉〈彷徨〉综论》① 与钱理群的《心灵的探寻》② 的相继完成。这样说，主要基于以下原因：其一，在研究方法上，王富仁的《中国反封建思想革命的一面镜子——〈呐喊〉〈彷徨〉综论》与钱理群的《心灵的探寻》分别以思想文化研究和精神心理研究突破并终结了鲁迅研究史上长期以来一直居于绝对权威地位的意识形态批评的研究方法；其二，在鲁迅形象的重构上，分别从精神文化层面上建构了"文化巨人"和"精神伟人"的鲁迅形象。鲁迅形象接续了"五四"文化和"五四"启蒙精神的血脉，并被纳入世界文化与人类精神的视域里；其三，从阐释者的立场、角度看，它们通过鲁迅形象的重构，唤醒了被"文化大革命"时期的文化专制主义所禁锢的自我意识，进而重建个人与时代、民族相同一的主体意识。尤其，"文化巨人"与"精神伟人"的鲁迅形象如何在《中国反封建思想革命的一面镜子——〈呐喊〉〈彷徨〉综论》与《心灵的探寻》中被生成？为何成为分别映照中国知识分子主体意识的一面镜子？对这些问题的追问，触及了80年代中期知识分子的主体性构成。然而，当阐释者的历史记忆与对未来的憧憬相互叠加、交替，他们建构的主体意识常常沉浸在英雄主义梦想之中时，他们所建构的主体如何避免成为幻化的主体？被建构的阐释主体植根何处？当阐释主体植根之处原本就是一个预设的结论或者黑格尔的"历史合题"时，被唤醒的"自我"如何不呈现重重矛盾？同样，"文化巨人"与"精神伟人"的鲁迅原本意欲在世界文化与人类精神的背景上重构，但由于历史记忆与现实语境及研究者自身的思维方式、知识结构等诸多因素的限定，它们也是同样无法超越1980年代中期的中国文化革命与思想革命的视域。

当然，在1980年代，中国知识分子更多地沉浸于理想主义的巨型话语之下。但是，这个宏大理想，是否只是1980年代中国知识分子的一厢情愿？事实上，时间证明：这个梦境不过十年的光景。1990年代以后，当一个更为切近、更为具体的物质目标被投放于大众的视线，不仅意识形态主

---

① 王富仁：《中国反封建思想革命的一面镜子——〈呐喊〉〈彷徨〉综论》，北京师范大学出版社1986年版。

② 钱理群：《心灵的探寻》，上海文艺出版社1988年版。

流话语冷落了中国知识分子的启蒙话语，大众也远离而去。于是，在"后现代"的浪潮中，1980年代伊始的新启蒙运动被无声地边缘化了。1980年代中国知识分子与启蒙者鲁迅一起再度循环了被"遗忘"的历史宿命。于是，1990年代，鲁迅形象的重构转向了分化期。鲁迅研究者开始逐渐告别集体性的鲁迅形象，以个体生命体验为前提重构诸种不同生命形式的个体性鲁迅形象。

这种转换首先集中表现在青年学者汪晖的博士论文《反抗绝望——鲁迅及其〈呐喊〉〈彷徨〉研究》①（以下简称《反抗绝望》）之中。1990年代伊始，在鲁迅诞辰110周年纪念活动②期间，《反抗绝望》已经成为一个有争议性的话题。《反抗绝望》承继了王富仁、钱理群等启蒙知识分子的研究成果，但又超越了他们的根本性局限——集体性鲁迅的重构底线。换言之，《反抗绝望》可谓新时期以来中国知识分子鲁迅研究的历史汇总，但更是中国知识分子当代转型、分流的开始。进一步说，《反抗绝望》最具突破性的地方是：它通过对"中间物"概念的现代性解读，"探索复杂性"思维方式的提出，终结了意识形态阐释学居于中心地位的历史，进而将鲁迅放置于整个现代性的框架中进行考察，由此呈现出鲁迅作为现代中国知识分子第一人的充满悖论的生命形式。鲁迅，作为中国现代知识者的原型意象，至《反抗绝望》才真正被重构。《反抗绝望》的写作作为鲁迅研究史上的重要事件，标志了鲁迅重构基点的变化——由集体性鲁迅转换为个体性鲁迅。那么，为什么汪晖的《反抗绝望》在20世纪八九十年代之交具备了超越以往鲁迅研究成果的可能？尤其，值得关注和思考的是：

---

① 汪晖的《反抗绝望——鲁迅及其〈呐喊〉〈彷徨〉研究》一书写于1986年至1987年间，1988年4月作为博士学位论文通过答辩。1990年，台湾久大文化股份有限公司出版了该书的繁体字版。1991年作为《文化：中国与世界》丛书之一种由上海人民出版社出版，印数不多。《反抗绝望——鲁迅及其〈呐喊〉〈彷徨〉研究》成了1990年代以后中国思想界和鲁研界争论的焦点、突破的起点。2000年，该著更名为《反抗绝望——鲁迅及其文学世界》，由河北教育出版社出版。

② 鲁迅诞辰110周年纪念活动与鲁迅诞辰100周年纪念活动有相同之处：中共中央最高领导人几乎全部到场，时任党的总书记江泽民做了题为"进一步学习和发扬鲁迅精神"的主旨讲话，时任文化部长贺敬之致鲁迅诞辰110周年纪念会开幕词，老中青鲁迅研究者参加了学术讨论会。同时，也有微妙的变化：纪念活动的地点由人民大会堂改变为怀仁堂，老中青鲁迅研究者中增加了青年学者的比重。

"中间物"概念的解读如何生成了《反抗绝望》？汪晖如何依凭这一概念的解读进入鲁迅的生命深处？还有，汪晖的鲁迅研究直到1990年代以后才引起思想界的普遍关注，这种滞后现象的原因何在？中国年轻知识分子为什么与汪晖所重构的鲁迅在1990年代产生深刻的认同？汪晖的鲁迅研究究竟哪些方面进入中国思想界、鲁研界的思维深层？对于这些问题的回答，将会发现新时期以来启蒙主义思潮内部年轻一代启蒙知识分子已经形成。他们将理性地反思1980年代启蒙主义自身的缺失，直视西方强势文化背景下中国的现代性悖论。

汪晖的《反抗绝望》之后，王晓明、王乾坤等年轻一代中国知识分子继续探索个体鲁迅的复杂性。王晓明的《无法直面的人生——鲁迅传》①回应了汪晖《反抗绝望》中对"绝望抗战者"的兴趣，将精神心理分析方法集中于知识者鲁迅的痛苦与挣扎。王乾坤的《鲁迅的生命哲学》则发展了《反抗绝望》里存在主义哲学的阐释思路，开始了对存在者鲁迅进行哲学探索，实现了鲁迅重构的形而上层面的突破。此外，徐麟的著作《鲁迅：在言说与生存的边缘》② 运用现象学理论阐释存在者鲁迅；郜元宝的著作《鲁迅六讲》③ 和《在语言的地图上》④、解志熙的著作《生的执著——存在主义与中国现代文学》⑤、张旭东的文章《遗忘的系谱——鲁迅再解读》⑥、格非的文章《鲁迅与卡夫卡》⑦ 也从不同层面参与了存在者鲁迅的重构。但是，个体性鲁迅是否真的行走在此形而上的路途上？是否真的放逐了普通人的性情？而且，年轻一代中国知识分子重构的现代知识者、存在者鲁迅都有一个共同特点："投暗弃明。"这一倾向是否已经埋伏下日后鲁迅被解构的前缘？

① 王晓明：《无法直面的人生——鲁迅传》，上海文艺出版社1993年版。
② 徐麟：《鲁迅：在言说与生存的边缘》，山东文艺出版社1997年版。
③ 郜元宝：《鲁迅六讲》，上海三联书店2000年版。
④ 郜元宝：《在语言的地图上》，文汇出版社1999年版。
⑤ 解志熙：《生的执著——存在主义与中国现代文学》，人民文学出版社1999年版。
⑥ 张旭东：《遗忘的系谱——鲁迅再解读》，《批评的踪迹：文化理论与文化批评：1985—2002》，生活·读书·新知三联书店2003年版。
⑦ 格非：《鲁迅与卡夫卡》，《塞壬的歌声》，上海文艺出版社2002年版。

　　1990 年代，还有三种形式的个体性鲁迅形象值得关注：民间鲁迅、学者型鲁迅和形式本体的鲁迅。研究者各自从不同的道路探索了鲁迅个体生命的复杂性。

　　民间鲁迅最初诞生于 1980 年代末出版的林贤治的《人间鲁迅》①。林贤治接续了 1980 年代启蒙知识分子的余绪，从民间立场重新读解鲁迅的"精神界战士"的形象。《人间鲁迅》让鲁迅从天上回到人间，在人世间经历各种复杂关系的纠缠，既展现鲁迅的痛苦抉择，又凸显鲁迅独立的精神品格。民间鲁迅在 90 年代的语境里被鲜活地确立出来，是通过 1990 年代中期"二张"与"二王"之间的对峙话语。张承志以《致先生书》②和《再致先生书》③、张炜以《荒漠之爱》④将鲁迅放置于民间的立场，独战于无物之阵或者静默于荒漠之野，以此与 90 年代文化转型期背景下放逐精神、消解崇高的世俗界进行对抗。而与此相反，王蒙、王朔主张将世俗作为一种理想，对鲁迅进行了不同价值取向的俗化解读⑤。不过，"二王"所解构的与其说是鲁迅本体，不如说是被意识形态所圣化的鲁迅。

　　学者型鲁迅与 1991 年具有同人性质的《学人》杂志创刊有关。这个似乎与鲁迅重构没有任何关联的事件却与 1990 年代的鲁迅形象的重构密切相关。《学人》标志着 90 年代后知识分子向学者的转化，从 1980 年代的中心广场退守到边缘的书斋之中。鲁迅的学者型形象由此开始被关注。陈平原、顾农、张杰、吴俊等学者重现了鲁迅在冲锋陷阵的精神界战士之外的"躲进小楼成一统"的侧面⑥。通过鲁迅的文学史写作、古小说的钩沉、

---

① 林贤治：《人间鲁迅》，花城出版社 1989 年版。

② 张承志：《致先生书》，萧夏林主编《无援的思想·张承志卷》，华艺出版社 1995 年版。

③ 张承志：《再致先生书》，《读书》1999 年第 7 期。

④ 张炜：《荒漠之爱》，《纯美的注视》，上海远东出版社 1996 年版。

⑤ 参见王蒙《人文精神问题偶感》（《东方》1994 年第 5 期）和王朔《我看鲁迅》（《收获》2003 年第 2 期）。

⑥ 陈平原《作为文学史家的鲁迅》（陈平原《文学史的形成与建构》，广西教育出版社 1999 年版）、顾农《关于古小说钩沉》（《鲁迅研究月刊》1990 年第 2 期及 1991 年第 1 期）、张杰《鲁迅与"罗王之学"》（《鲁迅研究月刊》1999 年第 8 期）等文章，以及吴俊《鲁迅评传》（百花洲文艺出版社 1997 年版）等著作，都将学者型鲁迅作为重构对象。此外，张杰在 1998 年的中国鲁迅研究年会上，提出了作为"学问家"的鲁迅是一个新的学术增长点。

独享书斋的宁静、学者的自由天性等的读解，探索以往被遮蔽的鲁迅作为学者的一面。

1990 年代，鲁迅研究界兴起了鲁迅小说的形式研究热。一些青年鲁迅研究者吴晓东、薛毅、皇甫积庆、叶世祥等在叙述学、结构主义、新批评等西方理论的激活下，对鲁迅小说的人称叙述、文本内部结构进行了细读①。他们的鲁迅研究成果一方面打破了形式研究在鲁迅研究史的禁忌；另一方面，从鲁迅小说的形式层面接近了作为小说家的鲁迅。另外，1990年代以后，以往一直从事内容批评的鲁迅研究者如严家炎、王富仁也开始加入形式本体探索②的行列。但是，令人遗憾的是，形式本体的研究总是被这样或那样的原因所中断。

上述三种不同形式的个体性鲁迅的重构，还分别提出了一些令我们深思的问题：在民间立场上，知识分子在什么限度内可以实现自主性？民间鲁迅在承担、拯救失落了的人文精神之时，是否存在将崇高性与世俗性截然对立的倾向？在学者型鲁迅的重构中，阐释者为何由知识分子转化为"学人"？90 年代知识分子所追求的个人趣味是否会出乎意料地使得它们与另一种意识形态合谋？在形式本体的鲁迅重构中，叙述学研究与部分的细读方法为什么刚刚开始就已经停滞？为什么所有的形式研究最终都被包打天下的内容批评所吞并？对于这些问题，阐释者还没有确定性的答案，但推进了鲁迅形象的丰富性。

另外，需要指出的是，虽然鲁迅形象在 90 年代获得了无限多样性的解读，但鲁迅作为一位启蒙知识分子的原型意象一直被启蒙知识分子所坚守。90 年代以后，钱理群重新反思启蒙知识分子的局限，继续与鲁迅一道

---

① 参见吴晓东《鲁迅小说的第一人称叙述视角》(《鲁迅研究月刊》1989 年第 1 期)、《狂人的绝望》《鲁迅的原点》(《记忆的神话》，新世界出版社 2001 年版)，薛毅、钱理群《〈狂人日记〉细读》(《鲁迅研究月刊》1994 第 11 期)、《〈孤独者〉细读》(《鲁迅研究月刊》1994 年第7 期)，薛毅的文章《双重主题的演变》(《鲁迅研究月刊》1996 年第 6、7 期)，叶世祥《鲁迅小说的形式意义》(作家出版社 1999 年版)。

② 参见王富仁《鲁迅小说叙事艺术》(《中国现代文学研究丛刊》2000 年第 3、4 期) 和严家炎《复调小说：鲁迅的突出贡献》(《中国现代文学研究丛刊》2000 年第 3 期)。

进行着悲壮的思想启蒙，深化了"精神性主体"的建构①。张梦阳在史料探勘的背后以反思精神体悟鲁迅"人学"思想的当代意义②。孙郁、李新宇以对话的形式探索全球化语境下启蒙知识分子的生存与出路③。王富仁、林非、王得后、高旭东等深化地理解了鲁迅在文化深层上的内涵④，进而由反抗"文化大革命"时期文化专制主义转化为对抗全球化语境下的西方技术中心主义。这些著作的存在一并让我们思考：新意识形态下，鲁迅的"立人"工程如何更加深入和扎实？知识分子将如何理解启蒙者鲁迅在日常生活中的形象和意义？当然，这些无法回避的问题与世纪之交围绕鲁迅的多声部论争纠缠在一起。

世纪之交的鲁迅重构不仅没有获得平静、有序，反而成为各种思想论争的实验场、各种声音的聚集地。其中主要以1998年自由主义知识分子对鲁迅的质疑⑤、2000年《收获》专栏的解构风波⑥及2001年的鲁迅诞辰

① 参见钱理群《丰富的痛苦——堂吉诃德和哈姆雷特的东移》（时代文艺出版社1993年版）、《走进当代的鲁迅》（北京大学出版社1999年版）、《与鲁迅相遇——北大演讲录之二》（生活·读书·新知三联书店2003年版）等著作。
② 参见张梦阳《阿Q新论——阿Q与世界文学中的精神典型问题》（陕西人民教育出版社1996年版）、《悟性与奴性——鲁迅与中国知识分子的国民性》（河南人民出版社1997年版）和《中国鲁迅学通史》（上、下）（广东教育出版社2001年版及2002年版）等著作。
③ 参见孙郁《20世纪中国最忧患的灵魂》（群言出版社1993年版）、《鲁迅与周作人》《一个漫游者与鲁迅的对话》（新疆人民出版社1998年版）、《鲁迅与周作人》（河北人民出版社1997年版）、《鲁迅与胡适：影响20世纪中国文化的两位智者》（辽宁人民出版社2000年版），以及李新宇的《鲁迅的选择》（河南人民出版社2003年版）、《愧对鲁迅》（上海三联书店2004年版）等著作。
④ 参见王富仁《时间·空间·人——鲁迅哲学思想刍议》（中国文联出版社2001年版）、《中国文化的守夜人——鲁迅》（人民文学出版社2002年版），林非《鲁迅和中国文化》（学苑出版社2000年版），王得后《鲁迅心解》（浙江文艺出版社1996年版）、《世纪末杂言》（福建教育出版社1999年版），高旭东《文化伟人与文化》（河北人民出版社1994年版）、《走向二十一世纪的鲁迅》（中国文联出版社2001年版）等著作。
⑤ 参见李慎之《回归五四学习民主——给舒芜谈鲁迅、胡适和启蒙的信》（《书屋》2001年第5期），刘军宁主编《北大传统与近代中国自由主义的先声》（中国人事出版社1998年版），谢泳《鲁迅研究之谜》（《岭南文化时报》1998年7月20日），朱文等《断裂：一份问卷和五十六份答卷》（《北京文学》1998年第10期）。
⑥ 2000年大型主流文学期刊《收获》第2期"走近鲁迅"专栏中刊登了3篇质疑鲁迅的文章：冯骥才《鲁迅的"功"与"过"》、王朔《我看鲁迅》和林语堂《悼鲁迅》。它们在思想界、文化界、鲁研界掀起了空前解构鲁迅的风波，引发了一场全国范围的"鲁迅研究热点问题"大讨论。由于林语堂的文章已经属于过去时态，争论者大多只针对前两篇文章。

120 周年纪念①为中心事件。这三个事件各自代表不同的意义符号：第一个事件表明知识分子不仅分化公开化，而且表明思想资源的巨大分野；第二个事件标志鲁迅形象经过解构之后进入经典化；第三个事件传递出鲁迅研究与国家意识形态一道已经完成了转型——知识分子再度与国家主流意识形态合作，走向了专业化。此后，鲁迅研究日渐趋向学理化的建构。这一点，在 2004 年的"鲁迅研究 20 年国际学术研讨会"有集中体现。"鲁迅研究 20 年国际学术研讨会"既为鲁迅学的建构做出了坚实的努力，又为 90 年代以后鲁迅研究者提供了一种新型的生存方式和话语方式。尤其，2005 年的"竹内好与鲁迅国际学术研讨会"和 2006 年的"鲁迅：跨文化对话——纪念鲁迅诞辰 125 周年、逝世 70 周年国际学术研讨会"从跨文化视域重构了"东亚鲁迅"形象。"东亚鲁迅"意味鲁迅研究已经深化为以"个"的自觉对人类文化的承担，加上鲁迅后人对鲁迅的首次公开阐释，可谓抵达了新时期以来鲁迅研究的一个新阶段。此外，2007 年由上海鲁迅博物馆主办的"鲁迅与上海城市文化——纪念鲁迅定居上海 80 周年国际研讨会"从城市文化的研究角度解读了鲁迅；2008 年，浙江省鲁迅研究会主办的"新时期鲁迅研究三十年"国际学术研讨会对于新时期以来鲁迅研究进行了历史反思。

## 三　重构的本质：建构与解构的双向逻辑行程

新时期以来鲁迅形象重构的核心关键词是"重构"。"重构"是阐释者对以往阐释的阐释，即是对于以往阐释的超越、纠正、反对。当然隐含着对以往阐释的调整与反思。在不同的文化语境里，阐释者的头脑中都有很多既定观念，日积月累成为习惯力量。"重构"就是阐释者重新认识这些既定观念，重新清理这些东西。

---

①　为纪念伟大的文学家、思想家、革命家鲁迅先生诞辰 120 周年，中国作家协会、中国现代文学馆、北京鲁迅博物馆于 2001 年 9 月 18 日联合在中国现代文学馆隆重举行纪念座谈会。会议由中国作家协会副主席张锲主持，中国作协党组书记金炳华发表了讲话。

　　新时期以来鲁迅形象的重构，即是将新时期以来的鲁迅形象与以往的鲁迅形象进行历时性对比的重写。重构的目的当然主要是还原一个真实的鲁迅形象。可，何谓真实的尺度？真实的尺度也处于不断变化之中，即新时期鲁迅形象的重构又意味着让鲁迅形象走进当代人的精神世界。无论鲁迅的文学创作还是思想精神，都是在当代文化理论、当代人精神文化性格构成内的阐释。这样，新时期鲁迅形象的重构越来越转向个体化的重构。每一个人都有自己的阅读经验，新时期的鲁迅形象逐渐成为个人的阅读文本。这难免出现一个新的悖论：新时期鲁迅形象的重构，一个重要目的就是还原"真实"的鲁迅。但是，"重构"同样意味着一种对于"真实"的鲁迅的覆盖。因为当阐释者开启一条新的言路的时候，不禁又以遮蔽另一条言路作为代价。不过，新时期的阐释者还是不放弃这个意义的梦想：尽管绝对意义上的真实的鲁迅永远也不可及，但阐释者可以在阐释之路上接近，再接近些鲁迅本体。何况，接近鲁迅本体的过程也是阐释者接近阐释主体自身的过程。

　　当然，真正具有建设性的重构不在于全面刷新以往对于鲁迅的评价，或者否决以往的结论，即使意识形态阐释学的阐释，也还是要考虑它阐释的特定的历史性。这样，"重构"又是在尊重以往阐释成果的前提下填补以往的阐释盲点。这样，新时期以来的鲁迅形象的重构呈现出双向的逻辑行程。一个是建构的方向：建构者从意识形态阐释学的阻滞中重新还原启蒙者的鲁迅，同时经过"文化巨人"与"精神伟人"鲁迅的重构而深化了启蒙者鲁迅的巨大空间与深邃世界。然后，再转向对个体意义的现代知识者、存在者、民间理想主义者的探索，再到鲁迅形象的一个侧面——学者型鲁迅的恪守，昭雪另一个侧面——形式意义的鲁迅。最后汇合成多声部的个体鲁迅："自由主义"者、"平民""蔑视偶像的莱谟斯""社会公民""受凌辱最甚的人"，① 等等。另一个是解构的方向：解构论者亦从反思鲁迅研究中的神化问题出发，发展到为了打破鲁迅神话而缺少学理性的全盘

---

　　① 上述观点见《收获》2001 年第 2—6 期"走近鲁迅"专栏。分别为陈思和《三论鲁迅的骂人》、黎湘萍《是莱谟斯，还是罗谟鲁斯——从海峡两岸"走近鲁迅"的不同方式谈起》、王富仁《学界三魂》、章培恒《今天仍在受凌辱的伟大逝者》等文章中的观点。

否定，再经由俗化的论争，而最后升级为对鲁迅形象的全面颠覆：从思想到文学，到人格。但是，需要说明的是，解构论者的解构目的也不一样，不能因为解构论者的某些批判性话语而全盘否定其对于回返鲁迅形象而起到的推进作用。或者一味地认定解构行动完全来自个人性的哗众取宠。不过，也不排除其中的可能性。追踪解构论者的逻辑行程，分析解构论者的解构目的是必要的，但分析解构论者为什么会生成这种解构心理更为重要。有时，建构从某种角度来说恰恰是一种解构。当然，解构从某种效果来说又是另一种建构。

双向的逻辑行程有着各自运行的思维轨道，但它们又能够相交于一点：无论是建构论者还是解构论者，都在以自己的方式或反思或反叛或告别意识形态阐释学给鲁迅形象带来的历史性伤害。建构论者通过重新追忆"五四"启蒙精神，以文化研究、精神哲学、存在哲学、叙事学等各种新方法，试图还原无限丰富与复杂的鲁迅形象。比较而言，解构论者的思维路径比较直接，但思想资源、解构方法比较混杂：意识形态批评、世俗性的经验哲学、"文化大革命"的造反精神、解构主义等。最终，解构论者与建构论者一同打开了通向鲁迅世界的无限繁复之路。

总之，本文对新时期以来鲁迅形象重构的梳理不是目的。通过鲁迅形象在新时期以来被重构的逻辑演变来思考新时期以来中国知识分子如何与为何重构鲁迅，才是本文的阐释意义。中国知识分子从"一体化"的规定下突围出来，让鲁迅本体和阐释主体双向互动，体现出权力真正源于研究主体，借用韦伯的说法就是借此经历一个"祛魅过程"，祛权力之魅，还鲁迅本体，复其原形。与此同时，重构鲁迅的祛魅过程，也是新时期以来中国知识分子唤醒自我、寻找自我、建构自我、审视自我的主体建构过程。

（原文发表于《西南民族大学学报》2009 年第 6 期。有删节）

# 退居书斋的学人思路：1990 年代"学者"
# 鲁迅被重构的逻辑和悖论

尽管鲁迅早已凭借 1924 年 6 月出版的《中国小说史略》一举奠定了整个中国小说史的研究范式，但其"学者"的一面在鲁迅研究史中一直以断续的方式存在着。这一方面是因为思想家、文学家鲁迅的巨大光芒长久地覆盖了其学者型的一面；另一方面，也因为鲁迅自身对于学者身份的拒绝①。除此之外，还有一个原因不可忽略：中国知识分子从文人向学人的转换一直没有成为一个显在的事实。或者说，文化环境的变迁、阐释主体身份的转换直接影响了"学者"鲁迅的重构。直到 1990 年代，随着新意识形态的确立，鲁迅"学者"形象的重构得到了前所未有的突破。

一

1990 年代，中国文化进入转型期，日常生活成为一个新的旗帜。曾经被忽视的鲁迅形象中"学者"的一面，成为 1990 年代中国学者重新发现

---

① 对于这一点，郜元宝有过论述：鲁迅与现代中国学术的隔阂，主要不在私人方面的过节，也不能仅仅归结为他和一些学者在处世态度及政治主张上的相左。使鲁迅感到不信任的，首先甚至还不是学者们的一些具体观点（比如疑古派的"禹是一条虫"之类），而是现代中国学术背后隐藏的某种基本思想方法，特别是现代中国学术努力争取而实际上又注定争取不到的社会文化功能。参见郜元宝《"二马之喻"和"冰之喻"——略谈鲁迅与中国现代学术、文学的分途》，《天津社会科学》1997 年第 5 期。

的地方。只是，这个重构"学者"鲁迅的动因究竟是退守书斋，还是别有意味地重新出发？

进一步说，"学者"鲁迅被重构的动因固然有很多，如鲁迅本体的多样性、1980年代末期政治风波的余悸等，但不可否认的是，它直接与1990年代一部分中国学者的文化心理、精神气质、观念变迁等密切相关。正是由于1990年代陈平原等中国学者在文化心理上发生了从知识分子向学人的转换，"学者"鲁迅才会被重构。更确切地说，不是鲁迅的"学者"形象自行凸显，而是阐释者由知识分子向学人转换这一历史事件造成了他们阐释"学者"鲁迅的必要组成部分。被重构的"学者"鲁迅是90年代中国学者自我存在的"镜像化"，即1990年代中国学者的困惑和追求，构成了"学者"鲁迅被重构的潜文本。

首先，正是因为1990年代中国学者意欲告别1980年代学界的学风，他们所重构的"学者"鲁迅，才暂时脱离了长期以来作为思想家、文学家的鲁迅在小说世界中的绝望与呐喊、在杂文世界里的批判与激情，而转向了"学者"鲁迅，在学术天地里的自由与自得、怡然与宁静。1990年代所重构的"学者"鲁迅不再关注启蒙与论战，不再直面淋漓的鲜血，甚至不再关注大众的悲欢、人世的欺瞒。"学者"鲁迅在学术史的空间里、古小说的钩沉中，享受一切有乐趣的学问，摆脱一切人生的重负。如果说，思想家的鲁迅对民族、为人类的忧患构成了他光辉的人格，那么，"学者"鲁迅对有趣的学问的沉湎也构成了其生命的境界。虽然鲁迅的确不能以常规意义上的学者来称谓，但鲁迅的确收获了有趣味的学问和做学问的快乐。事实上，鲁迅作为个体生命的存在，固然为了启蒙事业宁愿牺牲了个人的幸福，如林贤治的分析："鲁迅不会是一个幸福的人。幸福，首先是关于个人的概念，是一种自我体验。而他，是连一点自我观照的余裕也没有的。"[1] 但是，鲁迅并没有因为个人幸福的不可获得而放弃个人趣味，如沈从文认为鲁迅是意气与趣味的合成。他"自己仍然只是趣味的原故做这些

---

[1] 林贤治：《人间鲁迅》（中），花城出版社1989年版，第116页。

事"，他做人的态度仍然是"最中国型"的做人态度。①

其次，正是因为1990年代中国学者在告别1980年代学风的同时，还积淀着1980年代的文化心理，他们所重构的"学者"鲁迅才超越了以往阐释者对鲁迅的"学者"一面的阐释，却又有所接续。尤其，1990年代中国学者虽然批判了1980年代学界的"空疏"之风，但1980年代思想界、学界的集体主义、理想主义已经化为了他们生命中的一份情结。所以，他们在对"学者"鲁迅重构的文本里，看似平淡，实则浸润着精神的温度、情感的润泽、心灵的体贴。他们的阐释深处都包含着一个身处现代、后现代社会的中国知识分子博大深沉的人文情怀。这正如陈平原所说："由于特殊思想背景造成的学者落寞的神色、徘徊的身影以及一代学术语言的困惑与失落，同样也值得研究。这种研究，不乏思想史意义。"②

可见，1990年代中国学者从文学史角度对于"学者"鲁迅的重构，依然不能彻底脱离思想史的意义。或者说，其自身就具有思想史的意义。

二

1990年代，对"学者"鲁迅进行重构，成就最显著的学者是陈平原。作为现代文学研究者，陈平原关于鲁迅的专门性研究文章并不多见，却别有价值。《论鲁迅的小说类型研究》③ 是陈平原发表于1990年代伊始的鲁迅研究论文。该文高度赞誉鲁迅的《中国小说史略》的理论建树和史料钩沉。这样的赞誉被反复重复，如：几年后陈平原在一篇关于小说史研究的文章中指出："鲁著《中国小说史略》从理论设计到史料钩沉，都有独立的准备，远比盐谷温精彩。"④ 不过，真正从学术史观的视角阐释"学者"

① 沈从文：《鲁迅的战斗》，《沫沫集》，上海大东书局1934年影印，第45页。
② 陈平原：《学术史研究随想》，陈平原、王守常、汪晖主编《学人》第一辑，江苏文艺出版社1993年版，第3页。
③ 陈平原：《论鲁迅的小说类型研究》，《鲁迅研究月刊》1991年第9期。
④ 陈平原：《中国学家的小说史研究》，《文学史的形成和建构》，广西教育出版社1999年版，第75页。

鲁迅的意义，则是《作为文学史家的鲁迅》①一文。该文属于旧题翻作。这种选题，意味着一种风险，因为既需要尊重前辈反复阐述的定论，又要提供新见。那么，该文的深意是什么？

文章开篇指出："鲁迅去世时，众多挽联皆突出'青年导师'和'文坛泰斗'，唯有蔡元培将其学术功绩放在第一位……无独有偶，周作人关于鲁迅的悼念文章，也是先学术后创作。可见在一批老朋友心目中，鲁迅的学术成就起码不比其文学创作逊色。只是经过半个世纪的风雨洗涤，思想家和文学家的鲁迅如日中天，而学问家的鲁迅则相对暗淡多了。"② 这段话语借助蔡元培、周作人的观点重新评估了鲁迅的学术贡献，反拨了"学者"鲁迅被长期覆盖于思想家与文学家的现实。具体说，它包含三层含义：其一，1980 年代的鲁迅研究者大多集中于思想家、文学家鲁迅的阐释，陈平原在 1990 年代意欲让"学问家的鲁迅"获得应该获得的一份关注。其二，在陈平原看来，"学问家的鲁迅"的经久魅力与思想家、文学家的鲁迅相比，并不逊色。如果说，鲁迅是一流的思想家、文学家，也同样是一流的学问家。其三，陈平原试图通过对"学者"鲁迅的重新阐释，实现鲁迅本体的另一种回返——文学史家鲁迅的回返。基于以上三点，《作为文学史家的鲁迅》这篇长文，可谓 1990 年代"学者"鲁迅被重构的扛鼎之作。

沿着这样的思路，在这篇力作中，"学者"鲁迅呈现出不同于以往鲁迅研究者所论证的三个方面的新质成分。

其一，该文所重构的鲁迅是一位作家型"学者"，用陈平原的话表达，就是一位具有"文学感觉"的"学问家"。

这个观点似乎是对以往前辈文章观点的认同。如：李长之在 1956 年发表的《文学史家的鲁迅》③ 和俞元桂在 1980 年代初期发表的《鲁迅辑录古

---

① 陈平原：《作为文学史家的鲁迅》，陈平原、王守常、汪晖主编《学人》第四辑，江苏文艺出版社 1993 年版；又见《文学史的形成与建构》，广西教育出版社 1999 年版。

② 陈平原：《作为文学史家的鲁迅》，《文学史的形成与建构》，广西教育出版社 1999 年版，第 14 页。

③ 李长之：《文学史家的鲁迅》，原载《人民文学》1956 年第 11 期。转引自李宗英、张梦阳编《60 年来鲁迅研究论文选》（下），中国社会科学出版社 1982 年版。

籍的成就及其对创作的影响》① 一同强调鲁迅的小说史研究成果对其文学创作的影响。但是，在李长之文章和俞元桂文章中的观点的基础上，陈平原更倾向于反过来论证："这话倒过来说也许更有意义：鲁迅的小说史研究之所以能够深入，得益于其丰富的小说创作经验。以一位小说家的艺术眼光，来阅读、品位、评价以往时代的小说，自然会有许多精到之处。或许是鲁迅的古小说钩沉太出色了，人们往往忘了其独到的批评而专注于其考据实绩。"② 这里，反证"文学感觉"对鲁迅的小说史研究带来的影响尚属蹊径。而况，陈平原将话倒过来说之后，实际上发现了学术界长期以来忽视的一个极为有价值的问题：学术与文学并不冲突，而是互利的。作家型学者的构成已是当下受到学界关注的一个话题。

其二，该文所重构的鲁迅还是一位有人间情怀的学者。

"情怀"作为陈平原钟爱的一个核心词。在这篇长文中，"情怀"被解读为文学史家鲁迅的独特之处。"作为一个文学史家，鲁迅的最大长处其实不在史料的掌握，甚至也不在敏锐的感觉，而在于其跨学科的知识结构以及对历史和人生真谛的深入领悟。"③ 这段论述明确认为鲁迅打通了文学史和思想史的界限，即鲁迅不仅是一位作家型"学者"，而且是一位"学者"型思想家。按照一般的观念，学者只是专于一隅的"专门家"，而非广博的"通人"。1990 年代陈平原虽然深入反思了 1980 年代学界的一个弊端——学术越界后的"空疏"，但是，并没有因此反思而走向另一个极端——学术专门化后对"人间情怀"的剔除。陈平原由此在推崇鲁迅作为一位独特的文学史家的大学问的同时，极为推崇鲁迅的"通识"，进而让思想家的鲁迅与文学史家的鲁迅互相补充。经过这一思路，陈平原所重构的鲁迅以学术的方式实现了对于社会思潮、习俗、人的命运、生命性状、心态等的思考和体察。

---

① 俞元桂：《鲁迅辑录古籍的成就及其对创作的影响》，《纪念鲁迅诞生一百周年学术讨论会论文选》，湖南人民出版社 1983 年版。

② 陈平原：《作为文学史家的鲁迅》，《文学史的形成与建构》，广西教育出版社 1999 年版，第 30 页。

③ 同上书，第 42—43 页。

其三，该文所重构的鲁迅还是一位自知边缘的学者。

虽然陈平原所重构的"学者"鲁迅超越了许多以往鲁迅阐释史上的边界，但他并非让鲁迅成为一个无所不包的思想文化界、学术界中的神话巨人形象，而是试图还原鲁迅作为边缘学者的一面。该文这样描述鲁迅作为大学教师的生活："虽然有几年执教大学的经历，可鲁迅一直处于学界的边缘。支持学生运动，鼓励'好事之徒'，颠覆现有的体制及权威，再加上对处于中心地位的'名人学者'的冷嘲热讽，鲁迅注定很难与'学界主流'取得共识或携手合作。这一点鲁迅丝毫也不后悔，甚至可以说有意追求这一'反主流'的效果。"① 这一发现，正是"学者"鲁迅的一个独特之处：热爱学术，却与主流学术界、主流学术体制保持某种疏离或对抗。或者说，正是因为边缘的位置，鲁迅的"学者"形象才纯粹。

1990年代，除了陈平原对于"学者"鲁迅的多重解读，还有学者从不同的视角重新理解鲁迅的"学者"形象，获得了不同程度的突破。

青年学者吴俊撰写的《鲁迅评传》② 作为《国学大师丛书》之一在1990年代初期由百花洲文艺出版社出版。尽管鲁迅传记数不胜数，但以鲁迅的"国学大师"形象为研究对象，尚属首例。姑且不论鲁迅被视为"国学大师"的立论是否存有争议，单说该著的视角和思路就给鲁迅研究带来一种新意。全书以现代学术史为研究视角，以鲁迅的学术生涯为主要线索，以鲁迅所从事的几项最重要的研究工作及成果如校勘《嵇康集》、撰写《中国小说史略》等为重心，从不同层面描述并阐释鲁迅的学术生平、学术成果和学术思想。其中，作者着力于鲁迅作为"国学大师"的精神构成。当然，《鲁迅评传》将鲁迅定位为"国学大师"，难免不承担缩小鲁迅的价值之嫌，但细读该书的结构，我们会发现《鲁迅评传》只是从鲁迅的"学术贡献"进入，探索鲁迅的学术研究为他的社会批评、文学实践所提供的文化底蕴与深厚功力。作者并没有把鲁迅等同于通常意义上的专家和学者。

青年学者郜元宝在钟情于鲁迅的思想世界、文学世界之时，也关注鲁

---

① 陈平原：《作为文学史家的鲁迅》，《文学史的形成与建构》，广西教育出版社1999年版，第53页。

② 吴俊：《鲁迅评传》，百花洲文艺出版社1992年版。

迅国学成就的形成。他以"心"学理论①重新评估鲁迅的"学者"的一面："鲁迅为人至诚挚，对'瞒和骗'的文化深恶痛绝，虽然对单纯的学问在现代中国能否从根本上有益于世道人心深表怀疑，却极重求事实的学术，也十分尊敬老老实实做学问的学者（如王国维）。他自己治小说史，可谓'贪多务得，细大不捐，焚膏油以继晷，恒兀兀以穷年'，连'有历史癖与考据癖'的胡适，也不得不由衷赞佩。蔡元培称鲁迅'著作最谨严，岂惟中国小说史'绝非溢美。'先生之业，可谓勤矣'，然而真正为人所不可及处，还在于他考证事实的同时拷问灵魂的深切，在于他能够用文学家的敏感，以心证心，以心传心。一部小说史，是冷静的事实考释，也是热烈的缔建真实。"② 虽然鲁迅心灵世界的真挚性和丰富性得到鲁迅研究者不厌其详的探讨，但大多将这个问题隶属于鲁迅的诗人气质之下，而这段论证越过一般的定论，反过来认为学术的科学性恰恰来自"心"的热烈与激情，可谓一个大胆的突破。

以上学者严格说来不是专门的鲁迅研究界的学者，而是现代文学研究者。他们研究鲁迅的目的在于研究中国现代学术史和思想史。不过，或许正因如此，他们对于"学者"鲁迅的重构大幅度地超越了已有的定论。

1990年代以后，相当一部分专业鲁迅研究者延续了以往鲁迅研究史的阐释思路。鲁迅研究史研究，作为一种研究方法在1990年代以后的鲁迅研究而言依然具有有效性。

顾农早在1980年代就从史学角度研究鲁迅，其学术成果均体现出一定的学术功力。1990年代之后，顾农对文学史家鲁迅的探讨更加深入。《关于〈古小说钩沉〉》③ 在继承了赵景深的《评介鲁迅的〈古小说钩沉〉》④、

---

① "心"学是郜元宝在20世纪90年代后期阐释鲁迅的一个关键词。郜元宝认为，鲁迅"立人"的根本，在于"立心"。"鲁迅所谓有'心'，已非古人所知所感之'心'，而是近世中国之'心'。"详细阐释见郜元宝《鲁迅六讲》，上海三联书店2000年版，第1—45页。

② 郜元宝：《"二马之喻"和"冰之喻"——略谈鲁迅与中国现代学术、文学的分途》，《天津社会科学》1997年第5期。

③ 顾农：《关于〈古小说钩沉〉》，《鲁迅研究月刊》1990年第12期、1991年第1期。

④ 赵景深：《评介鲁迅的〈古小说钩沉〉》，中国社会科学院文学研究所鲁迅研究室主编《1913—1983鲁迅研究学术论著资料汇编》（二），第965—968页，中国文联出版公司1986年版。该文对鲁迅的学术精神、学术贡献进行了高度评价，确信鲁迅作为一位学者的认真、谨严。

林辰的《鲁迅辑录〈古小说钩沈〉的成就及其特色》①等前辈成果基础上，致力于全面、翔实地考察《古小说钩沉》，称得上对于这一问题的完备之作。《鲁海偶拾》②《〈鲁迅辑校古籍手稿〉札记三则》③《读〈鲁迅辑校古籍手稿〉札记》④《〈中国小说史略〉导读》⑤等论文皆史料爬梳与辨析并重，由此凸显了鲁迅作为文学史家的学理化和个性化。尤其值得注意的是顾农的鲁迅研究思路的变化：顾农在以史学视角研究鲁迅学术成果之时，尝试打通史学、文学、文化史、思想史之间的边界。《鲁迅怎样研究中国古代文化》一文将鲁迅的学术成果置于一个多视角观照之下，且将研究对象延展到鲁迅的杂文，阐释鲁迅的学术之"真"与战士精神的微妙结合。该文指出："在中国现代文学史上，因为醉心于中国古代文化而在某种程度上脱离创作甚或偏离五四新文化运动精神的作家，时有所见；像鲁迅这样既深刻扎实地研究古代文化又始终面向现实面向未来、不为古老的传统所束缚的斗士，是非常罕见的。"⑥通过这样的立论，鲁迅的文学史家形象没有被单面化，反而从一个侧面丰富了鲁迅作为思想家、文学家的内涵。而且，这种思路的变化，传达了1990年代以后鲁迅研究者对现实的回应。

张杰作为"学问家"⑦鲁迅这一称谓的提出者，1990年代以后一直致力于对鲁迅学术渊源的考察。这是一个既具有史学意义，又具有学术史意义

---

① 林辰：《鲁迅辑录〈古小说钩沈〉的成就及其特色》，中国社会科学院文学研究所鲁迅研究室主编《1913—1983鲁迅研究学术论著资料汇编》（五），中国文联出版公司1989年版，第1192页。该文可谓一篇从纯粹的学术眼光看鲁迅学者型一面的文章。它对鲁迅的《古小说钩沈》做出了这样的评价："它具有体例谨严、搜罗宏富、辑文完善、考订精审等等特色。"虽然这样的结论只是重复了蔡元培等鲁迅学术精神的发现，但在当时的语境里已经相当难得。它让人感受到火热的阶级斗争停歇时还可以容得下一方书斋的世界。

② 顾农：《鲁海偶拾》，《鲁迅研究月刊》1994年第1、4期。

③ 顾农：《〈鲁迅辑校古籍手稿〉札记三则》，《聊城师范学院学报》（哲学社会科学版）1999年第1期。

④ 顾农：《读〈鲁迅辑校古籍手稿〉札记》，《鲁迅研究月刊》2001年第8期。

⑤ 顾农：《〈中国小说史略〉导读》，《鲁迅研究月刊》2002年第11期。

⑥ 顾农：《鲁迅怎样研究中国古代文化》，《东方论坛》2004年第6期。

⑦ 张杰在1998年在昆明举行的中国鲁迅研究会年会上，提出作为"学问家"的鲁迅是一个新的学术增长点，进一步体现出鲁迅研究者对于"学者"鲁迅的自觉关注。

的工作。张杰从《鲁迅与中国古代哲学》① 中的宏观性理论论证到《鲁迅与"罗王之学"》②《鲁迅与〈太平广记〉》③《鲁迅与刘师培的学术联系》④《鲁迅与扬州学派中坚》⑤《鲁迅杂考二则》⑥ 中的微观性史料细读，从古代哲学回溯到近现代学术资源再扩展到异域文化。比较而言，那些考察鲁迅与前辈先贤之间的学术联系的个案分析文章，更为深入地探寻了"学问家"鲁迅的学术理念和个人趣味。

总之，对1990年代"学者"鲁迅的阐释者而言，鲁迅的学术研究不仅不再遮蔽于鲁迅的思想家、文学家的光辉之下，而且是一个自足的世界。这个世界不仅自足，而且还可以由此进入现实世界、抵达理想世界。

# 三

1990年代，中国学者对"学者"鲁迅的重构，有其"特长"，也有其"特短"。以学者趣味进入鲁迅的精神世界的确意味着鲁迅形象可以更全面、完整，可以与主流意识形态有所疏离，但是否意味中国知识界日渐从批判知识分子的立场后退？"学者"鲁迅的侧面的确可以让我们进入鲁迅曾经被忽略的个人生命深处，但这种处理方式是否也是一种逃离的策略？尤其，以文学史研究代替思想史研究是否在接近鲁迅后又远离了鲁迅？这种"小心求证"的思维方式，是否隐含着不可言说的"大胆设想"？或者说，90年代中国学者的趣味是否隐含着新意识形态转型后的无奈与悲凉？对于这些困惑，上述学者或隐或显地有所表达或流露。

陈平原的力作《作为文学史家的鲁迅》一边重现"学者"鲁迅的风采，一边又对"学者"鲁迅进行犹疑的消解。该文在陈述的关键缝隙处隐

---

① 张杰：《鲁迅与中国古代哲学》，《鲁迅研究月刊》1995年第5、6期。
② 张杰：《鲁迅与"罗王之学"》，《鲁迅研究月刊》1999年第8期。
③ 张杰：《鲁迅与〈太平广记〉》，《鲁迅研究月刊》2001年第12期。
④ 张杰：《鲁迅与刘师培的学术联系》，《鲁迅研究月刊》2000年第6期。
⑤ 张杰：《鲁迅与扬州学派中坚》，《鲁迅研究月刊》2001年第1期。
⑥ 张杰：《鲁迅杂考二则》，《新文学史料》2005年第4期。

含矛盾。可以说，"学者"鲁迅就是由诸多矛盾性构成。该文一面叙述鲁迅的学术成就、学术理想，使"学者"鲁迅的立论落到实处，用文章的话语表达就是，"作为学者的鲁迅的面貌日益清晰，已经很难再单用'小说史家'来涵盖其整个学术生涯"①；一面又认为鲁迅的学术贡献与学术理想有着距离："当然，'追求'不等于'成就'，鲁迅的许多很好的学术思路其实并没展开和落实；就已有的学术成果而言，鲁迅的贡献仍以文学史为主。只是将鲁迅的文学史研究置于其整个学术追求的大背景之下来考察，确实有利于我们对其研究策略的理解。"② 以至于文章到最后，鲁迅是否能够真正超出"文学史家"的限定而承担得起"学者"的称谓？文章不仅没有给出一个确定的答案，反而心存疑惑。结果，被陈平原重构的"学者"鲁迅竟然处于摇摆之中。或许，文章在理性上原本意欲重构鲁迅的学者形象，可"学者"究竟是什么样？连陈平原自己也有些矛盾。所以，品味这篇力作，其矛盾性的难以描述正如孔庆东的体味："回想全文，你说陈平原对此事到底是什么态度？可以说，是一种矛盾的态度。然而陈平原似乎棘手于这种矛盾，他竭力企图把矛盾'统一'起来。陈平原文章所特有的那股'涩味'，恐怕相当程度上来自于这种努力。"③ 当然，陈平原并非不想调和这种矛盾性。问题是：在现代性的大背景上，鲁迅终其一生努力也没有统一的矛盾，陈平原如何能够调和？即便陈平原能够处理"学者"鲁迅与思想家、文学家的鲁迅在学理上的和谐共处，在现实的文化环境下如何实现"心气平和"与"人间情怀"的统一？其实，这不仅是陈平原所面临的困境，而且是1990年代以后整个中国知识界无法回避的问题。

吴俊的《鲁迅评传》也难以摆脱这一悖论。由于该著将鲁迅的学术成果放置在现代文学史背景下，问题的探讨开阔、深入，但问题思考得越深入，困惑就应该越多。比如，"学术"在现代中国社会发展的过程，也是一个不断被边缘化的历史，鲁迅的学术如何能够成为一个例外的存在？鲁

---

① 陈平原：《作为文学史家的鲁迅》，《文学史的形成与建构》，广西教育出版社1999年版，第15页。

② 同上书，第16页。

③ 孔庆东：《平原下有海》，《口号万岁》，重庆出版社2009年版，第76页。

迅为何无奈于"做学问"与"社会批判"冲突？不过，与陈平原的文章不同的是，《鲁迅评传》没有由于鲁迅悖论性的矛盾①而犹疑于鲁迅"国学大师"的形象。作者一直以虔敬之心叙述鲁迅的国学成就。而且，作者认为"学者"的鲁迅和文学家、思想家的鲁迅能够和谐相处、互为补充，正如文章指出，"《中国小说史略》是在详备资料的基础上产生的划时代著作，其主要特色是'史识'"，"有广泛的思想涵盖面"，因为，"鲁迅是思想家和社会批评家而又为学者，他的《中国小说史略》才最足以堪当才、学、识三方面都超然出群的一部专史著作"②。如果说陈平原的力作指出了鲁迅的目标与实际的差距，吴俊则道出了当代学者对鲁迅一代"国学大师"的敬仰和焦虑。

郜元宝倒是直言不讳鲁迅在文学家和学者之间的冲突。在他看来，鲁迅没有选取学衡派的书斋生活，甚至排斥学术体制中的学者、教授的称谓，但这种强调文学家鲁迅的思路并没有走向否定"学者"鲁迅的另一个极端。反而通过将"学者"鲁迅与文学家鲁迅放置在内在矛盾的冲突中，阐释了鲁迅精神世界的独异性。当然，郜元宝仍然坚持"学者"鲁迅最终让位于文学家鲁迅，尽管他认为：究竟皈依文学还是学术？这是鲁迅的一个痛苦的选择，却是一个不得不有所取舍的选择。因为按照"心"学理论，既然鲁迅为立"心"而写作，也就无法退居书斋之内以求"心"的平和和平衡，所以，"他总是虽然不无惋惜却异常坚决地放弃学术而选择文学"③。

上述学者所重构的"学者"鲁迅和思想家、文学家鲁迅之间矛盾性冲突，已经变成一种全球性的共同现象。譬如，爱德华·W.萨义德借助贾克比的观点批评美国知识分子在今天被冷战之后各种力量消除殆尽："结果今天的知识分子很可能成为关在小房间里的文学教授，有着安稳的收

① 吴俊对于鲁迅悖论性的矛盾的阐释主要见于他的另一部著作——《鲁迅个性心理研究》，华东师范大学出版社1992年版。
② 参见吴俊《鲁迅评传》，百花洲文艺出版社1992年版。
③ 郜元宝：《"二马之喻"和"冰之喻"——略谈鲁迅与中国现代学术、文学的分途》，《天津社会科学》1997年第5期。

入，却没有兴趣与课堂外的世界打交道。贾克比声称，这些人的文笔深奥而又野蛮，主要是为了学术的晋升，而不是促使社会改变。"① 从这个意义上说，90年代"学者"鲁迅重构所引申的问题超越了鲁迅形象本身。

"学者"鲁迅的重构，意味着1990年代中国学者对于岗位意识的自觉遵守。在鲁迅研究再次与意识形态疏离之时，遵守学理精神，进行广义的知识反思，而不做立场上的批判，是1990年代以后的中国学者一种可能性的选择。从这个意义上说，"学者"鲁迅是对1980年代鲁迅重构的反拨。它是启蒙之路受阻之后智者的理性选择。

（原文发表于《鲁迅研究月刊》2008年第6期）

---

① ［美］爱德华·W.萨义德:《知识分子论》，单德兴译，生活·读书·新知三联书店2002年版。

# 现当代作家作品研究

# "二十世纪中国文学"总体美感的阐释误读

## ——以现当代文学史中古典形态作家作品为中心

## 一 "悲凉"总体美感的双面性

20 世纪 80 年代中期,中国现当代文学史观发生了根本性的改变。以往单一的意识形态规定下的文学史观在思想解放进程中受到质疑。最有冲击力的学术行动即是"二十世纪中国文学"这一概念的提出。这一概念不仅从理论上打通了中国现当代文学史的分治格局、"把二十世纪中国文学作为一个不可分割的有机整体来把握"①,而且有效地以思想文化的研究方法取代了单一性的政治革命史。然而,"二十世纪中国文学"这一"文学史整体观"所催发的研究成果虽然早已获得学界的共识②,但是,其所关涉的文学内部要素——美感与现代性的关系问题始终没有得到深度的认知。事实上,文学美感在文学现代性进程中的多样性和自觉性,既包含了

---

① 黄子平、陈平原、钱理群:《论"二十世纪中国文学"》,《文学评论》1985 年第 5 期。
② 如最近刘勇、姬学友将"文学史整体观"的成果概括为两个明显变化:"第一个明显变化是,相继出现了一批以'打通'为己任,从整体着眼,从宏观入手,跨越 1949 界限,构建 20 世纪大文学史的学术成果。""'整体观'的理论构想所带来的另一个明显变化是,有的研究者走出自己的研究阵地,成功实现了学术视野的扩张或转移。或从现代反观近代,或由当代进入现代,还有的把研究视野扩大到二十世纪。"参见刘勇、姬学友《二十世纪中国文学整体观的实践难题》,《文学评论》2007 年第 3 期。

文学创作者对审美意识的自觉追求，也包含了文学史研究者对文学美感的起码尊重。对美感多样性的漠视或对美感没有起码尊重的文学研究只能是观念化的阐释。这样，文学史研究若想回到文学自身，不仅要否决以往意识形态建立在文学之上的由政治/革命或社会/历史的叙述模式所确立的单一的研究范式，而且也要警惕当下文化研究蔓延在文学之上的无边的过度阐释，进而以多样性的文学美感呈现文学与现代性之间内在的复杂性和张力。以往的文学史研究已经证明：武断的观点和立场，对文学作品的文学性而言，是个非常大的损害。而文学，其实是思想与美感结伴同行之物。没有丰富、细腻美感体验的研究者很难真正进入丰富的文学世界。由此，我们需要重新思考：文学的美感问题何以作为"二十世纪中国文学"的子问题被同步思考？

　　"二十世纪中国文学"与美感问题同步思考，其学理依据，曾经被如是概括："在一个古老的民族在现代争取新生、崛起的历史进程中，以'改造民族的灵魂'为总主题的文学是真挚的文学、热情的文学、沉痛的文学。顺理成章地，一种根源于民族危机感的'焦灼'，便成为笼罩二十世纪中国文学的总体美感特征。"① 因为"焦灼"是一个不规范的美感术语，便以"焦灼"的核心部分——"悲凉"来替代，即"二十世纪中国文学"总体美感特征被概括为"悲凉"。应该说，当文学史研究者将学术目光聚集在文学的美感之时，意味着他们开始自觉地将审美意识作为现当代作家作品的评价标准，由此试图回返文学自身。经过相当长时间文学从属于意识形态的历史记忆后，文学回返自身的意愿是如此强烈。其情形正如80年代重要代表学者谢冕的描述："文学回到家园的醒悟仅仅是最近十年发生的事实。在以往我们花费在非文学上面的精力的时间太多了。在文学研究领域，这种花费表现在文学被指令无休止地为其他意识形态注释。他们借文学说他们的故事，文学真的变成了叫作传声筒的东西。现在我们终于有权力发问：文学难道不应关系自身？当然文学应该也可能关系文学以外的世界。但不论是权威还是神圣，他们要文学做的，必须通过

---

① 黄子平、陈平原、钱理群：《论"二十世纪中国文学"》，《文学评论》1985年第5期。

文学的方式和可能，这包括文学的旨趣。"① 可以说，通过对文学旨趣的强调，即通过对文学美感问题的关注来实现"二十世纪中国文学"的学科建构，是"二十世纪中国文学"的主体构想。反过来说也同样，"二十世纪中国文学"这个概念的提出主要是为了实现文学自身的独立，其中包括以美感的方式来确证文学的独立品格和自身尊严，由此以文学的方式关注自身和时代。

为此，黄子平、陈平原、钱理群在《论"二十世纪中国文学"》一文这样确立"二十世纪中国文学"的要义："所谓'二十世纪中国文学'，就是由 19 世纪末 20 世纪初开始的、至今仍在继续的一个文学进程，一个由古典中国文学走向现代中国文学转变、过渡并最终完成的进程，一个在东西方文化的大撞击、大交流中从文学方面（与政治、道德等诸方面一道）形成现代民族意识（包括审美意识）的进程，一个通过语言的艺术来折射并表现出来的中华民族及灵魂在新旧嬗替的大时代中获得新生并崛起的进程。"② 在这个充满了谨慎、矛盾的表述中，尽管"审美意识"或美感被附加在现代民族意识之下，远不能与"世界""历史""文化""政治""道德"这些宏大概念相比，但毕竟承认了其存在的合法性。

"审美意识"或美感在"二十世纪中国文学"中的合法性借助一本颇能够代表 80 年代研究思路的论文集《走向世界的文学：中国现代作家与外国文学》，得到充分的确证。这本论文集"不妨被视为一种现代文学史观的体现"③，就是选题的取舍标准、文章的内容构成也典型地体现了"二十世纪中国文学"的总体思路④。细读论文集的话语结构，虽然论文集中的文章从思想文化层面探讨了 20 世纪中国文学与世界文学的影响关系，但最终却落实在文学美感的基点上。正如导言对"五四"新文学运动的理

---

① 谢冕：《新世纪的太阳》，时代文艺出版社 1993 年版，第 3—4 页。

② 黄子平、陈平原、钱理群：《论"二十世纪中国文学"》，《文学评论》1985 年第 5 期。

③ 曾小逸主编：《走向世界文学：中国现代作家与外国文学》，湖南人民出版社 1985 年版，第 667 页。

④ 在《论"二十世纪中国文学"》中，"文学史整体观"的总体思路被概括为：走向"世界文学"为中国文学研究的宏观背景，以"改造民族的灵魂"为文学研究的总主题。

解："五四时代的人的解放，不仅是一次在人的思想意义和道德意义上的解放，而且是一次人在审美意义上的解放。"① 整个论文集对 20 世纪中国文学的研究不约而同地选取世界性文学与中国文学的互动关系这一角度来证明"人类的审美群体化时代的结束和审美个体化时代的诞生"②。尤其是，论文集中的文章着力于对"悲凉"这一"二十世纪中国文学"总体美感的凸显。姑且不说王富仁的《鲁迅：先驱者的形象》一文认为鲁迅在外国现实主义、现代主义、浪漫主义、苏联无产阶级影响下生成了先驱者鲁迅作品的悲伤和怨怒之美感，就是陈平原的文章《许地山：饮过恒河圣水的奇人》也从哲学思想、政治思想、文艺思想三个角度既评述印度文化对许地山小说的影响，也强调其小说中的忧郁和幽怨之美感。在 20 世纪 80 年代文学史研究者看来，中国现当代文学总体上弥漫着一种浓郁的"悲凉"之气。这一概括有力地支撑了"二十世纪中国文学"的整体构架，并使得现当代文学作家作品研究从以往在政治革命框架下解放出来。而且，随着文学现代化进程的推进，文学的审美意识越来越受到应有的关注。"二十世纪中国文学"所包含的"审美意识"这一子概念被后来的文学史研究者重新阐释，认为《论"二十世纪中国文学"》一文："从二十世纪中国文学与世界文学总格局的关系，其所包含的民族意识、审美意识，以及作为语言艺术的形式演进等方面，初步论证了二十世纪中国文学的整体特征。"③ 随着时间的推移，"审美意识"已大有与"民族意识"平起平坐的趋势了。

但是，"二十世纪中国文学"的子概念——"悲凉"总体美感所取得的理论优势和取得的学术成果是问题的一个方面，问题的另一个方面在于，"悲凉"这一"二十世纪中国文学"的总体美感究竟具有多大层面上的概括力。即便《走向世界的文学：中国现代作家与外国文学》中的文章，也溢出了"悲凉"这一整体美感的限定。事实上，对于"悲凉"美感

---

① 曾小逸主编：《走向世界文学：中国现代作家与外国文学》，湖南人民出版社 1985 年版，第 64—65 页。

② 同上书，第 65 页。

③ 温儒敏主编：《中国现当代文学学科概要》，北京大学出版社 2005 年版，第 118 页。

的概括，当时就有学者质疑"悲凉"美感的涵盖面问题。[①] 遗憾的是，这一问题在日后并没有得到深度思考。由此，许多问题一直悬而未绝。如"悲凉"总体美感的依据[②]是否可疑？"文学史整体观"是否在"走进文学"后又"走出文学"？在后来的"重写文学史"讨论中，文学史研究者虽然反对"把文学的审美功能和审美标准放在从属面、甚至是可有可无的位置上"，但更强调历史与审美的联系。[③] 90年代以后，文学史研究者一面警惕"思想史代替文学史"[④] 所导致的文学研究的空洞化现象，一面又围绕"纯文学"展开了诸多讨论[⑤]，但由于文化环境的转换、文化研究的一统天下等因素，"纯文学"的研究问题并没有持续探讨下去，也没有进入文学"美感"的微观层面。这使得现当代文学作品"美感"的多样性特征迄今仍然没有得到应有的尊重。一个有代表性的例子就是：作为现当代文学研究者认为熟透了的古典形态代表作家废名、沈从文、汪曾祺、陈翔鹤、宗璞、曹文轩、迟子建、曹乃谦等的创作一直被误读。

---

① 在《关于"二十世纪中国文学"的对话》（《读书》1986年第3期）中，陈平原认同了学界的质疑："还有一个'涵盖面'的问题。比如说'悲凉'美感，有的朋友就问了，到底能涵盖多少作品？"

② 对于"悲凉"总体美感的内在依据，黄子平回答道："我觉得'悲凉'美感，依据的就是二十世纪中国文学所'意识到的历史内容'来概括的。"（《关于"二十世纪中国文学"的对话》，《读书》1986年第3期）它一开始就带有了思想史替代文学史的隐在话语，或者说，文学的认识价值高于文学的审美价值，语义价值高于形式价值。

③ 以上观点参见陈思和、王晓明《关于"重写文学史"专栏的对话》，《上海文论》1989年第6期。

④ 温儒敏在《文学史能否取代思想史》（《中华读书报》2001年10月31日）和《现当代文学研究中的"空洞化"现象》（《文艺研究》2004年第3期）等文章中批评了将文学作为思想史研究材料的现象，指出，文化研究和思想史研究都正在成为现当代文学研究领域的"热门"，这些跨学科的研究带来新的视野和活力，但也造成研究的"空洞化"现象。本文对文学研究中出现的过分注重理论操作性、轻视文学审美经验性分析的倾向进行论析，指出文学研究和文化研究、思想史研究既有交叉又有区别，不同学科理论方法的引入不应当以消泯文学研究的"本义"为代价，只有走出文学又回到文学，才真正可能为文学研究拓展新的论域。

⑤ 关于"纯文学"的讨论，可参见洪子诚、贺桂梅、吴晓东等《"文学自主性"问题讨论纪要》，蔡翔《何谓文学本身》，南帆《纯文学的焦虑》，贺桂梅《文学性："洞穴"或"飞地"——关于文学"自足性"问题的简略考察》，刘小新《纯文学概念及其不满》（《东南学术》2003年第1期）等文章。另外，贺照田的《时势抑或人事：简论当下文学困境的历史与观念成因》一文，从20世纪80年代以来的文学理论、文学批评的角度，重新反思了诸如"文学是人学""文学是语言的艺术"等通过二元对立的话语方式来清算社会主义现实主义的文学遗产，这与对"纯文学"的反思在很大程度是相呼应的。

他们长期以来被认为是"牧歌""世外桃源"的幻想者、"乡土文学"的写实者、现实世界的逃离者、唯美主义的创作者。本文就是从这个问题出发，通过对"二十世纪中国文学"总体美感特征的生成、内在矛盾性、各种批评的梳理，回应"悲凉"总体美感的历史推进和阻滞，由此试图呈现古典形态美感——"高贵"在文学史中的演变流脉及其对文学现代性的独特贡献。不过，本文虽针对个案，但立论则不限于对象本身，而是在很大程度上希望通过对实际问题的探讨来反思现当代文学史研究的既定格局。

## 二 被误读的古典美感形态

"二十世纪中国文学"这一"文学史整体观"规定下的"悲凉"总体美感特征，一方面，"并不是由作品本身而是由'二十世纪中国文学'这个系统来决定的，只是由于借助于把握整个系统的科学分析揭示它"[①]；另一方面，也是为了有效地将具体的作家作品整合到"二十世纪中国文学"这个系统中，以实践文学史研究的新方法，"即从宏观视角去研究微观作品"[②]。但是，在具体的文学史编撰、阐释中，恰恰在这一关节点上造成了重大误读。"悲凉"之外的现当代文学史中诸多形态的美感没有得到应有的尊重。姑且不说以张爱玲为代表的海派创作的"苍凉"美感被悬搁，就是以废名、沈从文、汪曾祺等为代表的古典美感的作家作品也被误读，即"文学史整体观"论者因其美学风格差异于"二十世纪中国文学"总体美感的评价标准而在重新提升古典形态作家作品的文学性价值的同时又再度看轻了其思想性。譬如，钱理群认为："沈从文根据佛教故事改编的《月下小景》意义不大，真正有价值的作品也是表现本世纪初的生活形

---

① 《关于"二十世纪中国文学"的对话》，《读书》1986 年第 3 期。又见钱理群、黄子平、陈平原《二十世纪中国文学三人谈》，北京大学出版社 2004 年版，第 87 页。

② 陈平原语。见《关于"二十世纪中国文学"的对话》，《读书》1986 年第 3 期。又见钱理群、黄子平、陈平原《二十世纪中国文学三人谈》，北京大学出版社 2004 年版，第 88 页。

态，不过他更多着眼于现代的古风遗俗，一种滞留的历史痕迹。"① 事实上，如果从思想文化的角度，"二十世纪中国文学"的确是一个系统，但如果从美感的角度，任何具体的作家作品亦是一个与"二十世纪中国文学"同等复杂、完整的世界。甚至可以反过来说，如果文学史研究不进入作家作品具体的美感世界之中，就不能呈现"二十世纪中国文学"这个大系统的全景。

应该承认，与以往的现当代文学史观相比较，"二十世纪中国文学"的"文学史整体观"将古典形态作家作品提到了空前的地位，甚至有一路飙升的趋向。但是，由于对古典美感的误读，一些文学史研究者的评价还是与古典形态作家作品之间存着很深的隔膜。或者，古典形态作家作品在"文学史整体观"视域下，通常被作为"文学史整体观"系统的置换。尤其，在评价古典形态作家作品的文学史意义时更显得底气不足，而不似对"悲凉"美感为核心的作家作品那么酣畅淋漓，赞誉有余。在《论"二十世纪中国文学"》一文中，当触及古典美学精神对"二十世纪中国文学"的影响之时仍表现得小心翼翼，只是避重就轻地以"湖畔诗社"、孙犁小说及 50 年代田园牧歌般的作品为例而语焉不详地匆匆带过，充其量将它们视为"悲凉"美感为核心的大交响曲中的明亮音符。即便在直接论及废名、沈从文、汪曾祺等古典美感形态的代表作家时，也不过是将他们的文学创作视为鲁迅、郁达夫所开创的"抒情小说"的后继者或者"田园""牧歌"的书写者，在强调其抒情性、唯美性一面的同时隐含了对其"逃离"中国社会现实的批评。对于类似的误读，古典形态作家曾经提出过质疑。沈从文孤寂于自己作品的不被理解，近乎悲痛地说："我作品能够在市场上流行，实际上近于买椟还珠，你们能欣赏我故事的清新，照例那作品背后蕴藏的热情却忽略了，你们能欣赏我文字的朴实，照例那作品背后隐伏的悲痛也忽略了。"② 汪曾祺更是直截了当地指出沈从文作品被误读的症结，明确地说："提起《边城》和沈先生的许多作品，人们往往愿意和

---

① 《关于"二十世纪中国文学"的对话》，《读书》1986 年第 1 期。又见钱理群、黄子平、陈平原《二十世纪中国文学三人谈》，北京大学出版社 2004 年版，第 67 页。

② 转引自《汪曾祺文集·文论卷》，江苏文艺出版社 1994 年版，第 111 页。

'牧歌'这个词联在一起。这有一半是误解……有人说《边城》写的是一个世外桃源，更全部是误解。《边城》（和沈先生的其他作品）不是挽歌，而是希望之歌。"①

然而，在"二十世纪中国文学"的"文学史整体观"的支配下，这种误读还将持续下去，并构成了现当代文学史对古典形态作家作品评价的主流观点。1987 年 8 月，由钱理群、吴福辉、温儒敏、王超冰撰写，上海文艺出版社出版的《中国现代文学三十年》就没有将沈从文列为专章评述②，1989 年，陈思和与王晓明在"关于'重写文学史'"的对话中认为"有些作家（应该包括沈从文等古典形态的作家——笔者注）的主要成就表现在艺术性方面"③，王富仁则更直截了当地认为沈从文"远未达到堪称伟大作家的行列"，因为他"缺少一个为现代伟大作家不能不具有的更深邃的思想，特别是把最近的视野仅仅局限在以小农经济为基础的世俗生活范围内"④。沈从文在文学史中的地位尚且如此，其他古典形态的作家作品的位置自然也不会超乎其左。显然，"文学史整体观"论者更为看重文学的思想功能，进而对沈从文等古典形态作家作品的"思想价值"感到怀疑。这样，"文学史整体观"论者虽然重新肯定古典美感形态作家作品在文学史上的审美意义，但又陷入思想性标准与审美性标准的二元对立的思维之中。结果，在现当代文学史中，古典形态作家作品被思想与艺术的双重标准分置论述，缺乏内在统一性。

客观地说，古典形态作家作品确实是以古典美感为基点的，但这并不意味着他们仅仅满足于营造一个镜花水月的虚幻之境，或者只是为了博得一个"京派作家"的称谓、"诗化小说"的命名、"乡土小说"的派别，乃至"文体家""纯文学"书写者的头衔。古典形态作家作品在追求古典

---

① 汪曾祺：《沈从文的寂寞——浅谈他的散文》，《汪曾祺文集·文论卷》，江苏文艺出版社 1994 年版，第 110 页。

② 需要说明的是，1998 年 7 月由北京大学出版社出版的《中国现代文学三十年》（修订本）增补了沈从文专章。

③ 陈思和、王晓明：《关于"重写文学史"专栏的对话》，《上海文论》1989 年第 6 期。

④ 王富仁：《在广泛的世界性联系中开辟民族文学发展的新道路》，《中国现代文学研究丛刊》1985 年第 1 期。

美感的同时，更承诺以古典美感的营造来关注并回应现代性的诸多问题——文化、社会、经济、历史、人性、道德等，当然也包括政治。只是与"二十世纪中国文学"主流创作观念不同的是，古典形态作家在思想文化的资源上，信奉蔡元培在"五四"时期提出的"以美育代宗教说"①；在美学资源上，推崇周作人的"自己的园地"②的象征意蕴。这种建立在美感基点之上的综合的文学观，随着古典形态作家风格的成熟，日渐成为一种自觉的创作意识。

沈从文是古典形态作家的集大成者，如果说他创作初始时期还停留在犹疑的文学观阶段，那么，随着中篇小说《边城》、长篇小说《长河》的诞生，他已经开始自觉地以古典美感营造方式承担现代人精神世界的重建。1940年，沈从文明确地说："世界在变动中，一切都必然得变，政治或社会，法律与道德似乎都值得有心人给予一种新的看法，至少是比较新的看法。文学自然不在例外，也需要一种较新的看法。"③"这新的文运新的文学观，从消极言，是作者一反当前附庸依赖精神，不甘心成为贪财商人的流行货，与狡猾政客的装饰品。从积极言，一定要在作品中输入一个健康雄强的人生观，人物性格必对做一个中国人的基本态度与信念，'有所为有所不为'，取予之际异常认真。他必须爱人生，坚实朴厚，坦白诚实，勇于牺牲。"④在文学被商业与政治双重包围之时，沈从文所主张的新文学观就是要通过古典美感来建构现代人的强健的精神世界，以获得被现代性压抑的人性的健康成分。比较而言，废名似乎有沉湎于梦境之嫌，因

---

① 蔡元培指出："我向来主张以美育代宗教，而引者或改美育为美术，误也……庄严伟大的建筑，优美的雕刻与绘画，奥秘的音乐，雄深与婉挚的文学，无论从属于何教，而异教的或反对一切宗教的人，决不能抹杀其美的价值，是宗教上不朽的一点，止有美。"（蔡元培：《以美育代宗教说》，《新青年》第三卷第六号，1917年）

② "五四"新文化时期，周作人从1922年起开始在《晨报副镌》上以"自己的园地"为栏目发表一系列文艺散文，主张艺术的独立性。周作人的主张与康德的美学相似，认为文艺应该是没有功利的："艺术是独立的……只任他成为浑然的人生的艺术便好。"周作人：《自己的园地》，岳麓书社1987年版，第6页。

③ 沈从文：《新的文学运动与新的文学观》，《抽象的抒情》，复旦大学出版社2004年版，第1页。

④ 同上书，第5页。

此很容易让人联想到鲁迅的评价："有意低徊，顾影自怜之态"[1]，但是废名并不认同于一般意义上的梦境的朦胧与缥缈。他曾经自述道："有许多人说我的文章obscure，看不出我的意思。但我自己是怎样的用心，要把我的心幕逐渐展出来！我甚至于疑心太clear得利害。""不要轻易说，'我懂得了！'或者说，'这不能算是一个东西！'真要赏鉴，须得与被赏鉴者在同一基调上面，至少赏鉴的时候要如此。"[2] 尽管这两段话语仍然不知道废名的所指，但可以确证：废名的梦境与其说是一个与现实人生相隔离的封闭体，不如说是以古典美感为表现形式来追求现代人生命之"真"。

至于废名、沈从文之后，现当代文学史中的芦焚（1946年后用笔名师陀）、汪曾祺、陈翔鹤、林斤澜、宗璞、何立伟、曹文轩、迟子建、曹乃谦等作家，均以各自不同的方式接续了古典形态创作，以古典美感对抗现代中国人所面临的诸多困境。芦焚从废名、沈从文那里汲取了风景画与风俗画的诗化手法，但他又深描了北方乡村的颓败，将诗意和写实融合在一起，表现了现代性背景上乡土中国的荒凉气息。汪曾祺作为现当代文学史的"跨代"作家，不仅以沈从文、废名为师，而且探索现实主义、现代主义与古典美学的融合，由此，抵达了一种新的综合的文学观：选取现实主义，却强调"作者的态度、感情不能跳出故事去单独表现，只能融化在叙述和描写之中，流露于字里行间，这叫作'春秋笔法'"[3]。接受现代主义，却主张在现代主义中注入古典艺术精神。这样，汪曾祺小说中舒展的古典风月、浓郁的市井风情与现实、历史、哲学、美学、民俗等命题融合在一起，在表现人性本真的乐观、健康、善良一面的同时，又隐在地呈现了现实生活的哀戚。与汪曾祺小说的古典美学风格相类似，陈翔鹤的历史小说也有独特的意味：它们对古典美学精神的承继不仅在于对古典的题材选取，而且在于其以平淡、节制的语言营造了一个古典美感的意境。而且，陈翔鹤小说对古典美感的营造，不是对现实的逃离或逃避，而是在那个特

---

[1] 鲁迅：《中国新文学大系·小说二集导言》，上海文艺出版社2003年版，第7页。
[2] 废名：《废名文集》，止庵编，东方出版社2000年版，第54—55页。
[3] 汪曾祺：《"揉面"》，《汪曾祺文集·文论卷》，江苏文艺出版社1994年版，第21页。

殊环境下对知识分子精神世界的坚守，寄寓着"作者在当代经历的政治纷扰的感慨"①。更确切地说，陈翔鹤的历史小说是以古典美感的方式思考当时的中国现实和政治。对于陈翔鹤历史小说的审美品格和精神质地，董之林的阐释可谓深入："对于小说家来说，眷恋传统，固然在于传统文化品格的魅力，但传统之所以征服了他们，还在于它有与一味强调革命和斗争不尽一致，讲究温柔、敦厚、通达而和谐的审美意境。……小说看上去是在'讲古'……但古人的心理状态又与作家近在咫尺，他们感叹古人，何尝不是抒发自己？如果说这也是对现实的一种抗争，那么他们自有'斗争'的方式，在强调阶级斗争的时代，小说中看似无力实则坚韧的文人诉求，体现出小说家的见识的确卓尔不群。"② 新时期以后，古典美感的接续和转换不绝如缕。除了汪曾祺再度焕发出小说家的艺术激情之外，林斤澜在古典美感的根基上展开对哲学意蕴、现代意识的思考，以反对当代文学的"图解"式写作③，进而批判中国社会的历史和现实④。宗璞尝试以古典美学传统内化西方现代主义，借用她的话语表达："中国艺术讲神韵，有对神韵的认识和体会，也就是说我有这样的艺术观念做基础，才能使这些影响不致导向模仿。"⑤ 何立伟以希望的哀愁形成美感，既疏离于80年代主流写作，又介入了那一时代理想主义的建构；曹文轩以古典的净洁之美对抗现代主义的"丑"与"脏"，认定"美感与思想具有同等的力量"⑥；迟子建则让古典美感沐浴在神性的光辉之下，一面保有对现代文明

① 洪子诚：《中国当代文学史》，北京大学出版社2007年版，第130页。
② 董之林：《旧梦新知："十七年"小说论稿》，广西师范大学出版社2004年版，第214页。
③ 林斤澜对"图解"式写作的反对，详见《小车不倒只管推》，《林斤澜小说经典》，人民文学出版社2005年版。
④ 需要说明的是：林斤澜小说在追求古典精神一面的同时，还有很犀利的现实批判精神和历史反思精神。发表在《十月》2006年第6期的《夹缝四色》，就通过"夹缝"对艺术（《夹缝》）、经济（《瓯人》）、自然（《归鱼》）、政治（《毛巾》）进行了隐喻。
⑤ 施叔青、宗璞：《又古典又现代——与大陆女作家宗璞对话》，《宗璞文集》（第四卷），华艺出版社1996年版，第463页。
⑥ 曹文轩：《永远的古典》，《红瓦》，北京十月文艺出版社1998年版，第556页。

的批判性立场，一面对未来社会中的理想人性进行憧憬①；曹乃谦对生存的原生态——"饥饿"和"性"的集中描写，实践了古典美学精神的生存论转换。

至此，在古典形态作家作品中，无论"木讷迂缓"的叙述方式、"乡下人"的叙述视角，还是古典的语言和节奏、诗化的文体样式，都是为了表达一种与主流现代性目标相疏离的写作立场。不过，这并不意味着古典形态作家作品与"二十世纪中国文学史"的主流写作有根本不同，事实上，彼此有许多相通之处——他们都是以文学的方式自觉地承担文学的社会责任、文学对人心的建设工程。如果说以鲁迅为代表的现代主流作家作品主张思想启蒙，那么以沈从文为代表的古典形态作家则倾向于美感教育。他们一同对现代性过程中的负面问题提出反思和批判。不同的是"二十世纪中国文学"的主流作家作品总体上主张颠覆性的思想批判，古典形态作家作品则更多地选取建设性的审美重建。

## 三 以"高贵"美感重建现代中国人的理想人性

在"二十世纪中国文学"这一学科概念的规定下，古典形态作家作品所追求的古典美感与现当代主流文学史所确立的"悲凉"总体美感似乎是一种反向。既然20世纪中国文学充满了一系列动荡不安的历史图景，20世纪中国文学的总体美感自然受到了历史内容的规定而凸显"悲凉"美感并压抑"古典"美感。其情形确如这段话语的描述："在二十世纪中国文学进展的各个阶段，人们不止一次地感觉到悲凉沉郁之中缺少一点什么，因而呼唤'野性'，呼唤'力'，呼唤'阳刚之美'或'男子汉风格'。这种呼唤总是因其含混和空泛，更因其与上述'意识到的历史内容'，与艰

---

① 迟子建在长篇小说《额尔古纳河右岸》的跋中，虽然批判了现代文明对于人性自然美的扼杀，但仍然对未来的人性充满信心："人类既然已经为这世界留下了那么多不朽的艺术，那么也一定能从自然中把身上沾染的世俗的贪婪之气、虚荣之气和浮躁之气，一点一点地洗刷干净。虽然说这个过程是艰难、漫长的。"

难曲折、千回百转的历史行程不相切合，而无法内在地由文学创作表现出来，往往变为表面化的外加的外在风格色彩。尽管如此，这种呼唤毕竟体现了对柔弱的田园诗传统的某种反感，体现了对大呼猛进的历史运动的一种向往。"① 虽然这段话语论及的"田园诗传统"没有明确圈定沈从文等古典形态的作家作品，但主流文学史对"悲凉"总体美感的强化，便包含了将古典美感的边缘化倾向。然而，在被冷落的现当代文学史处境中，古典形态作家不是依靠文学运动、文学思潮及批评文章来实践自己的文学观。古典形态作家甚至更愿意存在于"潮流之外"。他们的作品犹如潜流，绵延地汇聚成一脉现当代文学史中的边缘水流，寂静地汇入文学史的繁复的水系中。他们依靠他们的文学实绩来实现自己的文学理想。尤其，他们创立了一种区别于"悲凉"总体美感的古典美感形式——"高贵"，并以"高贵"美感承担文学在不同文化环境中的使命，包括抵抗西方现代性文化思潮的负面影响。

如何理解"高贵"美感？"高贵"作为古典美感的核心内容，在古典形态作家的文学词典中，并没有确定性的学理界定。大多数古典形态作家甚至没有直接运用过这个概念，他们只是通过与作品相联系的描述性话语传达其内在特质。沈从文在《边城·题记》中自述道："这作品或者只能给他们一点怀古的幽情，或者只能给他们一次苦笑，或者又将给他们一个噩梦，但同时说不定，也许尚能给他们一种勇气同信心。"② 虽然沈从文谈论的是《边城》的写作目的，但这种对苦难的提升态度本身就意味着"高贵"的精神品格。汪曾祺在论述《受戒》时，也发表了类似的观点："我的作品的内在情绪是欢乐的。我们有过这种创伤，但是我们今天应该快乐。……我相信我的作品是健康的，是引人向上的，是可以增加人对生活的信心的，这至少是我的希望。……我们当然是需要战斗性的，描写具有丰富的人性的现代英雄的，深刻而尖锐地揭示社会的病痛并引起疗救的注意的悲壮、宏伟的作品。悲剧总要比喜剧更高一些。我的作品不是，也不

---

① 黄子平、陈平原、钱理群：《论"二十世纪中国文学"》，《文学评论》1985 年第 5 期。
② 沈从文：《边城·题记》，《从文自传》，人民文学出版社 1981 年版，第 127 页。

可能成为主流。"① 汪曾祺选取以非主流的方式表现中国人健康向上的精神世界，同样是建构现代中国人高贵的理想人性。比较而言，当代学者型作家曹文轩对于"高贵"美感则直接阐释，且反复从创作体验出发，提出"高贵"美感在不同层面的意义："悲剧的高贵""阅读的高贵""血统的高贵""情感的高贵"……②此外，其他古典形态作家对"高贵"美感虽然缺少自觉的理论阐释，但还是依凭文学自身表现出对在"高贵"美感的基本特质的追求。这样，根据古典形态作家的描述和创作实绩，"高贵"美感可以概括为如下特质："高贵"美感是一种古典的悲剧美学，它力图表现一种与诸多现代性负面因素相抵抗的稳定、向上的理想人性，作品本身具有一套表现古典美的基本方式，作者的感受力与理智力有着统一的关系，可使读者获得一个合宜的提升生命质量的高贵的文学世界。

另外，"高贵"美感的基本特质，与西方新古典主义美学理论的相通之处。譬如，曾经影响了整个的德国古典主义运动进程的德国古典主义美学家温克尔曼非常推崇希腊时期的雕刻，认为希腊艺术具有"高贵的单纯和静穆的伟大"③ 的总体特征。到了被称为德国近代文学奠基人和解放者的莱辛，更是对"高贵"美感进行了精辟的阐释。"莱辛接受温克尔曼对拉奥孔群像的描述，但是反对他拿拉奥孔跟菲罗克忒忒斯做比较，和他对希腊的文学艺术的概括。"④ 因为在莱辛看来：在希腊文学笔下，菲罗克忒忒斯号叫、悲叹、诅咒、呻吟而且怒吼。在荷马笔下维纳斯不过擦破点皮也要尖叫。玛尔斯也吼叫，临死的赫拉克勒斯痛苦得又叫又吼。莱辛认为这种着力于肉体痛苦的表达方式无法表现心灵的伟大，正如他如是评价拉奥孔群像的雕刻家："他必须把尖叫减轻为叹息，这并非因为一声尖叫会暴露出一颗不高贵的灵魂，而是因为尖叫会使面容歪曲变形到令人害怕

---

① 汪曾祺：《关于〈受戒〉》，李辉主编《汪曾祺自述》，大象出版社2002年版，第202页。
② 曹文轩在访谈录《古典的权利》中认同莱辛对雕塑拉奥孔的分析，在随笔《论发现》中批评中国当代作家对"房子"和"粮食"的形而下关心，都是来自对"高贵"美感的坚守。两篇文章见曹文轩《一根燃烧尽了的绳子》，作家出版社2003年版。
③ ［美］雷纳·韦勒克：《近代文学批评史》（第一卷），杨岂深、杨自伍译，上海译文出版社1997年版，第200页。
④ 同上书，第215页。

的程度。"① 言外之意，美是雕刻艺术的最高准则，而美即"高贵"。西方新古典主义者这些观点可以说与古典形态作家的美学主张非常暗合。而且，古典形态作家和西方古典主义者一样注重文本内部的"高贵"美感的营造。莱辛说："诗应该努力把它的人为的符号提高为自然的符号：这样它才能有别于散文而成为诗。做到这一点所凭借的媒介是文字的语调，文字的位置，韵律，修辞格和转喻、明喻等等。"② 古典形态作家同样讲究文本内部的美感设计，或者说，"高贵"美感所依靠的是汉语言文字的趣味，诗性的氛围，风景画和风俗画的描写，悲剧的降格处理，等等。

当然，古典形态作家作品对"高贵"美感的追求并非嫁接在西方新古典主义美学的链条之上，而是发生于本土文化语境之中，即古典形态作家作品的"高贵"美感是对现当代文学中主流写作格局的差异化抵抗。它所追求的"高贵"美学原则应该与现实主义所推崇的写实原则、现代主义所倡导的审丑原则一样，具有同等的文学史合法性。甚至，从现当代文学史的意义上，它具有对"悲凉"总体美感单向发展的纠偏功能。由此，为现当代文学史美感的多样性提供了一份确证。即便从当下文学格局出发，"高贵"美感也对当下文学过分写实的倾向具有反拨功能。进一步说，"高贵"美感的所有特质，都是为了在现代性背景上重建现代中国人的理想人性。自现代文学开启以来，由于现代中国不断被苦难、灾变、战争、运动等现代性伤痛所包围，现当代文学在承担了启蒙、革命、救亡、战争、斗争等宏大历史使命时，更多地将笔力集中在对仇恨、怨毒、暴力、卑微、欲望等各种人性之恶的剖解。这种主流写作倾向当然传达了特定文化背景上现代中国人的精神心理，也符合"悲凉"美感的总体特征。但是，现代中国人的精神心理同时存在着爱意、宽厚、通达、优美、雅致等另一面的精神特质，也还有作家作品在逆境中坚守人性之美的写作。古典形态作家所从事的文学创作正是对人性中

---

① ［美］雷纳·韦勒克：《近代文学批评史》（第一卷），杨岂深、杨自伍译，上海译文出版社 1997 年版，第 215—216 页。

② 同上书，第 221 页。

爱与美一面的发现和重建，并试图通过"高贵"美感的书写寄寓现代中国人的理想人性。

那么，如何理解古典形态作家作品中"高贵"美感所寄寓的现代中国人的理想人性？对于这个问题，我们并不需要遵循当下文学史研究的热门方法——以史料的重新发现来补救"二十世纪中国文学"这一"文学史整体观"的误读。因为所有的材料都已经浮出水面，没有巨大的沉潜打捞的空间。我们只需回到古典形态作品本身，从"文学史整体观"的框架下走出来，按照它们本来的样子重读文本，便会体味到"高贵"美感与现代性之间的丰富、复杂的内涵。如果进入古典形态的文本世界，一个个不该回避的问题会重新升起。沈从文的中篇小说《边城》为什么为翠翠留下一个哀婉的希望？废名的长篇小说《桥》中细竹为什么设计得如真如幻？陈翔鹤的短篇小说《陶渊明写〈挽歌〉》为什么没有沿袭历史小说的传奇性，而注重刻画人物的心理？汪曾祺的短篇小说《受戒》所讲述的小儿女故事为什么"是我这样一个八十年代的中国人的各种感情的一个总和"①？林斤澜的短篇小说《去不回门》等为什么被设计得那么空灵和玄妙？宗璞的长篇小说《野葫芦引》第一卷概括吕老先生的一生的《棺中人语》一文究竟具有何种隐喻功能？曹文轩的长篇小说《草房子》《红瓦》等为什么让"美"与"思想"相伴而行？迟子建的长篇小说《额尔古纳河右岸》在设计妮浩萨满和爱梦想的女孩子依莲娜死亡时，为什么描写得美丽又静穆？曹乃谦的长篇小说《到黑夜想你没办法》在描写楞二等人物的本能欲望时为什么没有现代主义的丑与脏？

随着对这些问题的追问，"高贵"美感所寄寓的现代中国人的理想人性便呈现出来。概括说，现代中国人的理想人性就是在现代性背景上重新复活人性美中的古典精神。具体说，现代中国人的理想人性就是如翠翠一样具有纯真的洁净和自然的静穆；如细竹一般带有诗意的灵动和健康的美；如陶渊明一样保有坚韧的风骨和淡雅的心性；如明子和小英子一样充溢着内在的生命欢乐；如蓝斋娘一样让"野调无腔"深深地遁入我们的记

---

① 汪曾祺：《关于〈受戒〉》，李辉主编《汪曾祺自述》，大象出版社 2002 年版，第 21 页。

忆；如《棺中人语》一样以清雅之生命追求家国之梦；如杜小康一样在少年阶段就具有直面苦难的从容风度和理性的人性光辉；如妮浩一样对人类充满凝重的大爱；如楞二一样将单相思理解为人生的最高幸福。此外，现代中国人的理想人性还兼具一切"高贵"的真性情：率真、机智、诡谲、峭拔等。而这样的精神心理其实就是"高贵"美感在现当代文学史中的深意：在一个思想文化、政治经济转型的大时代，随着现代化进程的不断推进，人性本真的一面不断在消失，与古典精神血脉相连的人文家园正遭遇危机。如何留得古典精神的青山、留得传统文人的气脉、留得文学世界的绿荫清润，便成为古典形态作家作品在现代性、全球化的背景下，所秉的执着心意。这个深意关涉未来现代中国文学的复兴、关涉现代中国人精神生态的强健与和谐。当然，这个深意对于古典形态作家作品而言，始终是以文学内部"高贵"美感的实现为前提的。因此，古典形态作家坚持从语言的美感出发，对现当代文学中语言的放纵和粗糙进行了规避。借用林斤澜的话语表达："学这行手艺得分三步走：一是说中国话。二是说好中国话。三是说你的中国话。"① 可以说，古典形态作家作品的"高贵"美感首先依靠语言的质地来传达。

　　行文至此，"二十世纪中国文学"这一学科概念虽然开启了以"悲凉"为核心的美感研究，但它并没有进入文学的多样性的内部世界。通过古典形态作家作品的重新解读，一方面，重新反思"二十世纪中国文学"的历史局限；另一方面，试图探索中国现当代文学研究的出路。当然，在文学研究都被重新轻视的当下，文学的美感问题又被遗忘或边缘化。文学的美感研究仍然不容乐观。尽管如此，有一个点似乎可以确定：只有深入地走进文学的多样性美感世界，才能真正地进入文学世界。

（本文发表于《小说评论》2008 年第 6 期。有删节）

---

① 林斤澜：《论短篇小说》，《当代作家评论》2007 年第 1 期。

# 从放逐到消亡：
## 新时期以来文学批评的内在尺度——美感

　　新时期以来的文学批评形同生命的轮回：随着人意与天意合力催生的新时期文学发端而发端，持续获得 20 世纪 80 年代各种荣耀，一度遭遇 90 年代不可逆转的衰颓，然后又在新世纪争得些许颜面——最近几年，文学批评整合学院力量形成一种不可忽视的声音进而与媒体批评、网络批评分庭抗礼。但这不是说新时期以来的文学批评获得生机，而是相反，新时期以来的文学批评迄今为止依然处于"蒙羞含辱、很不体面"① 的尴尬境遇下，尚未解决文学批评中的所有基本问题。一方面，文学批评总是被放置在不恰当的位置上却不以文学本体分析的面目出现；另一方面，文学批评的评价尺度非常混乱已成为不争的事实。而这种种问题与新时期文学批评的知识谱系密切相关：新时期文学批评一开始从单一理论中突围出来、复苏到 80 年代各种理论的繁荣，再到 90 年代初期的低迷，90 年代中期以后的回升和自说自话，新世纪之后的众声喧哗，始终悬浮在文学本体之上。每一波域外潮流都会冲击文学批评的尺度。文学批评也便成为一种"东倒西歪"、追赶潮流的时尚工作。文学批评的尺度不断游移。其中，新时期以来文学批评的内在尺度——美感②便经历了从放逐到误读的历程。

---

　　① 陈福民：《阐释中国现实：新知识谱系的可能性》，中国作家网，2009 年 12 月 17 日。
　　② 美感意旨显性地显现作品之美的形式化因素，譬如叙述基调、视角、结构、节奏、色彩、情调、修辞、语感、语调、气韵等。正是由此美感形式，文学作品才具有其不可替代的文学史意义。

# 一 新时期发端的文学批评：被放逐的美感

新时期文学批评伊始，由于意识形态批评话语依然居于中心地位，美感成为被放逐的对象。文学批评者对于新时期伊始诸多文学现象——"朦胧诗""伤痕文学""反思文学""改革文学""知青文学"的批评，大多主要依据主流意识形态的规定，即政治与文学的联姻关系来命名。那个时段，文学批评者关注的大多是主题、题材、立场等思想内容、政治倾向等方面的因素。至于文学本体的审美形态、艺术形式、修辞风格等，则不在文学批评的评价体系之内，或者成为批评者所规避的内容。不过，新时期伊始的文学批评对美感的轻视或漠视的思路并非从新时期文学开始，而是与以往现当代文学史上的文学理论观念具有一种逻辑上的因果联系。

新文学发轫期，胡适所倡导的"八事"、陈独秀所主张的"三大主义"等新文学权威理论都力主文学的实用功能，淡化文学的审美特性。胡适曾如是阐释中国新文学运动的理论："简单说来，我们的中心理论只有两个：一个是我们要建立一种'活的文学'，一个是我们要建立一种'人的文学'。前一种理论是文字工具的革新，后一种是文学内容的革新。中国新文学运动的一切理论都可以包括在这两个中心思想的里面……所以我的结论是：今日所需乃是一种可读，可听，可歌，可讲，可记的言语。"[1] 不过，如果据此认为胡适的文学理论否定文学的美感则有失公允。胡适在论及文学的本质时说道："文学有三个要件：第一要明白清楚，第二要有力能动人，第三要美。"[2] 只是，何谓"美"？胡适认为："孤立的美，是没有的。美就是'懂得性'（明白）与'逼人性'（有力）二者加起来自然

---

[1] 胡适：《中国新文学大系·理论建设集》（影印本），上海文艺出版社 2003 年版，导言第 18 页。

[2] 胡适：《什么是文学——答钱玄同》，《中国新文学大系·理论建设集》（影印本），上海文艺出版社 2003 年版，第 214 页。

生的结果。"① 可见，在胡适看来，"明白"是美的前提，即美感要服从于文学的认识、表达等工具性质。当然，"五四"时期的作家创作不会接受任何一种理论的规定。譬如，曾经秉持"文学应该反映社会的现象，表现并且讨论一些有关人生的有关的问题"这一基本态度的"文学研究会""从来不曾有过对于某种文学理论的团体的行动"②。但是，这种以实用为目的的文学理论观一经由胡适提出，还是在某种程度上推动了"五四"时期，乃至 20 世纪二三十年代文学批评忽视美感的现代性宿命。其实，由鲁迅所开创并确立的新文学在承担现代启蒙要义的同时，并没有忽视文学的美感。事实上，鲁迅作为"20 世纪中国伟大的思想家与文学家"③，始终致力于探索美感的多样性存在。鲁迅小说中除了萦绕着悲凉为主调的现代性美感，同时并存着舒缓的古典美感。然而，令人遗憾的是，"五四"时期的文学批评大多关注"文学革命"的思想、文化使命。至于"五四"新文学以后，中国文学从"文学革命"到"革命文学"的转型，更加坚定地否决了美感存在的合法性。20 世纪 40 年代，随着毛泽东的文艺思想成为主导思想，美感被看作工农兵文学的对立物而视为自由主义者的理论主张被清理和批判。对美感的批判之风蔓延、升级到新中国成立后的文学批评领域，使得本来就很孱弱、贫瘠的美感世界不断受到政治运动的质疑和批判，乃至驱逐。总之，在相当长一段时间的现当代文学批评里，尽管研究者众多，著述丰硕，但很少有人追问过美感是什么？美感对文学来说意味着什么？在文学批评领域不谈美感，已是司空见惯之事。

新时期伊始的文学批评，拨乱反正的大方向为那一时段的文学批评者放置了乐观的期待。但是，由于新时期伊始的文学依然"是政党的政治动员和建立新的意识形态的有力手段，在社会结构、经济发展的转变过程中有重要的作用"④。新时期伊始的文学批评同样服务于国家主流意识形态的建

---

① 胡适：《什么是文学——答钱玄同》，《中国新文学大系·理论建设集》（影印本），上海文艺出版社 2003 年版，第 215 页。

② 茅盾编选：《中国新文学大系·小说一集》，上海文艺出版社 2003 年版，导言第 4 页。

③ 钱理群、温儒敏、吴福辉：《中国现代文学三十年》（修订本），北京大学出版社 1998 年版，第 37 页。

④ 洪子诚：《中国当代文学史》，北京大学出版社 2007 年版，第 187 页。

构。政治意识形态居于阐释的中心地位。社会历史批判不但构成文学批评的方法论，而且成为文学批评的世界观。只要文学作品能够配合新时期主流意识形态的建构，就被高度赞誉。至于文学作品的美感，则放逐在主流意识形态的阐释话语之外。即便是曾经主张美感的态度与科学的和实用的态度不同的美学家朱光潜，在新时期伊始也竭力规避美感的多样性，而更着力于阐释不同时代、不同阶级和不同民族美感的共同性，即"共同美感"。在新时期发端期的一篇很有影响力的文章中，朱光潜将"共同美感"放置在马克思主义思想的庇护之下，指出："马克思和毛主席都是全世界无产阶级革命的导师，同时也都是'共同美感'的见证人。"① 在主流意识形态的文学观念指导下，尽管文学批评者对新时期发端的文学观点各有看法，但归根结底还是从作品是否符合主流意识形态的规定指标来进行评价的。所以，对新时期发端的代表性作品，如：刘新武的小说《班主任》、卢新华的小说《伤痕》等，批评者的目光大多聚焦在它们为何参与了新时期国家意识形态的建构，而不是如何参与了新时期国家意识形态的建构。与其说新时期文学的发端之作是因为其美感的艺术探索，不如说是因为其政治文化的因素而受到欢迎。相反，一些关注文学美感的声音则被视为一种异质的存在。如谢冕等诗评家对于"朦胧诗"多样性美感的探索的支持②则受到主流意识形态的批评。

按理说，文学作为艺术世界的种类之一，毫无疑问首先就是美感的世界。即便文学世界的美感不一定如谢林所释义的古典美那么绝对："美好者与崇高者宛如两统一体，而其中任一因其绝对性而将彼纳入自身。"③ 也应该不失其为美者。很难想象一个长相粗糙、难看、毫无美感可言的文学作品，能够配得上文学的称谓，更不用说在时间的淘洗中抛光文学的色泽。但是，由于当代文学的特殊历史境遇，当代文学的生产方式、产品样

---

① 朱光潜：《关于人性、人道主义、人情味和共同美问题》，《文艺研究》1979 年第 3 期。

② 谢冕在《在新的崛起面前》一文中指出："世界是多样的，艺术世界更是复杂的。"《光明日报》1980 年 5 月 7 日。

③ ［德］弗·威·谢林：《艺术哲学：德国古典美学的经典》，魏庆征译，中国社会出版社2005 年版，第 113 页。

式、题材、主题、创作观念都被规训于生产体制、政治文化场域、经济因素。正如洪子诚的文学史著作认为，对"当代文学"来说，比较重要的是这样的几个环节：一个是文学机构，也就是文学社团和作家组织；第二个是文学杂志、文学报刊，还有出版社的情况；第三个是作家的身份和存在方式；第四个是文学评价机制，包括文学的阅读和消费方式。① 比较而言，关涉美感的文学内部要素，诸如语言、形象、想象力、细节、格调、情调等则显得可有可无了。甚至作家在创作过程中对于美的主观反映、感受、欣赏和评价也被模式化或非法化了。当然，美感作为文学批评的一个尺度，随着新时期文学批评观念的变化，逐渐登上了文学批评的台面。

## 二　八十年代中后期文学批评：美感的复出与被误读

20 世纪 80 年代中期，学界提出了"二十世纪中国文学"的学科概念。在这个学科概念的总系统中，美感被视为"二十世纪中国文学"研究的一个标尺。这意味着文学批评者可以将美感作为新时期以来的文学批评的评价尺度。

美感在"二十世纪中国文学"这一学科概念中重新复出，其学理依据曾经被如是概括："在一个古老的民族在现代争取新生、崛起的历史进程中，以'改造民族的灵魂'为总主题的文学是真挚的文学、热情的文学、沉痛的文学。顺理成章地，一种根源于民族危机感的'焦灼'，便成为笼罩二十世纪中国文学的总体美感特征。"② 因为"焦灼"是一个不规范的美感术语，便以"焦灼"的核心部分——"悲凉"来替代，即"二十世纪中国文学"总体美感特征被概括为"悲凉"。应该说，当文学史研究者将学术目光聚集在"二十世纪中国文学的总体美感特征"之时，意味着他们

---

① 洪子诚：《问题与方法》，生活·读书·新知三联书店 2002 年版，第 193 页。
② 黄子平、陈平原、钱理群：《论"二十世纪中国文学"》，《文学评论》1985 年第 5 期。

试图将美感作为评价现当代作家作品的标准，由此试图回返文学本体。经过相当长时间文学从属于意识形态的历史记忆之后，文学回返自身的意愿是如此强烈。其情形正如 80 年代重要代表学者谢冕的描述："文学回到家园的醒悟仅仅是最近十年发生的事实。在以往我们花费在非文学上面的精力的时间太多了。在文学批评领域，这种花费表现在文学被指令无休止地为其他意识形态注释。他们借文学说他们的故事，文学真的变成了叫作传声筒的东西。现在我们终于有权力发问：文学难道不应关系自身？当然文学应该也可能关系文学以外的世界。但不论是权威还是神圣，他们要文学做的，必须通过文学的方式和可能，这包括文学的旨趣。"① 无论是"悲凉"，还是"文学的旨趣"，它们无不是为了表达文学批评者这样的主体欲求：通过对文学美感问题的关注来实现"二十世纪中国文学"的学科建构。反过来说也同样："二十世纪中国文学"这个学科概念的提出主要是为了实现文学自身的独立，其中包括以美感的方式来确证文学的独立品格和自身尊严。为此，黄子平、陈平原、钱理群在《论"二十世纪中国文学"》一文这样确立"二十世纪中国文学"的要义："所谓'二十世纪中国文学'，就是由 19 世纪末 20 世纪初开始的，至今仍在继续的一个文学进程，一个由古典中国文学走向现代中国文学转变、过渡并最终完成的进程，一个在东西方文化的大撞击、大交流中从文学方面（与政治、道德等诸方面一道）形成现代民族意识（包括审美意识）的进程，一个通过语言的艺术来折射并表现出来的中华民族及灵魂在新旧嬗替的大时代中获得新生并崛起的进程。"② 在这个充满了谨慎、矛盾的表述中，尽管"审美意识"或美感被附加在现代民族意识之下，远不能与"世界""历史""文化""政治""道德"这些巨型话语相比，但毕竟浮出于文学史的地表之上。

"审美意识"或美感在"二十世纪中国文学"中的合法性，如果借助颇能够代表 80 年代文学研究思路的论文集《走向世界的文学：中国现代

① 谢冕：《新世纪的太阳》，时代文艺出版社 1993 年版，第 3—4 页。
② 黄子平、陈平原、钱理群：《论"二十世纪中国文学"》，《文学评论》1985 年第 5 期。

作家与外国文学》，大概可以得到可靠的确证。这本论文集"不妨被视为一种现代文学史观的体现"①，就是选题的取舍标准、文章的内容构成也典型地体现了"二十世纪中国文学"的总体思路②。细读论文集的话语结构，虽然论文集中的文章从思想文化层面探讨了20世纪中国文学与世界文学的影响关系，但最终却落实在文学美感的基点上。正如导言对"五四"新文学运动的理解："五四时代的人的解放，不仅是一次在人的思想意义和道德意义上的解放，而且是一次人在审美意义上的解放。"③ 整个论文集对20世纪中国文学的研究不约而同地选取世界性文学与中国文学的互动关系这一角度来证明"人类的审美群体化时代的结束和审美个体化时代的诞生"④。尤其，论文集中的文章着力对"悲凉"这一"二十世纪中国文学"总体美感进行阐释。姑且不说王富仁的《鲁迅：先驱者的形象》一文认为鲁迅在外国现实主义、现代主义、浪漫主义、苏联无产阶级影响下生成了先驱者鲁迅作品的悲伤和怨怒之美感，就是陈平原的文章《许地山：饮过恒河圣水的奇人》也从哲学思想、政治思想、文艺思想三个角度既评述印度文化对许地山小说的影响，也强调其小说中的忧郁和幽怨之美感。在20世纪80年代文学史研究者看来，中国现代文学总体上弥漫着一种浓郁的"悲凉"之气。这一概括有力地支撑了"二十世纪中国文学"的整体构架，并使得文学的审美意识受到应有的关注。"二十世纪中国文学"所包含的"审美意识"这一子概念被后来的文学史研究者重新阐释，认为《论"二十世纪中国文学"》一文"从二十世纪中国文学与世界文学总格局的关系，其所包含的民族意识、审美意识，以及作为语言艺术的形式演进等方面，初步论证了二十世纪中国文学的整体特征"⑤。随着时间的推移，"审美意

---

① 曾小逸主编：《走向世界文学：中国现代作家与外国文学》，湖南人民出版社1985年版，第667页。

② 在《论"二十世纪中国文学"》中，"文学史整体观"的总体思路被概括为：走向"世界文学"为中国文学批评的宏观背景，以"改造民族的灵魂"为文学批评的总主题。

③ 曾小逸主编：《走向世界文学：中国现代作家与外国文学》，湖南人民出版社1985年版，第64—65页。

④ 同上书，第65页。

⑤ 温儒敏主编：《中国现当代文学学科概要》，北京大学出版社2005年版，第118页。

识”已大有与“民族意识”平起平坐的趋势了。

但是，“二十世纪中国文学”的子概念——“悲凉”总体美感所取得的理论优势和取得的学术成果是问题的一个方面，问题的另一个方面在于，“悲凉”这一“二十世纪中国文学”的总体美感究竟具有多大层面上的概括力？事实上，对于“悲凉”美感的概括力，当时就有学者质疑“悲凉”美感的涵盖面问题①。遗憾的是，这一问题在日后并没有得到深度思考。由此，许多问题一直悬而未决。如“悲凉”总体美感的依据②是否可疑？“文学史整体观”是否在“走进文学”后又“走出文学”？在后来的“重写文学史”讨论中，文学史研究者虽然反对“把文学的审美功能和审美标准放在从属面，甚至是可有可无的位置上”，但更强调历史与审美的联系。③

结果，不仅新时期文学发端期的文学批评存在这种过分热衷主流意识形态建构的倾向，而且 80 年代的文学批评也仍然忽视美感的评价尺度。文学批评家对 80 年代中期追求文学性的“寻根文学”“现代派”“先锋文学”“新写实主义”和“新历史主义”的研究也更多地关注其中的文化意蕴、小说的哲学思想、新写实观和新历史观。至于文学的美感、如语言的美感，节奏的美感、想象力的美感、情趣和情调的美感、细节的美感等方面则难以进入文学批评的范畴之内。即便有研究者关注文本的叙述世界，也常常将叙述的美学窄化为一种叙述的技术。即便如此，这种对文本形式层面关注的研究也属于弱势之声。

至此，到 80 年代中后期，“二十世纪中国文学”这一学科概念对美感问题的轻描淡写使得美感成为一个空疏的概念，依然难以发挥其评价文学

---

① 在《关于“二十世纪中国文学”的对话》（《读书》1986 年第 3 期）中，陈平原认同了学界的质疑：“还有一个‘涵盖面’的问题。比如说‘悲凉’美感，有的朋友就问了，到底能涵盖多少作品？”

② 对于“悲凉”总体美感的内在依据，黄子平回答道：“我觉得‘悲凉’美感，依据的就是二十世纪中国文学所‘意识到的历史内容’来概括的。”（《关于“二十世纪中国文学”的对话》，《读书》1986 年第 3 期）它一开始就带有了思想史替代文学史的隐在话语，或者说，文学的认识价值高于文学的审美价值，语义价值高于形式价值。

③ 观点参见陈思和、王晓明《关于“重写文学史”专栏的对话》，《上海文论》1989 年第 6 期。

作品的功用。这为90年代以后文学批评再次被边缘化、美感的评价尺度被误读提供了便利的条件。

## 三 20世纪90年代文学批评：美感在"大文化批评"中几近消亡

90年代初期，文学批评家经历了猝不及防的政治、经济、文化事件。文学批评的道路和自我寻找的道路同时陷入困境。90年代中期以后，由于"人文精神大讨论"的匆忙谢幕与市场经济的一夜兴起，一种无所适从的悬空感弥散在中国知识分子（包括文学批评家）的内心深处。文学批评家试图借助西方后现代理论谱系的再阐释来激活文学批评话语的郁闷状态，或者以此作为逃避现实的一种方式，但却无法获得自救，反而导致了一种"自说自话"的尴尬境遇。90年代文学批评的状况确如洪子诚所说："批评在文学界的角色，在90年代更具'自足性'，但处境也颇显尴尬。批评的理论化是这个时期出现的重要征象。传统的作家、文本批评自然还大量存在，但一些重要的批评成果，其注意力已不完全，或主要不是在作品的评价上，寻求理论自身的完整性和理论的'繁殖'，即在文本阐释基础上的理论'创作'，成为更具吸引力的目标。"[①] 只是，文学批评家在西方理论谱系中的"自说自话"和"自产自销"，并没有悬搁他们内心的迷茫，反而带来更深切的沮丧。因为，谁都知道，文学批评家对文本的过度阐释类似于一场猫戏谑老鼠的解闷游戏。理论的豪富感过后，文学批评家对文本的过度阐释不仅没有让文学批评重获生机，反而让文学批评更加孤立无援，可谓旧"病"未除，又添新"伤"。其中，90年代文学批评家对西方后现代理论的一味热衷，使得原本就如游丝一样细弱的文学批评的内在标尺——美感几近消亡。

美感在90年代几近消亡不仅源自"批评的理论化"倾向，而且与90年代的文化转型密切相关。"90年代文化上的最突出表现，是被称为'大

---

① 洪子诚：《中国当代文学史》（修订版），北京大学出版社2007年版，第332页。

众文化'的通俗、流行文化，借助大众传媒的迅速'崛起'。"① 由于文化的转型，90 年代的文学批评家在对诸种西方后现代理论沉迷中，呈现出研究旨趣的转向倾向：文学批评者纷纷从文学批评转向文化批评。也有文学批评家试图调和文化研究与文学批评的关系②，但文化批评的铺天盖地，使得文学批评迅即成为一种弱力之声。文化批评的理论资源非常混杂，但目标不尽相同：仅仅将文学当作文化批评的阐释材料，而不是文学本身。布鲁姆曾经对文化批评进行过生动的描述："这样一来就把审美降为了意识形态，或顶多视其为形而上学。一首诗不能仅仅被读为'一首诗'，因为它主要是一个社会文献，或者（不多见但有可能）是为了克服哲学的影响。"③ 无论哪种路数，文学的美感都是文化批评避开的对象。换言之，文化批评一经占据了文学批评的制高点，由虚构、形象、语言、细节等形式诸种因素构成的文学美感，因无法充当文化批评诠释政治学、哲学、历史学、社会学等的阐释材料，竟被看作不值一提。90 年代，就连对美感的误读也成为一种奢侈的现象。而且，90 年代的文化批评在部分地重温了 80 年代文学批评的指点江山的雄心壮志之后，又蔓延为"大文化批评"。其最大害处，曾经被学者指出："它造成了我们对文学判断力的瘫痪。"④ 不仅如此，"大文化批评"还造成了文学评论者对美感的感受力、鉴赏力的钝化。"大文化批评"在享受了话语消费的快感之后，很快被大众文化市场收编。一时之间，文化批评在消解雅俗文学差异的同时，也消解了文学批评的内在尺度——美感。甚至，为了考虑到大众文化市场的娱乐化趣味及发行量等因素，欲望、恶、丑、脏成为一些文化批评者津津乐道的阐释对象。美感成为文学批评绝口不提的对象。在很多文学评论者看来，美感就是百无一用的唯美主义的别名。文学批评者宁愿做地产商和股票市场的代言人，也不愿成为美感的解读者。

---

① 洪子诚：《中国当代文学史》（修订版），北京大学出版社 2007 年版，第 328 页。
② 譬如陈晓明的文章《最后的仪式——"先锋派"的历史及其评估》（《文学评论》1991 年第 5 期）及著作《无边的挑战——中国先锋文学的后现代性》部分章节系统地探讨了先锋小说的形式美学。
③ ［美］哈罗德·布鲁姆：《西方正典》，江宁康译，译林出版社 2005 年版，第 13 页。
④ 曹文轩：《质疑"大文化批评"》，《天涯》2003 年第 5 期。

于是，90 年代文坛呈现出一种奇异的现象：一方面，是作家们继续实践 80 年代所倡导"纯文学"讨论的成果，自觉地将"纯文学""作为一种文学理想、文学坚持"[①]；另一方面，则是文学批评家借助文化批评的理论而对作品进行社会学、哲学、历史学等领域的过度阐释，漠视或压抑文学作品的美感成为普遍的风气。一时之间，文学的命名热几乎成为 90 年代批评界的一大时尚和景观。"新体验小说""新历史主义""新状态文学""现实主义冲击波""晚生代"轮番上场，不断更迭，却很少有文学批评家感兴趣于 90 年代作家如何借助作品的语言来营造美感的艺术世界。90 年代文学批评对文学作品审美价值的时尚化轻慢，与世界上经典作家对文学作品审美价值的高度重视的创作观恰好相反。托马斯·曼在他著名的短篇小说《沉重的时刻》里，曾经将德国伟大诗人和剧作家席勒在创作诗剧《华伦斯坦》的过程中所遇到的障碍——无法写好一个重要场景看作"生命中的沉重的时刻"；纳博科夫在他著名的《文学讲稿》的扉页上声明："我的课程是对神秘的文学结构的一种侦探。"然而，90 年代文学批评家更多关注的是作品对现实生活的仿真性或历史生活的后现代性、写作者在多大程度上消费个人生活经验，历史事件被消解的尺度、官场政治暴露的程度，腐败者如何被揭发，究竟为哪个阶级和阶层代言，等等。至于美感，在 90 年代的大多数批评家看来，至多不过是作家一种附庸风雅的小资情调，属于轻飘又弱力的附加要素。结果，在 90 年代中国文坛，每年处于数量激增的文学批评著作和文章中，绝对深刻，可又与文学本身，与文学的美感有哪些关联？文体意识分析的匮乏、语体和语言美感鉴赏的丧失，属于再正常不过的现象。由此，如果从文学的评价尺度——美感出发，90 年代大概是新时期以来文学批评虚假繁荣的时代。甚至，可以说是这一个非常糟糕的批评时代。

不过，如果将美感在 90 年代文学批评的几近消亡，仅仅归咎为文化批评的"一统天下"是表象的。90 年代以后文学批评家轻慢美感的深层原因，笔者以为是美感与我们这个时代的时尚趣味形成敌意的关系。何谓

---

① 李陀：《漫说"纯文学"》，《上海文学》2001 年第 3 期。

美？笔者认同于这样的观点："美就是秩序、生动、静谧、必然。"① 然而，在这个怎么样都可以的混乱时代，文学批评者的方寸已失，文学批评中美感的评价尺度也就再度被放逐。或者说，美感作为以文学的方式来抵抗一个混乱时代的文学操守，自然让人感觉势单力薄而心生疑惑。尽管如此，美感对于文学而言，意味着以文学的形式、审美的意识来实现对生命的本真化探询、对文学的文学性坚守。美感的丰富性内涵正如曹征路的追问：所谓文学审美指的是什么？是指形式花哨吗？是会玩些雕虫小技吗？是把胡说八道当作想象力吗？不错，这些都能制造一点陌生感，但它进入不了真正的审美活动。在小说中的审美，我认为主要是指一个作家眺望新世界的能力，想象人类合理生存方式的能力，激发美好理想的能力。② 无论是以往的大众化文学，还是90年代以后文学的大众化，美感都应该是文学批评的一个不可缺失的评价尺度。在无限的时间中，具有美感的文学才能够保持其恒在的文学光泽。

## 四 新世纪文学批评：审美判断力瘫痪或绝地逢生

新世纪以后的文学批评可谓内外交困。从文学批评的内部构成来说，文化批评几乎覆盖了文学批评，其对文学作品大而无当的深度追问，或许具有思想史、文化史、社会学的意义，但对于体验文学本体的审美价值则是失效的或无效的。从文学批评的外部环境来说，新世纪之后，大众文化市场背景下媒体批评和网络批评的迅速崛起，形成了与学院派的专业批评形成"三分天下"③ 的局面。内外交困聚集在一起，导致了新世纪文学评论看似活跃，实则萎缩。为了改变文学批评业已处于社会价值和学院学术

---

① ［美］苏珊·桑塔格：《重点所在》，陶洁、黄灿然译，上海译文出版社2004年版，第207页。

② 李云雷：《立场、审美与"动态的平衡"——曹征路先生访谈》，李云雷新浪博客，2008年9月30日。

③ 文学批评家白烨在《"三分天下"：当代文坛的结构性变化》（《文汇报》2009年11月1日）一文中提出"专业批评、媒体批评、网络批评各占'一片天'"的观点。

价值双重失落的被动状态，文学研究界和批评界被迫反思自身。有学者提出应该警惕"思想史代替文学史"① 所导致的文学批评的空洞化现象；有学者围绕"纯文学"展开诸多讨论②；更有学者借助研讨会来探讨新世纪文学批评的出路问题③。但是，由于文化环境的失序、批评家立场的缺失、批评话语的过分理论化、批评界的圈子化、批评与市场的暗中合谋等问题，新世纪文学批评显然无法有效地改变这种既远离文学又远离社会的衰颓之势。当批评精神涣散、批评基点丧失、审美判断力钝化，谁又能指望新世纪文学批评呈现出一种新气象呢？不过，随着新世纪文学批评的困境越来越加深，20 世纪 90 年代兴起的文化批评在新世纪越来越难以掩饰内里的虚弱无力。事实上，任何时期的文学批评一经放弃了文学的美感批评，文学批评家也就丧失了批评的基点。结果，新时期以来文学美感的多样性特征在新世纪不仅没有得到应有的尊重，而且陷入一再败退的命运。甚至，就连文学批评中最起码的审美判断力，也面临被钝化的考验。

　　一个有代表性的例子，是新世纪文学批评家继续躲避美感的评价尺度，进而直接影响了对古典美学风格创作的接续者林斤澜、宗璞、曹文轩、迟子建、曹乃谦等做出适宜的审美评价。林斤澜的短篇小说集《去不回门》等作品以玄妙之美承载社会、历史、生命的诸多记忆，"调和了山歌、蓝调、摇滚、前卫"多种艺术手法，却往往被文学评论家者视为不知

---

① 　温儒敏在《文学史能否取代思想史》（《中华读书报》2001 年 10 月 31 日）和《现当代文学批评中的"空洞化"现象》（《文艺研究》2004 年第 3 期）等文中批评了将文学作为思想史研究材料的现象。

② 　关于"纯文学"的讨论，参见李陀、李静《漫说"纯文学"》（《上海文学》2001 年第 3 期）及钱理群《重新认识纯文学》（此文是在"当代文学与大众文化市场"学术研讨会上的发言，转引自文化研究网），以及洪子诚、贺桂梅、吴晓东等《新历史语境下的"文学自主性"》（《上海文学》2005 年第 4 期），蔡翔《何谓文学本身》（《当代作家评论》2002 年第 6 期），南帆《空洞的理念——纯文学之辩》（《上海文学》2001 年第 6 期）、《关于文学性以及文学研究问题》（《江苏大学学报》2005 年第 6 期），贺桂梅《文学性："洞穴"或"飞地"——关于文学"自足性"问题的简略考察》（《南方文坛》2004 年第 3 期）、《"纯文学"的知识谱系与意识形态——"文学性"问题在 1980 年代的发生》（《山东社会科学》2007 年第 2 期），刘小新《"纯文学"概念及其不满》（《东南学术》2003 年第 1 期）等文章。

③ 　近年来文学批评家的会议。2007 年 4 月末，由浙江工商大学人文学院、《文艺报》和《文艺争鸣》共同主办的"新世纪文学批评的建构"全国学术研讨会在杭州举行。会议围绕"如何看待当前的文学创作和文学批评"展开讨论。

所云。宗璞的长篇小说《野葫芦引》以古雅美感承担起家国建设的宏大主题，但评论家却认为，其作品"总感觉缺乏强度和厚度"，"分量轻飘飘的"，文本"始终走不出女性的眼光、女性的心理和女性的感受"，"不是大气磅礴之作"。① 曹文轩的长篇小说《草房子》《红瓦》《根鸟》等作品以高贵美感致力于当代中国人良性精神的重建，但文学评论家却认为它们只是唯美主义风格的成长小说或儿童文学，在强调其抒情性、唯美性一面的同时隐含了对其"逃离"中国社会现实的批评。迟子建的作品因其清丽美感而得到文学批评者的诸多赞誉，但其大气磅礴的一面则又被忽略了。曹乃谦的《到黑夜想你没办法》的欲望写作一面被夸大，而其作品对欲望的洁净处理及"类似音乐的节奏"② 却被漠视了。不仅如此，即便被研究者和评论家认为"熟透"了的古典美学风格代表作家废名、沈从文、汪曾祺等作品的审美价值，新时期以来也一直被误读。80 年代中期以后，这些古典美学风格的代表作家重新进入文学史，地位不断升级，但通常被认为是"牧歌"和"世外桃源"的幻想者、"乡土文学"的书写者、现实世界的逃离者、唯美主义的倡导者而被看轻。新世纪以后，研究者和评论家试图提升这些作家的思想分量，由此修正以往他们被视为唯美主义写作者的负面因素。这种思路，集中体现在对沈从文的评价中。新世纪以来，沈从文作为"思想者"③ 一面的形象不断被强化。然而，对于沈从文作品来说，

---

① 参见徐其超、毛克强等《聚焦茅盾文学奖》，作家出版社 2005 年版，第 415 页。

② 马悦然：《一个真正的乡巴佬》，曹乃谦《到黑夜想你没办法》，长江文艺出版社 2007 年版，第 8 页。

③ 如凌宇在《沈从文创作的思想价值论——写在沈从文百年诞辰之际》（《文学评论》2002 年第 6 期）一文意欲将沈从文阐释为启蒙思想家。文章中认为，沈从文的言说方式、话语方式及思想内涵，都显示出"启蒙特征"，它隶属于鲁迅开创的启蒙传统。刘洪涛的著作《沈从文小说新论》（北京师范大学出版社 2005 年版）意欲将沈从文理解为"超越了中国现代启蒙文学奉为圭臬的进化论观念和理性崇拜传统"的现代主义者。张新颖的著作《沈从文精读》（复旦大学出版社 2005 年版）"把沈从文放在整个二十世纪中国的时空中去理解"，认为对应于沈从文创作的三个阶段，沈从文呈现出三种形象：文学家、思想者、实践者。书中还指出："文学阶段之后的思想者的形象是不突出的，我们都觉得沈从文是一个作家，不觉得他是一个思想者，更不觉得他是一个实践者。"

"美感的力量绝不亚于思想的力量"①。换言之，正是由于沈从文以古典美感的形式探索了中国现代小说的转型，才内置了一位"思想者"的"反现代性"的现代思想。与此相反，新世纪兴起的"底层写作""打工文学""反腐小说"则因为取材于现实生活，且选取了传统写实主义的创作方法而被宽限了批评标准。对古典美学风格的作品从严，对写实主义风格的作品从宽，文学批评界所秉持的双重标准固然有反拨文学远离现实的原因，但还是反映了现实大于美感的批评观。可见，在新世纪，通向美感的道路更加被荒芜化。因为体验美感是一种个人的才能，更多地依靠上天赐予个人的悟性。而新世纪的文学批评家总是依赖于知识的生产，知识有时则是对个人悟性的扼杀。

但是，新世纪的文学批评在美感几近消亡之际，或许绝地逢生。至少，已有学者和文学批评家从各自不同的岗位，发出了强有力的声音，且转化为可操作性的文学批评行动，以修复日渐瘫痪的审美判断力。陈平原针对近年来文学史研究过程中史料覆盖文本对象的现象，提醒学界注意："人文学者的实践，最关键的是语文学。所谓语文学，就是对言词、对修辞的一种耐心的详细的审查，一种终其一生的关注。这是人文学的根基所在。你现在把这个根基丢了，拼命往外在的世界跑，找了很多材料，表面上很宏阔，但品位没了，这是今天人文学的困境。"② 陈平原将"言词"和"修辞"视为"语文学"的根基，是否也可以推断出"美感"是文学批评的基点呢？温儒敏专门撰文区分文化研究、思想史研究与文学研究的边界，指出"文化研究和思想史研究都正在成为现当代文学研究领域的'热门'。这些跨学科的研究带来新的视野和活力，但也造成研究的'空洞化'现象……文学研究和文化研究、思想史研究既有交叉又有区别，不同学科理论方法的引入不应当以消泯文学研究的'本义'为代价，只有走出文学

---

① 这是作家、学者曹文轩反复强调的观点。正如他所说："这些年来，我每有机会，就一定要向人宣扬'美感的力量绝不亚于思想的力量'的观点。'美'在当下的中国，竟然被认为是一个矫情的字眼。一个作家若在公众场合去讲美，不是被嗤之以鼻就是被认为是肤浅与落伍的。这有点儿不可思议，但事情就是这样发生了。"参见曹文轩主编《新人文读本》，北京大学出版社2007年版，前言。

② 陈平原：《假如没有"文学史"……》，《读书》2009年第1期。

又回到文学，才真正可能为文学研究拓展新的论域"①。温儒敏将文学研究看作一切理论、方法被引入的"本义"，是不是可以理解为"美感"是文学批评的"本义"呢？如果说文学史家已经郑重强调文学研究的审美性，那么文学批评家更是无法回避文学批评的审美价值。近年来，文本细读方法日渐受到一些文学批评家的钟情。李建军、李敬泽、施占军、郜元宝、张新颖、谢有顺等文学批评家，时常悠游于文本世界的丛林，宁愿做一位耐心十足的读者，而不是一位文学批评家。与文化批评论者所倾心的"大"的理论阐释不同，他们更愿意在文本的"小"处上慢慢体味，如茧中抽丝一般解读文本的内在肌理。尤其，他们的文学批评注重文学作品的审美品质，自觉地将美感作为批评的内在尺度。格外值得一提的是，由曹文轩发起、邵燕君主持，由北京大学中文系现当代文学硕士生、博士生组成的北京大学"当代最新作品点评论坛"。论坛从 2004 年初春开始，到 2009 年 12 月末止，获得了学界的关注和好评。而且，经过论坛成员对期刊作品切实的细读，论坛确实达到了预期目的："对当下的文学批评产生一定的积极影响。"② 当然，论坛的成绩是多方面的，譬如，为文学史写作提供基础性的储备工作；恢复作家与文学批评家的联系；促进论坛成员的精神交流，等等。仅从文学批评的立场而言，论坛在新世纪文学批评面临审美判断力瘫痪的背景下，重建审美标准并将其设定为首要标准，可谓对这个时代的悲壮抵抗，正如邵燕君所说："首先，坚持'纯文学'的标准。推重'好的文学'，以对抗时下流行的以商业标准为内在原则的'好看文学'。同时拓宽'纯文学'的概念，在新形式的探索之外，同样注重新经验、新体验的发掘，并且强调作品的社会关怀和作家的知识分子立场。"③ 将近六年的时间证明：论坛成员没有停止在话语层面，而是转换为有效的批评行动。论坛每周一下午的讨论不仅考验了论坛成员的体力、耐力和精力，而且催生了文学评论者的感受力、想象力和审美判断力。这样的文学批评行动为新世纪文坛带来了绝望中的希望。

---

① 温儒敏：《现当代文学研究中的"空洞化"现象》，《文艺研究》2004 年第 3 期。
② 邵燕君：《论坛成立一周年（代后记）》，中国作家网，2005 年 4 月 1 日。
③ 同上。

在新时期以来文学批评的历史进程中，美感可谓经历了从放逐到消亡的过程。缺少美感自觉意识的文学批评，既纵容了新时期以来文学创作数量激增、质地粗糙的趋向，也阻滞了新时期以来中国文学的现代性转型。文学的现代性应该与美感的现代性处于同步状态，时刻互动。很难设想，一个对美感全无感觉，甚至相当轻视或漠视美感的文学批评界，能够担当文学批评的职责。因为，一位文学评论家如果不尊重文学的美感，也就意味着他始终位于文学世界之外。美感属于文学作品最内在化的品质，思想、情感、主题、立场等无不依凭美感的形式来实现。由此，在未来的文学批评中，我们不应再把文学批评仅仅当作一种理论的操演工作，而应该把文学批评看作某种审美观的建构。如果有学者主张"将小说放置在文学的天空上"①，笔者则希望将文学批评放置在美感的标尺下。

（发表于《上海文学》2010 年第 4 期。有删节）

---

① 曹文轩：《将小说放置在文学的天空上》,《名作欣赏》2007 年第 1 期。

现当代作家作品研究

# "张腔张调"与"张看"：
# 张爱玲四十年代小说美感论

　　自20世纪80年代中期张爱玲重新浮出主流文学史的水面之后，"浮华"和"苍凉"便成为张爱玲小说研究中的一个被反复言说的话题。在以往的研究成果中，浮华和苍凉有时被理解为一种"女性意识"，有时又被解释为一种主题、一种基调，有时被定位为一种悲剧意识，一种人生况味，还有时被看作一种美学风格。这些观点都符合张爱玲小说的实际。但是，如果从张爱玲小说的内部世界进入，浮华和苍凉首先应该被看作一种美感形式。正是由此美感形式，张爱玲小说才微妙、间接地展示了其中的美学追求、哲学意蕴、叙述学探索和文学史意义。而且，在张爱玲小说的美感形式中，浮华和苍凉并不对立，而是一体两面的关系。概言之，张爱玲小说的美感是浮华的苍凉，也是苍凉的浮华。为了问题研究的集中，本文拟以张爱玲40年代小说的美感研究为中心。

## 一　"低气压"下对美感的自觉追求

　　20世纪40年代的张爱玲充满让人匪夷所思的天才作家的神秘之气。在低气压的孤岛上海，作为一位初涉文坛、年龄不过20岁出头、香港大四学生的女作家，一出手竟然同时占领了上海文坛和上海市场。首发在1943

· 121 ·

年5—6月正式复刊的通俗文学杂志《紫罗兰》上的处女作《沉香屑 第一炉香》和《沉香屑 第二炉香》，不仅赢得了该刊主编、"礼拜六"派代表作家周瘦鹃的高度赞誉，"觉得它的风格很像Somerset Maugham（毛姆）的作品，而又受一些《红楼梦》的影响"①，而且在"编辑例言"中受到其郑重推荐："如今我郑重地发表了这篇《沉香屑》，读者共同来欣赏张女士一种特殊情调的作品，而对于当年所谓上等华人那种骄奢淫逸的生活，也可得到一个深刻的印象。"②尽管这两篇"霉绿斑斑"的《沉香屑》并未引起预期的"轰动"，但其迷魅、幽冷、清丽的文字风格引起了当时上海主流文坛的注意。电影评论家、戏剧家、《万象》主编柯灵因这两篇小说对张爱玲心生期待。短篇小说《心经》由此发表于1943年8月的《万象》杂志。同年11月和次年1月，《万象》又继续刊发了张爱玲的短篇《琉璃瓦》和后来被腰斩的长篇《连环套》。相对于"鸳蝴气"颇浓的《紫罗兰》的通俗性，1943年7月1日以后柯灵接手的《万象》则带有综合性和文学性的特点："虽然保留了知识讲座、医学常识、史地漫话、文哲逸话、史乘纪异、历险纪实等已经拥有相当读者的综合性文化栏目，但却以较高文化品位的新文艺创作，大幅度取代了迎合市民低级趣味的内容。"③刚刚步入文坛的张爱玲能够将小说发表在这样一个文化品位、读者群落的水平都较高的刊物上，无疑是从上海市场进入上海文坛的转折。不过，张爱玲40年代小说真正占领上海文坛的标志则是文学性期刊《杂志》对其作品的不断推出。从1943年7月到11月，《杂志》连续发表了张爱玲的短篇《茉莉香片》、中篇《倾城之恋》和短篇《金锁记》。1944年，张爱玲的小说《红玫瑰与白玫瑰》等和散文《爱》《有女同车》等也大多发表在《杂志》月刊。她的第一本小说集就是由《杂志》出版社出版。其中，《金锁记》奠定了张爱玲40年代小说的最高文学成就，并被后来研究者列为文学史经典作品。《金锁记》一发表，就引起了翻译家、理论批评家傅雷的关注。他以迅雨的笔名在1944年9月的《万象》杂志上发表了

---

① 张均：《张爱玲传》，文化艺术出版社2006年版，第110—111页。
② 转引自张均《张爱玲传》，文化艺术出版社2006年版，第111页。
③ 刘增人等编：《中国现代文学期刊史论》，新华出版社2005年版，第212页。

《论张爱玲的小说》一文。文章认为《金锁记》"该列为我们文坛最美的收获之一"[①]。该文立足点之高，艺术分析之精准，态度之中肯，可谓"是第一次'张爱玲热'中最有分量的批评文章"[②]。尽管评价标准似乎严苛，内里却隐含了期待之重。几乎与此同时，张爱玲发表在1943年9月《天地》月刊上的短篇小说《封锁》吸引了著名作家胡兰成的目光。胡兰成由小说推及人，写出了《评张爱玲》，分两次发表于1944年5—6月的《杂志》上。文章对张爱玲其人、其文都高度赞好。该文甚至不惜如是赞誉张爱玲"她具有基督的女性美，同时具有古希腊的英雄的男性美"[③]。"她是属于希腊的，同时也属于基督的。她有如黎明的女神，清新的空气里有她的梦思，却又对于这世界爱之不尽。"[④] 这种带有强烈主观情感色彩的过誉之言很有些情人眼里出西施的味道。只是，胡兰成眼中的张爱玲可不是西施能够替代的，倒更像是一位"因为懂得，所以慈悲"的女神了。对于胡兰成的评说，确实如很多人对胡兰成的评价："其人可废，其文可贵。"胡兰成的《评张爱玲》一文的确体贴入微，对张爱玲作品中个人主义立场、"谦逊而放恣"的个人性格、"真实而安稳"的人生寻求以及"文句的美"等特质进行了一种知己知彼般的体察。总之，经由市场和文坛的双方联手，1943—1944年的张爱玲，不仅打造了《传奇》4天就被再版的市场神话[⑤]，而且创造了上海文坛一夜成名的文坛新人神话。当然，就在张爱玲的作品呈现出绚烂至极的华彩之章时，随着抗战的结束，张爱玲的文学创作基本归于沉寂。

重新追溯40年代张爱玲这段成名的历史，不是为了强调文学外部因素的强大作用，而是为了重新思考文学内部因素的本体意义。作为小说家的张爱玲，究竟依凭什么创造了文坛与市场的神话？无论是从市场的角度，还是从文坛的立场，张爱玲的大红大紫固然与她的天才禀赋和低气压的特

---

① 傅雷：《论张爱玲的小说》，《万象》月刊1944年5月第3卷第11期。
② 温儒敏：《中国现当代文学学科概要》，北京大学出版社2005年版，第362页。
③ 胡兰成：《评张爱玲》，《中国文学史话》，上海社会科学院出版社2004年版，第172页。
④ 同上书，第174页。
⑤ 张子静、季季：《我的姊姊张爱玲》，文汇出版社2003年版，第141页。

定文化环境有关，但归根结底主要依靠其小说独特的美感形式——"张看"和"张腔张调"。老到、幽冷的目光，不露声色地透视着一切"被看"者的深层灵魂；独异的语言风格，精致、客观的细节描写，似乎严格地忠实于生活中本来的样子，却又处处暗含深意和隐语。"张看"和"张腔张调"一并形成了张爱玲作品中特异的浮华与苍凉相互缠绕、渗透的美感。正是这种特异的美感，才使得张爱玲的小说穿越了时间，在20世纪80年代中期以后再度火爆于中国文坛和市场，几乎原画复现了20世纪40年代的神话。

但是，张爱玲对美感的自觉追求是孤寂的。因为美感在中国现代文学史的评价体系中，始终是一个被轻视乃至漠视的元素。许多文学研究者，乃至作家通常认为美感对于文学而言，不过是一个可有可无的存在。结果，一个吊诡的现象是：一位文学研究者或一位作家，研究了一辈子文学，从事了一辈子创作，却从不将美感当码事。至少与美感相比，思想、主义、革命、斗争，乃至生活本身都更有分量。这种现象并不稀罕。如果我们以美感的标准重新检测以往的文学史教程和以往的文学作品，就会发现，这一现象的产生当然受到研究者和作家个人趣味的影响，但更多的是受到主流现代文学观的规定。主流现代文学史观（包括主流现代文学批评观）更倾向于将文学作品放置在社会学范畴中加以评价，而不是放置在文学研究中加以考量。而这种看重社会功用、轻视美感的文学史观同时生成并纵容了社会学范畴的创作观。当然，文学的功用与文学的美感并不排斥。鲁迅就是在开创现代中国小说启蒙主题之时，又耐心备至地经营文学的悲凉美感。但是，鲁迅不可仿效，也并不是所有的现代作家都能够做到两者兼顾。废名便因为执拗地追求文体的古典美感而从某种意义上拒绝了读者。即便沈从文，也曾在古典美感的确立过程中体味了得失成败的个中滋味。

张爱玲亦是现代文学史上少有的具有美感自觉意识的作家。在张爱玲那篇著名的回应傅雷批评的文章中，有一段话语被反复引用："我发觉许多作品里力的成分大于美的成分。力是快乐的，美却是悲哀的，两者不能独立存在。……我不喜欢壮烈。我是喜欢悲壮，更喜欢苍凉。壮烈只有力,没有美,似乎缺少人性。悲壮则如大红大绿的配色,是一种强烈的对照。但它的刺激性还是大于启发性。苍凉之所以有更深长的回味,就因为它像葱绿配桃红,是一种参差的对照。"① 这段话语显然是对傅雷这段批评话语的针锋相对的回击:"我不责备作者的题材只限于男女问题,但除了男女以外,世界究竟还辽阔得很。人类的情欲也不仅仅限于一二种。假如作者的视线改换一下角度的话,也许会摆脱那种淡漠的贫血的感伤情调;或者痛快成为一个彻底的悲观主义者,把人生剥出一个血淋淋的面目来。我不是鼓励悲观。但心灵的窗子不会嫌开得太多,因为可以免除单调与闭塞。"但是,它也同样针对新文学开始以来轻视美感的"左翼"创作观而发。可以说,张爱玲之所以差异于现代文学史上现代性的宏大叙事,就是因为她坚持美感的自觉创作立场。或者说,在现代性叙事的滚滚潮流面前,张爱玲的"倔强、认真"(胡兰成语)的个性使得她以浮华的苍凉确立了独异的美感形式,并以此差异于现代文学史主流写作观念。遗憾的是,40 年代的张爱玲年轻气盛、自尊自卫,没有体察出傅雷的同道之心:试图借助张爱玲小说对美感的独到经营来揭示新文学美感的匮乏。尽管如此,张爱玲仍然将美感看作作品中的本体要素。对此,40 年代的张爱玲多次表明她的文学创作的美感观:"美的东西不一定伟大,但伟大的东西总是美的。"② "一班文人何以甘心情愿守在'文字狱'里面呢?我想归根结底还是因为文字的韵味。"③ "我写文章很慢而吃力。"④ ……类似的话语被年轻时代的张爱玲强调得理直气壮。即便中、晚年的张爱玲,也依然认为没有什么因素可以超越于文学美感之上。1974 年,张爱玲在谈论个人阅读的趣味也是以美感为评价尺度的。其中,对《聊斋》和《阅微草堂》的评价值得玩味:"多年不见之后,《聊斋》觉得比较纤巧单薄,不想再看,纯粹记录见闻的《阅微草堂》却看出许多好处来……纪昀是太平盛世的高官显宦,自然没有《聊斋》的社会意识,有时候有意无意轻描淡写两句,反

---

① 张爱玲:《自己的文章》,《流言》,北京十月文艺出版社 2006 年版,第 13 页。
② 同上书,第 15 页。
③ 张爱玲:《论写作》,《流言》,北京十月文艺出版社 2006 年版,第 195 页。
④ 张爱玲:《存稿》,《流言》,北京十月文艺出版社 2006 年版,第 103 页。

而收到含蓄的功效，更使异代的读者感到震动。"① 1976 年，张爱玲同样按照美感的标准重新评价《连环套》："《幼狮文艺》寄《连环套》清样来让我自己校一次，三十年不见，尽管自以为坏，也没有想到这样恶劣，通篇胡扯，不禁骇笑。一路看下去，不由得一直龇牙咧嘴做鬼脸，皱着眉咬着牙笑，从齿缝里迸出一声拖长的'Eeeeeee!'（用'噫'会误以为叹息，'咦'又像是惊讶，都不对）连牙齿都寒飕飕起来，这才尝到'齿冷'的滋味。"② 曾经因傅雷的批评而奋力反击，如今已经公然承认《连环套》美感的匮乏。可以说，美感确乎是张爱玲始终秉持的首要的文学标准。正因如此，在文学语言的运用上，她"一个字看得有比巴斗大，能省一个也是好的"③。她的 40 年代小说中的语言总体上实现了她的美感期待——准确、精致。

## 二 苍凉，如何作为反现代性叙述的总体美感

在美感为本体的小说创作观支配下，苍凉美感被确立为张爱玲小说的总体美感。这使得张爱玲 40 年代小说美感从一开始就区别于鲁迅、冰心、废名、沈从文等少数美感意识自觉的现代作家作品。鲁迅作品中的悲凉美感所蕴含的悲悯之"力"既不是张爱玲所倾心的，也不是她所能够企及的。这一点，确如胡兰成的理解："她从来不悲天悯人，不同情谁，慈悲布施她全无，她的世界里是没有一个夸张的，亦没有一个委屈的。"④ 冰心作品的清丽美感不仅未获得张爱玲的青睐，反而有所微词，甚至如是说："如果必须把女作家特别分作一栏来评论的话，那么，把我同冰心白薇她们来比较，我实在不能引以为荣，只有和苏青相提并论我是甘心情愿

---

① 张爱玲：《谈看书》，《对照集》，北京十月文艺出版社 2007 年版，第 105 页。
② 张爱玲：《张看》自序，《对照集》，北京十月文艺出版社 2007 年版，第 184 页。
③ 张爱玲：《红楼梦魇》自序，《红楼梦魇》，北京十月文艺出版社 2007 年版，第 1 页。
④ 胡兰成：《今生今世》，中国社会科学出版社 2003 年版，第 148 页。

的。"① 废名的冲淡美感、沈从文的朴讷美感同样不是张爱玲心仪的美学趣味。她反而与"乡下人"叙述划清界限："我喜欢素朴，可是我只能从描写现代人的机智与装饰中去衬出人生的素朴的底子。因此我的文章容易被人看作过于华靡。……我也并不赞成唯美派。但我以为唯美派的缺点不在于它的美，而在于它的美没有底子。"② 那么，何谓张爱玲所追求的美感？张爱玲曾经借助自己作品与新文学主流写作的区别进行描述："所以我的小说里，除了《金锁记》里的曹七巧，全是些不彻底的人物。他们不是英雄，他们可是这时代的广大的负荷者。因为他们虽然不彻底，但究竟是认真的。他们没有悲壮，只有苍凉。悲壮是一种完成，而苍凉则是一种启示。"③ 依据张爱玲的说法，苍凉美感即是张爱玲 40 年代小说的总体美感。如何理解苍凉美感？苍凉美感是一种"不彻底"的复杂美学。在张爱玲 40 年代小说中，苍凉美感主要表现在以下方面："不彻底"的人物塑造原则和世俗化悖论性的文学观、对英雄传奇故事模式的改写、"雾数"的氛围等方面。

苍凉美感首先表现在"软弱的凡人"④ 的形象塑造。张爱玲步入文坛的 40 年代初期，"左翼"革命文学日渐强劲，加上民族革命战争的兴起，当时文学作品中的人物通常被处理为英雄或革命者、囚徒或受难者的形象。譬如，就在张爱玲进入上海文坛的 1943 年，国统区的巴金完成了抗战三部曲《火》第三部，解放区作家赵树理发表了短篇小说《小二黑结婚》。两部小说的主人公田惠世和小二黑都是时代的两极人物。田惠世的忍让和自我牺牲，小二黑的勇敢、坚决，都超出一般普通人的精神强度。然而，在张爱玲看来，"极端病态与极端觉悟的人究竟不多。时代是这么沉重，不是那么容易就大彻大悟"⑤。于是，张爱玲 40 年代小说中的人物大多是"不彻底"的凡人。《红玫瑰与白玫瑰》中的佟振保在欲望的红玫瑰和传统

---

① 张爱玲：《我看苏青》，《流言》，北京十月文艺出版社 2006 年版，第 244 页。
② 张爱玲：《自己的文章》，《流言》，北京十月文艺出版社 2006 年版，第 15 页。
③ 同上书，第 14 页。
④ 钱理群、温儒敏、吴福辉：《中国现代文学三十年》（修订本），北京大学出版社 1998 年版，第 457 页。
⑤ 张爱玲：《自己的文章》，《流言》，北京十月文艺出版社 2006 年版，第 13 页。

的白玫瑰之间徘徊，尽管有过犹豫和苦痛，但"给他自己心问口，口问心，几下子一调理，也就变得仿佛理想化了，万物各得其所"。这个人物很容易让人联想起《围城》中的方鸿渐，可是佟振保徒有一张留洋的履历表，连方鸿渐那无用的脾气都不具备。《沉香屑　第一炉香》中的上海中学生葛薇龙刚到香港投奔亲戚时，确如她的姑姑梁太太所说"脸又嫩，心又软，脾气又大，又没有决断"，很有几分人在年轻时代的稚气，但最终还是自愿地将自己当作了金钱和男人的"目的物"。正如她虽然生活在现代的大都市，却穿着"满清末年的款式"。《年轻的时候》中的主人公方汝良如许多少年郎一样，不被周遭的人所理解，只喜欢在内心里描摹梦中恋人的影像，可是却又缺少追求的勇气。如果说这些"软弱的凡人"或可以将软弱性归咎于因为年轻而涉世不深，那么人到中、老年，就可以增加自己做人的彻底性吗？无论是《留情》中的米先生、《鸿鸾禧》中的娄先生，还是《茉莉香片》中的言教授、《殷宝滟送花楼会》中的罗潜之教授、《多少恨》中的夏宗豫，或者是《等》中的推拿医生庞松龄、庞太太、童太太、包太太……都生活在更加无奈的境遇之中。米先生娶了年轻的太太，却还挂念着得病的年老的妻，"还是那些年轻痛苦，仓皇的岁月，真正触到了他的心，使他现在想起来，飞灰似霏微的雨与冬天都走到他眼睛里面去，眼睛鼻子里有涕泪的酸楚"。比较米先生，娄先生倒是家庭美满、妻儿满堂，然而儿子的婚事过后，一句以"新派爸爸"自居的发问"结了婚觉得怎么样？还喜欢吗"泄露了对家庭早已厌倦的隐秘。而言教授、罗潜之教授、夏宗豫这些在社会上风光无限的成功人士，也都因怯懦而陷入了情场失意的困境。至于那些中、老年女性们更是一任生命在无望的等待中流逝过去。不过，这些人物不仅没有因为生活的无奈而对生活采取决绝的态度，反而将生活的无奈视为一种人生的常态，如张爱玲所说："这些年来，人类到底也这么生活了下来，可见疯狂是疯狂，还是有分寸的。"①于是，这些"软弱的凡人"就在说不清、道不明的各种无奈中安稳地过着凡人的日子。

---

① 张爱玲：《自己的文章》，《流言》，北京十月文艺出版社 2006 年版，第 13 页。

这些"软弱的凡人"形象固然来自张爱玲的生活经验,但更取决于张爱玲与主流现代性文学相差异的世俗化文学观。自新文学开始以来至40年代,由于启蒙与革命的宏大叙事被确立为整体现代叙事基调,世俗化的个人趣味或者被边缘化,或者被启蒙话语、革命话语所覆盖。但是,琐屑的世俗生趣、个人悲欢犹如地母不屈的根芽在40年代张爱玲文学世界中顽强地生长。美国学者王德威曾经以"落地的麦子不死"来比喻张爱玲对后来中国作家的影响力,这个比喻同样适合于世俗化生趣在张爱玲小说中的生命力。对于这种世俗化的文学观,张爱玲不仅从不讳言,而且相当自信:"清坚决绝的宇宙观,不论是政治上的还是哲学上的,总未免使人嫌烦。人生的所谓'生趣'全在那些不相干的事。"① 因此,张爱玲40年代小说不是一般意义的世俗,简直就是一种大俗。人物、场景,乃至情感样式、婚恋嫁娶从头到足、从里到外都被世俗事物所支撑。在一个没有宗教的民族,钱、地产、服饰,甚至香烟、香水等俗物就是张爱玲笔下人物的全部生活生趣。张爱玲40年代小说的世俗化趣味恰如吴福辉的描述,到了张爱玲"都市生活不仅仅是舞厅酒吧夜生活的浮光掠影,它是每日每时发生在琐细平凡、有质有感的家庭这个都市细胞内面,是日常人生,是浮世的悲欢。于是,一切即俗"②。姑且不说张爱玲40年代小说中唯一的彻底人物曹七巧为自己带上了金钱的枷锁,就是其他"不彻底"的遗老、遗少、闺秀、少妇也毫不掩饰自己对钱等俗物的入骨迷恋和信奉。尽管这些人物心理在小说中表现得婉曲、多变,但看到钱就暖和,拥有了钱就踏实,可谓人物的共同心理。就连人物自身的尊严,也时常被放置在物的天平上衡量。《沉香屑 第一炉香》中有一段对话径直描写了金钱对人的尊严的支配。梁太太向薇龙传授道:"若是新娘子自己有点钱,也可以少受点气,少看许多怪嘴脸。""薇龙垂着头,小声道:'我没有钱,但是……我可以赚钱。'"因为没有丰厚的嫁妆,葛薇龙便失去了做人与爱人的底气。张爱玲以毫不留情的目光剥落了维护人物尊严的脆弱屏障。张爱玲小说甚至以

---

① 张爱玲:《烬余录》,《流言》,北京十月文艺出版社2006年版,第34页。
② 吴福辉:《老中国土地上的新兴神话——海派小说都市主题研究》,《文学评论》1994年第1期。

物替代人的存在。《红玫瑰与白玫瑰》中佟振保眼中的红玫瑰王娇蕊"隐隐露出胸口挂的一颗冷艳的金鸡心——仿佛除此外她也没有别的心"。物可以替代人，人在某种意义上也就是一俗物，这是张爱玲小说反复讲述的世俗化生存逻辑。从某种意义上说，小说中人与人的关系、情节与情节的联系完全可以置换为俗人与俗物之间的明争暗夺。不过，张爱玲并没有因为物对人的支配而拒斥物，或如新文学以来"左翼"作家作品那样批判物对人的压迫。而是相反，张爱玲小说从人与物的关系中发掘出都市市民的世俗生趣，津津乐道地描写都市市民对钱的喜好、对物的迷醉。就是张爱玲自己，也从不掩饰对物的倾心。她生平第一次赚得了五块钱稿费，便立刻去买了一支小号的丹琪唇膏，并公然声称"对于我，钱就是钱，可以买到各种我所要的东西"①。可以说，在张爱玲小说中，正是因为都市人对物的迷醉和依赖，才构成了乱世中生动的都市上海的生活图景。这些都市人对钱、物的追逐和梦想，与上海的咣当当的电车声、哗啦啦的麻将声、"葛儿铃……铃……"的电话铃声、油锅拍辣辣的爆炸声……水乳交融地汇合在一起，一同颠覆了新文学以来主流写作的洪钟大吕。而且，张爱玲40年代小说中的世俗化生趣对新文学以来"左翼"主流写作颠覆得如此轻逸。这不禁让人联想起意大利作家卡尔维诺关于"轻逸"的论述："一个小说家如果不把日常俗务变作某种无限探索的不可企及的对象，就难以用实例表现他关于轻的观念。"② 这正是张爱玲40年代小说的叙事策略所做。

进一步说，张爱玲40年代小说就是要致力于减少文学的沉重感，以世俗生趣的轻逸之美来颠覆启蒙与革命宏大叙事的沉重之力。为了实现自己的文学观念，张爱玲依凭了新文学以来主流写作所剔除的最轻者——世俗生活的琐屑俗物、世俗中人的七情六欲，目光透视其所示的深意，由此进入人性最本质的隐蔽的世界，最苍凉的生命意识深处。这导致了张爱玲文学观的悖论性：一面书写世俗生活中的凡俗之轻，一面却又始料不及地呈现了生命之重。这种悖论性的文学观在以《传奇》为中心的40年代小说

---

① 张爱玲：《童言无忌》，《流言》，北京十月文艺出版社2006年版，第3页。
② ［意］卡尔维诺：《未来千年文学备忘录》，杨德友译，辽宁教育出版社1997年版，第4页。

中尤其明显。对此，夏志清分析得非常透辟："《传奇》里很多篇小说都和男女之事有关：追求，献媚，或者是私情；男女之爱总有它可笑的或者悲哀的一面，但是张爱玲所写的绝不止于此。人的灵魂通常都是被虚荣心和欲望支撑着的，把支撑拿走以后，人变成了什么样子——这是张爱玲的题材。"① 借用张爱玲自己的话语表达："只要题材不太专门性，像恋爱结婚，生老病死，这一类颇为普遍的现象，都可以从无数个不同的观点来写，一辈子也写不完。"② 张爱玲40年代小说确实经由世俗生活而抵达人性深层。因此，张爱玲小说对于世俗生趣的描写固然有其欢欣的一面，同时也有其苦涩的一面。其世俗化文学观实际上是对乱世中无法躲避的沉重表示出来的一种苦涩的认可。这不仅仅存在于作品中的人物命定遭受的那种被世俗目标所压迫的处境之中，也存在于人物实现了自己所追逐的目标之后。尽管张爱玲可能要比她笔下的人物更能够十倍、百倍地克制自己的苦涩之情，但《倾城之恋》中的流苏和《沉香屑 第一炉香》中的薇龙等人物还是告诉我们：她们在世俗生活中费尽心机地选取、珍重的一切，于须臾之间都要显示出其令人无法忍受的沉重的本来面目。其实，对40年代的张爱玲来说，之所以格外看中世俗生趣对于文学作品的意义，除了坚持世俗化文学观之外，应该还因为人逢乱世，大概唯有世俗之物可以提供一个相对稳靠之地。然而，这个世俗生活的稳靠性同时又是张爱玲所怀疑的。在她看来，世俗生活至多是暂时的稳靠居所，在战乱之时，真正稳靠的世俗生活是不存在的，正如张爱玲所说："只顾一时，这就是乱世。"③ 所以，动荡的战火硝烟并没有在张爱玲小说中彻底隐匿，只不过被处理为孤岛上海的远景或幕布。而这种无所不在的、时隐时现的战乱时期的非稳靠感，再加上个性的自卑又自卫、命运的神秘隐忧、人性的复杂多变、家庭的伤痛记忆及都市生活的临时性、消费性、时尚性，乃至《红楼梦》等悲剧作品的深刻影响，一并化为世俗化文学观背后的难以掩饰的苍凉之气，用张爱玲的话语表达就是："如果我常用的字是'荒凉'，那是因为思想背景里有

---

① 夏志清：《中国现代小说史》，复旦大学出版社2005年版，第260页。
② 张爱玲：《写什么》，《流言》，北京十月文艺出版社2006年版，第113页。
③ 张爱玲：《私语》，《流言》，北京十月文艺出版社2006年版，第127页。

这'惘惘的威胁'。"① 当然，在诸种因素的威胁之中，人自身在大时代中的有限性尤其让张爱玲感到无奈。当大多数新文学作家竭力追赶时代列车并夸大人的自身限度时，张爱玲自知人的孤独和无助。为此，她幽幽然地说："时代的车轰轰地往前开。我们坐在车上，经过的也许是几条熟悉的街衢，可是在漫天的火光中也自惊心动魄。就可惜我们只顾忙着在一瞥即逝的店铺的橱窗里找寻我们自己的影子——我们只看见自己的脸，苍白，渺小；我们的自私与空虚，我们恬不知耻的愚蠢——谁都像我们一样，然而我们每人都是孤独的。"② 小说《封锁》中所叙述的故事内容即是现代人孤独感的表现：封锁期一过，电车当当地恢复行驶。刚才还渴望接近的两个人被都市的人流所淹没，再也见不到对方。由此，在世俗之气和苍凉之气中犹豫不决，乃构成张爱玲悖论性文学观复杂的张力。其中，内隐了张爱玲40年代小说以现代性的方式讲述反现代性叙事的梦魇。对于这一点，王安忆以作家的目光破译了其中端倪："张爱玲小说中的人物，真是很俗气的，傅雷曾批评其'恶俗'，并不言过。"但她"对现实人生的爱好是出于对人生的恐惧，她对世界的看法是虚无的"。"于是，在张爱玲的虚无和务实，互为关照，契合，援手，造就了她的最好的小说。"③ 客观地说，在现代文学史上，对人的生命虚无一面的深切体验，对希望与绝望之间暧昧边界的复杂表现，除了鲁迅，应该就是张爱玲了。尽管鲁迅的小说更致力于以沉郁的方式表现悲凉之力，张爱玲的小说则更着力于以轻逸的方式呈现苍凉美感，但在现代性美感的探索上，其丰富性和复杂性却是一致的。

与世俗化文学观一致，张爱玲40年代小说改写了传统小说的英雄传奇的故事模式，而将现代普通人的生活样式作为现代传奇的新模式。《传奇》初版扉页上有作者这样的题词："书名叫传奇，目的是在传奇里面寻找普通人，在普通人里面寻找传奇。"这里的"普通人"的概念显然不是新文学以来主流写作中社会学层面上的"农民""工人""城市底层市民"等"沉默的大多数"。曹七巧、白流苏、葛薇龙、佟振保等"普通人"不

① 张爱玲：《〈传奇〉再版的话》，《倾城之恋》，北京十月文艺出版社2006年版，第456页。
② 张爱玲：《烬余录》，《流言》，北京十月文艺出版社2006年版，第46页。
③ 王安忆：《世俗的张爱玲》，《我读我看》，上海人民出版社2001年版，第187—194页。

如说是与新文学以来主流写作中"启蒙者""英雄""革命者""超人"相对峙的形象。这些"普通人"不仅出生在旧式富贵家庭，而且周身浸润着旧式家庭的印痕。虽然这些人物也相遇了一个改天换地的大时代，却依然将世俗生趣——谈婚论嫁、娶妻生子、赚钱谋生、日常消遣、迎来送往等凡俗人生作为理想。就在这些看似波澜不惊的日常生活中，这些"普通人"之间展开刀光剑影般的戏剧性冲突，上演了一幕幕虽不惊天动地，但也悲喜交织、你死我活的传奇故事。由此，人性的脆弱和坚韧、自私和牺牲、隔膜和渴求、虚荣和善良、庸常和高傲皆展现其中。柳原对流苏的求婚、七巧对女儿幸福生活的毁灭都是人性复杂性的展现。诚然，对于当时的中国而言，最大的传奇故事应该是民族战争与世界和平。但是，对于"普通人"来说，"男子对于女子最隆重的赞美是求婚"（《金锁记》）；对于"四岁上就没有了母亲"的男孩儿来说，最大的心愿就是知道有关母亲的事实（《茉莉香片》）；对于一个待嫁的女孩子，天大的大事就是购买到如意的新嫁衣（《鸿鸾禧》）；对于一位有恋父情结的少女，最难以忍受的事情就是父亲爱上了自己的女友（《心经》）；对于一对父母亲，最担心的事情就是为女儿煞费苦心安排的如意女婿最终落了选（《琉璃瓦》）……如果说新文学主流写作大多将现代民族国家的独立与富强作为英雄传奇叙事的家国理想，那么张爱玲40年代的小说则将世俗生活中安稳的一面视为永恒的理想，"虽然这种安稳常是不安全的，而且每隔多少时候就要破坏一次，但仍然是永恒的"①。只是话虽然可以这样说，事实也是这个理，可是，当"普通人"的安稳的一面遭到破坏，即带有传奇性时，张爱玲和她小说中的人物还是难以掩饰内心的苍凉。这种隐秘的心理，在张爱玲对炎樱为她设计的《传奇》增订本封面的解读中有所透露："封面是请炎樱设计的。借用了晚清的一张时装仕女图，画着个女人幽幽地在那里弄骨牌，旁边坐着奶妈，抱着孩子，仿佛是晚饭后家常的一幕。可是栏杆外，很突兀地，有个比例不对的人形，像鬼魂出现似的，那是现代人，非常好奇地孜孜往里窥视。如果这画面有使人感到不安的地方，那也正是我希望造成

① 张爱玲：《自己的文章》，《流言》，北京十月文艺出版社2006年版，第12页。

的气氛。"① 应该说，现代人的虚无感是"普通人"传奇中挥之不去的悲凉。正如张爱玲与胡兰成的婚书中的誓言"愿使岁月静好，现世安稳"不久就落了空。当然，西方现代作家毛姆、威尔斯、奥尼尔等对于现代文明的怀疑、迷惘、幻灭对张爱玲影响至深，也促成了"普通人"传奇的苍凉感。

苍凉美感还表现在"雾数"的心理描写和氛围营造。"雾数"原本是江浙方言，指不清爽、不洁净。"雾数"对张爱玲作品而言，别有含义。对此，张爱玲解释道："'如匪浣衣'那是一个譬喻，我尤其喜欢。堆在盆边的脏衣服的气味，恐怕不是男性读者们所能领略的罢？那种杂乱不洁的，壅塞的忧伤，江南的人有一句话可以形容：'心里很雾数'。"② 借助这段话语，我们可以读出张爱玲所说的"雾数"至少包含如下两层意思：它既是苍凉美感中的一种"如匪浣衣"的悲哀，又是一种女性特异的生命体验。换言之，张爱玲小说的苍凉美感之所以独有意味，很大程度是因为张爱玲保有一种很特别的女性意识。张爱玲在作品中成熟又世故，在生活中却"连女学生的成熟也没有"③；她在他人面前高傲又理性，在爱人面前却"变得很低很低，低到尘埃里"④；她在小说中老到地掌控各种场面，洞察世道人心，在现实里却"生性孤僻、木讷寡言，在学校里很少交友"⑤；她在小说中力主世俗生存之道，在生活中却"站在世俗人生之外，冷眼慧心察视人生"⑥；她在小说中飞扬自信，在人群里却"笑起来好像给人一点缺乏自信的感觉"⑦。总之，作为女性的张爱玲，就是这样自卫又自卑、大雅又大俗。因为对于张爱玲女性意识的研究成果非常之多，且这个话题也不是本论题意欲展开的话题，就不做深入探讨了。但不管怎么说，苍凉美感

---

① 张爱玲：《有几句话同读者说》，《倾城之恋》，北京十月文艺出版社 2006 年版，第 460 页。
② 张爱玲：《论写作》，《流言》，北京十月文艺出版社 2006 年版，第 195 页。
③ 胡兰成：《今生今世》，中国社会科学出版社 2003 年版，第 144 页。
④ 同上书，第 146 页。
⑤ 李君维：《且说炎樱》，陈子善编《记忆张爱玲》，山东画报出版社 2006 年版，第 37 页。
⑥ 姚宜瑛：《张爱玲拜节》，陈子善编《记忆张爱玲》，山东画报出版社 2006 年版，第 70 页。
⑦ 夏志清：《初见张爱玲，喜逢刘金川——兼忆我的沪江岁月》，陈子善编《记忆张爱玲》，山东画报出版社 2006 年版，第 8 页。

与女性意识一并浸透在张爱玲小说的肌理。一切作品都弥漫着苍凉美感，而一切苍凉美感又都意味着张爱玲对女性意识的自觉认知。而"雾数"不过是苍凉美感的别名。

客观地说，张爱玲 40 年代小说竭力呈现世俗生活的鲜亮而祛除"雾数"的氛围。这与现代性叙事中那种鲜明的火与血的主流写作非常不同。的确，类似于小菜场中的画面曾经给人带来无限的生趣："秋凉的薄暮，小菜场上收了摊子，满地的鱼腥和青白色的芦粟的皮与渣。一个小孩骑了自行车冲过来，卖弄本领，大叫一声，放松了扶手，摇摆着，轻倩地掠过。在这一刹那，满街的人都充满了不可理喻的景仰之心。人生最可爱的当儿便在那一撒手罢?"① 但是，透过那个鲜亮的外衣，张爱玲 40 年代小说从人物的心理到景物、环境的描写均被"雾数"的氛围所笼罩。《倾城之恋》应该算得上世俗意义上大团圆的结局了，但这个结局总给人以"雾数"之感。当两个人历经心机，终于被香港的沦陷所成全的时候，却发现：二人的婚姻只有名分，却无真心。在浅水湾一边山的高墙下，范柳原对流苏说："这堵墙，不知为什么使我想起地老天荒那一类的话。……有一天，我们的文明整个的毁掉了，什么都完了——烧完了、炸完了、坍完了，也许还剩下这堵墙。流苏，如果我们那时候在这墙根底下遇见了……流苏，也许你会对我有一点真心，也许我会对你有一点真心。"这一幕，曾被傅雷称绝："好一个天际辽阔胸襟浩荡的境界!"说白了，就是《倾城之恋》的两位主人公对于婚姻的实质心知肚明。可是，又双双就范于"雾数"的过程和结局。至于其他小说，也大多任人物笼罩在"雾数"的氛围之中。《留情》中的那对暂时平息了内心波澜的老夫少妻虽然一同走在回家的路上，可情感世界已经伤痕累累，如小说所说："生在这世上，没有一样感情不是千疮百孔的。"《桂花蒸 阿小悲秋》中女佣人丁阿小的心理果真中了炎樱对"桂花蒸"之夜的描述："又热又熟又清又湿"，说不清是什么心理。《心经》中的小寒和她的父母亲也是各有各的痛与爱。……虽然张爱玲难以忍受"雾数"的感觉，如胡兰成说："爱玲是她的人新，像

---

① 张爱玲:《更衣记》,《流言》,北京十月文艺出版社 2006 年版,第 66 页。

穿的新衣服对于不洁特别触目，有一点点雾数或秽亵她即刻就觉得。"① 可她笔下的人物大多数都在承受着"雾数"的心理并蛮有兴致地生活在世俗世界中。

为了呈现"雾数"的氛围，张爱玲40年代小说除了借助人物的心理描写来营造，而且还调动了场景、风景、物件的描写来衬托。月亮、灯光、微雨、落叶、鸦片、小风炉、火盆等意象、物象设计，与心理描写一样呈现出小说中"雾数"的氛围。这样的描写有时放置在开篇，为小说奠定了"雾数"的基调。《留情》开篇写道："他们家十一月里就生了火。小小的一个火盆，雪白的灰色窝着红炭。炭起初是树木，后来死了，现在身子里通过红隐隐的火，又活过来，然而，活着，就快成灰了。它第一个生命是青绿色的，第二个是暗红的。火盆有炭气，丢了一个红枣到里面，红枣燃烧起来，发出腊八粥的甜香。炭的轻微爆炸，淅淅沥沥，如同冰屑。"这段场景描写隐喻了敦凤和米先生二人"带死不活"的"雾数"的婚姻现状以及"雾数"婚姻的自得其乐。如果说《留情》的开篇确定了是一种疲惫的生命在燃烧后的"雾数"状态，那么《沉香屑 第一炉香》开篇则弥漫着恣肆的生命在迷茫中的"雾数"追寻。"墙里的春天，不过是虚应个景儿，谁知星星之火，可以燎原，墙里的春延烧到墙外去，满山轰轰烈烈开着野杜鹃，那灼灼的红色，一路摧枯拉朽烧下山坡去了。杜鹃花外面，就是那浓蓝的海，海里泊着白色的大船。这里不单是色彩的强烈对照给予观者一种眩晕的不真实的感觉——处处都是对照，各种不调和的地方背景，时代气氛，全是硬生生地给掺糅在一起，造成一种奇幻的境界。"这段描写是葛薇龙经过姑母家花园时所目睹的景色。它是另一种华洋杂错的景观所弥漫的"雾数"氛围。

不过，依靠开篇"雾数"的氛围来奠定小说基调的手法很像宾馆大堂的盆景，倒是能够大致表现出其风格、品位，但还是有些显摆和疏落。一流小说家真正老到的手法则是让"雾数"的场景、风景隐藏在不经意的小角落。正是那些小角落里的小景致，才能够构成张爱玲小说细密的"雾

---

① 胡兰成：《今生今世》，中国社会科学出版社2003年版，第150页。

数"的氛围。更为重要的,凭借小角落里的小景致,张爱玲小说生成了"不同于主流的现代性话语论述"的张爱玲小说叙事学:"'重复''回旋'及'衍生'。"① 可以说,"雾数"的氛围对于张爱玲小说而言,就是一种叙述学,即一种场景与风景相结合的叙述学。

先看场景的"雾数"描写:场景大多是由物象组合而成。这些物象几乎全部取自日常生活之中的物件。张爱玲只是客观、冷静地白描出这些物件的形态、色彩、质地等细部,让物言说自身。譬如,《连环套》中借助叙述者"我"的目光所观察到的女主人公霓喜的生活场景就是由物象构成。"她在人家宅子里租了一间大房住着,不甚明亮,四下里放着半新旧的乌漆木几,五斗橱,碗橱。碗橱上,玻璃罩子里,有泥金的小弥陀佛。正中的圆桌上铺着白蕾丝桌布,搁着蚌壳式的橙红镂花大碗,碗里放了一撮子揿钮与拆下的软缎钮绊。墙上挂着她盛年时的照片;耶稣升天神像;四马路美女月牌;商店里买来的西洋画,画的是静物,蔻利沙酒瓶与苹果,几只在篮内,几只在篮外。裸体的胖孩子的照片到处都是——她的儿女,她的孙子与外孙。"这段秩序井然的场面描写却凸显了一个杂乱的生活场景。它代替叙述者讲述了霓喜的"雾数"的人生境遇和命运。其叙事功能如孟悦的概括:"这种手法使空间和日常物品以一种相当特殊的身份参与了叙事:它们从'中性'的外在物质世界变成了叙事意义的生产者。"②

再看风景的描写:风景大多由意象构成。张爱玲40年代小说不乏景色描写。只是这些景色在张爱玲的笔下已经不再具有古典主义的清新、纯美的气息,也不具有浪漫主义的幻美、缥缈的色彩。它们通常和物象一样印刻着现代主义的凄清和幽冷。仅以张爱玲最擅长的"月亮"的描写为例。月亮,在张爱玲40年代小说中固然也有万千姿态,但最有普遍性的色彩还是"雾数",各种滋味的"雾数"。《倾城之恋》4次写到"月亮",每一

---

① 王德威:《张爱玲再生缘——重复、回旋与衍生的叙事学》,《如此繁华》,上海书店出版社2006年版,第88—95页。

② 孟悦:《中国文学"现代性"与张爱玲》,金宏达主编《回望张爱玲·镜像缤纷》,文化艺术出版社2003年版,第139页。

次"月亮"的出现都推进了小说的叙事节奏,"月亮"简直可以构成小说的结构。但是,最能够表现张爱玲驾驭"雾数"风景的还是《金锁记》的开头:"三十年前的上海,一个有月亮的晚上……我们也许没赶上看见三十年前的月亮。年轻的人想着三十年前的月亮该是铜钱大的一个红黄的湿晕,像朵云轩信笺上落了一滴泪珠,陈旧而迷糊。老年人回忆中的三十年前的月亮是欢愉的,比眼前的月亮大、圆、白;然而隔着三十年的辛苦路望回看,再好的月色也不免带点凄凉。"这段景色描写错落地铺排了浪漫和古典的月亮。然而无论是年轻人的浪漫、感伤,还是老年人的温馨、欢愉都被现代主义的凄凉所替代。张爱玲一面追忆,一面消解,时间就在过去与现在中穿越。这就是"月亮"所隐喻的张爱玲小说"雾数"的时间观和叙事学。过去,无论是温暖的,忧伤的,浪漫的,都在时间中流走了。说不清,道不明的,是这时间之中的历史和人生。时间是伪时间,"月亮"也是伪"月亮"。他们不过是装点现代人梦魇的一道虚无的风景而已。

## 三 如此浮华:"到底是上海人"的叙述视角

虽然苍凉美感确立了张爱玲40年代小说的总体美感,但并不意味着它是一个单色调的美感。苍凉美感如果不和其他美感形成对照参差的关系,那就不是无限的苍凉,而是贫乏、单薄的苍白。张爱玲曾经以《倾城之恋》为例,自述了她小说的写作观:"写《倾城之恋》,当时的心理我还记得很清楚。除了我所要表现的那苍凉的人生的情义,此外我要人家要什么有什么,华美的罗曼斯,对白,颜色,诗意,连'意识'都给预备下了:(就像要堵住人的嘴)艰苦的环境中应有的自觉……"① 张爱玲对小说美感丰富性的自觉,以此最为明白,即张爱玲40年代的小说除了葱绿色的苍凉美感之外,"华美的罗曼斯"所代表的桃红色浮华美感也是其美感一种。

---

① 张爱玲:《关于〈倾城之恋〉的老实话》,《倾城之恋》,北京十月文艺出版社2006年版,第463页。

而且，张爱玲40年代小说借浮华美感叙写了反现代性的另一种梦魇。如果说张爱玲40年代小说借助于一系列叙事策略，以苍凉美感差异于现代性主流写作图景，那么与此同时它们又借助于"到底是上海人"的叙述视角，以浮华美感试图逃离30年代以来"海派"制作的梦魇。

研究张爱玲40年代小说的美感形式，无论如何难以忽视叙述者的"到底是上海人"的叙述视角。严格地说，张爱玲的原籍不是上海，而是河北丰润。但她自1920年9月30日出生于上海，到1952年离开上海，绝大部分时间都居住在上海。中间除了她4岁至8岁时因父亲张廷众到天津铁路局任职迁居天津，19岁至22岁入读香港大学文科之外，她在上海度过了24年的时光。上海的洋房、公寓、弄堂、饮食、时装、时尚、电影、文化、街景、电车、三轮车等日常生活景观不仅成为她感兴趣的生活对象，而且成为她40年代小说的写作对象。① 尤其，上海小市民的精神心理，更是张爱玲所致力于体察和描叙的对象。张爱玲40年代小说就是依靠上海的都市景观、人生百态打造了一部沦陷区时代的"上海学"。

对于张爱玲40年代小说所呈现出来的上海都会世界，已经有相当多的学者进行了探讨。20世纪80年代前期，赵园的《开向沪、港"洋场世界"的窗口——读张爱玲小说集〈传奇〉》一文就已经将张爱玲40年代小说的代表作《传奇》放置在都市文化中进行了考察。文章开篇指出："张爱玲小说集《传奇》，是一个开向沪、港都市社会，尤其是其中的'洋场社会'的窗口。装在窗框间的，俨然封闭的小社会光怪陆离，而不失自身的和谐。其中那些忙忙碌碌与百无聊赖的人们，似乎被时代忘却了，自己也忘却了时代，但这种生活却以其独特的本质，反映着近现代中国的重要历史侧面。"② 该文尽管囿于当时文学史观念的制约，但还是具有很强的前瞻意识并肯定了张爱玲小说集《传奇》的文学价值。80年代中期以后，从都市文化的视角研究张爱玲40年代小说更加自觉。严家炎的《张爱玲与新感

---

① 对于张爱玲小说和上海的关系，参见李岩炜《张爱玲的上海舞台》，文汇出版社2003年版。

② 赵园：《开向沪、港"洋场世界"的窗口——读张爱玲小说集〈传奇〉》，《中国现代文学研究丛刊》1983年第3期。

觉派小说》① 一文认为张爱玲达到了新感觉派作家想达到而没有达到的高度。与此同时，也有学者从都市文化角度进行研究张爱玲小说的认识价值，如刘川鄂的文章《变态：洋场人物的主导性格——张爱玲前期小说人物论》。90 年代以后，张爱玲小说与都市文化的关系成为热点。吴福辉充分肯定张爱玲对旧家族在大都会的际遇命运的精细表现，认为"她的都市最接近了上海的真面目"②。陈思和的文章《民间和现代都市文化——兼论张爱玲现象》从都市文化视角重新辨析"民间"概念的模糊性和复杂性，进而认为正是张爱玲的传奇创作实现了"民间文化形态在现代都市文学中出现"③。"张爱玲不是某一阶级或阶层的代言人，而是综合了都市现代化进程中旧的不断崩坏，新的不断滋生，旧与新又不断转化的文化总体特征，用她特有的美学风格给以表达，因此张爱玲是属于都市的，属于现代的，属于民间的。"④ 彭秀贞在 1995 年 12 月东海大学中国文学系主办的"张爱玲国际研讨会"上，提交了会议论文《殖民都会与现代叙述——张爱玲小说的细节描写艺术》。该文从后殖民主义的视角强调"殖民主义对上海文化与生活的介入与形塑，以及它对传统与现代冲突、纠结的强化作用"⑤，认为张爱玲以细节描述将这一切传达出来。世纪之交，李欧梵的著作《上海摩登——一种新都市文化在中国 1930—1945》以专章将张爱玲 40 年代小说纳入"上海学"的研究中。所以，作者这样陈述自己的旨趣："我感兴趣的是，张爱玲以她的方式为描述一个寓言性的结局——为整整一个滋养了她创作的都会文化时代画上了句号；这个时代始于 20 年代后期，在 30 年代早期登峰造极，然后就开始走下坡路，直到 50 年代早期——其时，张爱玲决定了离开她心爱的家园，成为一个永远的流放

---

① 严家炎：《张爱玲与新感觉派小说》，《中国现代文学研究丛刊》1989 年第 3 期。
② 吴福辉：《老中国土地上的新兴神话——海派小说都市主题研究》，《文学评论》1994 年第 1 期。
③ 陈思和：《民间和现代都市文化——兼论张爱玲现象》，《上海文学》1995 年第 10 期。
④ 同上。
⑤ 彭秀贞：《殖民都会与现代叙述——张爱玲小说的细节描写艺术》，转引自金宏达主编《回望张爱玲·镜像缤纷》，文化艺术出版社 2003 年版，第 462 页。

者——的最终寂灭。"①

上述对张爱玲小说与都市生活关系的研究成果,对张爱玲40年代小说的主题和题材都进行了深入探讨,由此重新发现了张爱玲小说中的上海都会世界。然而,张爱玲小说不仅将上海都市生活作为写作内容,而且将上海人的思维方式、审美目光、上海都会文化的驳杂和生机都内在化为"到底是上海人"的叙述视角。可以说,张爱玲以文学的形式塑造了上海,上海也以都会世界生成了她和她的作品。或者说,作为"到底是上海人"的张爱玲,她的审美趣味和目光暗中规定了张爱玲小说美感的生成。其中,对浮华美感的倾心,也便成为苍凉美感之外的另一种美感形式。可以说,苍凉是张爱玲40年代小说的"里子",浮华则是小说的"面子"。"里子"和"面子"一并编织了张爱玲40年代小说的精神肌理和表现形态。

"到底是上海人"的叙述视角首先表现在用上海人的目光体察人物、世象和事态。张爱玲在《到底是上海人》一文中曾经这样评价自己的写作:"我为上海人写了一本香港传奇,包括《沉香屑 一炉香》《二炉香》《茉莉香片》《心经》《琉璃瓦》《封锁》《倾城之恋》七篇。写它的时候,无时无刻不想到上海人,因为我是试着用上海人的观点来察看香港的。"②这段话语也许隐含了张爱玲作为一位"文学习作者"对她的读者上帝的取悦之意,但还是不容怀疑其真诚性。不过,倘若"用上海人的观点来体察香港",那张爱玲本人必须首先被上海化,否则上海人是不会买账的。事实上,张爱玲40年代小说在图书市场上的成功秘诀就是叙述者选取了与上海人相同的视角,即上海人的目光。那么,张爱玲如何理解上海人的目光?因为上海人的目光背后内含着上海人的精神文化性格,我们需要借助张爱玲对上海人的概括:"上海人是传统的中国人加上近代高压生活的磨练。新旧文化种种畸形产物的交流,结果也许是不甚健康的,但是这里有一种奇异的智慧。"③在张爱玲看来,上海人首先是传统的中国人,其次才

① 李欧梵:《上海摩登——一种新都市文化在中国1930—1945》,毛尖译,北京大学出版社2001年版,第285页。
② 张爱玲:《到底是上海人》,《流言》,北京十月文艺出版社2006年版,第48—49页。
③ 同上书,第48页。

是现代的中国人。与其他地域的现代中国人不同的是：上海人生活在一个现代文明最前卫的都会城市，加上殖民文化的进入，使得上海人更集中地体现了现代人的病痛和智慧。这种新旧文化、土洋文化的杂糅形成了上海人目光的特异性：既对"洋气"的浮华生活充满艳羡，又对"土气"的传统生活的有所流连。所以，对于张爱玲小说的美感形式而言，浮华与苍凉的参差对照，既体现了张爱玲小说的美学追求，同时也隐含了张爱玲作为上海人的生活趣味和审美目光。身为上海人，且身为出身名门望族的上海女人，张爱玲心仪于浮华的生活符合常理。而况，当张爱玲真正从事文学创作时，以往浮华的生活已经成为一种挥之不去的伤痛性记忆——自她18岁那年逃离父亲的家以后，浮华的生活便告别她而去。不过，浮华的生活对于张爱玲小说，充其量是一种影像，最终体现在美感层面上。换言之，浮华美感对张爱玲小说而言表面上是一种生活形式，实际上则是一种美学形式。浮华美感，由于"到底是上海人"的叙述视角的选取，遍及张爱玲40年代小说中人物服饰、生活方式、世相百态、物态的变化。

张爱玲对服饰的语言有着惊人的天赋。论及服饰的语言，张爱玲说："衣服是一种语言，是表达人生的一种袖珍戏剧。"[1] 特别是"在政治混乱期间，人们没有能力改良他们的生活情形。他们只能够创造他们贴身的环境——那就是衣服。我们各人住在各人的衣服里"[2]。这样，"服饰"对于张爱玲的小说，既隐喻了人生的戏剧性，又意味着动荡时代的安居之所。在这个意义上，张爱玲调动华丽、瑰奇的语词细描人物服饰的浮华美感，自然有其深意。小说对服饰的浮华美感的描写除了如悲凉美感一样具有渲染氛围、刻画人物心理、性格等功能外，还具有特别的意义，即浮华美感以虚妄之梦既挽留了旧日奢华的记忆，又填充了新时代失落的虚空。因为小说中的人物不是一般意义上的普通人，而是贵族之家衰微之后的遗老遗少。他们在经济上降格为普通市民，但骨子里仍然温习着旧日的浮华之梦。浮华之梦依据不同的人物心理表现出不同的形态——七巧的浮华美感

---

① 张爱玲：《童言无忌》，《流言》，北京十月文艺出版社2006年版，第7页。
② 张爱玲：《更衣记》，《流言》，北京十月文艺出版社2006年版，第62页。

渗透出强烈的酸楚，流苏的浮华之梦浸润着浓郁的落寞，梁太太的浮华之梦流露出虚空的骄横，敦凤的浮华之梦则透露出苦涩的无奈……但是，总体上讲，浮华之梦与富贵、高贵、华贵联系在一起。譬如，小说中的旗袍通常被设计为上等的质地——"软缎""金织锦""黑香云纱""月白蝉翼纱"。即便素朴的"葱白素绸长袍"和时尚的"白洋纱"旗袍也给人一种洋气的美感。如果说衣服带有张爱玲的品牌特点，那么饰物同样呈现了张爱玲所精心设计的浮华美感，用来寄予人物富贵、高贵、华贵的身份和复杂心理。《金锁记》中写道："只看见发结上插的风凉针，针头上的一粒钻石的光，闪闪挚动着，发的心里扎着一小截粉红丝线的火阁里。那风凉针上的钻石，正像七巧的心中凝固的泪珠，那一小截粉红丝线无疑是她作为一个正常内心对人性之爱热情的追求，冰冷的钻石闪闪挚动的光，是一个悲哀女性辛酸的泪光。"钻石与泪珠相互转换，传达了七巧用青春，乃至生命为富贵梦做陪嫁的酸楚心理。《红玫瑰与白玫瑰》中娇蕊"穿着暗紫蓝乔其纱旗袍，隐隐露出胸口挂着的一颗冷艳的金鸡心"，那颗冰冷的"金鸡心"虽然散发着高贵的美感，但也同时带给人一种寒凉之气。《等》中的童太太"薄薄的黑发梳了个髻，年轻的时候想必是端丽的圆脸，现在胖了，显得脓包，全仗脑后的'一点红'的红宝簪子，两耳绿豆大的翡翠耳坠，与嘴里的两颗金牙，把她的一个人四面支柱起来，有了着落"。这段饰物描写如果按照张爱玲的色彩理论，很有漫画般的讽刺性。张爱玲说："红绿对照，有一种可喜的刺激性。可是太直率的对照，大红大绿，就像圣诞树似的，缺少回味。"[1] 红簪配绿翠，不仅没有让人物高贵起来，反而因富贵而和盘托出人物的虚荣、虚空和庸俗。《沉香屑 第一炉香》里梁太太的服饰美感倒是有些特别。张爱玲很少选取黑色调描写女性，这次算得上有些破例。小说写道："一个娇小个子的西装少妇跨出车来，一身黑，黑草帽檐下垂下绿色的面网，面网上扣着一个指甲大小的绿宝石蜘蛛，在日光中闪闪烁烁，正爬在她腮帮子上，一亮一暗，亮的时候像一颗欲坠未坠的泪珠，暗的时候更像一粒青痣。那面网足有两三码长，像围巾

---

[1]　张爱玲：《童言无忌》，《流言》，北京十月文艺出版社2006年版，第6页。

似的兜在肩上，飘飘拂拂。"黑配绿，犹如"一种橄榄绿的暗色调，上面掠过大的黑影，满蓄着风雷"①。这是一个神秘、神通却又储蓄着被压抑的各种欲望的世界。服饰描写不再继续举例。服饰描写不论有多少不同，经由张爱玲的"到底是上海人"的视角设计，一并构成了小说浮华美感的华丽外衣。

比服饰更为直观的浮华美感是人物的生活方式。在"到底是上海人"的叙述视角的规定下，张爱玲40年代小说中的洋房、别墅、公寓、街景、电影院等世相百态处处铭记并散发了都会生活的浮华美感。洋房、别墅、公寓在张爱玲40年代小说中反复出现，总是给人一种直观的浮华美感。《沉香屑　第一炉香》借助薇龙的目光这样描述洋房："山腰里这座白房子是流线形的，几何图案式的构造，类似最摩登的电影院。然而屋顶上却盖了一层仿古的碧色琉璃瓦。玻璃窗也是绿的，配上鸡油黄嵌一道窄红的边框。窗上安着雕花铁栅栏，喷上鸡油黄的漆。屋子四周绕着宽绰的走廊，地下铺着红砖，支着巍峨的两三丈高一排白石圆柱，那却是美国南部早期建筑的遗风。从走廊上的玻璃门里进去是客厅，里面是立体化的西式布置，但是也有几件雅俗共赏的中国摆设。"那座坐落在山腰里的白洋房整个漫溢着华洋杂糅、新旧交替的浮华气息。如果说这个白洋房的浮华美感渲染了太多的香港特色，那么《创世纪》中的大别墅则残留了纯粹的上海记忆。仅看老太太的房间："昏暗的大房间，隐隐走动着雪白的狮子猫，坐着身穿锦缎的客人，仿佛还有点富家的气象。"这是一种褪色的浮华。锦缎支撑的门面却抵不过昏暗的光。相对于洋房和别墅所折中的半新半旧生活方式，公寓更符合现代上海人的生活方式。张爱玲曾经说道："公寓是最合理想的逃世的地方。"② 张爱玲40年代小说中的公寓，特别是公寓的阳台和花园，的确成了人物放飞拥挤灵魂的地方。不仅如此，公寓，还是小说目睹都会浮华美感的最佳视点。《桂花蒸　阿小悲秋》中的公寓阳台就兼具这两个功能："高楼的后阳台上望出去，城市成了旷野，苍苍的

---

① 张爱玲：《童言无忌》，《流言》，北京十月文艺出版社2006年版，第7页。
② 张爱玲：《公寓生活记趣》，《流言》，北京十月文艺出版社2006年版，第25页。

无数的红的灰的屋脊，都是后院子、后窗、后巷堂，连天也背过脸去了，无面目的阴阴的一片，过了八月节了还这么热，也不知它是什么心思。下面浮起许多声音，各样的车，拍拍打地毯，学校喤喤摇铃，工匠捶着锯着，马达嗡嗡响，但都恍惚得很，似乎都不在上帝心上，只是耳旁风。"公寓的阳台的视点让阿小目睹的却是浮华的反面：拥挤、嘈杂，却又不留踪迹。这里，需要说明的是，洋房、别墅、公寓的浮华美感汇合了张爱玲的个人记忆、经历和体验。1924 年，张爱玲 4 岁时，张廷众一家从上海搬到天津，住在英租界一个宽敞的洋房里。1928 年，张廷众一家又搬回了上海。最初暂住在武定路一条里弄里的石库门房子里。没过多久，很快就搬到宝隆花园的一幢欧式洋房①。以往天津生活记忆中的花园、洋房、狗、一堆佣人重新回来。后来，直到张爱玲 18 岁前，尽管父母离婚，但居住的地方依然是洋房、别墅。特别是张爱玲祖母的遗产——那座位于泰兴路和泰安路转角上的大别墅给张爱玲印刻了深刻的记忆。在张爱玲 18 岁那年，从此逃离了这座大别墅，但它和其他的洋房、别墅便复活在张爱玲的小说世界中，它们和后来姑姑的公寓一道成为她 40 年代小说浮华的幕布。

此外，张爱玲 40 年代小说经常会出现"钟""镜子""屏风""旧相册""干花"等旧物的意象。它们代表着物态的变化，可以承载诸多隐喻②。其中，它们意味着人物的命运随着浮华生活的变迁而不断改变、人们对浮华生活的怀念及浮华生活的幻美易碎。

"到底是上海人"的叙述视角其次表现在叙述者始终秉持理性的叙述立场。心仪浮华，却不耽溺于浮华，更不会倾心于都会生活中表浅的物质享受，甚至与以往"海派"小说热衷于声色感官刺激和享乐的写作路数截然不同。这是张爱玲 40 年代小说浮华美感的尺度。这种理性的叙述视角使得张爱玲将浮华美感的都会生活经验提升到都市人的生命哲学层面上来，即在张爱玲 40 年代小说中，浮华美感，不过是浮世的繁华。事实上，张爱玲对于现代文明的物质化、庸俗化与异化充满警惕。有一段话语颇能够表

---

① 张子静、季季：《我的姊姊张爱玲》，文汇出版社 2003 年版，第 51 页。

② 水晶：《象忧亦忧，象喜亦喜——泛论张爱玲短篇小说中的镜子意象》，《替张爱玲补妆》，山东画报出版社 2004 年版。

达张爱玲的现代文明观："说到物质，与奢侈享受似乎是不可分开的。可是我觉得，刺激性的享乐，如同浴缸里浅浅地放了水，坐在里面，热气上腾，也得到昏蒙的愉快，然而终究浅，即使躺下去，也没法子淹没全身。思想复杂一点的人，再荒唐，也难求得整个的沉湎。"[1]

其实，"到底是上海人"的叙述视角本身就意味着一种理性的自觉。这样说，有两个原因。其一，作为上海人的张爱玲，本身在现实生活中（包括在阅读世界和写作世界中）就具有一种上海人的理性思维。说到上海人的思维，一般的人只强调其精明世故的一面，而忽略了其清贞决绝的一面。上海人为人处世之道，确乎如张爱玲所说的"坏得有分寸"，即理性的法度非常严明。放置在张爱玲身上，便可以理解她为什么在1942年神色冷漠、一无笑容最后一次见过父亲张廷众后，离开家门，从此和其父亲永别。即便是在张爱玲无限钟爱的阅读世界和写作世界中，她的理性也能够掌控她的感情，如胡兰成的回忆："无论她在看什么，她仍只是她自己，不致与书中人同哀乐，清洁到好像不染红尘。"[2] "她文章里惯会描画侧侧轻怨，脉脉情思，静静泪痕，她本人却像晴天落白雨。"[3] 其二，作为作家的张爱玲，虽有上海人的一面，又有疏离于上海人的另一面。她既恋慕浮华美感，却又自觉意识到浮华美感的瞬间幻灭。如果说苍凉美感的启示性在于显现人生素朴的一面，那么浮华美感的启示性则在于表现人生幻梦的另一面。这两个原因叠加在一起，再加上《红楼梦》等作品的阅读经验、家庭的变故，她对浮华美感自然产生了悲剧性理解。尤其，更重要的是，她作为一位敏感、孤独的现代人，生命的虚无感、近代以降家国的衰惫、文化的失落，一并强化了她对浮华美感的理性自觉。于是，张爱玲一边在小说中描写色彩缤纷的浮华美感，一边又以冷静的笔力理性地透视浮华美感的幻灭。由此，张爱玲既不相信现代文学中主流的写实主义写作为中国人提供的强力的图景，也同样怀疑处于边缘地位的"海派"写作所表现的上海人的都会风景。然而，她从现代性进程中的双重梦魇中挣脱出来，却

---

[1] 张爱玲：《我看苏青》，《流言》，北京十月文艺出版社2006年版，第248页。

[2] 胡兰成：《今生今世》，中国社会科学出版社2003年版，第150页。

[3] 同上书，第153页。

无计可施。浮华的生活终究不过是现代都市人自编自导的梦魇。对 40 年代的张爱玲来说，未来的道路没有可以依托之地，只能将希望寄予在安稳的现世之中。事实上，现世同样是动荡的。但张爱玲除此现世，别无他选。这种"到底是上海人"的理性视角确实使她成为一流的小说家，却与格局恢宏的大作家擦肩而过。

综上所述，张爱玲 40 年代的小说可以被概括为独异的美感形式——"张腔张调"和"张看"。精致、客观的细节描写，似乎严格地忠实于生活中本来的样子，却又处处暗含深意和隐语。老到、幽冷的目光，不露声色地透视着一切"被看"者的深层灵魂。"张腔张调"和"张看"一并形成了张爱玲作品中特异的苍凉与浮华相互缠绕、渗透的美感。苍凉美感，对于张爱玲小说，既是人物的塑造原则，也是反现代性宏大叙事的应对策略；浮华美感既是其叙述视角，又收割、改变了 30 年代以来"海派"的都市写作路数。浮华中的苍凉，以内在化的形式生成反现代叙述的现代性梦魇。

（发表于《中国现代文学研究丛刊》2009 年第 6 期。有删节）

# 顽皮的飞鸟与寂寞的落红

## ——萧红小说中的女儿性

### 一　记忆庭院中的女儿

在进入萧红小说之时，萧红忧郁的目光逼视着我：谁是萧红？这似乎在文学史中已有定论："左翼"作家、才情作家、悲情作家、女权作家。

应该说，这样的划定在当时的语境和一般的分类上的确有据也有理。然而，在进入萧红小说之时，我触目所见萧红的无数影像其实只有一个原型：以记忆为生的永远的女儿。

这样说，首先来自我对史料的阅读。我不怀疑史料的相对可靠性，也不主张将萧红研究转移在个人生活的窥探。但，陷于史料的阅读，萧红在我眼前却越来越糊涂。如，当萧军讲述与萧红的分手时，我感觉萧红并不在场。

> 正当我洗涤着头脸上沾满的尘土，萧红在一边微笑着向我说：
> "三郎——我们永远分开罢！"
> "好。"我一面擦洗着头脸，一面平静地回答着她说。
> 接着很快她就走出去了……
> 我们的永远"诀别"就是这样平凡而了当地，并没有任何废话和纠纷地确定下来了。①

---

① 萧军：《侧面》，转引自萧红《孤独的生活》，中国青年出版社 1996 年版，附录。

萧军并非是要虚构这个"诀别的场景"，而是"三朗"的性格逻辑也许至死也没有读懂萧红的隐在话语。这是二萧的悲剧，也是历史缺少真实性的一个典型例证。在此的"了当"是语焉不详的。萧红的"微笑"藏匿着萧红写作与命运中一个核心性的隐秘因素：女儿性的敏感与高贵的自尊。她理解萧军的两性之间的原则："我说过，我爱她；就是说我可以迁就。不过这是痛苦的，她也会痛苦。但是，如果她不先说和我分手，我们还永远是夫妇，我决不先抛弃她！"①

萧红正是以女儿性的敏感体察了萧军性格中的道义与侠义的一面及文人习性一种，又透彻地感知到道义与侠义非但不是爱情，以及文人习性的不可克服，反而构成了一个女儿性中最珍贵的尊严的丧失与真情的掩饰。所以，她主动地离开了萧军，完善了昔日爱人的做人理念，尽管当时她还怀着他们以往爱情的结晶。不过，与萧红相处了6年的萧军还是比一般人更具理解力的："萧红就是个没有'妻性'的人，我也从来没向她要求过这一'妻性'。"②

更确切地说，萧红的个性有的只是十足的女儿性。何谓女儿性？女儿性就是女性由于童年期意象的无限延长来确认并实现自我意识的诸多复杂的非稳态的性格特征。它模拟过"母亲"的角色，但没有母性的"无我"的深厚和恒久；它也向往过"妻子"的职责，但又拒绝任何后天的改造而不会与日常生活达成妥协。女儿性更多地生活在想象的或回忆的世界里。用萧红的话说，"是在观念里生活的人"。而且，想象融入了回忆，回忆又注入了想象。即使与现实相处，也常常放飞自己的思绪而不知身居何时何地。

我理解的萧红就是这样一个因女儿性相伴始终而顽皮又乖巧、灵气又木讷、敏感又锋利、勇敢又犹疑、乐观又悲观的上天造就的飞鸟与落红。她的生命是飞翔与跳动。当然，疲倦至极时，也会随风而去，回归寂静之所。

---

① 萧军：《侧面》，转引自萧红《孤独的生活》，中国青年出版社1996年版，附录。
② 同上。

　　这里，我不能不关注那个令她那么留恋那并载着她寂寞与欢乐之美的后花园。解读萧红小说，学界一向注重她对"后花园"的写作意义。如钱理群先生的课堂曾经把萧红的短篇《后花园》作为一个核心话题集中地探讨了萧红小说的"散文化倾向"① "一个人的存在的故事""儿童视角与成人视角的转换"② 等文本问题。这些看法推进了萧红小说的研究。

　　但是，在此，我更想换另一个角度追问："后花园"与萧红的女儿性有什么关联？可以说，萧红无论走得多远——中国上海，甚至日本、中国香港，无论走向哪里——死寂的旷野、苦难的众生、抗日的烽火，她都没有离开"后花园"。原因并不难破译："后花园"不是一般意义上的萧红童年生活的环境与童年快乐的见证。它是萧红女儿性的记忆生成与滋养，也是女儿性的根性之地。在这个深深的源头，萧红升起了她的小说世界。所以，"后花园"与其说是一个实存，不如说是一个化作记忆然后又不断地依凭记忆再造的想象的精神空间。那么，一个寂寞的后花园生长着哪些果实才能让萧红不断地获得女儿性的不竭的养分呢？

　　　花开了，就像花睡醒了似的。鸟飞了，就像鸟上天了似的。虫子叫了，就像虫子在说话似的。一切都活了。都有无限的本领，要做什么，就做什么。要怎么样，就怎么样。都是自由的。倭瓜愿意爬上架就爬上架，愿意爬上房就爬上房。黄瓜愿意开一个谎花，就开一个谎花，愿意结一个黄瓜，就结一个一个黄瓜。若都不愿意，就是一个黄瓜也不结，一朵花也不开，也没有人问它。玉米愿意长多高就长多高，它若愿意长上天去，也没有人管。蝴蝶随意的飞，一会从墙头上飞来一对黄蝴蝶，一会又从墙头上飞走了一个白蝴蝶。它们是从谁家来的，又飞到谁家去？太阳也不知道这个。③

　　这里的文字，萧红不厌其烦地运用了反复的手法，只是为了一个浓缩

---

① 钱理群：《对话与漫游》，上海文艺出版社1999年版，第59页。
② 同上书，第77—78页。
③ 萧红：《呼兰河传》，寰星书店1947年版，第80页。

的句式"愿意……就"的铺开。这是构成萧红女儿性记忆的生命要素：生命或者说女儿性的生命与这些自然形态的植物的顽皮的生长有着原初的相似性。说到这里，我要插一句：学界研究萧红的后花园记忆一般很关注"祖父"的影响。我承认祖父是萧红最亲近的人。但他的影响更多的是浸润在她后来写作时文字的功底与韵律上。此外，祖父在萧红眼里，也是一株与黄瓜、倭瓜等一样自然的、知冷暖的、爱开玩笑的植物。

> 祖父的眼睛是笑盈盈的，祖父的笑，常常笑得和孩子似的——遇到小孩子，每每喜欢开个玩笑，说"你看天空飞个家雀"。趁那孩子往天空一看，就伸出手去把那孩子的帽给取下来了。有的时候放在长衫的下边，有的时候放在袖口里头。他说："家雀叼走了你的帽啦。"①

可见，"后花园"在萧红的记忆里，是一个任生命自在、自然生长的地方，是语词真正诞生的地方。或者说，正是由于这样的特性，后花园才成为顽强而柔弱的女儿性的护身符，在以后女儿性不断遭到各方面力量包括挚爱之人的围剿的日子里，后花园的记忆才如天空中的红月亮一样不断地闪现在她低矮的天空上。

不过，后花园的记忆里并不是无忧无虑的童年的旷野。后花园诞生的女儿性从一开始就对命运中的浮云的压迫有着明晰的预感："天空蓝悠悠的，又高又远。可是白云一来了的时候，那大团的白云，好像洒了花的白银子，从祖父的头上经过，好像要压到了祖父的草帽那么低。"② 当然，这种忧郁之气与萧红的天性不可分开。历经坎坷后，她曾经自喻为"《红楼梦》中的痴丫头"③。"痴"的天性决定了她的抗争：反抗父权，逃离家庭。但"痴"依然不能使她逃离宿命：依靠萧军强壮的臂膀，但却被强壮的臂膀所伤害；转向端木宽慰的话语，却被宽慰的话语所推脱。短暂一生中，她"痴"性唯一的正确选择就是她放弃了去延安的机会：凭直觉，

---

① 萧红：《呼兰河传》，寰星书店1947年版，第81页。
② 同上书，第80页。
③ 季红真：《萧红传》，北京十月文艺出版社2000年版，第325页。

"左翼"文艺队伍内部的男权文化的压迫不仅会压抑她喜爱打扮的性情，还会压抑她所有的女儿性。

尽管如此，后花园培育出来的女儿性使得萧红成为与她作品一样不可重复的生命。她与她同时代的女作家如丁玲、庐隐、张爱玲都有所不同：丁玲小说的主人公永远是时代浪潮中先锋的浪花；庐隐的人物常常成为忠实于个人体验的抒情；张爱玲的凄美让本已是灰烬的心灵熄灭了最后的火星。萧红与她们虽然有相通之处：如丁玲一样投入时代的运命，如庐隐一样走不出个人感情，如张爱玲一样不断与幻灭相逢。但是，她的"后花园"情结，或者说，她的女儿性让她在投入时有所追忆，在情感死亡时有所再生，在心灵忧郁之时有所希冀。这种种差异皆源于萧红葆有的女儿性：在时代、爱情与运命的联合中，她宁愿视女儿性的瞬间记忆为一种永恒的火光。或者说，她不是为了时代、命运，甚至爱情而活。她只是为了女儿性而生而爱。正如萧军所说："她在处事方面，什么也不懂，很容易吃亏上当的。"

## 二 低处向上看的体恤情怀

在强调萧红的女儿性的同时，必须迎面一个质疑：女儿性的记忆的源泉如何能够让萧红一开始就以《王阿嫂的死》上场，随后又以《生死场》引起轰动？她作为接受鲁迅思想与艺术真谛的传人，如何可能保留她的性情？换言之，女儿性的萧红为何深切地关怀北中国的"愚夫愚妇"的民生？女儿性中的自在性如何与鲁迅的自律性相融？

若想进入这些问题，必得进入女儿性的现代转换：现代的女儿性已经不再沉湎于后花园的顾影自怜，或通过虚拟的爱情独做自救的一帘幽梦。现代的女儿性在追寻生命自我解放的同时对于一切遭受压迫的同类生命怀有人性上的同情。但是，由于自身也遭遇同样的压迫，她没有启蒙者的强大，也不愿采取启蒙者的向下俯瞰的姿态拯救他人进而实现自身的使命。相反，她就是受压迫者中的一分子，她只能以血以心感知同类的苦难辛酸。她不敢从高处向下悲悯众生，但却理解和心痛同类的生存处境。这正如萧红在谈到她与鲁迅的差异性时所说："鲁迅以一个直觉的知识分子，从高处去悲悯他的人物——我开始也悲悯我的人物，他们都是自然的奴隶，一切主子的奴隶。但写来写去，我的感觉变了。我觉得我不配悲悯他们，恐怕他们倒应该悲悯我咧！悲悯只能从上到下，不能从下到上，也不能施于同辈之间。我的人物比我高。这似乎说明鲁迅真有高处，而我没有或有的也很少。一下就完了。这是我和鲁迅的不同。"①

这段真诚的自省实际上意味着萧红自觉地舍弃了一个力不从心的启蒙者形象。虽然她从内心崇敬鲁迅似的思想启蒙的意义，有时也怀疑自己写作中的鲜明的性别特征。但是，她还是不愿也不能为此泯灭生为女儿的幸与不幸。她比别人更了解女儿性中与生俱来的脆弱感伤，所以，她不仅将启蒙者置于高处，也将小说中的人物居于自己的位置之上。因为在萧红的女儿性中，他不仅敬仰启蒙者对孤独的承担，而且还羡慕苦难中的愚夫愚妇们对于苦难的坚忍与坚韧，虽然他们忍受的原因只是因为一个让萧红最心痛的本能的缘由：若想活着，必得受着。但是，与土地相比，谁更不幸？有了黑土地就能够活下去。萧红的女儿性使得她一方面将人类的愚昧当作主要的敌人；另一方面，又以体恤而不是以批判的目光来透视在北中国的旷野上挣扎的群像。如《王阿嫂的死》中描写村妇们为地主劳动的场景。

> 秋天一来到，王阿嫂和别的村妇们都坐在茅檐下用麻绳把茄子穿成长串长串的，一直穿着。不管蚊虫把脸和手搔得怎样红肿，也不管孩子们在屋里喊叫妈妈吵断了喉咙。她只是穿啊，穿啊，两只手像纺纱车一样，在旋转着穿——②

这里的描写没有"哀其不幸，怒其不争"的启蒙者话语。作者已经置身在王阿嫂与村妇们之中，或者，在她们之外的低处，钦羡着她们"生的顽强"。这里，集体的群像的书写似乎与鲁迅笔下的自觉的知识分子个体

① 季红真：《萧红传》，北京十月文艺出版社2000年版，第327页。
② 萧红：《王阿嫂的死》，王述编《萧红》，人民文学出版社1984年版，第49页。

形象属于反向。但是，在萧红对鲁迅的独特理解中，鲁迅少说有两个——小说与杂文中的两个迥异的鲁迅。多说"一百个、两百个也不算多"。而且，在众多的鲁迅中，萧红所致力于的不是在神化鲁迅的形象，而是相反，还原鲁迅的民间形象。1939 年，她在写《回忆鲁迅先生》的著名纪念文章时对端木说："我不愿意写长篇大论的文章，我觉得鲁迅先生就是在日常生活上，也随时关心青年。"①

可以说，在与鲁迅交往的青年中，只有萧红的女儿性在保留了对鲁迅崇敬的同时又走近了鲁迅作为普通人的亲和的一面。而且，她的群像写作添补了鲁迅作品中没有而心中却深藏着的温润的感情，进而发现了黑土地上愚夫愚妇以生存为梦想的生存哲学。《生死场》中在埋葬了月英后，写道："死人死了！活人计算着怎样活下去。冬天女人们预备夏天的衣裳；男人们计虑着这样开始明年的耕种。"②"男耕女织"这一亘古的生存样式，在苦难的土地上依然托起着众生。

概括说来，萧红小说中众生的苦难大致来自三种有形的压迫性力量和三种无形的压迫性力量：前者包括地主的剥削、侵略者的入侵和自然的威逼；后者包括奴性观念的束缚、弱者对更弱者的欺凌和男权统治的强大。在萧红的女儿性的目光里，对前者的反抗可以在呐喊中抗争，对后者的反抗则只有在呐喊中熄灭。前者给人以生的悲怆，后者给人以死的沉寂；前者多发生在旷野的舞台上并能赢得一片喝彩，后者则多藏匿在心灵的伤口处而无处倾诉。王阿嫂的丈夫王大哥在火焰里翻滚的样子可以让麻木的眼睛流下干涩的泪水，但王阿嫂比土豆还多的眼泪却只能偷偷地在心里掩埋。(《王阿嫂的死》)亡国后的老赵三不甘做亡国奴的悲酸确有悲壮之震撼，但亡国前抗租时对剥削者的感激涕零又确有奴隶的卑微之嫌。金枝与成业的大胆约会代表了一种反叛，但不久就上演了千百年的女性被遗弃的结局又是一种无言。(《生死场》)

不过，种种的苦难并没有泯灭众生对于生活乐趣的寻找。苦难中的人

---

① 季红真：《萧红传》，北京十月文艺出版社 2000 年版，第 329 页。
② 萧红：《生死场》，上海荣光书局 1935 年版，第 73 页。

们或者痛苦太深太多而学会了应对痛苦的策略。主要有三种方式：

或者利用日常欢乐将痛苦冲淡。

> 冬天，女人们像松树籽那样容易结聚，在王婆家里满炕坐着女人。

> 五姑姑在编麻鞋，她为着笑，弄得一条针丢在席缝里，她寻找针的时候，做出可笑的姿势来，她像一个灵活的小鸽子站起来在炕上跳着走，她说："谁偷了我的针？""不是呀！小姑爷偷了你的针。"新娶来的菱芝嫂嫂，总是爱说这一类的话。五姑姑走过去要打她。"莫要打，打人将要找一个麻面的姑爷。"①

"炕"在寒冷的北中国有两个功能：一个是夜晚温暖的休息之地；一个是白日提供欢笑的场所。后者虽然不能与欧洲的大厅与沙龙的豪华和气派相比，但却同样起着乡下社交场的作用。而且，更能聚拢淳朴的民间风情。

或者已经习惯了磨难而将生存作为梦幻。记得《火烧云》② 一课的读者，也许会在老师当年的引导下将它视为写景文，以为萧红在用色彩之美描摹大自然的变化万千。从此，便有了中小学生的与心灵无关的景物变形法。其实，萧红在此处是满腹辛酸：一个个物质——牛马羊在天空中的大展览只是为了慰藉只能靠自欺来生存下去的人们。在所有的幻景瞬间消散之后，苦难中的人们将视线从天空回返大地。"民以食为天"，"食"是他们最后的梦幻。

> 晚饭时节，吃了小葱蘸大酱就已经很可口了，若外加一块豆腐，那真是锦上添花——但是天天这样想，天天就没有买成。卖豆腐的一来，就把这等人白白地引诱一场，于是那被诱惑的人，仍然逗不起决心，就多吃几口辣椒，辣得满头是汗。他想假若一个人开了豆腐房可不错，那就可以自由随便地吃豆腐了。果然，他的儿子长到五岁的时

---

① 萧红：《生死场》，上海荣光书局1935年版，第59页。
② 人教版《小学语文》第九册，第八课。

候，问他："你长大干什么？"五岁的儿子说："开豆腐房。"①

或者由于苦难而将民俗生活作为盛大的节日庆典。熟悉乡村生活的人，大概知道民俗的庆典如娶媳妇、看大戏、跳秧歌、逛庙会等在村民心中的重量，简直可以与今天都市人对世界杯球赛一样产生狂欢的效果。可以说，无趣死寂的生活只有在这样的时刻才能产生些许水波。所以，每逢这时节，处于几乎窒息状态下的人们就会像长期蜷曲着身体而麻木突然在瞬间里复苏了一样又跳又唱。他们也许并非在意庆典的内容，他们需要的只是这个形式。在这个形式里，人们释放着被压抑的各种欲望。

"一年没有什么别的好看，就这一场大戏还能够轻易地放过吗？所以无论看不看，戏台底下是不能不来。"② 这样的话语与其说出自众生之口，不如说来自女儿性的体恤之心。或者说，一颗怀有女儿性的心灵始终坚信：北中国的众生，即使苦难，也还是会寻觅到一缕民间的欢乐。

## 三 非自主性记忆的自主性叙述

仅仅在低处将目光对准群像体恤苦难中的众生，还不能产生经久的艺术感染力。萧红文字的魅力主要的缘由来自于她对苦难采取了节制的处理。尤其，在萧红后期的创作中，更是爱惜苦难处的笔墨。如果套用汪曾祺的话，则是：无苦多说，有苦少说。或者不说。即使说了，也隐去情感的色彩。这一手法，也是曹文轩在《小说门》中阐述的艺术的减法或降格处理。如《小城三月》中浓墨重彩描写翠姨的爱情觉醒过程。但，在翠姨因为觉醒后无路可走而殒命时，却惜墨如金："哥哥看了翠姨就退出去了，从此再没有看见她。哥哥后来提起翠姨常常落泪，他不知翠姨为什么死，大家也都心中纳闷。"③ 再如小童养媳的死，将所有的哀怜与愤怒及控诉都

---

① 萧红：《呼兰河传》，寰星书店 1947 年版，第 35—36 页。
② 同上书，第 65 页。
③ 萧红：《小城三月》，《萧红选集》，人民文学出版社 1981 年版，第 258 页。

留在了画面之外："于是人心大为振奋，困的也不困了，要回家睡觉的也精神了。这来看热闹的，不下三十人，个个眼睛发亮，人人精神百倍。看吧，洗一次就昏过去了，洗两次又该怎么样呢？洗上三次，那就不堪想象了。所以看热闹的人的心理，都满怀奥秘。"① 而这一切对于苦难的处理方式主要缘于她的非自主性记忆的自主性叙述方式。

前文已述，女儿性的一个特质就是依凭记忆为生。她想逃离记忆的跟踪，像逃离现实人生的抑郁一样。但是，她可以从现实中逃离到记忆的幻境，却无力也不能驱散记忆之城。或者说，没有记忆的滋养，她就没有了生命的色泽与芬芳。她可以自主地选择诸多现实域的问题，包括现实世界里的爱情。但在记忆面前，唯有在记忆面前，她丧失了自主性。或者说，现实世界之物一经化作记忆，她就再难摆脱非自主性记忆对于她的生命的主宰，她绝对听命非自主性记忆的调遣。一个物件，一个不期而遇的细节都会像普鲁斯特的小玛特莱那点心一样打开一段逝去的时光。于是，她翻动着一本本精美的相册，回味着相册上的片片插页：一个被称作"小榆木疙瘩"的小女孩将手指有意地触到祖母的窗户上，那纸窗像小鼓似的，嘭嘭地就捅破了。随着这扇窗户的捅破，一个冷漠的荒凉的世界自动呈现。（《呼兰河传》）一个"巧舌头"丫头满口无遮拦的问话，引出了一段人间的绝望与悲愤。《牛车上》一个被叫作"小死鬼"的小东西猫在树上，躲避着母亲的打骂，竟然相遇了一个辛酸的故事。（《家族以外的人》）——就这样，在记忆的引领下，她忽而西，忽而东，忽而欢乐，忽而悲痛。就这样，一个儿童视角在记忆的母腹里诞生。

但是，诞生的儿童视角虽然可以让时光回溯并引导记忆之城的各个入口与通道，却不能统领文字之城。把守并建构文字之城的则是与儿童视角有着血缘联系并与事件有着密切关系的成人视角。正如加斯东·巴什拉说："我们童年的历史并未标有心理上的日期。日期是人们在事后加上的；日期来自于其他的人，其他的地方，其他的时代而并非那亲身体验过的时

---

① 萧红：《呼兰河传》，寰星书店1947年版，第185页。

代。日期来自那正逢人们讲故事的时候。"① 女儿性的作家虽然被记忆中的场景和事件所萦绕，但是，她一直想用文字仔细描述。或许这是唯一一条让记忆释然的途径。依靠文字，她失而复得生命的自主性。在自主性获得的同时，给记忆加上日期。女儿性的作家虽然在情感类型上不同于一般意义的成人视角：她不会为了理性的结构框架牺牲她的深切思念、细腻情感、悲凉情意，但是，她并非不在意结构。甚至比一般意义的成人视角更苦心经营结构的庭园与屋脊。萧红曾经相当在意萧军对她的批评："结构不坚实。"同样，她也很感激友人的支持："锡金很喜欢她所写的这些，认为她写得好，希望她尽快写成。"② 她更是犹疑于自己在结构方面的驾驭能力：当张梅林坦诚地谈到对《麦场》的印象时："感觉还好。只是全部结构缺少有机的联系。"萧红无奈地说："我也这样感觉的。但现在为止，想不出其他方法了，就让它这样吧。"③ 可以说，结构问题始终是萧红写作小说时的焦虑。尽管如此，萧红的女儿性中的自主性还是在文字的世界里，尤其在结构的安排上得到了确证。即是说，她在小说的世界里彻底地遵从了自己的意愿："有一种小说学，小说有一定的写法，一定要具备某几种东西，一定写得像巴尔扎克或契诃夫的作品那样。我不相信这一套，有各式各样的作者，有各式各样的小说。"④ 萧红就是不服这个忿儿，在看似淡化结构或散文化的倾向的选择里选择了一种听从心灵存在本身的自主性的叙述。

更确切地说，萧红在小说的世界里自主性地寻找到了适合女儿性的叙述方式：以存在的一种特殊态——淡出的思绪的存在样式即矜持的记忆追溯为叙述方式，进而在儿童性与女性之间往返。这样，又涉及一组概念的差异：儿童性、女儿性与女性。我认为儿童性主要指生命在初始阶段与身体发育过程密切相关的心理特征。它一端连接着混沌的前生命记忆，另一端连接着生命降生后这个新奇而陌生的世界。它保留了生物的本能，但又

---

① ［法］加斯东·巴什拉：《梦想的诗学》，刘自强译，生活·读书·新知三联书店1996年版，第133页。

② 季红真：《萧红传》，北京十月文艺出版社2000年版，第294页。

③ 同上书，第171页。

④ 同上书，第325页。

诞生着认知能力。女性是与男性相联系又对立的性别上的称谓。它是肉身与灵魂的结合体。它可以从心理学、生理学、社会学等多种视角界定。女儿性则介于两者之间：或者是早熟的儿童，或者是不谙世事的女性。它保留了儿童性的自然性和感官性，又生长了女性的抒情性与直觉性，尤其发展了女性的性别意识。但它远离肉而接近灵。

由此，萧红固执地从小说固有的叙事观念中拯救出那些"离题"的话。萧红在小说结构上的固执与普鲁斯特很有些相似："当他的问题——不是缺乏构思，而是无法真正动笔———旦解决，他很清楚必须从哪件事、哪个概念、哪个隐喻入手。在他的小说中，结构和被叙述事件的内容本身难以分开。结构存在于作品的胚胎中，它是不可摧毁的。"① 按照常规的小说理论，萧红的小说的确一开始就很松散，而且越发展越松散。蒋锡金读完了《呼兰河传》的第一、二章竟不知萧红究竟要写怎样的小说。但是，这恰是萧红小说女儿性在文字世界里的特征：不重视事件过程，只看重场景。不倾向于事实报道，只倾向于情绪的变幻。不凸显人物的塑造，只凸显群像的创造。最微不足道的细节最重要（《小城三月》中翠姨买绒绳鞋的细节透露出恋爱中的女人的微妙心理）；最忧伤的情绪最绵延（萧红的全部文字都浸透了忧伤的情绪）；最近乎性格原型的最突出（王婆、小童养媳、金枝、月英等都是在生死场中死的顽强的类型；有二伯、冯二成子、老赵三都是生的挣扎的类型）。而这一切特征都是为了一个目的：萧红执意要在她的小说世界里做一次命运的主人，在回忆过程中让回忆者诞生一个女儿性的自我。当然，这个女儿性的自我只能生存在文字世界里。现实世界无处藏身或迟早毁灭。《红玻璃的故事》是萧红在即将离开这个世界时的口述之作。她讲述了榆树屯最快乐的老婆子王大妈在沙河子屯女儿家偶然间通过外孙女儿的红玻璃花筒窥破了命运的秘密而终于万念俱灰死去。那么，王大妈究竟窥破了怎样的秘密？在小说中，有一处精心的心理描写：

---

① ［爱尔兰］塞·贝克特等：《普鲁斯特论》，沈睿、黄伟译，社会科学文献出版社1999年版，第81页。

王大妈失神的那瞬间，想起什么来了呢？想起她自己的童年时代，也曾玩过这红玻璃的花筒。那时她是真纯的一个愉快而幸福的孩子；想起小达儿她娘的孩子时代，同样曾玩儿过这红玻璃花筒，同样走上她作母亲的寂寞而无欢乐的道路。现在小达儿是第三代了，又是玩儿着红玻璃花筒。王大妈觉得她还是逃不出这条可怕的命运的道路吗？——出嫁，丈夫到黑河去挖金子，留下她来过孤独的一生？①

在此，似乎由于"童年时代"的重现造成了王大妈之死。实际上，正是女儿性在这个世界上的丧失并且知晓了女儿性丧失的不可避免或者说必然地被扭曲的母与妻所代替，才放弃了生的欲求。这里的王大妈的悲剧，亦是萧红追求自主性叙述的同时所窥破的自身的悲剧：她的女儿性只能容身在文字里。在现实的天空下，她徒有翅膀，只能低飞。而且，随时都有掉下来的可能。

## 四　印象性与意向性相结合的语词

萧红的女儿性显在地表现在文字里。或者说，她留下的稚拙而奇巧的文字里无处不闪现出她的女儿性的生命本质。对于萧红的文字之魅力，鲁迅的几个字可以说道出了其中的风采："女性作者的细致的观察和越轨的笔致，又增加了不少明丽和新鲜。"由于萧红的生命形式是忠实于感性化和个性化的感知方式，小说中的语词大多从印象开始，然后再化为意象。在印象中，她常常充满幻想和希冀，然而在意象中，又时而幻灭与哀伤。原因很复杂，但至少有一点有着可靠性：印象性的语词属于物的原初形态；意向性的语词属于物的变异形态。女儿性在物的自然形态里常常忘却自身的存在——因为她被同一为物，而在变异的形态里，常常唤醒自身的存在——因为她变形为女人而不是女儿性的人。所以，除了新鲜和明丽，我以为，晦暗和清冷也是

---

① 萧红：《红玻璃的故事》，《萧红全集》，时代文艺出版社1996年版，第401页。

一种色调。下面，笔者就集中列举萧红小说的两大类语词。

明丽的印象性语词：主要指语词的描述性含义，多集中在景物上。"草叶、菜叶都蒙盖上了灰白色的霜，山上黄了叶子的树，在等候太阳。"[①]"园中开着艳艳的花，有蝴蝶儿飞，也有鸟儿叫。"[②]"到六月，窗子就被封满了，而且就在窗棂上挂满着滴滴嘟嘟的大黄瓜、小黄瓜；瘦黄瓜、胖黄瓜，还有最小的小黄瓜纽儿，头顶上还正在顶着一朵黄花还没有落呢。"[③]"三月的原野已经绿了，像地衣那样绿，透出在这里，那里。"[④] 这类语词传达出了一种自在生命的欣喜。在小说的构成上，它们主要起到一种构成氛围的作用。

晦暗的意向性语词：主要指语词的引申性含义，大多是物件和场景。大泥坑、大缸、会走的房子、河灯、梆子、红玻璃等这些语词包含着丰富的意蕴，超出了语词自身的含义，指向北中国人的国民性。如常在旱天、在人们麻痹时出乱子淹死猪、马、人的大泥坑始终都没有人想到填平它，原因是它给当地的居民带来了两条福利：

> 第一条：常常抬车抬马，淹鸡淹鸭，闹得非常热闹，可使居民说长道短，得以消遣。
>
> 第二条就是这猪肉的问题了，若没有这泥坑子可怎么吃瘟猪肉呢？吃是可以的，但是可怎么说法呢？真正说是吃的瘟猪肉，岂不太不讲卫生了吗？有这泥坑子可就好办，可以使瘟猪变成淹猪，居民们买起肉来，第一经济，第二也不算不讲卫生。[⑤]

"大泥坑"的描写显然在来自生活经验的前提下接受了鲁迅的影响。大泥坑是北中国人死寂生活的谈资对象，满足了国民性中的自欺品性。不过，萧红的女儿性没有鲁迅的辛辣，在反讽的叙述中隐含着一种宽容的理

① 萧红：《王阿嫂的死》，王述编《萧红》，人民文学出版社 1984 年版，第 49 页。
② 萧红：《叶子》，《萧红全集》，时代文艺出版社 1996 年版，第 53 页。
③ 萧红：《后花园》，《萧红全集》，时代文艺出版社 1996 年版，第 321 页。
④ 萧红：《小城三月》，《萧红选集》，人民文学出版社 1981 年版，第 236 页。
⑤ 萧红：《呼兰河传》，寰星书店 1947 年版，第 17 页。

解之情：假如没有了无聊的谈资，这些在生死线上挣扎的过客还会有生活的乐趣吗？假如没有了自欺，生活是否更加残酷？

再如，"会走的房子"虽然随时都有倒塌的可能，但沉睡在里面的人不愿醒来，也没有先觉者大声疾呼：并非北中国人将生死置之度外，而是已经没有了可选择性——没有了生的选择，也就没有了死的选择。与其活着死去，不如在睡梦里死去。

此外，滚烫的"大水缸"意味着人性中的麻木、冷漠和残忍。"河灯"预示着生命的凄美的虚幻之梦。"梆子"泄露了被压抑的欲望，红玻璃隐喻了绚烂的女儿梦。

当然，无论在印象性语词还是在意向性语词中，萧红都随时表现出一种机智与诙谐，而且还糅合了北中国的方言，更是别有风味。由于选题的限定，在此不再赘言。

## 结语：女儿性意味着一种天才的局限

萧红的女儿性使她的文字获得了天才的魅力的同时，也面临着局限。即是说：女儿性是女性中最不会做假而且有时因真实而付出了伤害他人也更深地伤害自己为代价的性情。天才是不可抑制地表现了上天赐予的禀赋但局限性更大也无力与现实冲突调和的人。萧红兼具二者的特性。这使得萧红只能写她女儿性侧面目光中的一域：不适合正面全景描写矛盾冲突，尤其不适合做意识形态的说教。《广告副手》《渺茫中》《腿上的绷带》《黄河》《朦胧的期待》等都不是成功之作，因为它们违背了她的性情与限定。她甚至不适合超越自己的地域局限与心灵局限：《马伯乐》虽然实现了在长度上超过鲁迅的心愿，而且学界认为《马伯乐》是萧红的突破，但一经离开自己熟悉的领地，她总是显得力不从心。

（发表于《中国现代文学研究丛刊》2003 年第 4 期）

# 王蒙小说在八十年代叙事的意义

在当代文学史上，作家王蒙一直都是一个引人注目的存在。姑且不说过去的 50 年来，他的创作力的丰沛，中、长及短篇形式无不擅长，小说、散文、诗歌、评论及学术著作无不熟稔，单说他以小说的形式对不同时代的承担和进入，就足以调动研究者的绝大兴趣。王蒙的意义何在？他以具有时代意义的题材和文本的形式探索，引领我们回返又前行于当代文学的历史图景。从这个意义出发，当"八十年代"渐行渐远，考察王蒙小说在 20 世纪 80 年代叙事中的意义，既呈现了王蒙文学路径的演变，又反观了"八十年代"文学的意义。

## 一　天堂中的政治：激情与梦想的集体记忆

文学本身是一种"乌托邦"，但仅仅"乌托邦"之梦不能够承载王蒙的文学理想。或者说，在王蒙的"乌托邦"写作中，政治是一个必须被书写的议题。正如王蒙在中国海洋大学讲座时强调："很多政治家喜欢文学，也有很多文学家对政治表态。什么原因呢？政治和文学都是社会活动，都是语言的艺术，都有一种激情。由于有了这些原因，政治与文学的关系怎样撕扯你也撕扯不开。"[1] 但是，在王蒙的小说中，政治的议题不是压迫于

---

[1]　王蒙：《政治家的文学与文学家的政治》，王蒙于 2006 年 6 月 2 日在中国海洋大学讲演。

文学之上的权力话语。它不是"被强加或需要解决的"（萨义德语）成分，即王蒙的小说世界与极权主义的世界毫不相容。同样，按照文学的"乌托邦"性质去营造，也并非让"乌托邦"的非理性因素支配理性。对于文学的"乌托邦"性质的负面因素，王蒙具有清醒、深刻的认知并一直心怀警惕："文学很容易变成纸上谈兵、无病呻吟，在现实生活中一事无成。一辈子写美人，连个对象都找不到。"① 这样，从文学与政治的关系上，王蒙小说的"八十年代"叙事一方面构成了与主流文学界同构的宏大政治理想；另一方面，又浸润以文学的真挚情感和深厚经验及艺术感受力。而且，非常神奇的是：文学与政治——这对现当代中国文学史上通常冲突与分裂的两个因素，在王蒙小说中一直和谐地相处。现当代中国作家大多强调政治对文学的压迫性一面，王蒙则肯定政治对文学的提升作用。比较而言，在政治和文学的关系中，王蒙更心仪的还是那些伟大政治家写就的不朽之作，但是，与此同时，在自我选择上，王蒙宁愿自己成为一位有政治关怀的文学家，因为王蒙认为："一个政治家不能按个人的情绪和兴趣办事。"② 不过，王蒙并没有因为个人兴趣的坚持让二者关系对立起来，或者舍弃政治议题。以政治家的目光叙述与写作，以文学家的方式参政议政，这是王蒙小说的独特意义。

王蒙小说对于政治与文学关系的高超处理能力并不夸张。从王蒙的第一部长篇小说《青春万岁》开始，就确立了政治与文学相互生成、和谐拥抱的革命与青春的小说主题。1984 年，王蒙曾经追忆《青春万岁》的写作动因："我怀恋革命运动中的慷慨激越，神圣庄严，我欢呼大规模的、有计划的社会主义建设的绚丽多彩、蓬勃兴旺，我注视着历史的转变当中生活与人们的内心世界的微妙变化与万千信息，我为我们这一代人——经历了旧社会的土崩瓦解、全国解放的欢欣、解放初期的民主改革与随后的经济建设的高潮的一代少年——青年人感到无比幸福与充实，我以为这一切

---

① 王蒙：《政治家的文学与文学家的政治》，王蒙于 2006 年 6 月 2 日在中国海洋大学讲演。
② 王蒙：《探寻中国文化更新与转换的契合点》，《王蒙文存》第 20 卷，人民文学出版社 2003 年版，第 97 页。

是不会再原封不动地出现的了，我想把这样的生活和人记录下来。"① 这段自述不仅是解读《青春万岁》的切入点，而且也是进入王蒙整个小说世界的入口。在这段话语中，虽然王蒙极力规避"五四"一脉现代小说的启蒙者的居高临下的叙述者身份，但也从来不曾将自己的小说降格为凡庸之辈的写作。甚至可以说，在现实的意义上，《青春万岁》为起点的王蒙小说比启蒙一脉的现代小说更具智性的经验和力量。为一个时代立言、为一代人代言的文学传统与现代知识分子的价值观一直有机地构成王蒙小说的写作目标和恒久的写作动因。

由这个目标出发，王蒙小说的"八十年代"叙事回眸了过往的历史，将当代中国的"八十年代"隐喻为天堂中的政治。所谓天堂中的政治，借用了普林斯顿大学英语教授、著名书评人迈克尔·伍德的说法。迈克尔·伍德将"天堂中的政治"比喻为批评本身的理想形态，用伍德的话说，就是"我试图做的批评的形态"②。但是，对于王蒙小说而言，"天堂中的政治"则有特定的所指，即如果用描述性语言表述，可以表达为：政治的乌托邦之梦流连不去，就像天堂一样，它不只是一个真实的渴望的对象，更是一种对真实的渴望，渴望确证80年代的王蒙小说仍然坚持以文学的方式关注政治议题，而且政治与文学的关系仍然处于和谐、理想的小说世界之中。政治同文学一道参与现实生活，改造现实生活，创造现实生活。

从这个意义上讲，王蒙小说的"八十年代"叙事与80年代其他当代作家一样，将"激情""浪漫""理想主义""乐观主义""社会主义""历史""文化""使命"作为其关键词。其中，"激情"居于首位。其中原因，一方面源自80年代整体文化氛围的影响——当时的文化氛围恰如作家李陀的回忆："八十年代一个特征，就是人人都有激情。什么激情呢，不是一般的激情，是继往开来的激情，人人都有一个抱负。这在今天青年人看起来可能不可思议。其实那种责任感和激情是有由来的，是和过去的

---

① 王蒙：《我的第一部小说》，《王蒙文存》第21卷，人民文学出版社2003年版，第88页。
② ［英］迈克尔·伍德：《沉默之子》，顾均译，生活·读书·新知三联书店2003年版，第5页。

历史衔接的……那时候人人都相信自己对历史有责任感。"① 但另一方面也源自王蒙自身的特异经历：1980 年代，复出后的王蒙虽然告别了青春岁月而步入人生的中年时代，虽然经历了升降起伏的生活变迁，但政治与文学结伴同行的"天堂"毕竟失而复得，王蒙倍加珍惜这个"天堂中的政治"而重新燃烧生命的激情。无论是复出后最早引起争议、发表于 1979 年 12 月的《布礼》，还是随后如集束炸弹一样引起文坛轰动效应、发表于 80 年代初期的《夜的眼》《风筝飘带》《蝴蝶》《春之声》《海的梦》《深的湖》《心的光》《杂色》，还是发表于 80 年代中后期的激情、锐气不减的《焰火》（1984 年）、《来劲》（1987 年）、《坚硬的稀粥》（1989 年）都反复出现激情燃烧的诗句。这些句子的微妙和力量主要显现在：在主流文学界看来根本无法避免伤痛的地方避免了伤痛，在主流文学界难以逾越的地方进行了逾越。当主流文学沉湎于历史的伤痛性记忆而难以自拔之时，王蒙小说却以理想主义情怀叙述自己的无怨无悔。当主流文学界徘徊于故事小说与性格小说之时，王蒙率先开启了意识流的心理小说。

但是，王蒙小说的"八十年代"叙事从来没有纵容激情，或者说，充沛的激情始终配合以强大的理性。对于这一点，同是作家的曹文轩分析得非常透辟："八十年代的中国心理小说，既不夸大本能和直觉，也不轻视客观现实，理性的光辉始终照耀着心理王国，而引起心理产生各种变化的又正是客观现实——心理是客观现实的聚光点和光的折射棱柱。《蝴蝶》《春之声》《海的梦》莫不如此。"② 正是由于理性的把握，王蒙小说的"八十年代"叙事如是看待"八十年代"：我们付出巨大牺牲不是为了倾诉伤痕，不是为了以文学的形式唤起人们怜悯的情感。而是相反，在这个失而复得的"天堂"中，"政治"被解释成一种重新焕发的生命激情，一种与主流文学话语同构的承诺。

也正是由于理性的把握，王蒙小说的"八十年代"叙事不仅认同，而且先行于 80 年代文学界的主流话语。譬如，1980 年 8 月，王蒙在中国社

---

① 查建英主编：《八十年代访谈录》，生活·读书·新知三联书店 2006 年版，第 252 页。
② 曹文轩：《中国八十年代文学现象研究》，北京大学出版社 1987 年版，第 117 页。

会科学院文学研究所、当代文学研究会等单位联合召开的王蒙作品讨论会上的发言中，描述了"八十年代"未来图景："我觉得随着生活的复杂化，随着人们文化水平的提高，它会越来越多要求多线条、快节奏的结构。"①这样的观点，在政治刚刚解冻之时，不能不令人叹服其预见力。可以说，80年代文学界的诸种文学现象，王蒙大多前瞻性地有所预见、有所实践。其身体力行的文学实绩正如王蒙在90年代的回顾：从现实主义的回归到现实主义的开拓和超越；从突破题材的禁区到改变题材的观念；从主题的丰富和实在到主题的化解；从风格的被承认到风格的难以捉摸；从语言的生活化到语言的艺术化。② 其中原因，固然很多，但王蒙的自身经历不可忽略。王蒙一路从"高处"走过（14岁入党，共和国成立初期就立下了"职业革命家"的志向。1978年以后历任作协副主席、文化部部长），王蒙小说的"八十年代"叙事自然有一种一般意义上的中国当代作家所缺失的高度、力量和目光。这种"高处"的视点，使得80年代王蒙小说的"八十年代"叙事虽然与大多数80年代作家一样，书写改革开放的主旋律，但正如"政治家和思春的人写星星月亮不一样"（王蒙语），王蒙小说的"八十年代"叙事在认同于80年代文学界主流话语之时又有所疏离。

王蒙小说的"八十年代"叙事除了激情，还有梦想。因为激情与梦想原本为一体。或者说，"天堂中的政治"之于王蒙，与其说是一个充满激情的"信念"，不如说是一个神圣的"梦想"。王蒙小说的"八十年代"叙事固然关怀现实世界中的政治，但也同样追求理想世界的梦想。这样，"天堂中的政治"一方面指向意识形态层面的大叙事；另一方面，也指向理想主义层面的大梦想。不过，这两个方面并不冲突，而是互相生成。短篇小说《风筝飘带》主人公佳原的一段心理活动体现了王蒙小说的"八十年代"叙事立场：将国家意识形态的理想与个人的梦想统一起来。"佳原明白了。佳原也笑了起来。他们懂得了自己的幸福。懂得了生活、世界是属于他们的。青年人的笑声使风、雨、雪都停止了，城市的上空是夜晚的

① 王蒙：《在探索的道路上》，《王蒙文存》第19卷，人民文学出版社2003年版，第40页。
② 王蒙：《新时期文学面面观》，《王蒙文存》第19卷，人民文学出版社2003年版，第269—276页。

太阳。"① 一对情侣没有获得房子的现实性失落被梦想所填充。这样的例子在王蒙"八十年代"叙事中随处可见。其实，"政治"和"梦想"的和谐关系不仅属于王蒙小说，而且属于那个时代的共名。张颐武的一段话语颇能传达80年代的集体记忆："八十年代是中国改革开放的'起点'。当时大家对于未来并不完全清晰和明确，却有一种对于变革的强烈的共识。……尽管人们的思想和意识千差万别，但对于变革的渴望，对于新的生活的期待，对于未来的承诺都是没有疑义的。那个'起点'确实是让中国人获得了新的可能和新的希望。这恰恰是八十年代最为可贵的一点。那时的物质生活仍然很匮乏，那时人们对于外部世界的理解很天真，那时的思想和价值很简单。但那毕竟是我们对于未来的信心的一部分。整个国家和它的人民都沉浸在一种变革的氛围之中，大家做事可能简单和片面，却有一种自信的力量和面对未来的勇气。其实，今天想来，那个时代的共识就是今天的'中国梦'。"② 可以说，对于80年代而言，意识形态就是"梦开始的地方"，而"梦想"就是80年代的意识形态的共名。

但是，王蒙小说的"八十年代"叙事与80年代主流文学界所不同的是：大部分文学作品只是对现今、眼前的发展变化进行肯定，而对过去的伤痛性记忆进行否定，因此拒绝对过去的记忆进行梦想。王蒙小说却不仅将梦幻作为小说的结构，而且将过去的梦幻作为一种真实。这些差异意味着冒险。因为按照当时主流意识形态的观点：梦想意味着虚空和反动。然而，王蒙小说坚持以文学的本体论解释梦想的本质，即在王蒙看来，梦想是主观的真实。正如王蒙1980年8月27日写成的一篇文章中指出的："人们的理想、愿望、激情、想象、梦幻……都是生活中确有的，都可能是真诚的，而对于主观世界，真诚的东西都是真实的。"③ 这种对梦想的理解或许由于过去的生活在王蒙的记忆中不够惨烈，但更主要的是王蒙宁愿以梦想化解过去的苦痛。这种梦想叙事的写作立场，很容易让人联想到50年代

---

① 《王蒙文存》第11卷，人民文学出版社2003年版，第278页。
② 张颐武：《"八十年代"的意义》，《北京青年报》2006年9月3日。
③ 王蒙：《是一个扯不清的问题吗——谈文学的真实性》，《王蒙文存》第23卷，人民文学出版社2003年版，第71页。

王蒙小说的写作，仿佛《青春岁月》序诗中的梦想重新复活。但是，如果说50年代王蒙小说只是对梦想的形状进行单纯的描述，那么80年代王蒙小说则是对梦想的功能做出现实的回应。这一点，在中篇小说《如歌的行板》的结尾有深刻的体现。当女主人公萧玲历尽磨难，终于听到以往青春时代如痴如醉的乐曲时，竟然心静如止水。不过这种平静不是死寂，而是生发一种新的梦想："现在，仅仅听这种透明而又单纯的音乐，是太不够了啊。我们需要新的乐章，比起贝多芬的第九交响乐，它应该更加雄浑、有力、丰富、深沉……"① 梦想不是逃避现实，而是提升现实。这是王蒙小说"八十年代"梦想的形式。

当然，由激情和梦想构成的"天堂中的政治"首先是以文学的形式为前提的。但是，它也来自一种强大的文艺思想的支撑。80年代早期的"八十年代"叙事，王蒙小说主要忠实马列主义、毛泽东的文艺思想。王蒙自11岁半开始，就接触艾思奇的《大众哲学》、毛泽东的《新民主主义论》②。共和国成立后，他一直将毛泽东的《在延安文艺座谈会上的讲话》作为"伟大的起点"。新时期后，他的一系列创作经验谈、理论谈、思想谈都紧紧围绕马列主义、毛泽东文艺思想的框架而展开。如《"反真实论"初探》《睁开眼睛说话》《生活、倾向、辩证法和文学》等文章都以毛泽东文艺思想为指导回应了当时的一些热点问题。尤其是马克思主义、毛泽东思想支撑了王蒙小说的"八十年代"叙事的信念。如《布礼》主人公钟亦诚在历尽劫难后仍然发出誓言："即使谎言和诬陷成山，我们党的愚公们可以一铁锹一铁锹地把这山挖光。即使污水和冤屈如海，我们党的精卫们可以一块石一块石地把这海填平。"③ 不过，王蒙的文艺思想即便在忠实于马克思主义、毛泽东思想之时，也在寻找另一种参照。1982年，王蒙发表的《谈我国作家的非学者化》《人性断想》等文章透露出其他思想资源的运用。当然，这些思想尚处于零散化状态。

---

① 王蒙：《如歌的行板》，《王蒙文存》第9卷，人民文学出版社2003年版，第237页。
② 王蒙：《敞开心胸，欣赏与接纳大千世界》，《王蒙文存》第20卷，人民文学出版社2003年版，第126页。
③ 王蒙：《布礼》，《王蒙文存》第9卷，人民文学出版社2003年版，第66页。

## 二 生命中的福地：阳光和忧伤的个人记忆

王蒙小说的"八十年代"叙事固然认同、承担并先行于当时主流文学界的宏大主题，但与此同时，它也书写了王蒙的阳光与忧伤相混合的个人记忆。尤其，那些远去的 50 年代的青春记忆总是在"八十年代"政治与革命主题的缝隙中渗延出来。可以说，王蒙小说的"八十年代"叙事从来没有单纯地建立在 80 年代文化环境之中，它始终与 50 年代的"黄金时代"交错、叠加在一起。以"八十年代"的叙述视角追忆 50 年代的记忆，是王蒙小说"八十年代"叙事的特异之处，也是王蒙小说所依托的生命的福地。

从某种意义上说，对王蒙而言，50 年代的记忆只有在"八十年代"叙事中才真正存在过。同样，反过来说，"八十年代"叙事只有和"五十年代"的记忆相互参照才能真正被叙述。那么，"五十年代"的记忆为王蒙小说的"八十年代"叙事提供了什么样的支撑？或者，反过来说，王蒙小说的"八十年代"叙事让哪些"五十年代"的记忆浮现出来？

从总体上来讲，王蒙小说中那些与"八十年代"主流话语差异的地方正是王蒙的"五十年代"个人记忆的复活之处。换言之，正是王蒙的"五十年代"的个人记忆为王蒙小说的"八十年代"叙事提供了精神支撑。王蒙小说在"八十年代"的伤痛处怀念"五十年代"的"阳光"，在"八十年代"的乐观时渗延"五十年代"的"忧伤"。"阳光"与"忧伤"的小说品质与其说接续了王蒙 50 年代的叙事风格，不如说保留了"五十年代"的个人记忆。如果说"阳光"是革命浪漫主义精神的一种体现；"忧伤"则是王蒙对个人情怀的眷恋。二者的结合不仅使得王蒙小说产生了动人的情调、景致，而且建立了一个类似巴什拉所描述的"梦想的诗学"。譬如，

《青春万岁》的充满梦幻与激情的序诗①与巴什拉的诗句颇为相通："孩子是在自身的梦想中发现神话的，发现他不向任何人讲的神话。那时，神话即生活本身：我体验了生活，却不知我生活在我的神话中。"② 只是，在王蒙小说的"八十年代"叙事中，"阳光"与"忧伤"的成分更为复杂。面对曾经失落的过去，面对现实的生活本身，人们是否能够追寻那些飘逝的梦想？能否在自己身上发现那阳光或忧伤的本体存在？《布礼》《蝴蝶》《如歌的行板》等小说中的主人公曾经被抛到世界上，被抛到消极无人性的世界里，重新获得的世界是否能够让他们回到信任的世界、有自信的生存世界、梦想飞翔的世界？

由此，王蒙小说"八十年代"叙事的代表作大多呈现出一半阳光一半忧伤的精神气质。80 年代前期的作品《蝴蝶》《如歌的行板》《海的梦》的色调、人物性格都是"阳光"与"忧伤"的组合。而且，"阳光"与"忧伤"的组合处于一种平衡状态。它是理性对激情的掌控。如果忧伤滑向了颓废，那将是王蒙小说"八十年代"叙事所批判的对象。这种叙述的平衡在王蒙的"八十年代"早期的作品得到完美的表现。无论主人公有过多少伤痛和犹疑，王蒙小说的"八十年代"叙事都竭力展现人物新的形象的光辉。《布礼》中的钟亦诚夫妇尽管蒙受冤屈，但一经平反昭雪，便不约而同地手拉手走上钟鼓楼，鸟瞰全城一派春光。《蝴蝶》中的张思远曾经在政治运动中有晴天霹雳之感，平反之后时有悲凉之气，但最终还是怀着期待迎接明天。尤其，《如歌的行板》通篇都回荡着柴可夫斯基的小提琴曲，这支名曲不仅构成了小说的主题和结构，甚至就是一种超力量的存在。正因如此，篇末小说结尾处主人公的"小资产阶级"的忧伤让位于"更加雄浑、有力、丰富、深沉"的新的乐章。这样，"五十年代"和"八十年代"两个不同的时代统一在生机蓬勃的个人记忆中。开放的"八十年代"唤醒了黄金的"五十年代"。"五十年代"再次生活在"八十年

---

① 《青春万岁》的序诗写道："所有的日子，所有的日子都来吧，让我编织你们，用青春的金线，用幸福的璎珞，编织你们。"《王蒙文存》第 1 卷，人民文学出版社 2003 年版，第 1 页。

② ［法］加斯东·巴什拉：《梦想的诗学》，刘自强译，生活·读书·新知三联书店 1996 年版，第 149 页。

代"中。

但是，随着文化环境的变化和王蒙对于人性探索的深入，王蒙小说的"八十年代"叙事有时出现了"阳光"与"忧伤"失衡的倾向。譬如，80年代中后期发表的长篇小说《活动变人形》中的主人公倪吾诚是一个越界于阳光、忧伤之间乃至坠入颓废的复杂人物。他热爱生活、追求生活、渴望爱情，充满了对浪漫、阳光生活的向往，然而时代与性格的因素，他的生活总是处于忧伤之中，乃至颓废、绝望得不能自拔。小说对于这种人生价值取向选取了爱恨交织的批判的立场。这种批判的立场既有王蒙对小说美学层面的理解，也有王蒙的世界观的规定，还有一个男人对于一个男人的要求，借用王蒙的话语表达："我注意意境和情致，注意语言的音韵、节奏和色彩，胜过了用心谋篇布局、编排故事。"① "我反对非理性主义，我肯定并深深体会到世界观对于创作的指导作用。"② "一个男人一定要咬得紧牙关，不论什么处境，自己起码要扛得住自己。"③

当然，对"阳光"与"忧伤"的描述还是停滞在王蒙小说"八十年代"叙事的现象层面。归根结底，王蒙小说的"八十年代"叙事试图在集体记忆之外保留一份个人记忆。迈克尔·伍德说过："文学则是一种自由，不是因为它可以处理想象的题材，而是因为它在心智中重构现实，而心智是一个可以保护的游乐场，一个（有时候）可以躲开政治控制的地方。"④ 王蒙也表达过类似的观点。"个人记忆"从某种意义上在王蒙的"八十年代"叙事中可以等同于个人自由。"八十年代"叙事从80年代中期以后以《来劲》为代表的作品，最来劲的地方就是尽情地享受了一位个体写作者的叙事自由。而这种自由的追求主要体现在文本的营造上。可以说，小说的世界为王蒙提供了一个无限可能性的探索。对于作家王蒙来说，这是政治与革命之外的大快乐。一种不可替代的快乐。因为在这个自由的世界

---

① 王蒙：《撰余赘语》，《王蒙文存》第21卷，人民文学出版社2003年版，第84页。
② 王蒙：《关于创作的通信》，《王蒙文存》第21卷，人民文学出版社2003年版，第58页。
③ 王蒙：《王蒙自传》第一部，花城出版社2006年版，第98页。
④ ［英］迈克尔·伍德：《沉默之子》，顾均译，生活·读书·新知三联书店2003年版，第61页。

中，他可以将他的丰富、智慧、自然的生命状态过瘾地表现出来，不必正襟危坐、疑虑重重。如果说，作家王蒙的世界有许多个，那么这个保有个人记忆的写作世界则是他生命的福地。

而且，对个人记忆的忠实与对集体记忆的忠诚一样传达了王蒙的文艺思想的另一个维度。如果说从社会学的层面王蒙小说的"八十年代"叙事坚持了马克思主义毛泽东思想的文艺理论，那么在美学层面上则蕴含了各种创造精神的艺术原则。其中有"左翼"理论资源的革命浪漫主义，苏联的社会主义现实主义，中国古典诗学理论，俄苏文学的情调和美感及革命青春主题，西方批判现实主义、现代主义理论。但是，无论多么驳杂，王蒙小说的"八十年代"叙事的文艺理论思想始终服从于现实主义的理性精神。即便王蒙小说所推崇并实践的意识流，也没有照搬西方的理论，而是保持自己的理性认知："因为意识流首先是人的构造，是人对自己的意识流动的一种反省、自省、自己对自己的觉察。所以意识流的因素远远在意识流的学说之前就存在。"[①]

## 三 心智之山：悖论如何转化为"清明"

由于王蒙小说的"八十年代"叙事将最有共名性质的集体记忆从复杂的个人记忆中抽取出来，而那种或"阳光"或"忧伤"的个人记忆与谜语般的语境和历史连接在一起，这使得其所叙述的集体记忆与个人记忆都没有简单地浪漫化。而且王蒙不只是以小说家的身份，他还曾经是一位主管国家文化领域的政府官员。尤其，20 世纪 80 年代中后期，随着多元文化环境的确立，个人际遇的变化、叙事理论的吸取与探索等因素，王蒙的"八十年代"叙事发生了从悖论到"清明"的转换。

论及王蒙文学立场的转变，学界大多将注意力集中在 20 世纪 90 年代以后"人文精神论争"之后的"二王"之争。事实上，在 80 年代中后期，

---

① 王蒙：《我的几点感想》，《王蒙文存》，人民文学出版社 2003 年版，第 228 页。

王蒙小说已经开始从忠诚的确信转向反思的悖论，由单纯的理想主义转向复杂的世俗化理想。于是，刚复出时王蒙小说在激情与理性之间的平衡日渐倾斜，"阳光"与"忧伤"的缝隙逐渐加大，"八十年代"叙事的悖论不可避免。而这种日渐冲突的悖论主要体现在80年代后期的小说叙事中。

王蒙小说"八十年代"叙事充满悖论话语的是长篇《活动变人形》（1987年3月初版）。这部小说强有力地表现了我们或可称为扭曲的悖论：理想成了一种虚妄的爱的形式，而对理想的偏执追求则是痛苦最深刻的表达方式。主人公倪吾诚自少年时代就因为"想不清人生的目标、人生的意义、人生的价值"而难以入睡，为人夫、为人父之后，由于更加执迷于西方文明而落得众叛亲离，直至生命即将终结时仍然困惑于"彼岸的世界，你是有，还是无呢"而一生一事无成，灵魂无法平静。对于整个悖论的逐渐加剧过程，我们固然可以理解为中西文化冲突的结果，但更意味王蒙"八十年代"叙事陷入了理想与现实的不可调和的悖论漩涡。小说结尾，叙述者黯然地说："这热烈的痛苦的冲击毕竟把天空荡得摇滚翻覆，以及一再的垂落，终于还是没有飞的重力的威严，终于破碎了的心的梦……原有的位置。又加速，又抛起，又竖直和飞快地旋转。又平息，又下垂，又恢复了位置，一次又一次地飞起，一次又一次地落下。我们怎样结语？是说我们终于飞起，终于实现了人类的永远的热情和愿望，终于唤起了山河和大地吗？还是说我们的热情，我们的幻想，我们的御风而飞翔的梦终于是徒劳，终于还得停下，下到地面来呢？"① 这纠结的思绪显示出王蒙小说"八十年代"叙事的纠结。通过深刻描述理想的扭曲——温柔、可怕、激情、暴力的扭曲，《活动变人形》做到了一方面既毫不留情地描写理想造成的人性的变形；另一方面，又不至于使理想的追求者看上去只是精神不健全的变形人。爱与恨、理解与怜悯纠缠在一起，《活动变人形》打破了理想的神话。

不过，打破理想的神话，并不是放逐理想，而是由以往单向度的理想主义反观人生和自我。1988年，王蒙发表了5个中短篇小说《一嚏千娇》

---

① 王蒙：《活动变人形》，《王蒙文存》第2卷，人民文学出版社2003年版，第324页。

《球星奇遇记》《夏之波》《组接》《十字架上》。它们一同传达王蒙对于单向度的理想主义写作立场的消解。其中，《一嚏千娇》犹如《蝴蝶》的续篇，但显然区别于《蝴蝶》双重视角下人物心理由分离到统一的协调过程：在张指导员、张书记、张副部长、老张头之间虽然有庄生梦蝶的恍惚之感，但分明有一种内在的联系，这联系"便是张思远自己"。《一嚏千娇》则选取多重视角，运用戏谑的叙述语调，让人物的心理始终处于分裂之中。大人物老喷和一介书生老坎相互对比、相互作用却没有相互转化。人物的性格和命运充满叙述的不可靠性，或者无限的可能性。叙述的多重视角超越了叙述学的意义，戏谑的语调则关涉王蒙对"八十年代"政治的态度和对知识分子的反思，借用小说叙述者的话语表达："我们是要思考一个问题，坎与喷，他们的相互作用到底是怎么回事。其次，坎与喷，到底哪种类型对国家和社会更有益、有用。"①

这样，王蒙小说的"八十年代"叙事抵达了始自于悖论的"清明"，即王蒙小说的"八十年代"叙事没有让人物在悖论中坠落下去，而是在悖论处重新上升。当人物在悖论中陷落得越深，叙述者的意志和理性就越强大。意志与理性的强大足以弥补悖论的巨大裂缝，正如《一嚏千娇》的叙述者所说："意志和理性可能成为一种压抑，制造出种种的虚伪和变态。但意志和理性也可以成为一种安排，成为一种光照，成为一种合情合理合乎智慧的聪明而又快乐的引导，制造出种种美和善的果实。"② 可以说，正是意志与理性的强大逐渐让悖论转换为"清明"，而这种"清明"之境在曾经卷入沸沸扬扬的"稀粥事件"中表现无疑。《坚硬的稀粥》（1989 年）可以作为多重意义的文本进行解读，因为它将政治、经济、文化、家庭伦理问题放置在一起进行构思。但是，令人拍案惊奇的是：那么多问题所引发的悖论竟然悄然平息了。就连小说中"比正式成员还要正式的不可须臾离之的非正式成员——徐姐"的无疾而终也没有掀起情节的波澜。一切悖论都始终符合叙述者的预期："理论名称方法常新，而秩序是永恒的。"③

---

① 王蒙：《一嚏千娇》，《王蒙文存》第 10 卷，人民文学出版社 2003 年版，第 124 页。
② 同上书，第 93 页。
③ 王蒙：《坚硬的稀粥》，《王蒙文存》第 13 卷，人民文学出版社 2003 年版，第 18 页。

同时，一切悖论也无法改变这个预期的结局："许多时日过去了。人们模模糊糊地意识到，既然秩序守恒，理论名称方法的研讨与实验便会自然降温。做饭与吃饭问题已不再引起分歧的意见与激动的情绪。做饭与吃饭究竟是技术问题、体制问题还是文化观念问题还是其他别样的过去想也没有想过的问题，也不再困扰我们的心。看来这些问题不讨论也照样可以吃饭。"① 以本土文化的"不变"应对异域文化的"万变"，既是《坚硬的稀粥》的写作冒险，也是王蒙小说的"八十年代"叙事与主流文学界一味接受西方文化的疏离之处。

只是，问题接踵而至：支配王蒙小说"八十年代"叙事从悖论转向"清明"的思想资源来自哪里？概言之，经验包括生活经验和艺术经验。王蒙自述"没有接受过严格的概念训练"②，但是，王蒙拥有丰富的生活经验与过人的智慧，由此逐渐超越了概念的限制。80 年代中后期，王蒙对于主流文艺理论有一种突围的跃跃欲试的冲动。在一次青年文艺理论批评工作者座谈会上讲演中，王蒙围绕"主体和对象"的议题提出了自己的看法："文学艺术是人类心灵追求自由的表现。它表明人类历史是从必然王国自由王国发展的历史。文学艺术既是对现实的一种反映，也是对现实的一种突破。为的是使心灵达到理想的境界。在创作中，既有生活的心灵化，也有心灵的生活化，没有心灵的生活是一种僵化的生活，没有生活的心灵是空虚的心灵。"③ 这个观点与其说是对当时主流文学界"反映论"的辩证解释，不如说是对其大胆偏离。1986 年，王蒙在一个理论札记中说得更为直截了当："追求真理的道路是多种多样的，不存在追求真理的唯一的与笔直的长安大街。很少有人是因为从一出生便系统地接受马克思主义的理论传授而成为马克思主义者的。相反，倒是有多得多的人既接触马克思主义也接触别的思想、文化、风俗、价值标准、行为规范，尤其是接触实际，同时接受现实生活实践的挑战、压迫、启示、鼓舞，随时回答现实生活提出的各种问题。""总之，无论多么伟大重要的理论，我们都无法依

---

① 王蒙：《坚硬的稀粥》，《王蒙文存》第 13 卷，人民文学出版社 2003 年版，第 18 页。
② 王蒙：《说不尽的现实主义》，《王蒙文存》第 20 卷，人民文学出版社 2003 年版，第 212 页。
③ 王蒙：《我的几点感想》，《王蒙文存》，人民文学出版社 2003 年版，第 226—227 页。

靠它自身的推导来解决一切问题，无法靠它自身的推导与宣传使人们接受它。人民是理论的主人，理论为人民所用。生活是理论的母亲，理论为生活所塑造。"① 这两段话语完全可以概括为：经验远比理论更丰富、更接近真理。沿着这种思路，王蒙小说的"八十年代"叙事由马克思主义理论出发，将心智中的生活经验作为通向真理的道路。更确切地说，王蒙小说"八十年代"叙事逐渐呈现"清明"之气，并不是因为心智是他生活的地方，而是因为他的心智在经验世界有着思考的嗜好并将思考作为生活方式所致。

总之，王蒙小说的"八十年代"叙事由激情的、梦幻的、单纯的理想主义逐渐转为理性的、入世的、复杂的经验主义。如果说精神层面的理想王国曾经是王蒙小说的"八十年代"叙事的强大支撑，那么，世俗层面的经验世界同样是其坚实依托。在这种具有相对主义之嫌的立场转换中，隐含了王蒙意欲告别二元对立的思维的努力。这种努力的结果有可能立场悬空，但总比极权话语更适合文学和人性。而且，这种立场的思想资源，与其说是后现代的解构主义哲学，不如说源自王蒙先生自身的生命哲学。

（本文发表于《文学评论》2007 年第 6 期）

---

① 王蒙：《理论、生活、学科研究问题札记》，《王蒙文存》第 23 卷，人民文学出版社 2003 年版，第 166 页。

# 曹文轩小说： 坚守记忆并承担责任

如果在这个众声喧嚣的世纪末还能驻足倾听夜半的寂静，便会听到一种声音温和而执着地对你说：记忆固然是心灵深处的"幻象的赞歌"，但在人们进入明智的年纪后，世纪进入炫奇和刺激的时代后，记忆——对正在从现代人大脑中消失的记忆的坚守，也许会让人们追忆起各色的昔日，在回忆并同时想象的时光中恢复生命的本来含义。所以，回忆并不意味着对现实的逃离，而是现代人承受生命之重一种勇气。这正是曹文轩小说的主题：在那处处或一件件过去的风景与醉梦里，实现古典诗情与现代生命的真实结合。这亦是曹文轩小说的孤寂：在世纪末小说或者因追求形而上的哲学迷宫而耽迷于叙述游戏，或者因认同于形而下的庸常人生而放弃美感之际，曹文轩小说却在关怀现代人精神世界的同时归还了小说本应具备的"温馨与温暖"（曹文轩语）。这终于构成了曹文轩小说独有的存在意义：行走于现代与古典之间，以文本的形式，重建小说在新世纪的美与真的再度联姻。

## 一　诞生于古典诗意的深处

走近曹文轩的小说世界，首先发现：曹文轩的小说尤其长篇小说《草房子》《红瓦》《根鸟》，与当下诸多小说相比很有些不同。这样说，并不是由于曹文轩的小说不似其他小说那般加盟于某一旗帜之下，而是由于它们选择了"不合时宜"的精神支撑点：在当下小说纷纷以西方现代主义为写作经典之际，曹文轩小说却相反地信奉并实践着"永远的古典"（曹文轩语）。更明确地说，正因为在20世纪末的中国，相当一部分小说家由于对西方现代主义的虔信或错解而将小说艺术视为语言之迷宫、庸常之粉末、垃圾之碎片，曹文轩的小说才决计徒步踏勘着渐已荒芜但仍生长着梦与梦想、记忆与回忆、月与月光的古典家园。但是，曹文轩小说并没有由于回返而拒斥无法拒斥的现代主义，事实上，它们并不讳言西方现代主义亦给予它们无限的利益，甚至可以说，正是西方现代主义唤醒了沉睡于这些文本记忆中的古典诗意，进而让一个崭新的古典主义复活于现代文本之中。因为，这一始料不及的结果来自一个悖论："当这个世界日甚一日地跌入所谓'现代'时，它反而会更加重与迷恋能给这个带来情感的慰藉，能在喧哗与骚动中创造一番宁静与肃穆的'古典'。"①

我也许再难忘记曹文轩先生在北大讲坛上动情的追问：废名笔下的细竹姑娘去了哪里？沈从文笔下的翠翠又哪里去了？就在那瞬间，一弯在秋林中延伸的清新的路径重现于天地面前。这路径来自久远，流经百年中国文学空间，几经曲折，几近沉寂于炮火声中，斗争丛间；在世纪末，又遭遇商业大潮的席卷。然而，它如同生命中永不停息的潜流，悄然地在世界晦暗处自行显现。只要今日的人们还爱着冰的晶莹、水的纯净、风的飘逸……这路径就会绵延直到永远，并在它幽远的深处诞生新的成员。进一步说，曹文轩小说的独特性并不突兀，它们诞生于一切古典主义的养分之中：托尔斯泰、契诃夫式的悲悯情怀，屠格涅夫式的格调与情趣，蒲宁式的散文化笔法。尤其，废名作品恬淡的意境、沈从文抒情诗的风格，以及汪曾祺的超文体写作如轻曼、美妙的绿笛浸润着每一行字迹。这些曾经给人类以感动的古典形态的小说皆是孕育曹文轩小说的母亲河。当然，作为一位立足本土的中国作家，曹文轩的小说更多地呈现出与后者的内在联系。原因其实很明确：当曹文轩目睹了当下现代形态小说中美与真的失衡，无论是作为一位学者还是作为一位中国作家，都不能冷漠地对待古典

---

① 曹文轩：《永远的古典（代后记）》，《红瓦》，北京十月文艺出版社1998年版，第557页。

美这条清澈的溪流在中国当代小说中的流失，因为这条溪流不仅关涉着中国小说的血脉，更关涉着中国人的生存质量。于是，曹文轩的小说责无旁贷地承接着起始于废名，大成于沈从文，后继于汪曾祺的古典美学精神。

曹文轩的小说语言常常表现为稍稍朦胧的、如薄雾如月光的、既快乐又忧伤的句子。这样的句子与其说是单纯的忆旧，不如说是在重温废名、沈从文、汪曾祺为代表的小说中的古典意境。这样的句子随处可见："那柿子长得很大，扁扁的，熟透了，橙红色，打了蜡一样光滑，在夕阳的余晖里，仿佛挂了两树温馨的小灯笼。"这样的句子多似废名笔下"东方朔日暖，柳下惠风和"的意象：并非单纯得透明，而是单纯得忧伤，在忧伤中产生诗性的力量——引领人进入梦乡，以梦想慰藉人生。而且，无论单纯中的复杂，还是复杂中的单纯，曹文轩小说的语言都在追求一种美感：净洁。这是文学语言的品格，更是曹文轩小说所承继的古典主义的精魂。既然曹文轩坚信"美感与思想具有同等的力量"[1]，便会如古典主义者一样"由语言入手，并始终浸在作者的语言里"[2]，即对文本来讲，语言的质量重于一切。这样，一进入曹轩小说，迎面而来的便是久违的纯美的景色。曹文轩以对古典美的崇尚复活了人与物温馨的情感联系。虽然作者始终以现代主义者自居，但正是一个真正的现代主义者，才没有忘记他的精神劳作除了以特殊的深度体验自己的经验外，还应给读者以美的享受。而放弃这一点，"艺术领域就不可避免地混进了一些艺术的'骗子'"[3]。于是，曹文轩小说的景色描写中重现了这样的意象："田埂""青草""池塘""草房""红瓦""月光""大路""百合""山谷"……郑敏认为："意象的骤然涌现也许就是理性的逻辑思维的意识活动与无意识的无限能量相接通的表现。"类似这样涌现的意象正是现代理性与古典诗意在艺术里的结合。不仅景色，而且众多女性的塑造也再度闪现出翠翠、三姑娘、细竹等灵秀、清澈的模样。女孩子依然是水做的。对女性生命的纯净所持有的肯

① 曹文轩：《永远的古典（代后记）》，《红瓦》，北京十月文艺出版社1998年版，第556页。
② 汪曾祺：《自报家门——汪曾祺自传》，《汪曾祺人生小说选》，甘肃文化出版社1994年版，附录。
③ 曹文轩：《走出骗局》，《追随永恒》，北京大学出版社1998年版，第154页。

定态度，构成了作家净洁语言的又一特性。与当下的欲望写作不同，曹文轩小说精心选择了纯净优美的语言描写女性："她自然比别的女孩爱干净""她的声音很轻很细又很纯净"，陶卉的性格犹如清澈的泉水，从读者心上潺潺流过；喜爱"带露珠的蓝花"的夏莲香让人想念蓝花的高雅与芬芳；"一对乌黑乌黑的眼睛"的纸月让人追忆翠翠的哀怨与坚强……

## 二 重建现代意识的诗性空间

虽然曹文轩小说诞生于古典主义的情感与美学趣味，但他却直言不讳地表明"我在理性上是一个现代主义者"①。"一个现代主义者"的身份使他的小说在承继废名、沈从文、汪曾祺的古典主义美学风格的同时又逼视了以往古典主义者回避的人生实境、人性实情。或者说，曹文轩小说的确给予这个受到严重污染的世界以纯美的诗意，同时又透视了我们每个人灵魂深处的瑕疵及宿命的悲剧。也正缘于此，曹文轩小说始终没放弃对神圣梦想的追逐，对人性高贵成分的坚守。这些构成文本本身充满现代意识的诗性空间。

表面看来，曹文轩的小说只是一些对少年生活的回忆，但仔细阅读，就发现它们是真正关涉现代人精神世界的文本，即它们是在邀请一切心灵丰富的现代人一道进入一个由永在的孤独感、内在的欲望、情感的依赖所组成的现代精神世界。所以，与大多数小说一样，曹文轩的小说也注重人物的塑造。但其中人物既非读者一度顶礼膜拜的"英雄人物"，也非让读者厌弃的单面物质人。这些小说尽管接受了小说塑造人物的传统尺规，但它们旨在以传统的描叙方式表现现代人精神的多维度。

所以，曹文轩小说中的各式人物，给人留下经久难忘的印象。他们虽然出现在不同的场景中，如与桑桑苦乐交织的《草房子》、与林冰血肉相连的《红瓦》、与少年梦想相生相依的《根鸟》，但在文本的表层叙述下，

---

① 曹文轩：《永远的古典（代后记）》，《红瓦》，北京十月文艺出版社1998年版，第557页。

一种精神上的孤独是人物的共同点。《草房子》中秃鹤的故事让人心酸：只因为秃鹤是个"寸毛不长"的秃子，便要学会隐瞒、接受嘲弄，甚至任人践踏尊严。也只因为他要讨回做人的尊严而采用了报复的手段，便被置于众人遗弃的孤独深渊："谁也看不到他，他也看不到别人，秃鹤觉得这样挺好。他就这么坐着，让那湿润的热气包裹着他，抚摸着他……"无边的孤独感如此深重地压迫在一个少年的双肩。还有《红瓦》中的马水清，似乎与秃鹤不同，是个令人羡慕的幸运儿，"一天到晚地总很自在"，因为他有钱。然而，他屏息倾听的却是那缕"微带幽怨的箫声"。他不知道他是谁，唯有"面对柿子树，他心里会有一种绵绵流来的温暖"。如此瞬间又令人释然：毕竟，人可以暂时悬搁孤独感。更有那个以梦为"马"的少年根鸟，之所以踏上寻梦的漫漫旅途，只因为"无梦的黑夜，是极其令人恐惧的"。寻梦途中的一切磨难正是为了战胜那个笼罩生命四野的孤独感。那么，人因何要命定遍尝孤独？一个根本原因就是在现代社会中，人时刻缺少"一种坚实可靠的自主性身份感"①，而生命中最尴尬的事情就是在各种联系中个体将丧失自己的身份。由此而产生的恐惧就是所谓吞没的恐惧。所以，赫舍尔说："人不仅要对他的所作所为负责，而且要对他是什么负责。"② 秃鹤、马水清、根鸟及曹文轩小说中的诸多人物所陷入的无法自拔的孤独感问题不是如何选择行动，而是在行动中能否确证个人的身份，即人之所以为人的真实性与独立性。

然而在曹文轩的小说中，这些精神的深层要义只有诉诸人的各种感官才有可能。曹文轩固然关注人的精神域，但也同样重视人的欲望的合理性。所以，曹文轩小说又在透视精神纵深处之际关注人物精神的异质体——欲望。而且这时，作家不再采用古典主义的温情脉脉的审美观照，而是选择了现实主义的冷峻态度。如《红瓦》中油麻地中学的老校长王儒安，原本是一位以生命看护着油麻地中学的可敬的老人。然而当奇冤昭雪时，这个人物竟发生了让人意想不到的荒谬的逆转：宽厚仁慈、忍辱负重

---

① ［英］R. D. 莱恩：《分裂的自我——对健全与疯狂的生存论研究》，林和生、侯东民译，陈维正校，贵州人民出版社1994年版，第34页。

② ［德］赫舍尔：《人是谁》，隗仁莲译，贵州人民出版社1994年版，第27页。

的形象消失了，他摇身变成了工于心计、伺机报复的汪奇涵。而且人性的这种异化不仅属于成年人，在纯洁的少年身上也无法遮掩。《草房子》中的小桑桑们非但不理解，也不同情秃鹤的难言之隐。反而"心里老有将那顶帽子摘下来再看一看秃鹤的脑袋的欲望"——虽然他们不懂，还有什么比欣赏他人的尴尬更残忍！即便那个因梦醒来而踏上新天路历程的根鸟也几度徘徊于欲望的边缘：故乡的老屋、美妙绝伦但却让人遗忘了的红珍珠，走路如柳丝的秋莹姑娘，"扮相很好"的金枝，分别以各式的世俗幸福诱惑着他犹疑的脚步。这样的现实并不美好，但正是这些并不美好的事实让人物进入真实世界。尤其，让我们重新打量自己，认同《红瓦》中少年叙述者林冰的发现："原来，我们和这个目不识丁、整天光着脑袋、腆着大肚皮、光天化日之下调戏妇女的王八蛋，竟也有共同之处。"如此卸下虚假面具后的发现，恰是一个真正现代主义者的现代意识的体现与理性批判："人类固然高于一般动物（就这一点，也未必不是个疑问），但人类无法否认与动物的亲缘关系。"①

　　人性既然如此孤独，且经不住欲望的诱惑，是否应听凭自然？曹文轩对此并不乐观，他的作品迷漫着无处不在的悲剧感——《草房子》《红瓦》《根鸟》无一不是悲剧文本。"悲剧"这一具有崇高感的美学名词在这些文本中不同于西方现代小说的悲观主义，曹文轩对此表现出现代人的理性认识："死亡意识使人感到人生的紧迫，求生与死亡的冲突使人总在恐慌和紧张之中，贪婪、自私、享乐……这一切，都是由死亡意识导致的。人生是一个悲剧。"② 但悲剧的人生依然是一种大美与无限，因为"人类应正视死亡，死亡是庄严而神圣的"③。曹文轩深知中国人生存境遇的艰难——他在讲坛上曾将新时期文学的悲剧主题归结为：房子与粮食；也曾在阅读一些当下作品时，因"怜悯"而泪不能禁。但他继而追问：中国的当代小说难道只满足于博得读者的一掬同情之泪？中国当代文学的悲剧难道只抒写物质的贫乏？曹文轩既不盲从西方现代主义的荒诞与颓废，也不屈从一些

---

① 曹文轩：《人间的延伸》，《追随永恒》，北京大学出版社1998年版，第175页。
② 曹文轩：《宗教情怀》，《追随永恒》，北京大学出版社1998年版，第173页。
③ 同上书，第174页。

流行小说对悲剧肤浅的理解。在世纪末情绪与物质主义的包围中，曹文轩偏要以文本的形式建立一个平民的诗性世界，从而寻求一个救渡中国平民凡庸生命的充满诗意的新境界。而正是在承担这一神圣使命时，这些文本实现了中国古典精神在现代时空的转型并诞生了新古典主义。它可以这样被概括：无论生存多么艰难、生命多么荒谬，但人之为人的高贵的尊严不能被剥夺。而且，人之为人，必得依赖的尺度与根基依然是古典主义的情感与梦幻。

还是让文本自行说话。在《草房子》与《红瓦》中有两个值得关注的形象：杜小康与赵一亮，两人都是平民身份，前者是杂货铺之子，后者是染房之子。但两人却没有平民的卑琐与世故。先看只有一股很清洁的气味的杜小康："他上学时，嘴上总戴着一个白口罩"，"才读一年级，就有了一条皮裤带"，"上四年级，就有了一辆自行车"。如果说这些描写还只是外在的，那么杜小康之所以是杜小康，是因为他总能做成许多孩子想做但做不成的事情。他在命运的捉弄面前，不颓唐，不沮丧：一场偶然的沉船事件使富足的"红门"成了空壳，父亲病倒了，他也不得不辍学了，但他还是"一副干干净净的样子"。赵一亮也一样"很有些不俗"：他灵活的手指会拉很帅气的胡琴。他也遭遇人生的不测：一场运动使他被黑瓦房拒之门外。随之，一场大火又将大染房化为灰烬。命运虽可以将他变成"木讷的庄稼人"，却不可以击败他不屈的灵魂，"他心中总是矗立着从前那幢使他气宇轩昂的房子"，身处悲剧之中，却不乞讨怜悯。这独特的平民形象体现了曹文轩的悲剧观："文学悲剧不是对现实悲剧的摹仿。它是悲剧的悲剧，而不是现实的悲剧。悲剧的痛苦应主要关怀人的精神。文学不可夸张痛苦，夸张痛苦是一种撒娇行为，是缺少承受力的表现，是一个民族素质低下的表现。"[①] 悲剧不是眼泪的艺术。杜小康、赵一亮，秃鹤，甚至乔桉都不相信眼泪。悲剧也不是廉价地索取读者的同情心。

那么，悲剧相信什么？我认为，真正的悲剧缘于梦想。优雅、脱俗、崇高、高贵本身就是梦想之物。当世界日甚一日地粗鄙、卑俗、琐屑、凡

---

① 曹文轩在北大讲坛上的讲稿。

庸，追求它们无疑走向悲剧。但曹文轩经过《草房子》《红瓦》走向《根鸟》之时，非但不妥协、不回头，反而给予少年根鸟一匹白色的梦想之马，步入了一个宗教般的境界，追逐着一种现代梦想的诗学。而且，根鸟寻梦不是来自某种观念的推动，而是听凭一种生命本寻的需求，因为"一个国家、一个民族，乃至整个人类，倘无宗教情怀，是很难维系生存的，或者说，是很难使这种生存提高质量并富有美感"①。在此寻梦之途，曹文轩小说对古典主义美学进行了现代性的转换。

## 三　那飘逝的，是一种永恒

曹文轩小说也可以概括为是描写一段逝去时光的故事。人在时间中的位置一直是这些小说的结构。作为一位学者型作家，曹文轩以他独有的方式结构了小说：虽不排除联想意识流的写作方式，但叙述线索基本上是比较理性化的。他的小说有时间错置、非连续性的描写，如《草房子》中纸月的故事本已结束，却又出现在他人的故事中；《红瓦》中马水清与柿子树的情感联系曾被毛头佯装溺水的插叙而打断，但小说的整体结构却受制约于一个理性主义者对时间的形而上思索。

在《草房子》的代跋中，曹文轩曾将时间比喻为"金色的天体"，并断言"这轮金色的天体，早已存在，而且必将还会与我们人类一起同在"。所以，小说"感动今世，并非一定要写今世。'从前'也能感动今世"②。这段话传达了曹文轩小说的时间哲学：时间是一个恒在。虽然一切都是一个瞬间，一切都是一个场景，一切都是一个过程，但那转瞬远去的未必就是短暂；如烟如雾的，未必就是消散；不可重复的，未必就是死亡。倘若心灵生长在灵幻想象的地方，过去就是永恒。永恒只在过去的一刹那里收藏。因此，人与时间的关系虽有三种：或不变；或渐变；或突变。曹文轩

---

① 曹文轩：《宗教情怀》，《追随永恒》，北京大学出版社1998年版，第170页。
② 曹文轩：《草房子》，江苏少年儿童出版社1998年版，代跋。

小说也尊重了时间的三种流速，但比较而言，它们更倾心于第一种时间的表达。

所以，曹文轩小说多让少年叙述者收录一段有特别意味的时光片断。然后，再插入成人视角，在瞬间里将少年的流动的叙述凝固。《草房子》还没开篇，就预先设置了成人的目光，以后，小桑桑的所见所闻均没逃离这一隐在的目光。《红瓦》索性让成人目光直接上场，在时光的转弯处透露成人视角存在的缘由：少年看人生毕竟粉饰、迷茫、有限，成年之后才意识到逝去时日的价值——过去的时日并未逝去。于是，《草房子》的故事真正开始于它结束之日——1962年8月的一个上午，桑桑要乘一只大木船离开草房子之际就是这个故事诞生之时，而且，这个故事永远不会结束。《红瓦》即是成人"我"对于记忆的不断重构，每一次重构都使得过去再生一次。《根鸟》的寻梦并非开始于太阳升起的地方，而且，根鸟即便抵达了开满百合的山谷，也会继续上路，因为梦没有终点。可见，一切都必将逝去，唯有逝去的，才是永远构成生命赖以开始的起点。过去，是人永远居住的内在时间。

我想进一步说明此点：曹文轩小说不是一个个忆旧的老照片——虽然那些老照片在当下极走俏，但它们的功能只是重新勾起那些过去的影像，并以挽歌般的情感去凭吊它。曹文轩小说只是以此为起点，经过回忆，进入一种对生命哲学的反思，而"回忆之上的反思就比一般的反思来得更深一些"①，这亦是曹文轩以小说的形式对生命所做的思索。在曹文轩的小说中，仅有回忆是不够的，还得追问：回忆之思是什么？彼时的心与血奉献给了什么？此时的灵魂在思之途能否进入灵魂的深处？在灵魂深处、生与死、爱与恨、梦与醒、动与静、有与无是否能被思者彻悟？在曹文轩小说中，一切生命都被庄严地追问。在此，回忆是生命对自己的清洗。更是上路时的开悟。《红瓦》的结尾不是追悔，而是在思中将永恒提住："我将那封信从头至尾看了一遍之后，抓到了手中。我木然地站在风中，望着寒波澹澹的大河。风吹着那封信，发音清脆而单调的纸响。后来，我将它丢入

---

① 刘小枫：《这一代的怕与爱》，生活·读书·新知三联书店1996年版，第6页。

大河。它随着流水，一闪一闪地去了……"也许，命运中的确存在着天命。那天命使生命犹如宇宙中的孤星，飘忽、寥落、受制于命运的缰绳，恰如小林冰的羞怯、困惑，无论时间怎样流动都无法接近陶卉的爱情。但这样的天命对于回忆中的生命又有何妨？以血以心的回忆可以在时间中超越时间，将瞬间化为永恒。事实上，真正改变人心灵的也许并不是时间，而是生命自身所携之物，所以，徒经忘川，不是一味坐叹与懊悔，而是与自身的麻木与遗忘苦战，如根鸟一样在偶遇生命终结之前，一路以梦幻震醒麻木、医治遗忘、挣脱凡庸、击败欲望。小说至此处，可谓思到了思之根，也抵达了生命之根。

行文至此，我已不再从小说的一般意义来理解曹文轩小说中的古典主义。从《草房子》经《红瓦》至《根鸟》，曹文轩更为自觉、清醒、坚定地承担着一项孤独、神圣的使命：让古典主义以新的形式复活于粗鄙的世纪末文化之中；让现代生命依凭古典精神冲出庸碌、物质的"现代文明"包围。当然，曹文轩小说不是药方，作者也许比读者有更多的困惑与宿命感，因为他对人性有更深刻的体察。然而，他依然决计用力一搏——以美的梦对抗丑的真。

（本文发表于《文学评论》2000 年第 4 期）

# 巧置新用的江湖叙事：徐则臣小说的别一种读法

徐则臣，作为新世纪最有代表性的中国新锐作家之一，其作品已被评论者从诸多角度细致解读。然而，当评论者将目光集中在现代主义旗帜下关注其"纯文学"的纯正文气时，却将徐则臣小说中蓬勃的野气忽略了。事实上，细读徐则臣小说，从"花街"到"京城"的江湖场景；侠肝义胆的江湖人物；传奇、曲折的江湖叙事情节及传统游侠小说的江湖叙事手法，总能在不经意处顽强地浮现出来。这意味着：徐则臣小说固然选取了西方现代主义小说的思想意蕴和叙事手法，但同时也接续了中国小说史上的江湖叙事传统。那么，徐则臣小说如何接续并转换了传统江湖叙事？其意义究竟何在？这些问题是本文选取江湖叙事视角对徐则臣小说进行解读的重心所在。

## 一 由"花街"到"京城"：江湖叙事的历史性新变

新世纪以后一直保持着旺盛创造力的著名小说家徐则臣，一向注重传统资源的现代性转换。在小说的叙事世界，徐则臣既接续了中国古典传统游侠小说的叙事传统，又借鉴了鲁迅、沈从文、汪曾祺所探索的在"纯文学"中置入江湖叙事的叙事手法。不仅如此，徐则臣对于如何转换江湖叙事，更有他自己的考量。

进一步说，他小说中的江湖叙事场景已经不再是传统游侠小说的山野江湖，也不再满足于鲁迅、沈从文、汪曾祺等"纯文学"小说中乡土江湖，而是延展至"北上广"一线大都市。同样，徐则臣小说中的江湖叙事观念也不再认同于以往游侠小说中传统江湖叙事的朝野之分、雅俗之别，也不再满足于现代江湖叙事中的"纯文学"或"通俗文学"的划分，而是将江湖叙事由"通俗文学"引入"纯文学"，再将"纯文学"的乡土叙事拓展到京都叙事。所以，他的小说呈现了两个截然不同的江湖世界：一个是由"花街""石码头""运河"与勇敢执拗的猎人、有情有义的水边忧伤女人所共同构建的乡土故乡的传统"江湖"；另一个是由政治、经济、文化中心的北京所构成的现代"江湖"。两个"江湖"的边界非但不再分明，反而被不断消解。由此，徐则臣探索了一种属于他自己的江湖叙事方式。

对于乡土故乡的江湖叙事手法，徐则臣固然主要借鉴了鲁迅、沈从文、汪曾祺等诗性叙事方式，但不再重复前辈作家实写"故乡"的方式，更不似他们那样皆将"故乡"视为根性记忆。徐则臣更倾向于以挽歌的方式虚写故乡晦暗的江湖影像，追忆"故乡"漂浮的江湖记忆。下面这段场景描写颇能传达出乡土故乡的江湖场景与江湖叙事传统在徐则臣小说中的新变："从运河边的石码头上来，沿一条两边长满刺槐树的水泥路向前走，拐两个弯儿就是花街。一条窄窄的巷子，青石板铺成的道路歪歪扭扭地伸进幽深的前方……"（《花街》）在这段场景描写中，不仅"石码头"和"花街"这两个故乡的江湖场景被叙写，而且故乡中的江湖既不见了鲁迅小说中浙东乡村的淳朴的江湖风俗，也不见了沈从文小说中"湘西世界"的自足自得的江湖幸福，还消失了汪曾祺小说中"苏北小镇"的清新欢快的江湖人物。小说中的江湖色调倒是与鲁迅小说《故乡》中的"知识者"——"我"返乡时所见的沉郁、清冷的乡土故乡的色调有些相似。朦胧氤氲的江南小镇、一条映着月光愈发清凉的青石板路、一个人来人往的石码头，还有影影绰绰的几个小红灯笼烘托了乡土故乡日渐衰颓的江湖场景。透过这样的江湖场景，徐则臣小说虽然保留了乡土故乡自在安和、纯朴温润的品性，但同时也传递出鲁迅、沈从文、汪曾祺等为现代中国所建立的自然性与人性相同一的乌托邦的诗意故乡的终结。其实，乡土故乡中的江湖对于徐则臣小说中的人物而言，只是他们的出发地和成长地，而不是归属地——徐则臣和他小说中的人物即便想回乡，也回不去了。不过，故乡虽然面目模糊，但故乡人的江湖之气却分明在徐则臣小说中保存下来了。徐则臣曾说："随着进入社会的日渐深久，对诗意和文学性的理解会发生巨大的变化。"① 所以，徐则臣对江湖叙事也因他对转型期中国社会的进入而有了新的认知，即徐则臣并没有因为"故乡的丧失"② 而终止小说中的江湖叙事，反而在他的"京漂系列"中继续延展为都市江湖世界。而且，在徐则臣的"京漂系列"中，"北京"在被实写为中国政治、经济、文化中心的现代化大都市的同时，也被隐喻为一座欲望与梦想、绝望与希望相互交织的江湖之地。

## 二 "边缘人"：文品纯正的新侠义人物

论及小说的江湖叙事，其核心功能就是塑造出让人过目不忘、江湖气质浓郁的侠义人物。对于通俗文学而言，这可谓题中之义，应该不是难题。但对于"纯文学"而言，则需要面对一些棘手问题：雅俗边界如何厘定？雅俗比重如何分配？雅俗人物如何一体？可以说，"20 世纪主要是高雅文学与通俗文学的对峙"③。如果试图在"纯文学"中置入江湖叙事，除了需要丰富的写作资源，更需要高超的雅俗整合能力。鲁迅、沈从文和汪曾祺都是处理这方面问题的高手，他们都在"纯文学"系统内部有效地置入了江湖叙事这一通俗文学配置，且塑造出了少年闰土、少年双喜、大佬、二佬、明海、十一子等率性自然、江湖气质浓郁的人物形象。

基于江湖叙事的视角，徐则臣小说中人物形象的血统特别值得玩味，概括说来，他们有一个共同的名字——"边缘人"。这类"边缘人"，继承了鲁迅小说中浙东农民、沈从文小说中湘西边民、汪曾祺小说中高邮生民

① 李徽昭：《文学、世界与我们的未来——徐则臣访谈录》，《创作与评论》2012 年第 1 期。
② ［日］藤井省三：《鲁迅〈故乡〉阅读史》，董炳月译，新世纪出版社 2002 年版，第 34 页。
③ 陈平原：《小说史：理论与实践》，北京大学出版社 2007 年版，第 106 页。

的本土精神血脉，也汲取了契诃夫和卡夫卡小说中的"小人物"、赫拉巴尔小说中"底层人物"的异域精神养分。甚至可以说，中外经典作家的所有"小人物"谱系都可能在徐则臣小说中的"边缘人"身上复活。所以，徐则臣小说中的"边缘人"无论多么不幸，其血统都源自文品纯正的高贵的经典文学家族，套用赫拉巴尔小说集的名字，这类人物就是我们这个时代的"底层珍珠"。不过，在接续中外经典文学家族血统之外，并没有祛除被当下"纯文学"日渐遗忘的江湖叙事血脉。徐则臣笔下的"边缘人"身上既内含民间传统的侠义之气，还负载了新世纪中国人的命运与心理。这种文野之气杂糅、雅俗趣味兼容的新游侠人物塑造，别有用意。如徐则臣所说："我感兴趣的是那种没有被规训和秩序化的蓬勃的生命力，那种逐渐被我们忽略乃至遗忘的'野'的东西。"[1] 那么，徐则臣究竟如何与为何塑造新世纪中国的新侠义人物？

先看"故乡系列"。"故乡系列"中的"边缘人"虽然内含了现代主义的神秘气质，但主体仍然遵循古典主义纯朴恬淡的精神气质，同时不乏传统游侠小说中侠男烈女的率真性情。自第一篇公开发表的小说《忆秦娥》始，徐则臣就已经在现代主义与古典主义的相互融合中凸显故乡人物的侠义性格。《忆秦娥》中的徐七被设计为典型的江湖人职业——做海货生意，他情义至上，极为珍视江湖兄弟的情谊。《最后一个猎人》中的杜老枪视打猎为生命，当得知女儿卖身且嫖客找上门来"要债"时，杜老枪端起土铳追出去，一枪"崩"了那个"狗日的"，绝对的江湖英雄气概。《失声》中卖猪肉的冯大力出场次数不多，但他打死调戏自己老婆的醉鬼瘸腿三旺的场面描写与《水浒传》中鲁智深拳打镇关西一样过瘾。"故乡"中还有勇敢泼辣的女人。她们中既有一生为情而生、为情而死的老一代女性，如"一生心事有谁知"的麻婆（《花街》）和七奶（《忆秦娥》）；也有从外乡来到故乡的年轻女性，如高棉（《梅雨》）和布阳（《夜歌》）。其中，《南方和枪》中的刚烈女性郑青蓝格外引人注目。她泼辣、大胆却重情重义，聚集了"故乡系列"中女人们的侠义特征。总之，徐则臣笔下故

---

[1] 徐则臣：《跑步穿过中关村》，重庆出版社 2008 年版，自序第 2 页。

乡系列的女性同沈从文"湘西世界"中的女人们一样，虽沦落"风尘"，却依旧将侠义精神视为生命的支撑。

再看"京漂系列"。"京漂系列"中的"边缘人"是"故乡系列"中的"边缘人"漂到北京后形成的一个散在的弱势群体，即底层"京漂"。与新世纪中国文学所塑造的"京漂"大多仅仅为生存而打拼不同，徐则臣笔下的"京漂"几乎全是"一根筋"的理想主义者，而且他们依然保有故乡时期的侠义精神。自《啊，北京》经《跑步穿过中关村》等代表作，至近作《如果大雪封门》，都反复讲述了"京漂"们如何守护侠义精神，且将此内化为现代人所遗忘的侠义文化性格。不过，徐则臣并不满足于将其仅仅理解为传统意义上的侠义精神的回归，而是试图在新世纪背景上为其提供新解。为了在文品纯正的"纯文学"中塑造出"京漂"的新侠义形象，他不仅调动了自身的切实体验与独特理解，还将其放置在新世纪中国充满变化的社会环境下进行叙写。"京漂"中的江湖叙事既正面描写了北京这个巨大的江湖社会惨烈的一面，又投放了新世纪中国人所追求的公民理想和公民意识。由此"京漂们"呈现出如下文化性格特征。其一，"义"字居首，但"义"的含义超越了传统江湖观念而深具中国梦的成分，即"京漂们"主正义、讲义气，但支撑他们生存的信念是中国梦。《我们在北京相遇》中"我"、一明、沙袖、老边之所以能够在北京生存下去，除了生活上相助相扶，还在于他们相遇的地方是共和国的首都——北京。《啊，北京》中老边的动人之处在于几经波折后，内心还在不断咏叹"啊，北京"。其二，"侠"为核心，但"侠"的含义明显带有新世纪中国人对社会公平、公正的欲求。"京漂"爱管闲事，打抱不平，但不再重复传统江湖的劫富济贫、拔刀相助，而是表达了对腐败贪官的厌恶、对现行分配制度的不满，以及对做人尊严的捍卫。《天上人间》中的子午原是一个性格胆怯的小镇青年，但跟着文哥、"我"做了一段"跑北京的"后，"有了江湖气"。此后，子午一旦碰到用假证牟取个人利益的官员，便狠狠地敲上他们一笔，直至因此而被杀死。子午转变的每个过程都充满辛酸，但也传递了底层"京漂"在急剧变革的时代里不屈服、不怕死的侠文化性格。至此，这些新质要素的投放，使得徐则臣小说中的江湖叙事获得了新世纪中国文学的特殊品格：以"纯文学"的形式提供了底层"京漂"这类新型的中国人形象，即"故乡系列"之外的新侠义形象。当然，对于"京漂"的新侠义文化性格，不需要过于夸大，事实上，底层"京漂"对中国梦和社会公平公正的理解不过是一种从自身出发的朦胧认知。

## 三 结构方式：先锋形式中嵌入通俗配置

不必怀疑，徐则臣小说的结构方式完全称得上典型的现代主义小说的形式设计。被限制的第一人称叙事视角，颇受福克纳小说的影响；少年"我"永远在路上的情节模式，更符合于西方现代成长小说的故事模式；神秘、诡异的氛围，也属于现代主义的隐喻方式；在虚构与写实之间无止境的实验，更是属于现代主义小说的难度写作。至于小说中的细节把握，更是汲取了现代主义经典作家的多种养分。但是，即便如此，传统游侠小说的结构方式还是不该被视而不见。概言之，徐则臣小说的结构方式既在整体上选取了现代主义小说的先锋形式，又在局部上嵌入了传统游侠小说的通俗装置。其中，最明显却又不易察觉之处就是巧用传统游侠小说中的结构的连环性与情节的传奇性。

一般说来，传统游侠小说的结构方式，大多选用说书人的结构方式。因为传统游侠小说要最大可能地尊重读者的兴趣、心理，而不似现代主义小说那样只接纳属于它的特定读者群，所以在结构方式上也要重点考虑大众读者的接受能力和阅读习惯。对于传统游侠小说的结构方式，陈平原曾经概括道："唐宋传奇及宋元话本所述及侠客者，绝大部分集中描述一人一事，或者一主一从……这种结构方式利于短篇小说而不利于长篇小说。"清代以后，"公案小说专集的大量印行，很可能启发了侠义小说家的结构意识：用同一位清官串起所有断狱故事以获得小说的整体感……而这种'虽云长篇颇同短制'的'集锦式'结构技巧既符合说书艺术的特点（《三侠五义》《小五义》《永庆升平》等都是据说书艺人底本改编的），又很容易为文化水平不高的作家所掌握，难怪其风靡一时"①。可以说，陈平原的这段话高度概括了自唐宋传奇至清游侠小说的结构演变。"一人一事"与"集锦式"构成了日后游侠小说的结构原型。

徐则臣小说固然不隶属于游侠小说之列，而且其大多采取中短篇的结构形式，但其结构选用了游侠小说的连环性结构。有时是"一人一事，或者一主一从"，有时则是"集锦式"，各个小说合在一起，故事形成连环性结构，人物形成了连环性关系。在"京漂系列"中，边红旗、孟一明、沙袖在不同的小说中反复出现。《啊，北京》主要讲述边红旗的故事，此外提到北大研究生孟一明和他老婆沙袖。在另一部小说《我们在北京相遇》中，孟一明和沙袖的故事得到充分叙述。同时，边红旗再次出现并与沙袖发生一夜情。这段故事看似平常，但假如将两篇小说放在一起来看，实为一种补充，它让我们看到边红旗远不仅是《啊，北京》中一个落魄诗人、乐天派假证制造者，更看到了他作为现代人的另外一面——与朋友妻发生关系的情节或许意味着传统江湖之道已经终结。另外，《屋顶上》的宝来在《如果大雪封门》中的开篇就因被打伤而回到了苏北老家，暗示了宝来的后续命运。特别值得注意的是，徐则臣小说中的叙述者"我"同时兼具"京漂"的身份，在多篇小说中连续出现，既参与了《啊，北京》中的理想主义憧憬，也经历了《我们在北京相遇》和《西夏》中的冷暖打拼，还体验到了《天上人间》中的理想主义幻灭，直至到《如果大雪封门》中对理想主义的省思和重新寻找。连环性结构在"故乡系列"中也频繁出现，主要表现为场景的连环性。"石码头"和"花街"反复出现，围绕这两个核心场景，小说展开了故乡人物生活的江湖背景。麻婆、蓝麻子与豆腐店、老范家的与酱油铺、林婆婆与裁缝店、孟弯弯和瘸腿三万的米店、苏绣和洗河的豆腐店，串联在一起，合成了故乡系列的连环性结构。有时，人物会走到场景前面，作为小说的主角讲述他们的遭遇和故事；有时场景又会成为小说的主角讲述故乡的变迁。无论是人物，还是场景，都在连环性结构中目送传统江湖世界的远去。

---

① 陈平原：《千古文人侠客梦》，《中国小说史论集》，河北人民出版社1997年版，第978页。

　　除了结构的连环性，传统游侠小说中情节的传奇性手法在徐则臣小说中也被有效地巧用。如何编排小说情节是传统游侠小说与现代小说皆无法回避的难题，也是它们的重要区别之所在。传统游侠小说一向尽显情节的环环相扣、险象环生，特别是，擅长于借助武功、打斗的刀光剑影来编排故事，吸引读者。而现代主义小说则青睐迷宫式的叙事结构、心理意识的流动，甚至不惜为此而增加小说的阅读难题、消解情节的逻辑链条。既然徐则臣小说总体上属于现代主义的叙事美学原则，就不能逾越现代主义结构方式的底线，而只能在局部上置入游侠小说的传奇性手法。《花街》中老莫和麻婆的爱情，始终采取虚写的方式，这是典型的现代主义手法，但在整个现代主义结构中又适度放置了苦恋和生死恋的情节要素，属于通俗文学的常见手法。《梅雨》虽然通过少年"我"的视角，虚写了外乡美丽女人高棉来到花街后的宿命悲情故事，整个人物的寓意符合现代人无所归属的生存现实，但又内置了风尘女刚烈性格的情节内容，也属于通俗文学的惯用手法。《西夏》虽然以现代主义小说的叙事方式讲述"京漂"初始时期的生活，却嵌入了英雄救美的传统游侠小说的言情故事模式。《跑步穿过中关村》和《天上人间》应该说是新世纪中国小说中少有的批判意识自觉、现代主义意蕴丰富的现代主义中篇小说代表作，同时又配置了兄弟结伴走江湖、江湖与权贵相对立的传统游侠小说的伦理精神。即便在现代主义手法居于显要位置的《伞兵与卖油郎》中，徐则臣也还是在其表层结构中讲述范小兵一家祖孙三代渴望成为伞兵的戏剧性故事，充满了传奇性。

　　不必讳言，在徐则臣小说的结构内部，将先锋形式与通俗装置同时并用的结构方式是一种冒险，二者之间有时会存在某种抵触、矛盾的地方，必将经过探索、磨合的过程，才能获得相互兼容的可能。特别是在长篇小说《夜火车》《水边书》和《午夜之门》中，二者的关系更为难以处理。如《午夜之门》的小说结构就严峻地考验了徐则臣对先锋形式与通俗形式的缝合能力。

　　尽管徐则臣的小说成长于先锋小说渐成传统之时，但却与一味追求形式实验与智力游戏的先锋叙事策略非常不同。对于徐则臣来说，与其让小说的结构方式走向先锋叙事的极致，不如转向对通俗小说手法的运用和转换。实际上，先锋文学作为 20 世纪 80 年代中国的小说界革命，其使命在新世纪中国已经完成。新世纪以后，不仅读者早已厌倦了那些"故弄玄虚"的先锋形式实验，而且先锋作家自身也开始反思和调整。比如，马原转向了对生命经验的书写；格非转向了对现实情状的描写；苏童转向对人性的温暖面的讲述。在这样的背景下，徐则臣对江湖叙事的选用与转换未尝不是对先锋文学的反思。不仅如此，徐则臣小说凭借对江湖叙事的巧置新用，不仅为新世纪的"纯文学"的困境提供了一条突围之路，也极大地释放了他小说的想象力。至于徐则臣在未来的小说创作中，究竟还能生发出多少创作的新路径，变幻出多少翻天覆地的新场景，应该是一件激扬想象力的事情。

（本文发表于《小说评论》2014 年第 1 期。全文转载于人大复印资料《中国现代、当代文学研究》2014 年第 4 期）

# 青春文学研究

# "低龄化写作" 对传统儿童文学的颠覆

青少年写作现象发端于 20 世纪末。发端期的青少年写作并未抱有改写中国当代文学地形图的勃勃野心。当时的青少年写作者在人们眼里不过是一群被前辈作家视为"低龄化"的孩子们。即便青少年作家自己，也将自身视为"孩子"。如郭敬明在写作初始时期对自己的描述："一个双子星的孩子站在旷野之上，站在巨大的蓝色苍穹之下仰望他圣洁的理想。他张开双手闭着眼睛感受着风从身体两侧穿过时带来的微微摇晃的感觉。他像这片旷野一样敞开了自己充满疼痛与欢乐的成长。/我就是那个孩子。"① 事实也是如此，他们从《萌芽》所主办的"全国新概念作文大赛"出发之时，正值十七八岁，一脸稚气，却又颇有反叛的冲动。写作，对于这群孩子而言，与其说是出于自觉的追求，不如说是出于对现行教育体制本能的反抗。这样，1999—2003 年他们所能够颠覆的对象只是局限于传统儿童文学观念。以往中国当代儿童文学作品中的"小英雄""好孩子"等形象在"低龄化"写手的作品中受到集体颠覆。与此同时，"低龄化写作"也不认同于世纪之交中国儿童文学所塑造的带有成人印记的儿童形象。当然，"低龄化写作"所有的朦胧的反叛，都与"低龄化"写手所遭遇的现行教育体制的压迫密切相关。

---

① 郭敬明：《爱与痛的边缘》，东方出版中心 2001 年版，第 5 页。

# 一 "低龄化"写手的群像：白日里苍老的心灵

在 20 世纪末最后的日子里，世纪老人用尽全身气力，将它最后一抹余晖洒向了一颗颗童稚的心灵。从此，这个世界上没有了传统意义上的无忧无虑的儿童文学。以往张开双翅、飞向透明的天空的孩子不见了。曾经在田野上奔跑，采撷着蓝蓝的小星星的孩子远去了。过去在树林深处从鸟窝里掏出红月亮的孩子消失了。昨天愿意在冬季的冰凌花上画满童话的孩子也长大了……孩子，作为造物主赐给人类的最可塑的面团，被推至一个一切都有待重估的新的地平线上，以步成人的后尘。然而，孩子并没有完全遵循既定的轨道：他们在文字里，保留了原初的顽皮与机智，一边追逐，一边颠覆。

"低龄化写作"的命名不只是为了应对少年作家的写作现象而采用的临时表意策略。这一命名更意味着它只关涉低龄自身，而不关涉低龄所派生出来的让人们产生常规的一系列联想。或者说，"低龄化写作"是相对于成人写作而言，且依据低龄化作者的年龄特征来作的分类。但"低龄化写作"并不标志必然地与传统观念中的儿童写作有着一脉相承的联系，更不说明它与成人的写作有着天然的隔绝与对立。事实上，"低龄化写作"已经消解了孩子与成人的边界："低龄化写作"不再符合人们以往的假设，不再保有着一切低龄孩子所具有的童稚与幻想，甚至，它已经超出了孩子的边界，浸染上成人的复杂与破灭。此外，"低龄化写作"与儿童作家的写作也截然不同。北董的《飞碟狗》①、车培晶的《爷爷铁床下的密室》②无论多么努力地想博得孩子的青睐，都无法真正走入这忧伤的早熟的心灵深层。因为当成人作家一经如"大篷车"等儿童栏目一样模拟着孩子的声音，也便暴露了成人的假声。

---

① 北董:《飞碟狗》，春风文艺出版社 2001 年版。
② 车培晶:《爷爷铁床下的密室》，春风文艺出版社 2003 年版。

　　"低龄化"写手大多出生于20世纪80年代。当他们拥有记忆时，正值世纪末。传统儿童文学中的"小英雄""好孩子"根本没有进入他们的记忆。或者说，他们是"小英雄""好孩子"后改革开放文化环境中的"独一代"。"低龄化"写手根本无意把自己扮作英雄，或者孩童，虽然他们留恋童年的风景。当他们意识到已经无奈于心灵的负重时，索性在文字里比成年人还老成。作家曹文轩在韩寒《三重门》序言中谈及了自己感到惊奇的原因：作者的早熟和早慧。由此，他素描了传统意义上的儿童文学特征：天真与稚拙。并进而指出："而在《三重门》的作者韩寒身上，却几乎不见孩子的踪影。若没有知情人告诉你这部作品出自一个十几岁的孩子之手，你就可能以为它出自于成年人之手。可以这么说，《三重门》是一部由一个少年写就，但却不能简单划入儿童文学的一般意义的小说。在我的感觉上，它恰恰是以成熟、老练，甚至以老到见长的。"① 这段评语，实际上扩大了儿童文学研究的视点：儿童文学并非一块泾渭分明的地域。它不会取决于作品的主人公是否是一名儿童。也不应该取决于作家是否是一位少年学生。那划入儿童文学地域的人物与作者没有日期。试图将一个确定的日期固定在一个不确定的文本世界里，是与文本与作者的初衷相违背的。同样，"低龄化"写手未必如传统儿童文学观那样将写作视为与时尚化绝缘的创作。"低龄化"写手成长在市场经济的背景下，从一开始就不再区分创作与复制的关系。如郭敬明所说："我对随便哪种感觉的文字上手都很快。曾经我用一天的时间看完《第一次亲密接触》，然后第二天就写出了两万多字类似的东西，把同学吓得目瞪口呆。"② 所以，我们很难根据日期判断生命是否成熟与稚嫩。这样，我也就不难理解韩寒的《三重门》，还有郭敬明的《爱与痛的边缘》、甘世佳的《十七岁开始苍老》③，乃至12岁的初中生蒋方舟的《正在发育》④ 等所进行着的一种跨越儿童文学边界的写作行动。也许，唯其如此，他们才能以叛逆之心反抗他们所受

---

① 韩寒：《三重门》，作家出版社2000年版，序言。
② 郭敬明：《爱与痛的边缘》，东方出版中心2001年版，第128—129页。
③ 甘世佳：《十七岁开始苍老》，东方出版中心2001年版。
④ 蒋方舟：《正在发育》，陕西师范大学出版社2001年版。

到的压迫。

我以为，以今天的生存空间而言，没有什么事物比孩子的心灵更为隐秘。孩子的孤独比成人的孤独更难以言说。孩子的人格比成人的人格更为复杂。孩子不会如实地回答心理学家的任何测试，不会对于自身以外表露自己的孤独，更不会明白为何在人前做假。心理学家提出过的"心理降生"概念，认为少年的成长要经历两次降生：第一次主要指母子分离，分离后的痛苦可以在追忆中得到治愈。第二次则要艰难得多。因为第二次是个别化的过程。它是一个刚刚经历与母亲分离之后的无助的生命所必得经历的更孤寂的痛苦。这个孤寂的生命的一个本能的反应就是用行动或用心理对抗成年人为中心的压迫性文化的压迫。当然，这种对抗不一定永远都是对抗性矛盾，少年的心理降生完全可能是一个成功，如果他或她的生理、心理、情感、智性、生存能力等诸多方面能够获得总体性的发展。然而，令人遗憾的是，他们生不逢时，或者，也可以说，恰逢其时，因为这个现代社会不再将生命的降生看作庄严与神圣的事情，可也同时为这批降生者提供了降生的无限可能。更确切地说，这批降生者刚一与母亲分离，就相遇了一个没有价值判断，或者说，怎么判断都行的多元的社会。这样，如果说成人可以在十几年以内走完欧洲几百年的历史，那么，少年也可能在十几年里走完所有年轻的历程。这样，我也就不会感到惊诧，当少年以一颗衰老之心说："一个十七岁的人说自己的年轻生活流过了，听起来怪怪的。或许是我看的书多了，灵魂就成熟或者说苍老起来。就像台湾的米天心一样，被人称为'老灵魂'。"① 17 岁，按照以往的阅读经验，正是生命即将进入青春之际，可"低龄化"写手们已经毅然决然地告别了那个原本有憧憬有梦想的童年的旷野。

那么，究竟是何种缘故让"低龄化"写手一降生就开始苍老？或者说，"低龄化"写手获得了怎样的写作经验才变得比成年人还老成？我想，这是一个难以考证的追问。因为没有人能说得清一个人的成长究竟是由于哪本书，哪件事，哪个人。但是，在此，我拟以文本作为考证对象，追踪

---

① 郭敬明：《爱与痛的边缘》，东方出版中心 2001 年版，第 94 页。

"低龄化"写手们早熟的原因。由于生活局限,"低龄化"写手们似乎更多地以阅读的形式度过自己的时光。但是,需要说明的是,"低龄化"写手们的阅读对象除了在《三重门》里主人公林雨翔从5岁就背诵的《尚书》《论语》《左传》等传统书籍,在《十七岁开始苍老》里"我"所说的连环漫画、童话、作文选、杂乱的武侠小说、尼采和弗洛伊德的著作、《圣经》及杂乱的后现代文学,以及在《爱与痛的边缘》中,"我"随口引用的普鲁斯特、杜拉斯、苏童等人的话语外,还包括现代社会里的大量的纸媒、图媒和网媒。尤其,与书籍相比,多媒体对于"低龄化"写手们吸力愈来愈大,如安妮宝贝的网上小说已经成了一种安慰:"安妮对我来说就像是开在水中的蓝色鸢尾花,是生命里的一场幻觉。"① 窦唯的音乐已经成了一种感伤的疼痛,"而窦唯总是给人一股春末夏初的味道,每次听到他的声音,我都能敏锐地感受到悬浮在空中大把大把的水分子,附到睫毛上便成了眼泪"。王菲唱:"当时的月亮,曾经代表谁的心,结果都一样。一夜之间化作明天的阳光。于是我们哭。"② 王家卫的电影填补了一片寂寞的空白:"王家卫。写下这三个字的时候我的指尖很细微但很尖锐地疼了一下。"③ 可以说,正是多媒体阅读,催发了低龄化一族的早熟。或者,更确切地说,"低龄化"写手们大多更倾向于与多媒体语言为伍。他们吸纳了多媒体语言的新奇与活脱与俏皮与机智,可也感染上了多媒体语言的虚幻与短暂与凌乱与感伤。于是,原本就空旷的心灵就更加飘荡在半空之中。

## 二 "低龄化写作"的特质:夜里本能的颠覆

"低龄化"写手们从此不再憧憬白日的梦想。他们沉湎于夜的梦里。尽管"夜里的梦是劫持者,最令人困惑的劫持者:它劫持我们的存在"。

① 郭敬明:《水中的蓝色鸢尾》,《爱与痛的边缘》,东方出版中心2001年版,第96页。
② 郭敬明:《爱与痛的边缘》,东方出版中心2001年版,第4页。
③ 郭敬明:《一个仰望天空的小孩》,《左手倒影,右手年华》,上海译文出版社2003年版,第58页。

但他们毕竟还是孩童，他们瘦削的肩膀、稚嫩的脸庞都不能让他们真正如成人一般，以理性的维度面对这个世界上白日里各式逼仄的寒光。他们只有被夜选择，在夜的梦里沉没又上升，上升又沉没。夜以它的乌有之乡成为他们的依托。于是，他们思索着，在夜的梦的庇护下："我就是这样一个孩子，我诚实，我不说谎。但如果有天你在街上碰见一个仰望天空的孩子，那一定不是我。因为我仰望天空的时候，没人看见。"① 于是，他们逃避着，在夜之梦的接纳下："他们面对巨大的现实阴影，不像父辈那样呐喊，不像兄长那样深陷，他们更愿意去寻找阴影中丝缕的阳光，给他们以温暖和慰藉。"可是，"低龄化"写手们是否只满足于在夜之梦里安睡？或者说，夜之梦者能否找到让他安睡的保证？显然不能。生命在夜之梦中不是一个主体的存在，夜之梦是主体不在场的梦。这样，"低龄化"写手们实际上只有一种选择的可能：不再奢望安睡，借助夜之梦，听凭生命的本能，颠覆白日里的秩序。

"低龄化"写手们既然是以写作的方式进入白日的世界，低龄化写作便首先消解了传统儿童写作的神话。或者说，低龄化写作重新确定了"低龄化"写手们的写作观。如11岁的蒋方舟借助妈妈之口如是看待写作：作家就是有一个破笔头，几打稿纸，钱就哗啦哗啦地来了。低龄化写作不过是一个涂鸦的游戏行为，并伴随着悦耳的银子的声响。甘世佳的写作是与网络朝夕相处的，因此，写作被他称作"网络上的文字舞蹈"："写作若能即兴，若能忽略所谓好坏那是最好。"② 低龄化写作不是为了告诉你讲述什么，写作的意义永远是模糊的。郭敬明则认同杜拉斯的一句话：写作是一种暗无天日的自杀。并说"我只是善于把自己一点一点地剖开，然后一点一点地告诉你们我的一切"。低龄化写作，已经与成人的个人化写作达成某种同谋，甚至更在意于个人的疼痛："哪怕我想写一个宋朝勤劳的农民，写到最后还是扯到自己身上来。"韩寒作为"低龄化"写作的元老级人物，写作观更为明确："尽管情节不曲折，但小说里的人生存着，活着，

---

① 参见郭敬明《左手倒影，右手年华》，上海译文出版社2003年版。
② 参见甘世佳《十七岁开始苍老》，东方出版中心2001年版。

这就是生活。我想我会用全中国所有 Teenager，至少是出版过书的Teenager里最精彩的文笔来描写这些人怎么活着。"① 低龄化写作不再听令于传统儿童文学的写作观。"低龄化"写手们以自己的经验出发，结束了"向日葵"的写作时代。也许，在历史的记忆里，共和国以后成长起来的孩子一向视写作为一件神圣的事业。因为在共和国之后孩子所读到的教科书里，写作多是与许多令他们肃然起敬的作家鲁迅、茅盾、巴金、冰心等名字联系在一起的。写作即使不是"经国之大业，不朽之盛事"，至少也是具有精神质地的高尚劳作。用那一时期的一句歌词来表达，即是"党是阳光，我是向日葵"。然而，20世纪80年代中后期，市场经济与个人化写作的相互配合，让八九十年代出生的孩子们——"低龄化"写手们一降生就获得了更为真实、可感的生活教科书。所以，他们根本还来不及与神圣写作的神话进行对话，就随同成人进入了一个消解写作神圣的队伍里。而且，由于他们一方面承继了成人的消解成果；另一方面，由于他们原本就不知神圣写作为何物，他们的行动往往比成人更能感受到消解的轻松与快乐。

由于"低龄化"写手们感受到的最深切的压迫是现存的不够完善的教育制度，低龄化写作便把主要火力集中于对它的挞伐与轰炸上，即传统儿童文学的寓教于乐职能成为低龄化写作主要颠覆目标。低龄化作者的代表韩寒曾经明确地自认："韩寒是完完全全彻彻底底反对现在教育制度的小混混。"郭敬明比韩寒乖巧一些，因为他懂得：谁反对教育制度，谁就会被现存制度反对掉。他只能以柔弱之音来倾诉："而我留在理科班垂死坚持。学会忍耐学会麻木学会磨掉棱角内敛光芒。学着十八岁成人仪式前所要学会的一切东西。"这里，"低龄化"写手们的反抗也许有些极端或片面，但他们的反抗又的确来自他们的生命体验。蒋方舟不加掩饰地慨叹：作文课太难上了，现代书生写不出作文。甘世佳不动声色地调侃："高三。在语文老师的训练下，渐渐丧失写字的能力。"② 正如"低龄化"写手们所言，不健全的教育制度不仅扼杀了孩子的灵性，而且，让孩子们的心灵笼

---

① 韩寒：《三重门》，作家出版社2000年版，后记。
② 参见甘世佳《十七岁开始苍老》，东方出版中心2001年版。

罩着巨大的阴影。在阴影的笼罩下，孩子们失去了童真、自然与清新的品性。而失去了灵性、又不可能建立健全理性的心灵没有了栖居之地。终于，"低龄化"写手们陷入了难以承受的二元对立，即孩子与孩子本质的分离。当然，由于缺少理性的支撑与判断，他们常常不能分辨压迫者与被压迫者之间的区别，往往将庞大复杂的体制化作一个个具体的形象与事件。结果，一节课、一位老师、一位校长甚至家长便成了他们的反抗的目标。于是，在低龄化作者的作品里，学校、课堂与师长总是作为他们或嘲笑或反抗、或怜悯的对象出场的。《三重门》里的马德保是一个搞笑版的教师形象：把屠格涅夫教成涅格屠夫，还以为同学不会发现。《爱与痛的边缘》中的校训散发着咄咄逼人的寒光："宁可在他校考零分，也别在二中不及格"①。《十七岁开始苍老》中的政治老师不得不接受某班学生一边高举着《驳斥中国人权报告》，一边责问中国有没有人权的事实。《正在发育》中"有奖的思品老师"每次上课，都给学生发奖。《社会课上》老师每讲一个条约，都要换一件新衣服。可见，在低龄化写作中，老师似乎是教育制度的执行者，就是孩子心灵的压迫者。不仅老师，家长也同样不会被放过。如果说学校里的老师扮演了在职的心灵压迫者，家长们则充当了压迫他们心灵的非在职者：林雨翔的家长强迫他不断地在不同的课外班穿梭。《爱与痛的边缘》里"我"的妈妈让他在左右手间选择。可以说，除了"文化大革命"文学及后来王朔的写作，还没有任何时期的作品，将学校、老师、家长描写得如一张恶作剧的漫画。而况，这些漫画的作者竟然是他们用心血培养的继承者。那么，我不禁有一个疑惑：低龄化作者怎么能在作品里如此冷漠？当成人以冷漠之心教孩子如何冷漠地看世界的时候，实际上已经给这种冷漠贴上了"正常"的标签。低龄化作者作为一代早熟儿，很快地学会了成人的对于情感的压制。

"低龄化写作"除了将写作与现存教育制度作为颠覆的中心目标与主要对象外，还用文字消解了传统儿童文学里孩子们的生命根基——友情与朦胧的爱情。经历过少年时代的成人大多知道，友情与朦胧的爱情在一位

---

① 郭敬明：《围城记事》，《爱与痛的边缘》，东方出版中心2001年版，第41页。

少年心目中的重量。可以说，它们中任何一项，都足以让少年产生无限的联想，从而进入一个美好的意境。然而，这个世界上已经毫不留情地污染了天空并粉碎了梦想。在低龄化作者的作品里，友情的推心置腹已经衍变为敌我之间的兵不血刃："不要告诉我高中生有着伟大的友谊，我有足够的勇气将你咬得体无完肤。友谊是我们的赌注，为了高考我们什么都可以扔出去。"① 爱情的地久天长已经沦落为随时消散的虚妄："十七岁以后不相信爱情与诺言。也不相信别人的爱情与诺言。"② 花季少年具有这样的清醒似乎有悖常理。但是，如果我们将这种散发着透骨的寒气的话语与"低龄化"写手们视角中的生存境况——他们的真正教科书相联系，就不会感到诧异。在我认为，这是一代只相信视觉的孩子。各种书籍只有配上生活的图画，他们才会产生兴趣。反过来说，还没有哪一代孩子如他们对自己所见到的生活的"看图说话"深信不疑。当他们眼中的成人世界在为了权力、金钱与美女等竞相追逐时，他们便也很快如模拟电子游戏一样模拟起友情与爱情的游戏，甚至将友情与爱情消解到一种极致："朋友就是速溶的粉末，一沉到距离这摊水里，就无影无踪了。""感情的事情有时就是这样，没有感情可言。"虚无之气已经浸透于"低龄化"写手们的生命深层。

## 三 "低龄化写作"的困境：悬崖边上的写作

应该指出，低龄化写作对于传统儿童文学的一切经典要义所进行的颠覆，并没有让"低龄化"写手们获得真正的解放与自由，相反，"低龄化"写手们时刻都陷入一种无方向的焦灼之中。虽然他们手中执有长矛，但由于他们所面对的恰是一个价值多元却也价值混乱的时代，他们追寻的目标又常常超出他们判断的界限之外，他们在反叛之时很难适度且不产生负面效应。换言之，在他们手持"长矛"冲向目标时，他们更多的是听从于一

① 郭敬明：《七天》，《爱与痛的边缘》，东方出版中心2001年版，第151页。
② 参见甘世佳《十七岁开始苍老》，东方出版中心2001年版。

种本能。他们或者根本不知什么是真正的风车，或者，在他们看来，满眼都是风车。他们或者做出冲杀的姿态，以示自己的标新立异；或者到处出击，以剔除一切不合他们心意的对立物——也许这个对立物恰是路基。从此，低龄化写作纷纷用文字剖开"低龄化"写手们在夜里的各种疼痛的感觉。而且，他们竟然沿着疼痛的感觉，走到了悬崖的边缘。这样说，我想并不算夸张，如果我们平心静气，姑且把"低龄化"写手们的年龄隐去，然后再细读他们的文字。可以说，这个现代社会里成人们思虑的许多生命之谜他们都有所进入，且抵达到了一种感观的极致。这样，传统儿童文学的边界被"低龄化"写手们从内部拆除。

进一步说，"低龄化写作"不再用画笔画下传统儿童文学的意象，如"阳光""雨露""松树""星星"与"白雪"，也不再将"坦克""飞机""变形金刚""洋娃娃"与"仿真枪"作为进入虚拟世界的通行证。原初自然风光的消失与都市玩具的泛滥，尤其，心灵压迫感的剧增使得"低龄化"写手们或者遗忘了自然的家园，或者厌烦了喧嚣的噪音，而开始了对迷惘生命的猜想。于是，低龄化写作将体验痛苦作为文字游戏的乐章。当然，他们囿于年龄的局限，不可能如哲学家一样能够在各种悖论中获得一条敞开的路，也不可能如成人作家一样拥有深厚的阅历。但是，唯其如此，他们任文字放荡开去，一路追随想象力的方向，让晦暗的星光照亮心灵的创伤——虚无、孤独，甚至死亡。郭敬明在《消失的天堂时光》中的"我"在目睹了一场血染的爱情很快就烟消云散之后，没有吃惊，仿佛一切都在意料之中："当彩虹出现的时候，人们停下来欣赏、赞叹；当迷人的色彩最终散去的时候，人们又重新步履匆匆地开始追逐风中猎猎作响的欲望旗帜，没有人回首没有人驻足。"[①] 这里的文字没有一滴泪，一滴泪的声响太巨大，不能表达世界的虚妄。还是坦然地接受虚无吧。虚无是一种宿命。然而，纵然虚无的宿命可以不想，难耐的孤独还是难以忍受："你说一个人孤零零地站在沙漠上守着天上的大月亮叫作孤独我是同意的；如果你说站在喧哗的人群中却不知所措也是孤独我也是同意的。但我要说的

---

① 郭敬明：《消失的天堂时光》，《爱与痛的边缘》，东方出版中心2001年版，第85页。

是后者不仅仅是孤独更是凌迟。"① 低龄化作者缘此下去，自然联想到了死亡："只有回去。生命是最不自由的。""低龄化"写手们对痛苦的书写也许有夸张之嫌，但如果想象一下已经吸取了丰富养分的种子身上还覆盖着钳制它成长的庞然大物，就会估量出他们痛苦的重量。

所以，承认"低龄化写作"对于"低龄化"写手们痛苦的书写，并不意味着未来的儿童文学应该认同这种冷漠、近乎麻木的书写方式，更不意味纵容"低龄化"写手们向痛苦的极致沉迷。从这个意义上说，倘若低龄化写作继续沿着虚无、孤独、死亡的方向再前行一步，便很有可能面临坠落悬崖的危险。这样说，并非有意危言耸听：写作，当然包括低龄化写作，如果真的泯灭了对这个世界的幻想与憧憬及理想与信念，那也就失去了行走于人生的最起码的热情与对写作最基本的使命。诚然，解构现存秩序中不合理的因素固然合理，但写作不应解构生存的底线。即是说，低龄化写作可以反抗现存教育制度所代表的一切理性压迫，但应该由此更加珍爱少年世界中的所有珍贵之物——童年的清新、少年的憧憬、诚挚的友情、单纯的眼睛……道理很简单：无论何种写作，何时写作，最动人之处不是展示痛苦本身，而是写作者直视痛苦并将痛苦化作光辉的态度。事实上，低龄化写作在文字深处时亦无法掩饰"低龄化"写手们对一个失去了的好天堂的怀念。虽然他们习惯于扮演一个很"酷"的形象，而不愿透露他们内心中最隐秘的地方，但还是难以掩饰他们无法压抑的心声：渴望纯洁、渴望情感、渴望温暖。甘世佳《倾岛之恋》的"我"虽然"穿着黑色的 Nike 汗衫，豹皮纹的短裤"，但倾心的却是一个"穿白色的衣裙，十几岁的样子，漂亮而充满童真"的女孩子。韩寒在《三重门》安排了林雨翔的雨中痴恋。郭敬明在《消失的天堂时光》中的"我"始终都在呼唤人世间淡忘了基本情感："我以为我们已经没有眼泪了，我们以为自己早已在黑暗中变成一块散发阴冷气息的坚硬岩石了，但是我们发现，我们仍有柔软敏感的地方，经不起触摸。"② 可见，低龄化写作中虽然以极端的姿态

---

① 郭敬明：《爱与痛的边缘》，东方出版中心 2001 年版，第 151 页。
② 郭敬明：《消失的天堂时光》，《爱与痛的边缘》，东方出版中心 2001 年版，第 81 页。

反叛了传统儿童文学的一切要义，但在反叛途中，又何尝不想驻足、回返。只是他们已经起舞，巨大的惯性带动着他们的肢体和语言不停地旋转。在旋转中，他们寻找着自身，但又迷失了自身。而且，仅仅依凭他们自身，恐怕不能在涅槃中新生。

"低龄化写作"虽然给儿童文学注入了活力，但它又将儿童文学带入了一个悖论之地。这样说，包含两个含义：一方面，低龄化写作冲击了成人目光里的儿童文学，突破了"寓教于乐"与"白雪公主"及"变形金刚"等模式化写作，直接呈现了一个孩子在白日与夜晚的迥异的世界；另一方面，低龄化写作在实现了用文字敲打幽闭的心灵并亲自书写自己思想之时，却展现了一个色彩缤纷然而异常混乱的价值观，如同他们的文字——一会儿是先哲语录，一会儿是时尚作家的引言；时而背诵古典诗词以扮风雅，时而借用外来语言以示渊博。此外，低龄化写作是否能够免疫于商业社会的陷阱？"低龄化"写手们是否由于一本书的走红而以作家的勋章来给嘉奖？一切都不得不让人心怀警惕：低龄化写作是否意味着一个凄美的深潭？

（本文发表于《文艺报》2002年3月5日。获得中国作协颁发的第六届全国优秀儿童文学理论批评奖）

# 文学生产机制视角下重审
# 青少年写作现象的新格局

以"80后"① 为主力军、"90后"② 为生力军的青少年写作现象,自1999年"全国新概念作文大赛"③ 始,至2013年"全国青年作家创作会议"④ 传递出"大团圆"结局的信息,已近14年了。经由14年的逆向而生、顺势而长,曾经备受关注和争议的青少年写作现象已然成为新世纪中国文学一个不可忽视、影响深远的文学现象与文化现象。然而,对于如何理解青少年写作现象的特质与意义,中国当代文学批评界的研究很是滞

---

① "80后"概念是一个充满争议的概念。本文的"80后"包含两个维度的含义:其一,在时间维度上,指在1980年1月1日至1989年12月31日出生的人群,也称为"80一代"或"泛一代";其二,在文化的维度上,指在改革开放的文化背景上成长起来的中国年青一代。

② "90后"是"80后"的派生词。在本文中,"90后"与"80后"相同,包含两个维度的含义:在时间维度上,指1990年1月1日至1999年12月31日出生的一代人;在文化的维度上,指在中国改革开放已经显现出明显成效时出生并成长起来的中国年青一代。

③ 新概念作文大赛是由《萌芽》杂志社主办,中国当代著名作家、学者担任评委,在中国大陆地区(2007年10月首设港澳赛区)专门面向30岁以下青年的一项文学赛事,该赛事自1999年起每年举办一次。该大赛对于解放语文生产力,生成青少年写作现象,推进现行教育体制等方面具有重大的时代意义和历史意义。

④ 2013年9月24—25日在北京召开。这是新中国成立以来第七次全国青年作家创作会议,上一次全国青年作家创作会议是2007年11月召开的。来自全国各地的297名青年作家出席会议,其中女作家99人,少数民族作家42人,代表平均年龄35.5岁。"这次会议的主要任务是,以邓小平理论、'三个代表'重要思想、科学发展观为指导,认真学习贯彻党的十八大精神和全国宣传思想工作会议精神,总结近年来我国青年作家创作成就,研究当前青年作家队伍建设和文学创作的新情况新特点,进一步明确青年作家在实现中国梦中担负的历史责任,促进青年文学人才队伍健康成长。"参见欣闻《全国作家青年创作会议将于9月24日至25日在京召开》,中国作家网,2013年9月23日。

后。即便批评家有所关注，也难免不生硬地将大而化之的文化研究作为主体批评范式，或者采用传统的某个青少年作家作品解读的文学批评方法，致使学院批评与研究对象本身有着严重的隔膜。事实上，青少年写作现象的特别之处不在于它提供了单纯的文化研究范本或文学批评对象，而在于它展现了中国当代文学史上由青少年亚文化写作、青少年时尚化写作与青少年"纯文学"写作三方构成的相互扭结却又冲突不断的新格局，以及由此格局对文学生产机制的严重冲击，即新世纪青少年写作现象生成于青少年亚文化写作、青少年时尚化写作与青少年"纯文学"写作之间博弈的暧昧、犹疑、转换、兼容、分离的过程中，凸显了中国当代文学生产机制的困境。而且，无论是三方之间的纠葛，还是中国当代文学生产机制的矛盾，随着中国当代作家的代际更替，在未来的中国当代文学的发展过程中，非但不会结束，反而会持续下去。因此，无论是从青少年写作现象本身出发，还是从中国当代文学的未来变化出发，青少年写作现象若想重审，就需要从生产机制的视角深入青少年亚文化写作、青少年时尚化写作与青少年"纯文学"写作的"三足鼎立"的新格局内部，考察三方如何形成扭结和博弈的关系，进而有效地梳理、辨析青少年写作现象的特殊性、矛盾性和复杂性，以期重新确认青少年写作现象的意义。

## 一　从文学生产机制的视角切入

对青少年写作现象的考察，最好的角度莫若从文学生产机制切入。机制，是近些年来各个领域研究的热门关键词。选用这个热门关键词作为研究角度，似乎有趋时之嫌。但是，新世纪中国青少年写作又确是中国当代文学生产机制矛盾运转的产物。或者说，新世纪中国青少年写作现象的生成固然与中国当代文学生产机制的内部构成元素有某种关联，但更与其外部因素有直接关系。如果离开文学生产机制的研究视角，而沿用传统的文学研究方法，则难以深入探讨青少年写作现象的文化意义和文学意义。只有选取文学生产机制的角度，本文才能深入辨析青少年写作现象的新格局，以及青少年亚文化写作、青少年时尚化写作与青少年"纯文学"写作之间为何形成既"三足鼎立"，又相互扭结、不断博弈的复杂关系。

如果说"机制"包含内部和外部两层含义：有机体的构造和工作原理及它们之间的相互关系，那么"文学生产机制"指的是文学生产的内部构造和写作原理，以及各外部环节之间的相互关系。正如邵燕君所言："'文学生产机制'指的是文学生产各部分、各环节的内在工作方式和相互关系，主要包括文学的生产、流通、评介、接受等几个主要方面。"[1] 从文学生产机制的视角来透视青少年写作现象的文化意义和文学意义，便可以理解为：青少年写作既改变了以往中国当代文学的主题类型、表达方式、美感形式、叙事模式、审美风格、写作观念等文学生产机制的内部构造要素和写作原理，又打破了中国当代文学以文联、作协为权威评价机构、以作协主办的纸媒的主流文学期刊为中心的发表载体、"纯文学"读者群为接受对象的文学生产机制的外部网状关系。

进一步说，虽然青少年的亚文化写作、时尚化写作和"纯文学"写作的写作动因和写作目标并不相同，对中国当代文学生产机制的改写方式和对抗方式也存在差异，但它们不尽相同地选取了对中国当代文学生产机制进行改写的集体行动。当然，不同的写作形态与文学生产机制的改写方式有所不同。青少年"纯文学"写作既顺应了也调适了中国当代文学的生产机制。比如，笛安的"龙城三部曲"——《东霓》《西决》和《南音》在内部构成上基本选取了中国当代文学的"纯文学"要素和写作观念，但出版、发行的方式却依赖于市场化的传播路径[2]。青少年时尚化写作则既几乎全部祛除了中国当代文学的内部构成要素和写作观念，却又在外部关系上赚得了市场经济体制和传统文学体制的双重"红利"。比如，一向在市

---

① 邵燕君：《传统文学生成机制的危机与新型机制的生成》，《文艺争鸣》2009 年第 12 期。
② 笛安的"龙城三部曲"是由郭敬明的团队所策划、发行的。此时的笛安增加了一个身份：郭敬明旗下作家。笛安加盟于郭敬明团队，既让"龙城三部曲"保留了"青春文学"的外包装，又让它获得了纯文学所难以获得的畅销书的销售量。

场如鱼得水的郭敬明虽不满足于作家的头衔，但他并不拒绝中国作协会员①的身份，也不拒绝将长篇小说《小时代》第一部和长篇小说《爵迹》发表在大型主流纯文学刊物《人民文学》和《收获》增刊上。最为吊诡的是青少年亚文化写作：虽然它是以反叛主流文学体制和主流文化体制为出发点的，却在反叛之途与"纯文学"写作一道并轨于中国现当代文学的内部生产机制。甚至可以说，青少年亚文化写作只是在文化观念上反抗中国当代文学的既有体制，在写作观念上却一直认同于传统主流文学观念。比如，韩寒的成熟之作《1988：我想和这个世界谈谈》显现了成熟的"纯文学"写作观念、写作方式和写作品质。

而且，三种写作形态在各自写作目标的支配下，对中国当代文学生产机制的哪些要素进行改写，各有侧重。比如，青少年亚文化写作侧重于对主题进行改写；青少年时尚化写作侧重于对写作方式、写作观念、传播方式进行改写；青少年"纯文学"写作则侧重于对中国当代文学的传统起点进行改写——20世纪80年代中期的"先锋文学"被视为中国当代文学的真正传统，而不再是中国当代文学之始的现实主义文学传统。但不管三种写作形态如何改写中国当代文学的生产机制，青少年写作的三种写作形态之间的扭结和博弈始终存在，且由此构成青少年写作现象的"三足鼎立"的新格局。

## 二  青少年亚文化写作的身份定位与弱力的反叛

先辨析青少年亚文化写作如何通过反叛中国当代文学生产机制的方式与另外两种青少年写作形态进行博弈并确立其身份定位。

青少年亚文化写作本属于西方现代主义文学系统中的一个子概念，通常被理解为第二次世界大战后迄今的西方亚文化青年群体依靠现代主义文

---

① 谈及加入中国作协感受，郭敬明说："加入作协是件好事情，至少代表一种认可，希望可以给更多喜爱文学的青少年做出表率，并创作出更多让大家喜爱的作品。"参见马斯风《郭敬明正式加入中国作协》，《都市快报》2007年9月25日。

学形式对西方主导性文化的抵抗。在新世纪中国，可以被理解为以韩寒、春树等为代表的青少年作家借助文学的方式对以现行教育体制为核心的中国当代主导文化，乃至整个现代社会主导文化所进行的反叛。那么，何谓青少年亚文化？不妨借用当代美国学者迪克·赫伯迪格的描述："关注那些从属群体——无赖青年（teddy boys）、摩登族（mods）、摇滚派（rockers）、光头仔（skinheads）、朋克（punks）——的表现形式和仪式。这些群体或被视为另类而遭到排斥和谴责，或被视为圣徒；在不同的时代，他们被视为对公共秩序的威胁，也被视为无害的丑角。"① 新世纪中国青少年亚文化写作大体上符合迪克·赫伯迪格的描述：从事亚文化写作的"80后"代表作家韩寒、春树、李海洋、李傻傻、易术，乃至"90后"代表作家陈观良在成名伊始就将身份定位于一个"从属群体"，即被现行文化体制或教育体制所排斥的群落，同时也是被社会主流价值观所防备的人或被青少年所膜拜的人。② 不仅如此，上述青少年亚文化写作者在他们所选取的表现形式——小说世界中，更青睐于讲述"从属群体"对"支配群体"的反叛过程。其中，"从属群体"通常被理解为被现行教育体制所放逐和所压抑的青少年群体，"支配群体"则被理解为与现行教育体制和现行社会中压制青少年个性成长的主导性力量达成合谋的教师、家长，乃至成人世界。"从属群体"与"支配群体"的冲突构成了青少年作家从事亚文化写作的主要动因和写作目标，由此试图确立一种与中国当代主流文化观念与主流文学观念形成"反常"的反叛关系。

韩寒、春树等为代表的青少年亚文化写作有其特别的反叛策略，即韩寒、春树等的作品试图从对中国当代文学生产机制的反叛着手，进一步反叛中国当代主流文化。换言之，从文学生产机制的视角来看，青少年亚文化写作主要是对中国当代文学生产机制的内部构成要素之一——人物形象

① ［美］迪克·赫伯迪格：《亚文化风格的意义》，陆道夫、胡疆锋译，北京大学出版社2009年版，第2页。
② 韩寒、春树、陈观良都没有接受过正规的大学训练，但他们以亚文化写作而一夜成名。他们叛逆的写作行动引起青少年的崇拜，同时引起了家长们的恐慌。特别是韩寒，高中考试竟然七科挂红灯，称得上现存教育体制的负面形象。所以，就连《三重门》序言的写作者、新概念作文大赛的评委曹文轩也指出"韩寒不可模仿"。

塑造原则和主题类型进行颠覆。首先，在人物形象塑造上，韩寒、春树等宁愿违背中国当代文学（主要是中国当代儿童文学）的主流观念所主张的塑造正面少年人物形象的规定，而试图确立另一种非主流的青少年形象。为此，韩寒的成名作《三重门》、春树的成名作《北京娃娃》、李海洋的成名作《不良少年查必看的伤人事件》、李傻傻的长篇小说《红 X》、易术的成名作《陶瓷娃娃》、陈观良的短篇小说集《丫的伪大爱情电影》中的少年主人公分别为"另类少年""坏女孩""不良少年""幽灵少年""性爱少年""流氓少年"。但正因为如此，他们又赢得了"叛逆"派掌门人、"新激进分子""天才少年"等耀眼称号。当然，囿于年龄、经验等因素的限制，韩寒、春树等最初步入亚文化写作时，对于选取哪种策略塑造人物形象并非深思熟虑。随着亚文化写作的深化，韩寒的长篇小说《他的国》和《1988：我想和这个世界谈谈》、春树的长篇小说《红孩子》和《两条命》所塑造的青少年主人公逐渐超越了"80 后"的青春经验而进入现代人的精神困境深处，即由生存进入存在。其次，在主题选择上，韩寒、春树等不仅将现行教育体制当作他们共同的批判对象，而且，随着亚文化写作的深化，将一切压迫于青少年身心之上的体制化力量视为批判对象。

只是，在新世纪意识形态和时尚化写作的多线夹击之下，青少年亚文化写作高开低走，日渐弱化。其标志性事件如下：其一，韩寒的长篇小说《三重门》所经历的冰火两重天的前后事件。1999 年《三重门》曾经因反叛现行教育体制的主题而获得了青少年作家所发起的亚文化写作的反叛意义，但 2012 年，《三重门》却因"代笔门"事件①而使得其反叛意义大打折扣。就连昔日与韩寒一同反叛的春树，经由此事件而公开声明与韩寒不再做"朋友"。② 当网络上快速转发这样的调侃话儿——"2012 年网络流行语：骗子不可怕，就怕韩寒装文化"③ 时，《三重门》已经由青少年亚文

---

① 2012 年 1 月 15 日，知名博主麦田以一篇《人造韩寒：一场关于"公民"的闹剧》的博文，质疑韩寒奇迹背后是他父亲和营销团队的功劳，引起微博轩然大波。

② 春树在她 2012 年 2 月 9 日的博文《小说及现实》中专门写了一段话给韩寒："朋友"这个词还给你，我们不是单纯意义上的"朋友"，你是曾经给过我激励的同龄作家。

③ 天涯社区天涯杂谈版网友"海角的真"2012 年 2 月 22 日在该版的留言。

化写作的开山之作演变为被娱乐之作。其二，韩寒主编的具有亚文化性质的文学刊物《独唱团》只刊发一期就被停刊了。这意味着青少年亚文化立场在新世纪中国的处境艰难。其三，韩寒由反叛少年日渐被媒体和图书市场偶像化和公知化。其四，青少年亚文化写作的重要代表作家春树和李海洋或者失去了反叛的对象，或者转行至影视剧领域。这都表明青少年亚文化写作在新世纪背景下难以为继。此外，青少年亚文化写作在文化立场和文学形式上存在着难以破解的内在矛盾。对于青少年亚文化写作者而言，大概只有源自纯文学的形式才能满足他们的要求。更确切地说，亚文化写作的死敌是时尚化写作①，而亲密伙伴则是纯文学写作。然而，纯文学形式作为中国当代传统文学生产机制的主要要素，同样也是他们的反叛对象，这一矛盾导致了亚文化写作者陷入了挥之不去的焦虑之中。

应该承认，青少年亚文化写作比较西方的亚文化写作有着先天不足的一面。在西方亚文化写作的背后，有着一整套的思想资源②和深厚的历史根源③，也有着相对明确的反叛对象。而在新世纪中国背景上，青少年亚文化写作则相遇了20世纪90年代中国思想界溃败的贫弱时期，即后启蒙语境下思想的淡出。再加上青少年作家自身主体性的尚未建立，致使青少年亚文化写作对中国当代文学生产机制的冲击相当有限。尽管如此，青少年亚文化写作还是因它对中国当代文学的生产机制的反叛而获取了不可忽视的文化意义和文学意义，并率先开创了新世纪中国青少年写作中的批判性力量。

---

① 笔者看来，韩寒与郭敬明的分歧不是个人之间的差异，而在于亚文化写作与时尚化写作这两种不同的文化立场和文学观念所致。

② 在西方文学领域，"垮掉的一代"等亚文化写作被视为后现代主义文学的一个重要分支，也是美国文学历史上的重要流派之一。

③ 在西方思想领域，亚文化被视为享乐主义的表现。而享乐主义的历史根源如吉尔·利波维斯基的描述：19世纪法国政治哲学家托克维尔所观察到的，当时已经产生了享乐型个人主义，只是这种思潮在当时不是主流，当时的主流是符合民主革命需要的"英雄个人主义"和"革命个人主义"；但是，处于暗流的享乐型个人主义"顽强"存在，并一直努力地争夺生存空间；到了"光荣的三十年"期间，享乐型个人主义终于战胜了"革命个人主义"和集体主义，再也遇不到对手了，并且"变本加厉"，获得了新发展：不但是享乐型，而且是自恋型，成为自恋型、享乐型的个人主义。于是，建立在这一新型个人主义基础之上的"个人时代"出现，西方社会逐渐步入了"个人主义社会"，西方现代文化逐步被"后现代文化"排挤、取代。"后现代文化"取代现代文化，其本质就是"文化的非文化化"或"文化的亚文化化"。

## 三 时尚化写作的低调改写与"粉都"的建立

再辨析青少年时尚化写作如何通过调适中国当代文学生产机制的方式与亚文化写作、"纯文学"写作进行博弈并实现其身份定位。

在青少年亚文化写作刚刚确立自己的身份定位之时，青少年时尚化写作随之兴起。与韩寒所率先发起的青少年亚文化写作一样，以郭敬明为领军人物的青少年时尚化写作亦发生于 20 世纪末文化失序、青少年精神迷茫的特定语境中。新世纪以后，中国当代文学经由市场经济和文学观念的改变，时尚化写作构成了整个中国当代文学转型后的一个重要现象。为此，中国当代文学批评界曾经对"文学时尚化"现象进行批判。在 2003 年 4 月 5—7 日，由《文艺报》与河北师范大学共同举办的"文学时尚化批判"高级论坛上，与会当代批评家如此概括时尚化文学的特征："文学作品热衷于讲述城市消费社会的故事，小说中的人物表现出强烈的时尚化特征，人物的交往与语言显示出现代的都市浪漫气息，小说的审美趣味趋向中等收入阶层的时尚品位。其文学时尚表征为：文学题材多集中于酒吧、乱性、同居、婚外恋，70 年代作家、美女作家、另类作家、身体写作者通常被认为是文学时尚化的主角。"[①] 然而，当代文学批评家对时尚化文学的批判声音明显式微。在新世纪中国当代文学加速向大众化、市场化转型的大背景下，再经由网络文学的巨大推力（如 20 世纪末安妮宝贝网络成名作小说《告别薇安》[②] 对青少年时尚化写作具有重要影响），郭敬明所引领的时尚化写作一夜之间构成了青少年写作格局中的另一种形态。

严格说来，青少年时尚化写作是一个难以界定的概念。其中，最难以界定的地方在于：从文学生产机制的视角来看，青少年亚文化写作和青少年纯文学写作这两种写作形态都借助了青少年时尚化写作的构成要素，如

---

① 徐虹：《时尚化写作是伪文化与伪另类?》，《中国青年报》，2003 年 4 月 8 日。

② 安妮宝贝的《告别薇安》于 1998 年 10 月开始在网络上写作和发表，其文风、句子表达方式和对青春经验的感伤叙写都深刻地影响了郭敬明的作品。

青春与爱情的主题类型和时尚、扮酷等青春文学的叙事元素。而青少年时尚化写作与在语言表达、文化立场和传播媒介上也貌似与青少年亚文化写作、青少年纯文学写作有重叠之处。但是，青少年亚文化写作和青少年纯文学写作借助于青少年时尚化写作的构成要素的前提是继承文学传统的流脉、坚持文学创作的原创性和批判性，由此对抗青少年时尚化写作。而青少年时尚化写作，是属于20世纪90年代中期以后文学娱乐化、大众化、商业化在新世纪中国的一个衍生物。它是类型化的青春文学，而非"青春体"文学；也是伪亚文化写作，而非亚文化写作。更确切地说，时尚化写作，是以郭敬明为代表的青少年作家调动新世纪中国各种时尚化元素以满足青少年群体消费欲望的类型化写作。那么何谓"时尚"？按照对时尚哲学颇有研究的挪威学者拉斯·史文德森的说法："'时尚'是一个非常难以定义的词。而且，是否能够将某种事物无可厚非地称为'时尚的'，即时尚的充分必要条件存在与否也是极其可疑的。一般说来，可以将我们所理解的'时尚'区分为两大类：一类认为时尚就是服饰，另一类认为时尚是一种总体性机制、逻辑或者意识形态作用于众多领域，而服饰领域只是其中之一。"① 郭敬明作品中的"时尚"同样难以定义，但他作品对名牌服饰的精心设计，对新世纪中国意识形态的敏锐把握，都可表明郭敬明领悟了时尚的要义与商机。当然，郭敬明作为青少年时尚化写作的领军人物，或许未必从理论上如是深刻地理解"时尚"这一概念的复杂要义，但他却能够从青春经验出发对新世纪中国青少年一族的时尚心理把握得相当准确。不仅如此，随着市场经验的积累，郭敬明对于新世纪中国的意识形态由"大时代"转型"小时代"的直觉判断也相当了得。总之，郭敬明凭借他过人的商业禀赋把握了青少年时尚化写作在新世纪图书市场上的生存与发展之道。正因如此，自郭敬明成名以来，虽然他的作品不断遭受争议，却在争议中越争越红，越做越强。甚至可以说，从文学生产机制的传播方式来讲，被人争议也是一种促销之道，因为被人骂总比被人遗忘要好得多，骂也是一种"粉"。

---

① ［挪威］拉斯·史文德森：《时尚的哲学》，李漫译，北京大学出版社2010年版，第4—5页。

特别值得关注的是，在文学生产机制的视角下，在青少年亚文化写作一度领衔的青少年写作格局中，郭敬明所领军的"后发"的青少年时尚化写作如何弱弱地越做越强？即郭敬明如何依据市场化的需要，制作时尚化写作的经营策略？概言之，与青少年亚文化写作所表现出来的对中国当代文学的生产机制进行高调反叛的方式不同，青少年时尚化写作倾向于采取对中国当代文学的生产机制低调改写的迂回策略。

如果从文学生产机制的内部构造和写作原理来看，就会发现：青少年时尚化写作低调改写了中国当代文学的内部构造和创作观念。表面看来，青少年时尚化写作与中国当代文学的传统写作一样将文学生产的内部构造理解为文学作品的内部题材和组织结构的总体安排，但哪些题材能够"入选"？确立什么样的主题？如何组织结构？实则与中国当代文学的传统写作大有区别。青少年时尚化写作通常在刚刚"入行"的时候，尚能遵守中国当代文学的生产机制所确立的一些基本规约。比如，在内部题材上，青少年时尚化写作最初同样如中国当代文学的"青春体"一样选取自己最熟悉的现实题材和心理题材，即青春经验和体验；在主题设计上，青少年时尚化写作最初同样接续了"青春体"的反叛主题；在组织结构上，青少年时尚化写作最初同样沿用了中国当代文学的传统组织方式，以现实主义文学的现实时间和现代主义文学的心理时间来组织作品的空间结构；在写作原理上，青少年时尚化写作最初同样遵守文学是一种创造活动的理念。一个非常典型的例子是：郭敬明在他高二与高三阶段完成的随笔集《爱与痛的边缘》[①] 和《左手倒影，右手年华》[②] 虽然在语言上和审美趣味上的确模仿了安妮宝贝的《告别薇安》中的唯美风格与感伤色调，但整体上这两部随笔集都忠实于他与他同代人的青春经验。无论语言的忧伤与明媚，还是整体结构的诗化，都显现出传统文学的质地。特别是，在这两部集子中，能够感受得到一位文学青年最初用文学表达自身的初心和对读者以心换心的真诚感。但是，到了小说创作，郭敬明则开始制作了时尚化写作的

---

① 郭敬明：《爱与痛的边缘》，东方出版中心 2002 年版。
② 郭敬明：《左手倒影，右手年华》，春风文艺出版社 2003 年版。

新策略。比如，郭敬明的第一部长篇处女作《幻城》① 不仅奠定了他时尚化写作领军人物的地位，而且悄然从内部改变了中国当代文学的创作理念。这样说，不仅是因为《幻城》在题材上选取了中国当代文学所未曾存在的动漫题材，也不仅是因为其在主题上采用了中国当代文学所稀缺的神秘主题，或者在结构上采用了中国当代文学所没有的时尚奇幻结构，而且是因为在文学理念上的改变，即《幻城》将传统文学（包括中国当代文学）的创造理念改写为"技术复制"②。有一位名叫月 holic 的网友曾将《幻城》与日本著名漫画家组合 CLAMP 的处女作、1989 年开始连载的日本漫画《圣传》进行了对比，发现二者之间的故事模式、人物形象、对白、人物出场、结局存在太多雷同之处。③ 对此情况，有粉丝团认为是 CLAMP 抄袭郭敬明的，但有网友反驳："但是《圣传》是 1989 年开始连载的，CLAMP 不可能穿越时空跑到 21 世纪来抄袭的，所以，说 CLAMP 抄袭郭敬明，这并不成立。"④ 而对于郭敬明《幻城》与日本漫画《圣传》的雷同现象，当代批评界并没有及时关注。或许是由于当代批评界学界前辈对青少年作家的培养之心，或许是由于当代文学批评家对郭敬明的写作资源并不熟悉，无论何种原因，这个不该忽视的雷同现象被忽视了。结果，郭敬明的"技术复制"在长篇小说《梦里花落知多少》⑤ 中更是发挥得有恃无恐，已由"技术复制"发展为公开抄袭。该书被爆多处抄袭庄羽《圈里圈外》，可郭敬明不承认。2006 年 5 月 22 日，北京市高级人民法院对庄羽诉

---

① 郭敬明：《幻城》，春风文艺出版社 2003 年版。2002 年第 10 期《萌芽》杂志发表其短篇小说《幻城》，引起轰动，后春风文艺出版社编辑时祥选亲到上海与郭敬明签约，后郭敬明创作完成长篇小说《幻城》，由春风文艺出版社出版。2003 年 7 月开卷全国畅销书文学类图书郭敬明凭借《幻城》登上排行榜第 4 名。

② "技术复制"这一概念借用了本雅明的《技术复制时代的艺术作品》中的阐释。本雅明认为，技术复制是大众文化的历史性产物。技术复制结束了艺术品的"独一无二性"。"复制过程中缺乏的东西可以用光晕这一概念来概括，在艺术品的可复制时代，枯萎的是艺术品的光晕。"参见瓦尔特·本雅明《技术复制时代的艺术作品》，李伟、郭东译，重庆出版社 2006 年版，第 92 页。本雅明在这里说"贬黜"而没说"消失"，应理解为复制品的传播脱离了传统范围的同时，艺术品的原真性在接受者各自的环境中被赋予了现实性。

③ 月 holic：《郭敬明〈幻城〉抄袭 CLAMP〈圣传〉——插图也抄》，豆瓣网，2009 年 5 月 4 日。

④ 见 360 百科，《幻城》——郭敬明小说。

⑤ 郭敬明：《梦里花落知多少》，春风文艺出版社 2003 年版。

郭敬明一案做出终审判决，认定郭敬明及出版方春风文艺出版社败诉，并赔偿 20 万元人民币，外加 1 万元精神抚慰金，郭敬明须向庄羽道歉。① 郭敬明及春风文艺出版社在赔付给庄羽 21 万元人民币后，公开表示拒绝道歉。之后，庄羽再次向法院申请强制执行道歉。法院判郭敬明强制公开道歉。郭敬明却表示，道歉只是形式上的，暗示他对此不服。此做法引起非议。但在这个是非被消解的新世纪中国，当代批评界并未认真关注。此后，郭敬明的系列长篇小说《爵迹》② 确实不再直接抄袭纸媒小说，却转向对日本一家动画公司在 2005 年出品的动画《命运之夜》的"技术复制"③；长篇系列小说《小时代》却转向了对美剧《时尚女魔头》和《欲望都市》的"技术复制"④。依据这样的说法，郭敬明堪称时尚化美剧、日本动漫的"技术复制"高手。

但是，值得深思的是，郭敬明为什么依靠"技术复制"越来越火，多次蝉联图书市场排名第一的畅销书作家？如果从文学产生机制的外部因素来看，便会发现：郭敬明成功地运用了大众文化市场的营销策略，改变了文学产品的流通、评介、接受等要素，由此获得了他的成功术。在流通和评价方面，郭敬明经由文学青年、市场明星、《岛》杂志主编、《最小说》

---

① 判决的理由是：经审理查明，原告作品《圈里圈外》发表在被告郭敬明作品《梦里花落知多少》之前。郭敬明未经原告许可，在其作品《梦里花落知多少》中剽窃了庄羽作品《圈里圈外》中具有独创性的人物关系的内容，而且在 12 个主要情节上均与《圈里圈外》中相应的情节相同或者相似，在一般情节、语句上共 57 处与《圈里圈外》相同或者相近似，造成《梦里花落知多少》与《圈里圈外》整体上构成实质性相似，侵犯了原告的著作权。

② 《爵迹》即《临界·爵迹》《爵迹·风津道》系列的简称。是郭敬明出道 10 周年的纪念作品，之前连载于作者本人主编的杂志《最小说》上。截至北京时间 2012 年 6 月 12 日，《临界·爵迹 I》《临界·爵迹 II》已出版，《爵迹·风津道》（上、下）已经结束 12 回连载。

③ 有网友指出郭敬明新书《爵迹》又是一部"抄袭"之作，《爵迹》在剧情和术语的设置上与日本一家动画公司在 2005 年出品的动画《命运之夜》有着惊人的相似。动画《命运之夜》主要讲述了 7 位魔术师与各自的随从一起参加圣杯争夺战的经历，而郭敬明的新书故事则围绕着水之国中 7 位王爵带着自己的使徒进行厮杀而展开。此外，《爵迹》中"灵魂回路""魂力""爵印"等术语，也与《命运之夜》中独有的"魔术回路""魔力""魔术刻印"等概念相似。参见王嘉《郭敬明新作〈爵迹〉再陷"抄袭门"》，《成都日报》2010 年 8 月 31 日。

④ 沪江英语：《小时代》讲的是上海 4 个时尚女大学生的故事，整部电影就是《时尚女魔头》和弱化性爱的《欲望都市》外加一点《珠光宝气》的大杂烩。

主编、长江文艺出版社出版人、上海最世文化发展公司董事长、新科制片人①等多重身份的转换而寻找到了一条通向青少年畅销书神话的道路：主流文坛、图书市场、影视传媒三方权力结构的认可与推动。从主流文坛来看，《小时代1.0折纸时代》和《临界·爵迹Ⅰ》分别发表在大型主流文学期刊《人民文学》与《收获》增刊，中国作协和主流文坛名家都对郭敬明表示出热情的接纳。从图书市场来看，先是春风文艺出版社最早向郭敬明表达合作的意向，并成为郭敬明在图书市场上一举成名的始发地；然后，长江文艺出版社又向郭敬明聘以高位，并为郭敬明提供了图书市场上的更大的畅销书平台；在影视传媒方面，郭敬明先是与名导陈凯歌的电影《无极》合作，再到自己独立制片《小时代》，进而占据了电影界这一大众文化的中心世界。不过，郭敬明虽然借力于他与上述三方权力话语的良性关系，但他更看重的还是他的大众文化市场的"上帝"——读者群。对于作者与读者之间的关系，在中国现当代主流文学史上，通常存在这样三种关系："五四"以来中国现代主流文学所确立启蒙者与大众之间的"启蒙"与"被启蒙"的关系；"建国十七年文学"所确立的小资作家与工农兵之间的被指导与指导的关系；20世纪80年代中期以后中国当代文学所呈现的纯文学作家与文学青年之间的实验与被实验的关系。然而，郭敬明自成名作《幻城》始，就一直致力于建立一种不同于上述三种关系之外的新型关系——作者与"粉丝"之间的取悦关系，即读者要看什么，他就写什么。而郭敬明作品的"粉丝"大多是对都市浮华生活或奇幻虚拟世界充满好奇心的青少年，其中，耽迷于时尚化爱情故事的都市女孩子居多。这类青少年读者群需要的大多是青春期感伤的情绪、青少年青睐的都市爱情苦情戏、由国际大品牌组成的"白日梦"的富豪生活，以及半是明媚半是忧伤的不深不浅的句子。再经由种种服饰品牌的设计，郭敬明赚得了巨多的

---

① 郭敬明的多重身份可以参照百度百科的介绍：郭敬明（1983年6月6日—　），中国青年同人作家，中国大陆"80后"作家群代表人物之一，上海最世文化发展有限公司董事长，《最小说》《最漫画》等杂志主编。

"粉丝"，也由此建立了他的"粉都"①。粉都（fandom）的建立是郭敬明改写传统文学生产机制的一个重要特征。可以说，他取悦读者的方式和目的即是他生产作品的方式和目的，如果借助约翰·费斯克的观点来描述，即是"从批量生产和批量发行的娱乐清单（repertoire）中挑出某些表演者、叙事或文本类型，并将其纳入自主选择的一部分人群的文化当中"②。最终打造"粉丝"们所创造的"一种拥有自己的生产及流通体系的粉丝文化"，即"影子文化经济"③。"影子文化经济"中有虚拟的真金白银，但这种虚拟的真金白银通过"粉丝文化"，又可以兑换为现实的真金白银④，而现实中的真金白银正是统领郭敬明所打造的物质的奴隶制城邦共和国的真正主宰者。由此，郭敬明所领军的青少年时尚化写作在图书市场终于以由弱至强、至强示弱⑤的姿态，逐渐做大做强，不仅在真金白银的实力上击败了韩寒为代表的青少年亚文化写作，而且严重地改写了中国当代文学的生产机制。

## 四  青少年"纯文学"写作的顺应与调适

与韩寒、春树所发起的青少年亚文化写作及郭敬明所领军的青少年时尚化写作的抢眼、火爆的发展势头相比，青少年作家的"纯文学"写作始终处于寂寞的慢行状态。但是，无论是从文学生产机制来看，还是从中国文学的未来发展而言，中国当代文学最可信赖的新生力量还是青少年"纯

---

① 在《韦氏大辞典》中，"粉都"（fandom）有两个意思：一个指所有粉丝，即粉丝群；另一个是指作为粉丝的状态和态度。

② ［美］约翰·费斯克：《粉丝的文化经济》，陶东风主编《粉丝文化读本》，北京大学出版社 2009 年版，第 4 页。

③ 陶东风主编：《粉丝文化读本》，北京大学出版社 2009 年版，第 4 页。

④ ［英］阿兰·维斯伍德：《大众文化的神话》，冯建三译，生活·读书·新知三联书店 2003 年版，第 21 页。

⑤ "至强示弱"是郭敬明成功的商业策略。郭敬明充分了解市场、粉丝、主流文坛和新世纪意识形态之间的所需，并能正视自己的才华和限定，通过不断的努力实现自己的成功学。他从不向人们展示自己的强大，而是低调地经营自己的所有。

文学"作家这支队伍。其依据是：青少年"纯文学"作家虽然不会拒绝市场上的发行量、媒体的宣传及体制内的"吸纳"，但他们更在意的终究是"纯文学"的创造力量。而且，如果单纯从文学生产机制来看，青少年"纯文学"写作固然顺应了中国当代文学史的文学生产机制，但也同时表现出稳扎稳打、不断求变的"长线"发展机制。在此前提下，青少年"纯文学"写作既调适了以往中国当代文学生产机制中的主题类型、表达方式、美感形式、叙事模式、审美风格、写作观念等内部构造要素，又调适了以文联、作协为权威评价机构，以作协主办的纸媒的文学期刊为中心发表载体，以"纯文学"读者群为接受对象之间的外部网状关系。

论及青少年"纯文学"作家，可以列出一个长长的名单。他们是："80后"代表作家张悦然、笛安、徐璐、周嘉宁、蒋峰、小饭、颜歌、文珍、甫跃辉、郑小驴、马小淘、霍艳、张怡佳、苏瓷瓷、苏德、朱婧、七堇年等；"90后"代表作家冬筱、陈观良、三三、张晓晗、修新羽、吴清缘等。其中，张悦然、笛安、徐璐、甫跃辉的小说创作最具有个案价值。张悦然的小说接续了新时期以来女性写作的疼痛主题和现代主义的表现形式。笛安和徐璐的小说接续了中国当代文学的"青春体"小说①中的理想主义主题类型，但同时注入了对理想主义的反思；甫跃辉的小说接续了鲁迅所开创的故乡叙事传统，且在去经典化的新世纪中国语境下深怀自觉的经典意识。不过，无论青少年"纯文学"作家在作品风格上存在多少差异，作为新世纪中国文化背景下成长起来的青少年"纯文学"作家，他们不约而同地有着一致之处：一面顺应中国当代文学的生产机制，一面调适自身创作与文学生产机制之间的矛盾，由此探索出从中国当代文学生产机制中突围的可能性。具体说：

首先，青少年"纯文学"写作在顺应中国当代文学生产机制的内部要素——文学创作观念和创作方法之时，进行了调适。

概括说来，在中国当代文学史上，现实主义（包括社会主义现实主

---

① "青春体小说"这一概念引用了当代文学研究者董之林的界定："以诗的形式传递青春体验，虽然领时代风气之先，但将这种体验发挥得淋漓尽致的叙事文体，却是当时的青春体小说。"《文学评论》1998年第2期。

义）和现代主义作为两种不同的创作观念或创作方法此消彼长地存在于
"建国十七年"和"新时期"的历史语境中，或并置或分治地构成了中国
当代文学的地形图。但青少年"纯文学"写作在新世纪中国一开始，现代
主义文学的创作观念和创作方法就以优势力量制衡着现实主义文学的创作
观念和创作方法。究其原因，正如当代文学研究者邵燕君的分析："冷战
结束以后，随着世界格局和中国社会结构发生的重大变迁，支持现实主义
的价值系统遭受重创。普遍的'启蒙主义的绝境'如釜底抽薪，使现实主
义文学陷入困境。即便如此，我们也不得不看到，中国当代作家思想力的
普遍贫弱和思想资源的普遍匮乏，更使当下现实主义叙述陷入茫然和浮
泛。与此同时，由于与现实主义长期配套的'下生活'等制度无法坚持，
以及'专业作家'体制的封闭性，使现实主义反映现实生活的功能大打折
扣——其差距在少数坚持'走现实主义老路'作家创作的对比下愈加明
显。"① 事实也是如此：青少年"纯文学"作家几乎集体地将中国 20 世纪
80 年代中期兴起的现代主义的"先锋文学"作为中国当代文学叙事传统的
起点，而几乎集体地放弃了现实主义的创作观念和创作方法。同样，青少
年"纯文学"作家对国外文学的接受，也几乎集体地将汉译西方现代主义
作品视为现代主义创作观念和创作方法的典范文本，而对西方的批判现实
主义、浪漫主义、自然主义、古典主义的文学作品则鲜有汲取。这样，青
少年"纯文学"写作对中国当代文学生产机制的内部要素的顺应与调适便
主要围绕现代主义的文学观念和创作方法来进行了。

　　由于青少年"纯文学"作家接受了一整套的现代主义文学的阅读与写
作训练，他们的作品通常省略了初学者的稚嫩，一出手就叙事讲究，细节
生动，语言精致。他们通常从中短篇小说出发，再从事长篇创作，稳健地
调适出他（她）们所心仪的"纯文学"观念和"纯文学"方法——极致
的现代文学叙事美学。比如，张悦然的小说创作从第一本中短篇作品集
《葵花走失在 1890》② 开始，经由第一部长篇小说《樱桃之远》③、图文集

---

① 邵燕君：《新世纪第一个十年小说研究》（初稿），国家社会科学基金项目（09BZW067）。
② 张悦然：《葵花走失在 1890》，作家出版社 2003 年版。
③ 张悦然：《樱桃之远》，春风文艺出版社 2004 年版。

《是你来检阅我的忧伤了吗》①、图文集《红鞋》②、中短篇小说集《十爱》③、长篇小说《水仙已乘鲤鱼去》④至长篇小说《誓鸟》⑤,一路追求"酷虐"叙事美学。这既意味着她对西方现代主义美学风格情有独钟,又意味着她的小说是以新时期以来女性文学为叙事起点,且将女性文学的私人化叙事发展到一种极致。再如,笛安先从中篇小说《姐姐的丛林》⑥出发,然后出版了她的长篇小说《告别天堂》⑦和《芙蓉如面柳如眉》⑧,再经由中篇小说《莉莉》⑨《怀念小龙女》⑩《圆寂》⑪和《塞纳河不结冰》⑫等,又创造了长篇系列小说"龙城三部曲"——《西决》《东霓》和《南音》⑬,皆呈现出极致的现代主义叙事美学。其中,笛安的长篇小说先是接续了中国当代文学史中"青春体"小说的理想主义主题,继而又兼容了现代成长小说的孤独、反思的主题类型,后来又探索了"家族小说"的宿命主题,可谓对中国当代文学的"青春体"主题有接续,更有调适。而笛安的短篇类小说更是充分调动了现代主义小说的各种主题、叙事方式、故事形式,显现出极致的现代主义美学品格。当然,无论长篇,还是短篇,笛安小说虽然充溢着丰富的现代主义意蕴,实验了极致的现代主义形式,但同时也内含了古典主义和浪漫主义的美学因子,这使得笛安小说不像张悦然小说那样极致地追求现代主义小说的"生冷怪酷"(邵燕君语)。与张悦然和笛安在中、短篇和长篇兼顾的创作过程中体验现代主义小说的极致性叙事美学不同,甫跃辉和文珍到目前为止则是在中短篇小说样式里尽显现

---

① 张悦然:《是你来检阅我的忧伤吗》,上海译文出版社 2004 年版。
② 张悦然:《红鞋》,上海译文出版社 2004 年版。
③ 张悦然:《十爱》,作家出版社 2004 年版。
④ 张悦然:《水仙已乘鲤鱼去》,作家出版社 2005 年版。
⑤ 张悦然:《誓鸟》,光明日报出版社 2006 年版。
⑥ 笛安:《姐姐的丛林》,《收获》2003 年第 6 期;2012 年 2 月,《最小说》再次发表。
⑦ 笛安:《告别天堂》,《收获》2004 年长篇小说专号;2005 年 1 月由春风文艺出版社出版。
⑧ 笛安:《春风如面柳如眉》,春风文艺出版社 2006 年版。
⑨ 笛安:《莉莉》,《钟山》2007 年第 1 期。
⑩ 笛安:《怀念小龙女》,《山西文学》2008 年第 5 期。
⑪ 笛安:《圆寂》,《十月》2008 年第 5 期。
⑫ 笛安:《塞纳河不结冰》,《十月》2009 年第 5 期。
⑬ 《西决》《东霓》《南音》由长江文艺出版社分别于 2009 年、2010 年和 2012 年出版。

代主义小说叙事的极致性。甫跃辉唯一的一部长篇小说《刻舟记》① 在结构上"虽云长篇，颇同短制"（鲁迅评《儒林外史》语），其他皆为中、短篇。甫跃辉自 2006 年发表的短篇小说《少年游》② 始，因 2009 年、2010 年相继发表的中篇小说《鱼王》③ 和《鹰王》④ 引起主流文坛好评后，于 2011 年转向对"海漂"生活的叙写，发表了中篇小说《巨象》⑤。甫跃辉所有的小说都是在讲述"重新去寻找'自我'的过程"⑥，这是标准的现代成长小说主题。加上甫跃辉"斤斤计较"的语言态度，颇见功力的细节描写，节制的叙事方式使得他的作品一开始就具有"纯文学"的质地并全面终结了"80 后"青春文学的商业元素。文珍同样是以个人化的方式坚持着她对"纯文学"创作观念和创作方法的极致性写作。她自 2005 年发表《果子酱》⑦ 引起主流文坛关注后，数年之间，接连发表了中、短篇小说《第八日》《气味之城》《安翔路情事》等，遂自然而然地问世了小说集《十一味爱》⑧。文珍一直信守着少而精的创作原则，几乎每一篇都是一个别致的精致之作。她以小说的形式探索了对爱情的 N 种讲法，着力于体验这个时代中人心的幽闭和敞开，抓狂与挣扎。所以，她对爱情的讲法祛除了青春文学赖以为生的时尚化情节，有时甚至不依靠情节；也不同于张悦然小说中自闭的心理描写，有时甚至试图告别自我的世界而进入他人的心理；也不同于春树小说的青少年亚文化的反叛立场，有时甚至内含一颗慈悲之心而包容着这个日渐堕落的世界。

当然，由于青少年"纯文学"写作生长于新世纪娱乐化阅读盛行之时，为了生存、发展和壮大，青少年"纯文学"作家除了在现代主义文学内部进行调适，还借助了青少年亚文化写作的反叛立场与青少年时尚化写

---

① 甫跃辉：《刻舟记》，文汇出版社 2013 年版。
② 甫跃辉：《少年游》，《山花》2006 年第 9 期。
③ 甫跃辉：《鱼王》，《大家》2009 年第 2 期。
④ 甫跃辉：《鹰王》，《青年文学》2010 年第 9 期。
⑤ 甫跃辉：《巨象》，《花城》2011 年第 3 期。
⑥ 甫跃辉：《刻舟记后记》，文汇出版社 2013 年版。
⑦ 文珍：《果子酱》，《人民文学》2005 年第 7 期。
⑧ 文珍：《十一味爱》，广西师范大学出版社 2011 年版。

作的叙事要素。张悦然小说在探索了现代主义意蕴的同时，也适度地选取了青少年亚文化写作的反叛立场，注入了青少年时尚化写作的言情、悬疑等叙事要素。笛安小说在接受了"青春体"小说的影响之外，还增加了时尚化写作的三角恋、单恋、苦恋等时尚化叙事要素。此外，颜歌在创作了长篇小说《良辰》和《段逸兴的一家》等现代主义品格的"纯文学"之时，也创作了时尚化的长篇玄幻小说《异兽志》；蒋峰在创作了现代主义风格浓郁的长篇小说《维以不永伤》之外，也在长篇小说《一、二，滑向铁轨的时光》和《淡蓝时光》中注入了时尚化的青春、爱情要素。"90后"作家陈观良《丫的伪大爱情电影》[①] 以现代主义的叙事方式介入现实，同时也注入了时尚化写作的悬疑要素和亚文化写作的反叛立场。其实，不止上述作家，几乎所有的青少年"纯文学"作家，都在顺应中国当代文学生产机制的内部要素之时，调适着一种适宜于自己，也适宜于这个时代的叙事美学。

其次，青少年"纯文学"写作在顺应中国当代文学生产机制的外部要素——文学生产的传播方式之时，进行了调适。

青少年"纯文学"作家借助但不再仅仅依靠中国作协为核心的主流文坛来传播自己，而是借力于多种传播方式最大限度地传播自己。进一步说，虽然青少年"纯文学"作家与主流文坛保持了亲密关系，也获取了主流文坛的关注和扶持，但他们同样在意于"理想读者"[②] 群的建立及图书市场上的成功。所以，青少年"纯文学"作家除了借助于主流文坛的名家写序，获得"纯文学"奖项、被主流"纯文学"期刊推出、召开作品研讨会等传播方式外，还着力于寻找多种方式传播自己。凡是能够扩大自己影响力的方式，一般来讲，青少年"纯文学"作家不仅并不拒绝，而且主动选择。在这个意义上说，青少年"纯文学"作家调适了以中国作协、当代名家、主流期刊、专业作家共同构成的主流文坛为中心的传播方式。张悦然、笛安、颜歌、蒋峰等皆各有各的调适之路。张悦然自 2001 年第三届

---

① 陈观良：《丫的伪大爱情电影》，上海人民出版社 2013 年版。
② 李敬泽：《致理想读者》，中国人民大学出版社 2014 年版。

"全国新概念作文大赛"成名后，虽然被主流文坛名家（莫言曾为张悦然小说集《葵花走失在1890》作序①）所盛赞而成为"实力派"青年作家代表作家，但随即张悦然也欣然接受了春风文艺出版社为她量身打造的"玉女作家"的偶像派作家桂冠，与当时热销的"金童作家"郭敬明颇为登对。但在郭敬明陷入"抄袭门"事件后，张悦然适时表明与他划清界限，且成为"纯文学"写作的领军人物。但即便在"纯文学"写作的旗帜下，张悦然仍然通过"主题书"的生产与传播方式建立了她的稳定、忠实的理想"粉丝"，进而成为自由派作家。之后，张悦然又凭借她的名气和实力而被推选为中国作协青年创作委员会副主任，近日又为中国人民大学文学院的学生讲授短篇小说创作一课，足见她发展前景和路径的广阔。另一位青少年"纯文学"作家笛安与张悦然有些不同。笛安不是"新概念"家族成员，一开始没有青春文学作家所通常具有的图书市场的泡沫效应。成名期间，笛安旅居法国，属于一个比较纯粹的个体自由写作者。但是，归国后，笛安同样要面对生存问题，也需要"经济合伙人"。或许为此，近年来笛安加盟郭敬明的旗下团队②，并主编了郭敬明旗下的文艺性杂志《文艺风赏》，日渐成为与张悦然相似的一身兼多职的实力派和偶像派青年作家。此外，颜歌游走在"纯文学"与"奇幻文学"之间；蒋峰在一如既往地耐心创作"纯文学"作品之时，也曾先兼职于《男人装》杂志，后担任影视剧编剧；徐璐除了创作了《滴答》③《春江花月夜》④《小情歌》⑤ 等纯文学之外，还发展了动漫文学制作。当然，也有青少年"纯文学"代表作家一直延续了传统的传播方式，如文珍、甫跃辉和张怡微。三位青年作家曾经分别毕业于北京大学和复旦大学文学创作硕士专业。或许，最高学

① 莫言：《飞扬的想象与透明的忧伤》，张悦然《葵花走失在1890》，作家出版社2003年版。
② 一位名叫刘芳的"80后"自由编剧说，2009年年底公司派她去见著名导演俞钟。当时俞钟手头上有一部谍战剧，但只有一个几千字的故事大纲，需要找几个编剧来写成电视剧剧本。公司找到了她和其他两位青年编剧蒋峰和许仆仆。参见张琰《揭秘编剧行业"潜规则"：枪手是个公开的秘密》，《成都日报》2013年2月22日。
③ 徐璐：《滴答》，春风文艺出版社2008年版。
④ 徐璐：《春江花月夜》，春风文艺出版社2009年版。
⑤ 徐璐：《小情歌》，春风文艺出版社2011年版。

府的背景和精神支撑了三位青年作家始终坚持着不与流俗相妥协的"纯文学"精神。

但是，无论青少年"纯文学"作家如何调适自己的创作之路，最终依靠的还是作品的文学质地。如果说时尚化写作的秘密可以被概括为"一支队伍是一个人"，那么"纯文学"写作则永远都坚持着这样的创作信念："一个人是一支队伍"。而这一信念是否能够坚持到底，大概决定了青少年"纯文学"写作在与青少年亚文化写作、青少年时尚化写作博弈的格局中能否成为中国当代文学的有力后备军。

总之，以"80后"为主力军、"90后"为生力军的青少年写作以各自不同的方式对中国当代文学的生产机制产生了程度不同的冲击。不仅如此，青少年写作又因各自不同的写作立场而注定导致了各自不同的命运轨迹。比较而言，在商业主义的时尚文化和主流意识形态的双线夹击下，青少年亚文化写作一路高开低走，青少年时尚化写作则由弱至强，青少年"纯文学"写作则稳中有升，步步为营、退却性防御。三方PK的过程既意味着中国当代文学生产机制的被冲击，也意味着对中国当代文学地形图的被改变。这一点，正如孙郁所说："现在，80后已经是文坛的一个重要存在，我们这些老人有时候不知道，这些后起的青年正在改写我们的文学地图。"①

（本文发表于《上海文学》2014年第11期。发表时有删节）

---

① 孙郁：《抵抗没有历史的历史》，《北京青年报》2013年11月29日。

# 儿童文学研究与批评

# 鲁迅,为何成为中国现代儿童观的经典中心

　　客观说来,鲁迅"向来没有研究过儿童文学"①。他对儿童文学的著述,不如周作人起步早、数量可观、内容系统;也没有丰子恺那样质地纯粹;甚至,不及诸多"后来者"那样精力投入。但鲁迅的儿童观依旧堪称中国现代儿童观的经典中心。这样说,不是因为鲁迅对儿童观的阐释具有专业性和系统性,而是因为他对儿童观体验和表达的深刻性、矛盾性和复杂性,由此开启并探索了中国现代儿童观的诸多要义。而且,随着时间的推移,特别是在 20 世纪 80 年代以后,鲁迅儿童观的矛盾性和复杂性,在中国儿童文学界更加凸显。然而,儿童文学界对于鲁迅儿童观的现代性特质虽然已有了不同角度的深入探讨,但基于某种学术语境的限制,学界大多倾向于对鲁迅儿童观进行统一的、静态的描述,而对其内部的生成原因、变化过程、矛盾冲突却缺少考察和辨析。在这样的学术背景下,本文意欲重新解读鲁迅为何成为中国现代儿童观的中心,并进一步辨析当下儿童文学界对鲁迅儿童观不同面向的接受和理解。

---

① 1936 年 3 月 11 日鲁迅致杨晋豪的信,《鲁迅全集》第 13 集,第 325 页。

# 一 鲁迅儿童观的总体内容："立人"旨归下"儿童本位"的多种矛盾冲突

鲁迅儿童观的总体内容，可以概括为："立人"旨归下"儿童本位"的多种矛盾冲突。这一总体内容是与20世纪中国现代知识分子在启蒙主义思潮中对"人"的发现同步诞生的，也是鲁迅毕生追寻的"立人"思想的重要组成部分。其中，周氏兄弟作为中国现代儿童观的奠基人，有相通，也有差异。比较而言，二周都将"儿童"作为"人"的构成的原点和终点，但鲁迅儿童观的总体内容自阐明现代儿童观始，就存在着更为深刻、复杂的矛盾冲突。这些矛盾冲突可以概括为："立人"的启蒙理想／"被吃"的儿童现实；"人之父"的教育者身份／"人之子"的被教育者身份；"娘老子"训导的儿童／"人国"期待的儿童。而且，随着鲁迅思想的变化，鲁迅儿童观中的矛盾冲突愈加激烈。在此，笔者拟以问题的方式，历时性地梳理鲁迅儿童观的生成、确立和演变，以此来辨析鲁迅儿童观总体内容的矛盾性和复杂性。

**问题一：鲁迅的启蒙儿童观如何萌生？**

近、现代之交，鲁迅的童年生活拥有快乐的记忆。百草园、三味书屋、《山海经》、鬼文化、"橘子屋"、曾祖母、长妈妈、漫画、画谱等构成了鲁迅自由、快乐的童年生活。童年记忆虽然缥缈，缥缈得难以对抗后来鲁迅所遭遇的灾变记忆，但毕竟为鲁迅生成了原初的"儿童"影像。[①]

12岁后，鲁迅经历了"家道中落"的伤痛性记忆，但也因此扩大了他的生活范围和阅读范围。皇甫庄、安桥头的外婆家、舅父家成为少年鲁迅认知乡土中国的一隅，也结识了乡土中国的少年，同时，还阅读了《荡寇志》《嵇康传》《红楼梦》等带有异端思想的作品。加上鲁迅敏感、丰富的个性气质，"家道中落"的灾变催生了他早熟的心灵。童年无拘无束的

---

① 鲁迅记忆中的"儿童"影像应该是如童年鲁迅那样顽皮、机智、自由、快乐、纯真的儿童形象。参见鲁迅《朝花夕拾》部分篇章，《鲁迅全集》第2卷，人民文学出版社1981年版。

生活，对于鲁迅而言，结束了。少年记忆中的"乞食者"形象为他日后所确立的儿童观的生成注入了矛盾、复杂的因子，即鲁迅在少年时期目睹了"人"的多种面相。

青年时代，鲁迅先去南京，后到日本。留日时期的鲁迅，接受了达尔文的生物进化论思想和尼采的"超人"哲学，有一种"茫漠的希望：以为文艺是可以移性情，改造社会"①。所以，鲁迅将主要精力投放到东欧弱小国家的文学。但，同时，在关涉儿童的阅读谱系上，鲁迅翻译了法国小说家凡尔纳的科幻小说《月界旅行》（1903 年 10 月日本东京进化社出版），发现了荷兰作家望·葛覃的童话《小约翰》（1906）。异域的思想文化生成了鲁迅儿童观的根芽。从这个时期开始，鲁迅的儿童观附着于"立人"的启蒙主义旨归下。这也意味着鲁迅的儿童观在萌芽期就隐含着矛盾、复杂的冲突："立人"的启蒙理想与对"立人"启蒙理想的怀疑，以"孩子为本位"的设想与这一设想的难以实现始终纠缠在一起。

概言之，从鲁迅儿童观萌芽的初始阶段，"立人"的启蒙理想与"被吃"的儿童现实就构成了与生俱来的矛盾冲突，或者各说各话。

**问题二：鲁迅如何理解"儿童"？**

新文化运动时期，鲁迅属于大器晚成的思想家型作家。对于儿童观的阐释，鲁迅滞后于周作人。而且，鲁迅关涉儿童研究的文字数量颇为有限。自 1909 年鲁迅结束旅日生活至"五四"新文化运动前，鲁迅主要埋头于抄古碑、读古书。在儿童文学领域，鲁迅并未投入主要精力。除了在1913 年，因在教育部工作、草拟《拟播布美术意见书》倡导"当立国民文术研究会，以理各地歌谣，俚谚，传说，童话等"外，鲁迅只创作了儿童视角的文言体小说《怀旧》（1912），抄注了儿歌 6 首②（1914）。此外，鲁迅便甘当周作人的儿童文学研究的"敲边鼓"了。譬如，在鲁迅 1912 年 6月 26 日的日记中，记下收到周作人的《童话研究》一文。但是，鲁迅思想的深刻性、丰富性和独特性，加上他语言的天才表达，使得他一经确立启蒙

---

① 鲁迅：《译文序跋集》序，《鲁迅全集》第 10 集，人民文学出版社 1981 年版，第 161 页。
② 参见刘运峰编《鲁迅全集补遗》，天津人民出版社 2006 年版，第 342 页。

主义儿童观，就"后来居上"，抵达了"五四"思想文化的制高点。

1919 年 11 月，鲁迅发表了第一篇正式阐释启蒙儿童观的杂文《我们现在怎样做父亲》。这是一篇被"后来者"反复解读的中国儿童文学的经典文本。在该文，鲁迅将"儿童"理解为"人之子"，以区别于传统封建文化中的"奴之子"或西方文化中的"神之子"。而且，"人之子"在鲁迅的理解中，属于现代启蒙文化的范畴，具有进化论和循环论的双重哲学谱系，需要在"人之父"与"人之子"的话语关系中获得理解。这样，鲁迅的理解，似乎明确，实则多义、复杂，暗含矛盾和冲突。"人之子"这一话语单位的复杂性很似福柯所说："当有人向它提问时，它便会失去其自明性，本身不能自我表白，它只能建立在话语复杂的范围基础上。"① 其中，鲁迅对"人之子"的理解最具矛盾冲突的一段话语便是："开宗第一，便是理解。往昔的欧人对于孩子的误解，是以为成人的预备；中国人的误解是以为缩小的成人。……第二，便是指导。……长者须是指导者协商者，却不该是命令者。"在此，鲁迅一面体察"人之子"的现实处境并承担启蒙者对"人之子"的解放的职责："自己背着因袭的重担，肩住了黑暗的闸门"；一面想象"人之子"的未来图景："放他们到宽阔光明的地方去；此后幸福的度日，合理的做人。"② 在这段文字中，无论承担，还是体察或想象，"人之子"都处于"理解"与"指导"的矛盾、冲突中。"人之子"究竟是生物进化论的自然之子，还是"被教育者"？鲁迅所确立的启蒙主义儿童观本身就是一个矛盾、复杂的话语结构。

同样，在"五四"新文化运动阶段，鲁迅的小说《狂人日记》（1918）、《故乡》（1921）、《社戏》（1922）中；散文诗《自言自语》（1919）、《雪》（1925）、《风筝》（1925）中；杂文《热风·随感录二十五》（1919）、《热风·随感录四十九》（1919）、《热风·随感录六十三》（1919）皆反复表达了一位"人之父"对"人之子"的激励和担当、矛盾和困惑。

---

① ［法］米歇尔·福柯：《知识考古学》，生活·读书·新知三联书店 2003 年版，第 23 页。
② 鲁迅：《我们现在怎样做父亲》，《鲁迅全集》第 1 集，人民文学出版社 1981 年版，第 135—136 页。

　　**问题三：鲁迅如何理解"父子关系"？**

　　"五四"新文化运动落潮后，特别是1927年"大革命"失败后，鲁迅的儿童观如同鲁迅最后10年的思想世界和文学世界中的任何一个话语单位一样，比"五四"时期更加缺少确定性、同一性的内涵。启蒙主义思想固然居于鲁迅儿童观的核心地位，却遭到了空前的轰毁。与此同时，随着鲁迅成为"三口之间"的丈夫和父亲，以及政治立场的"向左转"，鲁迅的儿童观中注入了日常生活经验的思想要素和马克思主义思想要素。但是，鲁迅儿童观中的各种思想要素并不兼容。而鲁迅儿童观中的所有矛盾，都集中在鲁迅如何理解"父子关系"的问题上。

　　"大革命"失败后，鲁迅关涉儿童观的文字主要集中在杂文和译文的序言中。鲁迅发表了《读书杂谈》（1927）、《新秋杂识》（1933）、《上海的少女》（1933）、《上海的儿童》（1933）、《我们怎样教育儿童的》（1933）、《从孩子的照相说起》（1934）、《玩具》（1934）、《看图识字》（1934）等杂文，还为望·葛覃的童话《小约翰》（1928）、班苔莱耶夫的童话《表》（1935）、高尔基的《俄罗斯的童话》（1935）、契诃夫的短篇小说《坏孩子和别的奇闻》（1935）撰写了译文的序言。在这些文字中，鲁迅儿童观的重要变化可以概括为：鲁迅一面调适"父子关系"的矛盾性，一面深化"父子关系"的矛盾性。鲁迅儿童观的复杂性超越了"五四"新文化运动时期。

　　比较"五四"新文化运动时期，鲁迅在"大革命"失败后的有关儿童的文章中，"人之子"的追寻之梦不断遭遇深度幻灭，而"人之父"的责任意识却无可奈何地愈加自觉。因此，"父子关系"之间的复杂矛盾在"大革命"失败后，不仅没有任何缓解的迹象，反而更加凸显。在此期间，尽管鲁迅试图对"父子关系"的矛盾冲突进行调适，但收效甚微。"父子关系"的矛盾性，最明显地体现在"大革命"失败后的鲁迅杂文中。鲁迅虽然继续以启蒙主义思想批判传统封建文化对儿童的奴性规训，但同时更深地陷入"娘老子"训导的儿童／"人国"期待的儿童之间的矛盾、冲突之中。与成人为伍的"变戏法"的"孩子""上海儿童""上海少女"远比《孔乙己》中的"小伙计"、《风波》中的"六斤"距"人国"更远。

鲁迅经由现实生活经验，目睹了"娘老子"训导的儿童如何挫败"人国"期待的儿童。但是，"人之父"的批判意识更加强烈。鲁迅不再集中于历史批判，同时转向社会现实批判。因此，鲁迅除了一如既往地运用启蒙主义思想批判传统封建文化对儿童的奴役，同时借用了马克思主义思想资源，从阶级性的角度，明快、有力地批判了现实社会中"高等华人"对儿童的虐杀。如杂文《冲》《踢》《推》。

与此同时，在此时期，鲁迅在谈及儿子海婴的书信世界中，又时时流露出难以抑制的甘为"孺子牛""人之父"的幸福和温情。只是，这种难得的幸福和温情，仍然无法平息鲁迅儿童观中的矛盾性。相反，鲁迅的儿童观因亲情的融入更加复杂化了。譬如，鲁迅在《我们现在怎样做父亲》中提出的父子之间"爱"的理念虽然不再抽象化，但已具象化为一种疲累的情感。①

**问题四：如何理解鲁迅儿童观的独特性？**

从"五四"新文化运动初始，至鲁迅逝世，鲁迅一直以怀疑启蒙主义的立场来坚持启蒙主义的儿童观。这种对启蒙主义的复杂态度构成了鲁迅儿童观的独特性。

正因为鲁迅始终在矛盾中坚持启蒙主义儿童观，鲁迅与周作人的儿童观日渐由同道而转向分离。周作人也是在"五四"新文化运动中发现"儿童"的，且在《人的文学》（1918）、《平民的文学》（1919）、《个性的文学》（1921）等文章中，如鲁迅一样主张"以孩子为本位"。但是，在"五四"新文化运动中，周作人并未如鲁迅一样以"人之父"的自觉意识深化儿童文学的启蒙功能，而是转向了儿童文学的基础理论研究工作。随着"五四"新文化运动的落潮，周作人连"五四"时期儿童文学的启蒙功能也消解了。周作人宁愿像一个童心未泯的孩童那样，流连于儿童文学的自由之境。

为了更好地理解鲁迅儿童观的独特性，我们不妨以德国现代思想家本雅明为参照。鲁迅与本雅明皆具诗人气质，在儿童观上，也颇相通：他们

---

① 鲁迅在 1935 年 3 月 13 日致萧军、萧红的书信中说道："现在孩子更捣乱了，本月内母亲又要到上海，一个担子，挑的是一老一小，怎么办呢？"参见《鲁迅全集》第 13 卷，人民文学出版社 1981 年版。

都爱儿童，爱儿童玩具，却都不将孩子奉为天使，且正视儿童所具有的人性。本雅明一面赞美"读书的孩子""迟到的孩子""偷吃东西的孩子""乘坐旋转木马的孩子""不修边幅的孩子""捉迷藏的孩子"①，同时担忧"从儿童身上能发现潜在的专制君主品质"②。与此相类似，鲁迅一面主张"救救孩子"，同时又疑惑"没有吃过人的孩子，或者还有"（《狂人日记》）；一面塑造了少年小英雄闰土形象，一面又刻画了闰土成年后的麻木。不过，比较二人，本雅明宁愿成为现代社会中儿童世界的体验者和观察者，以体验和观察的方式批判现代性带给儿童的负面因素；鲁迅虽有时堪称敏锐的体验者和观察者，但更多的时候则宁愿成为儿童世界的启蒙者，即"人之父"，以绝望的挣扎拯救儿童于"被吃"的处境。

特别需要注意的是，鲁迅无论如何以"人之父"的启蒙者身份批判历史与现实，都对自身绝不赦免。所以，"人之父"的话语单位从一开始在第一篇现代白话小说《狂人日记》中就带有原罪色彩。此后，鲁迅也反复剖解"人之父"的原罪心理。

总之，鲁迅从近、现代之交，在童年、少年、青年时代萌生儿童观，到"五四"时期在壮年时代确立儿童观，再到20世纪二三十年代在中、晚年阶段深化、调适儿童观，每一个过程对儿童观的理解都充满矛盾性和复杂性。而且，鲁迅儿童观的变化过程正是鲁迅思想与中国文化、中国文学的现代性进程一道由萌芽到确立，再到发展、演变的过程。

## 二　鲁迅如何"看"儿童：矛盾的启蒙视点

鲁迅关涉儿童观的文字世界，可以被描述为一位"人之父"或启蒙者如何"救救孩子"的思想史诉求。自"五四"新文化运动以后，将儿童观

---

① ［德］瓦尔特·本雅明：《单行道》，王才勇译，凤凰出版传媒集团江苏人民出版社2006年版，第67—73页。

② ［德］瓦尔特·本雅明：《本雅明论教育》，徐维东译，吉林出版集团有限责任公司2011年版，第5页。

置身于思想史的空间，是思想家型的文学家鲁迅自觉选取的思维方式。而在思想史视域的现代性过程中，鲁迅先是经由童年、少年的自发性阅读，再到对西方个人主义哲学的汲取和思索，后又接受了马克思主义思想的影响。然而，无论鲁迅思想历程伴随着中国文化与文学的现代性进程如何变化，鲁迅儿童观中的"立人"旨归始终没变。正因此故，鲁迅看取"儿童"的视点一直选取启蒙视点。不过启蒙视点的内部充满矛盾，即启蒙视点呈现出由"儿童"视点向"成人"视点矛盾倾斜的症候。其原因在于，"立人"为旨归的儿童观即是这样的矛盾性构成：儿童不能依靠自身发现"儿童"，只有成人视点的位置才能够发现"儿童"，并确立启蒙主义的儿童观。

我们需要进入鲁迅关涉儿童的文字世界来辨析鲁迅儿童观中启蒙视点的矛盾踪迹。这不是一件容易的事情。因为鲁迅文字世界中的"儿童观"是不确定的启蒙主义，表现方式也是不同的。然而，依据启蒙视点的切入角度，我们可以发现一些有趣的问题：鲁迅在不同时期对"儿童"观察、理解的视点存在变化。这是因为什么？如果从启蒙视点的角度，我们理解为鲁迅在关涉儿童的文字中，一直纠结于"儿童"视点和"成人"视点的矛盾关系。

"五四"新文化运动之前的鲁迅虽然已经在留日时期就确立了"立人"的启蒙思想，但毕竟没有明确提出启蒙主义的儿童观。"五四"新文化运动之前，鲁迅关涉儿童的文字非常有限，分为两类：一类是"儿童文学"类；另一类是"儿童教育"类。文学类只有文言体小说《怀旧》①、抄注的儿歌6首；教育类只有他作为教育部科员所起草的文件、公告《拟播布美术意见书》。其中，《怀旧》全篇选取儿童视角，整个内容都充满稚拙的童趣，"儿童"被理解为原初的自然天性中的顽童。而《拟播布美术意见书》② 一文中的"儿童"，则被理解为需要全面发展的"幼者"，在此，鲁迅只是恪守一位部属公务员的职责，不必过度阐释鲁迅的启蒙意识。总

---

① 鲁迅：《拟播布美术意见书》，《鲁迅全集》第8卷，人民文学出版社1981年版。
② 鲁迅：《怀旧》，《鲁迅全集》第7卷，人民文学出版社1981年版。

之，"五四"新文化运动之前，对鲁迅而言，儿童视点和成人视点可谓各安其位，两不相扰。

"五四"新文化运动期间，鲁迅在《我们现在怎样做父亲》中正式表明了启蒙主义儿童观，同时也标志着他的儿童观正式选取了启蒙视点。这意味着以往鲁迅儿童观中儿童视点和成人视点持衡的状态结束了。"人之子"的儿童视点已经向"人之父"的成人视点倾斜，"人之父"的成人视点明显具有权力话语的强势位置。譬如，小说《故乡》①虽然选取了少年视角和成人视角相交替的叙述方式，但小说中"儿童视角"下的"人之子"还是被替代于"成人视角"下的"人之父"形象。当童年的闰土和"我"在 20 年后变化为中年木讷的闰土和漂泊的"我"时，小说传达的不仅是眷恋之情，更有无奈、凄清之感。所以，"五四"期间，"儿童"被视为"将又不幸又幸福的你们的父母的祝福浸在胸中，上人生的旅路"的"幼者"。②"父亲"被看作"自己背着因袭的重担，肩住了黑暗的闸门"③的人。只是，需要说明的是："五四"时期的鲁迅，虽然自觉地选取了成人视点的启蒙主义儿童观，但不可否认他对"儿童"的理解存在着某种想象性的成分，甚至还存在着某种隔膜。

从"五四"时期到鲁迅逝世前，在鲁迅关涉儿童的文字世界中，成人视点与儿童视点之间的关系更加矛盾。随着文化环境的激变，鲁迅个人处境的不断变化，成人视点和儿童视点的位置不断变化：时而，在文化环境的烦扰中，"人之父"的成人视点依然居于主体位置；时而，在自我世界的闲静中，童年时期的记忆不可抑制地浮现出来，"人之子"的儿童视点被选取。譬如，《忽然想到五》（1925）、《这个与那个》（1925）、《读书杂谈》（1927）等一如既往地表达一位"人之父"对儿童的期待和祝福，而鲁迅在厦门期间"从记忆中抄出来"④的《朝花夕拾》则重拾儿童的原初

---

① 鲁迅：《故乡》，《鲁迅全集》第 1 卷，人民文学出版社 1981 年版。
② 鲁迅：《热风·随感录六十三》，《鲁迅全集》第 1 卷，人民文学出版社 1981 年版，第383 页。
③ 鲁迅：《我们现在怎样做父亲》，《鲁迅全集》第 1 卷，人民文学出版社 1981 年版，第130 页。
④ 鲁迅：《朝花夕拾·小引》，《鲁迅全集》第 1 卷，人民文学出版社 1981 年版，第 230 页。

影像。这个时段，儿童视点和成人视点处于矛盾、摇摆、交替、渗透的状态。特别是"大革命"失败后，鲁迅因启蒙主义儿童观的幻灭曾经任由成人视点覆盖儿童视点。或者说，鲁迅严重怀疑真正的儿童视点是否存在。不过，严酷的社会现实使得鲁迅对儿童的思考不再满足于对"类"的想象话语，而转向由"个"到"类"的具象话语。譬如，《上海的少女》（1933）、《上海的儿童》（1933）、《我们怎样教育儿童的》（1933）、《从孩子的照相说起》（1934）、《连环图画琐谈》（1934）、《看图识字》（1934）等杂文，都在"类"中增加了"个"的具象感。

然而，这一阶段，不该忽视的是鲁迅论及儿童的书信世界。随着1929年鲁迅为人父，鲁迅关涉儿童文字中的成人视点和儿童视点之间的矛盾冲突有时呈现出松动的迹象。成人视点和儿童视点时有叠合。鲁迅依然坚持启蒙主义的儿童观，但启蒙主义儿童观中悄然内置了一位"人之父"对"人之子"的"爱意"体验，进而使得鲁迅与儿童的隔膜在某种意义上有所消除。由于周海婴的出生，鲁迅成了真正的"人之父"，海婴则成了鲁迅儿童观得以实现的具体对象。这份"爱意"的获得，对于鲁迅儿童观的变化至关重要。以往鲁迅研究大多强调鲁迅思想世界中"仇恨"的一面，是一个需要反思的问题。特别是，"爱意"对于鲁迅儿童观来说，能够调适鲁迅儿童观中成人视点与儿童视点的矛盾冲突。由于"爱意"的收获，鲁迅转向从经验和体验的层面来理解"儿童"，而不是从理论的层面来想象"儿童"。而且，鲁迅开始从日常生活（区别于以往的社会生活）的角度，重新关注儿童的生物属性。譬如，鲁迅在1930年2月22日致章廷谦的信中说道："海婴，我毫无佩服其鼻梁之高，只希望他肯多睡一点，就好。他初生时，因母乳不够，是很瘦的，到将要两月，用母乳一次，牛乳加米汤一次，间隔喂之（两回之间，距三小时，夜间则只喂母乳），这才胖起来。米之于小孩，确似很好的，但粥汤似乎比米糊好，因其少有渣滓也。"① 信中的鲁迅，与天下的"人之父"没有任何不同。但假如说有什么不同，那也是鲁迅比一般的父亲更在乎"爱意"的给予。书信中，海婴完

---

① 鲁迅：《致章廷谦》，《鲁迅全集》第12卷，人民文学出版社1981年版，第4页。

全是一个被鲁迅的"爱意"所"豢养"的幼小动物。此外，书信世界非常有趣地讲述了鲁迅为人父后的凡俗的一面：一向被视为精神界战士的鲁迅竟然在日常生活中很富有人情味儿地在朋友圈中不落下哪家生子时的迎来送往；不忘记为孩子购买玩具、收集玩具等琐屑事情。虽然有时，鲁迅也会在书信中向友人抱怨孩子之累，但那些话语不过是对"爱意"的另一种理解与表达，听者不能完全当真。此种心情，就像一位获得宝物、欣喜异常的人，因不知如何珍藏宝物总要发出几声得意的"抱怨"一样。

## 三　鲁迅儿童观的哲学内核的矛盾性

那么，鲁迅儿童观的总体内容和启蒙视点为何如此复杂，充满矛盾？原因固然很多。譬如，鲁迅"被压抑的童年"一经被释放，将爆发出惊人的能量，但其中最主要的原因在于鲁迅思想世界的矛盾性。

进一步说，鲁迅位居中国现代儿童观中心位置的隐秘部分就在于鲁迅哲学内核的矛盾性。换言之，鲁迅哲学思想的内核不是由任何单一思想体系独撑，或几种思想的融合，而是由生物进化论与历史循环论矛盾构成。如果说生物进化论构成了鲁迅现代性维度中的主体哲学思想，那么历史循环论则构成了鲁迅反现代性维度中的主体哲学思想。

概括说来，如果将鲁迅儿童观的哲学内核的矛盾性放置在现代性或反现代性的维度中进行考量，就会发现，不管是生物进化论或启蒙主义目标，还是历史循环论或对启蒙主义目标的消解，它们之间始终处在一种矛盾、扭结的关系之中。只是一个非常特别的地方在于：鲁迅儿童观的哲学内核的矛盾与扭结的程度，往往依据鲁迅所置身的文化语境的变化、作品文体的不同、阅读对象的差异而或隐或显地存在着。

从文化语境来看，从"五四"时期到1927年"大革命"失败，鲁迅的儿童观是以生物进化论为主要哲学内核的，并以此支撑了鲁迅的启蒙主义儿童观；而"大革命"失败后，历史循环论不可抑制地从潜在状态中浮现出来，并构成"大革命"失败后鲁迅儿童观的主要哲学内核，进而使得鲁迅对启蒙主义儿童观产生空前的怀疑。这一隐秘，在 1932 年 4 月 24 日夜完成的《三闲集》序言中明确表达："我一向是相信进化论的，总以为将来必胜于过去，青年必胜于老人，对于青年，我敬重之不暇，往往给我十刀，我只还他一箭。然而后来我明白我倒是错了。这并非唯物史观的理论或革命文艺的作品蛊惑我的，我在广东，就目睹了同是青年，而分成两大阵营，或则投书告密，或则助官捕人的事实！我的思路因此轰毁，后来便时常用了怀疑的眼光去看青年，不再无条件的敬畏了。然而你此后也还为初初上阵的青年呐喊几声，不过也没有什么大帮助。"① 当然，鲁迅思想异常复杂，我们很难条分缕析地辨析清楚生物进化论与历史循环论在不同时期的鲁迅儿童观中的确切分量。事实上，这两种充满矛盾的哲学思想在鲁迅的儿童观中常常此消彼长。

我们还是依据鲁迅论述儿童文学的文字做以比较。

"五四"新文化运动至"大革命"时期，鲁迅论述儿童文学的文字多集中在杂文集《坟》《热风》和散文集《朝花夕拾》中，也散见于小说集《呐喊》《彷徨》中。这个时期关涉儿童文学的文字，特别是这个时期杂文中关涉儿童文学的文字，大多观点鲜明、基调昂扬、语言晓畅、语义明确，充溢着励志的亮色。因以生物进化论为主要哲学内核，鲁迅明确地将"孩子"理解为具有进化意义的新生命。"孩子"作为新生命固然弱小，但生物进化论为"孩子"注入了免疫的"抗体"，不仅可以杀死"父亲"所携带的腐朽的封建文化的"病毒"，而且还可以借此让年轻的生命不断发展、壮大。类似这样的观点，在《热风·随感录》中有明晰的表达。在《随感录五十七》中，鲁迅从各种复古主义的包围中突围出来，坚定地发出响亮的断言："杀了'现在'，也便杀了'将来'。——将来是子孙的时代。"② 在《热风·随感录四十九》中，鲁迅干脆将生物进化论理解为历史、生命发展、壮大的逻辑力量，并再次断言："凡有高等动物，倘没有

---

① 鲁迅：《三闲集》序言，《鲁迅全集》第 4 卷，人民文学出版社 1981 年版，第 5 页。
② 鲁迅：《热风·随感录五十七·现在的屠杀者》，《鲁迅全集》第 1 卷，人民文学出版社 1981 年版，第 350 页。

遇着意外的变故，总是从幼到壮，从壮到老，从老到死。"①"我想种族的延长，——便是生命的连续，——的确是生物界事业里的一大部分。何以要延长呢？不消说是想进化了。但进化的途中总须新陈代谢。所以新的应该欢天喜地的向前走去，这便是壮，旧的也应该欢天喜地的向前走去，这便是死；各各如此走去，便是进化的论。"②

"大革命"时期，鲁迅经历了"五四"落潮、"女师大学潮"期间文人之间的笔战、青年学生高长虹的背叛等事件，但他依旧以生物进化论为思想武器，大声疾呼生命的更新和文化的变革，并如此断言："我想，凡是老的，旧的，实在倒不如高高兴兴的死去的好。"③

比较而言，"大革命"失败后，鲁迅论述儿童观的文字风格有明显改变。文章的观点虽然明确，但语言多反讽，内容常多义，基调悲凉，色调沉郁，充溢着无可奈何的晦暗气息。鲁迅后期，因所经历的社会生活比以往更为凶险、严酷、苦痛，历史进化论时而挫败了生物进化论。虽因海婴的出生与成长，鲁迅在论述儿童文学的文字中，平添了一副平和、温暖的日常化笔墨，如《玩具》《我的种痘》等，但日常生活中的亲子之情只能是全部生活的一隅；也虽因生物进化论的影响的余绪尚存，但鲁迅的儿童观不可阻挡地被改变了。与"五四"时期鲁迅杂文中对启蒙儿童观的"热切"追求不同，"大革命"失败后的鲁迅杂文更倾向于对启蒙儿童观"无奈"地坚守。而且，启蒙主义儿童观内部的矛盾性裂痕更加凸显，内容的表达也更为隐蔽和多义。"大革命"失败后鲁迅儿童观的变化在《我们怎样教育儿童的》《新秋杂识》《看变戏法》《上海的少女》《上海的儿童》《从孩子的照相说起》等杂文中体现得最为明显。《我们怎样教育儿童的》论及了儿童教育与教科书之间的关系问题。该文的主要观点是：中国虽然进入"现代"社会了，但儿童教科书非但没有因为新文化、新时代的产生而相应生成新观念，反而因袭着旧文化的教育观念，历史循环论在儿童教科书中有着顽强的生命力。如鲁迅在文中所说："就是所谓'教科书'，在

① 鲁迅：《热风·随感录四十九》，《鲁迅全集》第1卷，人民文学出版社1981年版，第338页。
② 同上书，第338—339页。
③ 鲁迅：《老调子已经唱完》，《鲁迅全集》第7卷，人民文学出版社1981年版，第307页。

近三十年中，真不知变化了多少。/忽而这么说，忽而那么说，今天是这样的宗旨，明天又是那样的主张，不加'教育'则已，一加'教育'，就从学校里造成了许多矛盾冲突的人，而且因为旧的社会关系，一面也还是'混沌初开，乾坤始奠'的老古董。"① 在《新秋杂识》中，鲁迅的儿童观近乎绝望。鲁迅在"五四"初始阶段所提出的疑问："没有吃过人的孩子，或者还有？"在此处得到绝望的回答："然而制造者也决不放手。孩子长大，不但失掉天真，还变得呆头呆脑，是我们时时看见的。"②《看变戏法》将"黑熊"和"孩子"并置在一起，作为被成人世界工具化、虐待化的对象。鲁迅在此不仅亲手拆解了他以往信奉的进化论链条：动物—儿童—新青年—人—人国，而且拆穿了"戏法"的秘籍——"孩子"竟然与"大人"合谋戏要"看客"，以赚足人气和财气③。《上海的少女》《上海的儿童》和《从孩子的照相说起》虽然将"孩子"放置在西方现代文明的背景上，貌似被"进化"了，但传统封建文化的奴性价值观根深蒂固，"孩子"仍然不是自己的主人。"孩子"甚至出现了各种病态的"文明"的奇观：上海少女"精神已是成人，肢体却还是孩子"④；上海儿童或者"任其跋扈"，或者"使他畏葸退缩"⑤。中国儿童在中国的照相馆里照了一张相，也要"面貌很拘谨，驯良，是一个道地的中国孩子了"⑥。显然，历史循环论对于"大革命"失败后的鲁迅，较之历史进化论，更有说服力。

鲁迅儿童观的哲学内核的矛盾性，除了随着鲁迅所置身的文化环境的变化而变化，还与鲁迅所选取的文体有关。一般说来，鲁迅儿童观的哲学内核的矛盾性在小说文体和散文诗文体中的表现比在杂文文体和散文文体中的表现更为复杂。如果说杂文文体和散文文体中的儿童观的哲学内核是在写实的世界里表现其矛盾性，那么小说文体和散文诗文体中的儿童观的

---

① 鲁迅：《我们怎样教育儿童的》，《鲁迅全集》第5卷，人民文学出版社1981年版，第255页。
② 鲁迅：《新秋杂识》，《鲁迅全集》第5卷，人民文学出版社1981年版，第270页。
③ 鲁迅：《看变戏法》，《鲁迅全集》第5卷，人民文学出版社1981年版，第318页。
④ 鲁迅：《上海的少女》，《鲁迅全集》第4卷，人民文学出版社1981年版，第564页。
⑤ 鲁迅：《上海的儿童》，《鲁迅全集》第4卷，人民文学出版社1981年版，第565页。
⑥ 同上书，第81页。

哲学内核则是在隐喻的世界里表现其矛盾性。比较而言，鲁迅杂文文体和散文文体的表现手法虽然多样，但都基于写实主义的总体写作原则之下，其儿童观的哲学内核的矛盾性相对来说处于显在状态；而小说文体和散文诗文体无论选取哪种手法，都基于现代主义的总体美学原则之下，其儿童观的哲学内核的矛盾性相对来说处于隐蔽状态。在此，我们仅以鲁迅小说和散文诗创作最为集中的"五四"时期的作品为例。

"五四"新文化运动初始阶段，鲁迅确立了"救救孩子"的启蒙主义主题，但杂文和小说、散文诗对这一主题的表现方式很是不同。杂文《我们现在怎样做父亲》《随感论二十五》和《随感论四十九》等通常以生物进化论为哲学内核，以直接的、励志的"呐喊"方式为孩子提供一个"人国"的图景，为社会和读者增加一份热力；而小说《狂人日记》、散文诗《自言自语》则以历史循环论为哲学内核，将启蒙者悲凉的心境隐蔽地深含其中，让阴冷之气弥散在作品的缝隙中，"彷徨"地暗中消解了"人国"实现的可能性。《狂人日记》显在结构的哲学内核当然是生物进化论，但隐在结构的哲学内核则是历史循环论。而且，越到小说的语义深层，历史循环论的哲学内核就越破土而生。所以，结尾"救救孩子"的呼声与其说是"呐喊"，不如说是"彷徨"；与其说是坚信，不如说是怀疑；与其说是信奉生物进化论，不如说接受历史循环论。特别是常被忽视的散文诗《自言自语》①，比杂文《我们现在怎样做父亲》仅仅早发表两个月，却完全不见鲁迅对生物进化论的乐观期待。譬如，第三节中的"古城"，虽然依据历史进化论设计了"老头子""少年"和"孩子"三个人物，且传达了《我们现在怎样做父亲》中"自己背着因袭的重担，肩住了黑暗的闸门，放他们到宽阔光明的地方去"的启蒙主义立场，但整体上却隐喻了儿童无法获救的悲剧性宿命。"古城"无疑是古老的历史文化的象征，但"古城"对于居住者来说不仅丧失了庇护作用，反而使得他们面临被黄沙席卷的灭顶之灾。最后，"黄沙"将"古城"连同"少年""老头子"和"孩子"一起埋没。可见，在"五四"新文化运动初始阶段，鲁迅的内心深处非但

---

① 鲁迅：《自言自语》，《鲁迅全集》第 8 卷，人民文学出版社 1981 年版。

无法虔信历史进化论，反而陷入极度的绝望之中。只是，只有在隐喻的世界中，鲁迅才得以尽情地表达他真实的绝望之感。

"五四"新文化运动落潮以后，鲁迅儿童观的哲学内核的矛盾性厮杀得更为激烈，且真切、深度地展现在鲁迅的小说和散文诗中。《孤独者》借助于魏连殳对待儿童前后截然不同的态度，显现了鲁迅儿童观的哲学内核的矛盾性。小说一开始出场的魏连殳一向对人冷冷，对孩子却"看得比自己的性命还宝贵"。但随着小说结构的深化，三个月后的魏连殳对"孩子"的看法完全逆转："想起来真觉得有些奇怪。我到你这里来时，街上看见一个很小的小孩，拿了一片芦叶指着我道：杀！他还不很能走路……"当"我"则转而为孩子推脱时，魏连殳则彻底推翻了三个月前对孩子的爱意："我的寓里正有很讨厌的一大一小在那里，都不像人！""哈哈，儿子正如老子一般。"魏连殳对孩子的情感已由强烈的爱变为强烈的憎了。小说中安排的魏连殳对孩子态度变化的辩难叙事，实则意味着鲁迅在生物进化论与历史循环论之间的痛苦选择。如果说《孤独者》中儿童观的哲学内核的矛盾性充满了疼痛感，那么散文诗《风筝》中儿童观的哲学内核的矛盾性则是一种无痛的悲哀。长大的"弟弟"彻底遗忘了童年的风筝之梦，完全进入"成人"的行列。可见，"五四"新文化运动落潮后，鲁迅经由一番痛苦的思想厮杀，儿童观中的哲学内核——进化论日渐被历史循环论所挫败了。

此外，鲁迅作为一位对读者高度负责任的作家，往往针对不同的读者群而调整其儿童观矛盾性的表现尺度。《热风》和《呐喊》的读者群主要是青年，启蒙主义儿童观中"亮色"的一面便有所强化。即便鲁迅内心有晦暗的一面，也尽量表现得非常隐蔽。而对于原本是写给自己的部分散文诗，如《颓败线的颤动》《求乞者》《风筝》等，启蒙主义儿童观中哲学内核的矛盾性则公开厮杀，且永无休止。

## 四　鲁迅儿童观的接受："教育论者"或"理解论者"的差异所在

鲁迅位居中国现代儿童观中心位置的秘密部分就在于其儿童观的矛盾性。因为鲁迅儿童观中的矛盾性传达了鲁迅对儿童的洞察力超群出众，其作品的思想深度在中国现当代文学史上无人可比，加上鲁迅把握语言的能力无人可比，使得他的儿童观远胜过同代人和"后来者"。但鲁迅儿童观的矛盾性与鲁迅思想的矛盾性一样，长期以来被忽视或漠视。而且，当鲁迅思想的矛盾性在20世纪80年代中期得到深入辨析的同时，鲁迅儿童观中的矛盾性仍然处于被遗忘状态。不仅中国现当代文学界和当代思想界忽视了这个重要的问题，而且中国儿童文学界也缺少必要的思考。特别是，近年来，在中国儿童文学界受到市场化冲击后，鲁迅儿童观的矛盾性势所必然地被凸显出来，并引发了中国儿童文学界对鲁迅儿童观的差异性接受。

鲁迅关涉儿童的文字从来就不是以现实世界的儿童读者群为接受对象的，虽然鲁迅的文字在民国时期就被编选到教科书中。或者说，作为一向对读者高度负责的鲁迅（在《答有恒先生》一文中，鲁迅真切地承担文责），对于他的读者群有着清醒的区分。在他的文字世界中，他甘愿以青年作为主要读者群；也甘愿以他所不屑的"文人学士"为读者群；还甘愿以"同路人"、友人为读者群；还甘愿以自我为阅读对象。但是，鲁迅唯独没有主动选取现实世界的儿童为读者群。甚至，鲁迅对于他的某些作品选入教科书而感到不满。鲁迅尤其反对他的小说《狂人日记》被编选入儿童教科书。据孙伏园的回忆：当鲁迅"听说有几个中学堂的教师竟在那里用《呐喊》做课本，甚至有给高小学生读的，这是他所极不愿意的，最不愿意的是竟有人给小孩子选读《狂人日记》。他说：'中国书籍虽然缺乏，给小孩子看的书虽然缺乏，但万想不到会轮到我的《呐喊》。'他说他虽然悲观……这种凶险的印象给他们做什么！"① 这里，"凶险的印象"既隐含了鲁迅对现代主义美学原则的评价，也说明了鲁迅对自己的读者群有着清醒的分层阅读意识。然而，鲁迅对儿童读者群的矛盾性心理，却没有引起学界的足够重视。

那么，如何理解鲁迅儿童观的矛盾性？当下中国儿童文学界呈现出不同面向的解读视点。孙建江将鲁迅儿童观放置在"二十世纪中国文学"的概念下来解读，认为"鲁迅对儿童文学最重要的贡献，在于他的'立人'主张"②。方卫平从中国儿童文学理论发展史的角度切入，认为"是一代文化巨人鲁迅，最先发出了'救救孩子'的激愤的呐喊"③。朱自强选择在中国文化的现代性进程中对周氏兄弟的儿童文学观进行比较，认为"由于各自气质与艺术性情的不同，周氏兄弟对儿童生命世界的关照，基本上处于不同的维度。在周作人，主要是走向了儿童的艺术——儿童文学。而在鲁迅，则主要是走向了文学、文化视角的思想文化批判和建设"④。曹文轩似乎没有直接从儿童文学研究的角度解读鲁迅的儿童观，但他的儿童观自20世纪80年代以来就一直接续着鲁迅的精神血脉。他曾经明确指出："孩子是民族的未来，儿童文学作家是民族未来性格的塑造者。儿童文学作家应当有这一庄严的神圣的使命感。"⑤ 新世纪之后，曹文轩仍然不改其衷："儿童文学的使命在于为人类提供良好的人性基础。"不难看出：曹文轩的儿童观自觉承继了鲁迅的启蒙主义儿童观。

在诸多观点中，对鲁迅儿童观的矛盾性的接受，儿童文学界具有代表性的观点差异在于：儿童文学作家和研究者的定位是"人之父"——儿童的教育者，还是"人之母"——儿童的理解者？教育论者接受了鲁迅所说"第二，便是指导"的观点，理解论者接受了鲁迅所说"开宗第一，便是理解"的观点。教育论者更强调"人之父"的责任意识，而理解论者更强

---

① 曾秋士（孙伏园）：《关于鲁迅先生》，中国社会科学院文化研究所鲁迅研究室主编《1913—1983 鲁迅研究学术论著资料汇编》（一），中国文联出版公司 1985 年版，第 43 页。
② 孙建江：《二十世纪中国儿童文学导论》，江苏少年儿童出版社 1995 年版，第 108 页。
③ 方卫平：《中国儿童文学理论发展史》，少年儿童出版社 2007 年版，第 121 页。
④ 朱自强：《中国儿童文学与现代化进程》，浙江少年儿童出版社 2000 年版，第 216 页。
⑤ 曹文轩：《中国八十年代文学现象研究》，北京大学出版社 1988 年版，第 309 页。

调"一切以孩子为本位"的母性意识。譬如，学者型作家的曹文轩和朱自强就各有所表。曹文轩从不讳言儿童文学作家的"教育者"身份和儿童文学读者的"受教育者"身份。特别是，在市场经济和全球化的冲击下，曹文轩强调儿童文学的"道义感""情调"和"审美教育"。① 朱自强则认为："作家既不能做君临儿童之上的教训者，也不能做与儿童相向而踞的教育者，而只能走入儿童的生命群体之中，与儿童携手共同跋涉在人生的旅途上。"② 其实，两种观点各有困境、各有侧重，并不构成本质差异——它们不约而同地在主张儿童文学的审美教育这一点上达成了一致。而且，他们在以不同的路径一同抵抗着儿童文学商业化的流俗。

　　客观地说，鲁迅不是一位严格意义上的儿童文学研究者和儿童文学作家。但他所确立的"立人"为旨归的启蒙主义儿童观不仅具有丰富的现代性内涵，而且还具有矛盾的现代性特征，可谓一个复杂、多义的意义世界。无论"后来者"认同与否，都无法绕过鲁迅的儿童观。无论"后来者"如何解读鲁迅的儿童观，鲁迅所确立的"立人"为旨归的启蒙主义儿童观都居于中国儿童文学的经典中心位置。特别是，在新世纪复杂、多变的文化环境下，鲁迅的儿童观不再仅仅是中国儿童文学界的研究对象，已经延展为中国儿童文学界的思想资源。

　　（本文发表于《中国海洋大学学报》2013 年第 5 期。发表时有删节）

---

① 曹文轩：《为人类提供良好的人性基础》，朱自强主编《中国儿童文学的走向》，少年儿童出版社 2006 年版。

② 朱自强：《儿童文学的本质》，少年儿童出版社 1997 年版，第 335 页。

# 市场化潮流中儿童文学开放的底线与碑石

## ——论当下儿童文学的批评尺度

在当下市场化潮流中，谈论儿童文学的批评尺度，显然不合时宜。客观地说，在中国当代文学受到市场化冲击的时候，儿童文学似乎应该对市场化时代怀有感恩之心。至少，与被边缘化的成人文学相比较，儿童文学在市场中的读者群、发行量一直呈现出良好的态势，甚至有一种增长的势头①。尤其，最近几年，随着中国儿童文学原创力的增强，儿童图书文化市场已经改变了国外引进出版物一统天下的格局，由此拉动了对本土童书的内需。然而，儿童文学界固然可以相信销量就是硬道理的市场化逻辑，但是否可以据此漠视自身存在的问题或困境？如何理解儿童文学在市场化潮流中的开放性？如何理解儿童文学开放性中的文学性、经典性？基于这些问题，我试图对儿童文学的批评尺度做以思考，并由此牵连出儿童文学的价值功能和美学特征。

---

① 王佳新《出版社大多涉足少儿出版，福兮祸兮》："根据北京开卷信息技术有限公司调查数据显示，全国579家出版社曾经涉足少儿图书出版的出版社已达519家，也有业界人士坦言，如今没有涉足少儿图书出版的出版社是越来越少了。"人民网，2009年3月23日。

# 一　儿童文学批评亦是"重读的艺术"

20 世纪 90 年代初期，当代文学研究者黄子平借助罗兰·巴特的符号学理论提出"文学批评即重读的艺术"①。儿童文学批评既然属于文学批评的一种，以"重读的艺术"作为其批评尺度同样有效。如何理解"重读的艺术"？罗兰·巴特在《S/Z》一书中指出："所谓重读，是一桩与我们社会中商业和意识习惯截然相反的事情。后者使我们一旦把故事读完（或曰'咽下'），便把它扔到一边去，以便我们继续去寻另一个故事，购买另一本书。"② 罗兰·巴特针对的不仅是商业文化本身，而且是商业文化纵容下的读者的阅读陈规。在罗兰·巴特看来，不遵从"重读的艺术"的阅读即是一种"即弃式"的阅读。"即弃式"阅读培养的只是读者的消费习惯。对此，黄子平的解读非常透辟："即弃式的阅读其实读到的总是'我们自己'，从一个文本中理解到的仅仅是我们以前已理解的东西，一个定式，一个已研读过的固定文本。也就是说，不同故事的消费等于同一个故事的重复。"③

儿童文学批评当然差异于一般意义上的文学批评，即儿童文学批评应该考虑到儿童本位的儿童观。如何理解儿童本位的儿童观？我们不妨参考朱自强在《儿童文学的本质》一书中的论述："不是把儿童看作未完成品，然后按照成人自己的人生预设去教训儿童（如历史上教训主义儿童观），也不是仅从成人的精神需要出发去利用儿童（如历史上童心主义儿童观），而是从儿童自身的原初生命欲求出发去解放和发展儿童，并且在这解放和发展儿童的过程中，将自身融入其间，以保持和丰富人性中的可贵品质。"④ 不过，儿童与成人之间的差异并不构成对立关系，正如朱自强的论

---

① 黄子平：《"灰阑"中的叙述》，上海文艺出版社 2001 年版，第 176 页。
② ［法］罗兰·巴特：《S/Z》，屠友祥译，上海人民出版社 2000 年版，第 77 页。
③ 黄子平：《"灰阑"中的叙述》，上海文艺出版社 2001 年版，第 176 页。
④ 朱自强：《儿童文学的本质》，少年儿童出版社 1997 年版，第 16—17 页。

述中隐含着这样的观点：儿童与成人的可贵品质叠合在一起才构成丰富的人性。而且，正是因为儿童处于一个人一生中打底子的时期，儿童文学批评才承担着超出一般文学批评之外的要义。进一步说，儿童文学批评就是要以儿童文学作品是否有益于儿童成长的精神生态环境作为批评尺度。如曹文轩所说："文学能给孩子什么？文学应给孩子什么？在拥挤嘈杂的现代生活节奏中，什么样的文学作品能净化孩子的心灵，培养出健康的精神世界？道义感、情调和悲悯情怀，是孩子打好精神底子的关键元素。"① 从这个意义出发，儿童文学批评应该自觉意识到儿童文学对儿童创造力的"挑战"，对儿童"再阅读"的可能性的提供，对儿童从同一个故事中产生无穷无尽的故事的想象力的开发，对儿童"自我"的小小胚胎的培育。而这一切都只有经过"重读"才能实现。

不必讳言，将儿童文学批评理解为"重读的艺术"，其实隐含着这样的话语：儿童文学批评不是以一种貌似儿童为本位的立场来取悦于儿童，而是以一种理性的儿童为本位的尺度来理解读者。依据理性的尺度，我以为：儿童文学作品可以划分为"可重读的"和"不可重读的"。"可重读的"作品培育的是模范儿童读者，"不可重读的"作品培养的是经验儿童读者；"可重读的"作品具有经典文学的品质，"不可重读的"作品具有快餐文化的特质。尽管在市场化潮流中，快餐文化是大众文化的一种，但从儿童这一未来国民群体的培养来说，快餐文化的即时性、消费性无法给儿童的成长带来深远的养分。同样，尽管儿童读者对作品的接受更多地来自自发的兴趣，但随着儿童的成长，"一到他能自行考虑如何才能获得他自己的幸福的时候，一到他能了解一些重大的关系，从而能判断哪些东西对他是合适或不合适的时候，他就有区别工作和游戏的能力了，他会把后者当作前者的消遣了"②。到这个时候，"可重读的"作品就可以让他获得真正有用的东西。而在儿童读者与"可重读的"作品相遇之前，"模范读者"的角色则由儿童文学批评者来承担。

---

① 曹文轩：《文学应给孩子什么》，《文艺报》2005 年 6 月 2 日。
② ［法］让－雅克·卢梭：《爱弥尔》，赵飞强译，内蒙古人民出版社 2001 年版，第 134 页。

如何理解"模范读者"？这个概念来自意大利符号学家艾柯的符号学理论。艾柯认为："一个故事的模范读者不是经验读者。经验读者就是你、我，或者任何在读着小说的人。经验读者可以从任何角度去阅读，没有条例能规定他们怎么读，因为他们通常都拿文本作容器来贮藏自己来自文本以外的情感，而阅读中又经常会因势利导地产生脱离文本的内容。"① 艾柯对"经验读者"的界定显然来自对"模范读者"的参照，即他假定有"一种理想状态的读者，他既是文本希望得到的合作方，又是文本在试图创造的读者"。如果按照读者的立场，艾柯所命名的"经验读者"的阅读没有任何不对的地方，但如果从文本和作者的立场，"经验读者"就是在用一种"不对"的方式在解读文本和作者，因为"经验读者"是跟着自己的情绪而不是文本的情节、作者的意图在阅读。儿童文学批评承担着"模范读者"的要义：儿童文学批评完全可能用批评者自己的经验来理解文本和作者，但不能只顾寻找自己的经验，因为儿童文学批评是为所有的儿童文学所确立的理性尺度，即儿童文学批评的功能就是连接儿童、文本和作者的肌腱。所以，儿童文学批评的价值在于坚持"重读的艺术"尺度。"重读的艺术"为儿童读者推举的不是消费品，而是艺术品。

## 二 文学性：儿童文学开放的底线

在市场化潮流中，儿童文学的批评尺度依然是以文学性作为谈论问题的起点。道理并不难理解：儿童文学是否能够经久地作用于儿童心灵取决于文学性要素的实现。正是儿童文学作品多重的文本寓意、独特的人物形象及机智、鲜活且带有文化底蕴的语言，以及神奇的想象力、奇巧的故事情节和惊人的细节等具体要素，才调动了儿童的阅读，影响了儿童的心智，由此规定了儿童文学的批评尺度。

---

① ［意］安贝托·艾柯：《悠游小说林》，俞夏冰译，生活·读书·新知三联书店 2005 年版，第 10 页。

市场化时代虽然为儿童文学的传播与生产提供了开放性的文化空间，但无法逾越文本作为意义存在的底线。一部儿童文学作品，固然可以在图书市场上以鲜亮的装帧、出版方的宣传、书评人的书评、作者的签名、作者与读者的面对面交流等方式推动图书的发行，可真正打动、吸引、提升读者心灵的原因在于其文本世界的多重寓意。一般说来，儿童文学的文本意义不似成人文学那样追求深刻的主题，单纯的主题更适宜于儿童透明的目光。但单纯不是单薄，更不是肤浅。正如透明的光线中隐含着千变万化的色彩，儿童的阅读期待并不能满足于一次性消费的确定性意义的单面作品。巴西当代著名作家保罗·科埃略出版于1988年的一部畅销书，至2000年仅在国内就印了158个版次之多的小说《牧羊少年奇幻之旅》不仅仅是一个好看的寻宝故事，也不仅仅是如心灵鸡汤一样的心灵抚摸，而是一种关于远方、梦想、选择、心灵、倾听、勇气、执着、智慧、幸福等多重形而上意义的追问，正如作者所说："《牧羊少年奇幻之旅》是一部象征性的作品。"[①] 寓意丰富的当下中国儿童文学作品不乏其例。曹文轩的长篇小说《根鸟》《大王书》和秦文君的长篇小说《天棠街3号》皆为儿童提供了一个无限解读的文本世界。《根鸟》和《大王书》讲述的是东方少年逐梦的故事。梦想作为少年成长中的具有准宗教性质的大书，寄予了丰富的寓意。小说汇聚了梦想、寻找、苦难、勇气、犹疑、欲望、幻灭、天启等多重要义。小说没有嫁接在西方文化的链条中，而是着力复现在东方古典美学的根基上。在多重要义的交织下任情节展开，纠缠、厮杀，读者一路读来收获了神奇、新奇、惊奇等诸种震撼之感。《天棠街3号》以"天堂"这一寄寓着多重形而上意义的中心意象作为小说结构，承担着整个文本的象征功能。围绕这个中心意象，等待、温暖、亲情、友谊、伤痛、宿命等少年在成长阶段的普遍性体验，乃至人的普遍性欲求都在文本世界中被叙写。如果说上述关涉成长小说更多地呈现出意义的复杂性一面，那么童话等文体则为低龄儿童提供了一个相对来说较为意义"单纯"的阅读空间。但如果以为低龄儿童读物只是表现单一性的意义，无疑是一个误会。

---

① ［巴西］保罗·科埃略：《牧羊少年奇幻之旅》，丁文林译，南海出版公司2009年版，第1页。

安徒生童话之所以与孩子产生精神联系，儿童文学研究者李红叶认为源自三个层面的意义：同情意绪、欢乐意绪和成长意绪。① 诗人金波的近作《乌丢丢的奇遇》是一段关于生命和爱的祈祷，内涵丰富。总之，以儿童文学批评的尺度看来，让多重意义并存的儿童文学作品才能够充分实现儿童文学的本质要义。

儿童文学仅仅依靠丰富的寓意还难以赢得自身的审美魅力，饱满、鲜活、独特的儿童人物形象是儿童文学的依傍之地。市场化潮流可能改变儿童的阅读方式，却无法漠视儿童人物形象这一底线。儿童文学由于儿童这一特定阅读对象对于形象的敏感和需求，将形象塑造作为儿童文学的第一要义并不为过。姑且不说叙事类儿童文学的故事情节的设计最终是为了塑造儿童人物形象，就是非叙事性文体，如儿童诗，也通常着力于形象的意象并伴随着隐约的叙事之链。很难设想，米兰·昆德拉式的深刻、思辨的语言，普鲁斯特的《追忆逝水年华》中大段的意识流动能够吸引儿童的注意力。儿童的天性就是喜欢按照游戏的思维方式与故事中的各种形象打交道。尽管儿童不具备成人的知识结构所赋予的理性分析力，但他们与生俱来的简单明了的直觉判断力则可以辨析出作品形象的魅力值。依据儿童成长期的心理，一味善与恶的形象并不能博得他们的青睐。尽管儿童的善良天性常常同情于那些弱势人物，但真正让他们推崇和着迷的则是那些具有英雄色彩的强力人物，如彼得·潘、长袜子皮皮、机器猫、小木偶、艾丽丝、哈利·波特等。与此同时，魔法师式的形象对于儿童而言也具有一种挡不住的神秘感和诱惑力。可以说，儿童阅读中最过瘾的事情就是与王子或仙女同行，或者与魔法师过招。当下儿童文学中的儿童形象由此沿着写实与幻想两条路径获得了儿童的欢迎。在写实的道路上，以往宏大叙事话语中的"英雄""好孩子"转换为日常生活中经历了苦难与挫折的邻家兄弟姐妹、"顽童""另类""快乐天使"，如桑桑、细米、青铜、葵花、贾梅、贾里、马小跳；在幻想的道路上，西方童话中的儿童形象被注入了东方文化精神，如乌丢丢、根鸟、芒等。然而，不得不承认，如此具有生命

① 李红叶：《安徒生童话的中国阐释》，中国和平出版社 2005 年版。

感的儿童形象在当下儿童文学创作中并不多见，正如第六届中青年作家高级研讨班（儿童文学作家班）研讨综述所说："近年来，我国儿童文学的创作和出版都表现出了一种数量上空前繁荣的态势，儿童文学作品的创作和发行数量都一再创出新高。与此同时，正如很多专业人士担忧的一样，在当下诸多的作品中，具有独特文学价值和社会意义的儿童文学形象却非常的少。"① 其中原因，以儿童文学批评的理性尺度看来，一个症结在于作者与儿童形象的关系缺少理性的认知。一个具有生命感的儿童形象的诞生，并不意味着儿童文学作家一定听命于儿童的阅读兴趣。事实上，儿童文学作家书写的儿童形象并不是儿童本身，而是作家自己的儿童经验和体验。基于此点，金波直言不讳地阐释他自己的"童年的诗学"："我能为儿童写作，这是最自然的事情。我不必变成孩子，再去写孩子，我写的就是我自己，我自己鲜活的童年体验。"② 事实也是如此：饱满、鲜活、独特的儿童形象理应是儿童文学作家以理解与倾听的态度对儿童的想象。此中真义，鲁迅早已阐明："觉醒的人"与"新人"之间关系，开宗第一，便是理解；第二便是指导；第三便是解放。③ 由此，儿童文学作家与儿童形象的关系即是进入文本之后的疏离，儿童文学作家有责任通过人物形象的塑造将儿童从消费阅读引导到审美阅读中来。

儿童文学的寓意和形象归根结底依靠其艺术形式。儿童文学对艺术形式的要求与成人文学不同。儿童的趣味、习惯与方式，不能以成人的标准来简单地加以要求。前不久，泰州市3所小学随机发放200多份《儿童阅读习惯问卷调查表》。调查显示：在"最喜欢的书"一题中，不少学生填下五花八门的漫画书名，少数学生填的竟然是《谋杀村》《鬼吹灯》《地狱船》等惊悚恐怖题材的书籍。④ 尽管这个调查结果究竟具有多大的代表性尚属疑问，但悬疑这种高强度的故事情节确实能够吸引儿童。所以，从

---

① 刘颋：《为孩子们塑造出中国特色的儿童文学形象》，中国作家网，2007年8月8日。

② 金波：《珍惜童年的记忆》，转引自徐鲁《儿童文学的花灯与盛宴》，《广州日报》2008年8月15日。

③ 鲁迅：《我们现在怎样做父亲》，《鲁迅全集》第1卷，人民文学出版社1981年版，第135—136页。

④ 孙飞、徐霖、王亦清：《调查显示：儿童读物不敌教辅书》，《泰州晚报》2009年4月3日。

某种意义来说，儿童文学也可以称为"故事文学"。问题也正在这里。我们认同艾柯的观点："故事和情节并非一种语言的功能，而是一种通常可以完全被翻成另一种符号系统里的结构。"① 市场化潮流中，人们可以轻易地将经典儿童文学作品的故事情节重新改写，或改编成动漫和漫画书，乃至影视剧，可作为经典文本的艺术形式却遭到某种程度的损害。正因如此，在市场化潮流中，儿童文学艺术形式的特殊性是不应以牺牲其文学性的底线为代价的。无论故事情节多么奇巧，富有文化底蕴的语言、神奇的想象力、精湛的细节描写都是衡量儿童文学质地的评价标准。这样，从另一个意义来说，儿童文学就是一种文本世界，而非故事。更明确地说："儿童文学存在的依据——文学性。"②

## 三 经典意识：儿童文学开放的碑石

对经典的敬畏之心可谓当下儿童文学批评不可缺失的标尺。然而，在当下市场化潮流中，对于缺少宗教情怀的中国作家，儿童文学的经典意识自觉受到很大冲击，可以说日渐稀薄。可是，倘若儿童文学批评确实从理性的尺度出发，就会发现：经典意识的自觉是儿童文学开放性系统的确证。因为儿童文学的开放性意味着儿童文学不应仅仅关注当下儿童，更应着力于未来的儿童。一个不关注未来的儿童的儿童文学是封闭的系统。那么，儿童文学如何实现经典意识的自觉？唯一可能正确的方式即是不再局限于当下儿童的固有对象，超越儿童文学自身的有限空间，进而努力使儿童文学处于开放性系统之中。只有这样的觉醒存在于当下儿童文学作家心目之中，儿童文学作品才可能达到最大的开放程度，并由此接近并抵达经典的尺度。

我们可以举一个例子作为论证的依据：2006 年 1 月，被誉为"中国儿

---

① ［意］安贝托·艾柯：《悠游小说林》，生活·读书·新知三联书店 2005 年版，第 39 页。
② 这个观点是曹文轩于 2006 年 4 月在由中国少年儿童出版社主办、新浪亲子中心网络支持的"中国儿童文学新主流阅读趋势研讨会"上发言的题目。

童文学的世纪长城"的"百年百部中国儿童文学经典书系"第一辑（25册），由湖北少年儿童出版社出版。"这套书系囊括了从'五四'至今五代儿童文学作家的代表作，从叶圣陶、冰心、陈伯吹、张天翼到严文井、金近、郭风、任溶溶，从任氏兄弟、孙幼军、金波到曹文轩、秦文君、张之路，以至年轻作家汤素兰、彭学军，他们光彩熠熠的名作尽收其中。同时还展示了中国香港、中国台湾儿童文学名家的创作成果。而从文体、样式来看，除儿童剧、影视文学外，小说、童话、诗歌、散文、科学文艺、寓言，应有尽有，相当齐全。"① 尤其，这套书最值得称道的是其具有经典意识的评价尺度，即这套书的作品整体上符合"重读的艺术"：读者在对这套书的阅读、品味和感悟中，通过对儿童情感和存在样式的体验和把握，往往能够提升、丰富自己的生存智慧，并从文本世界的细节处体味到恒久的审美价值，正如这套书的总序所说："精品的价值在于传世久远，经典的意义在于常读常新。"②

当然，对于当下儿童文学作家而言，具有自觉的经典意识是一回事，是否接近并抵达经典的品格则是另外一回事。当下究竟有多少儿童文学作家有耐心接受时间的检测，是一个巨大的疑问。市场化潮流中的儿童文学虽然相遇了开放性的机缘，却又放逐了经典的碑石。可是，经典的尺度并没有因为市场化潮流而有所改变。无论文化环境发展怎样变化，经典化的儿童文学作品至少呈现出如下品质：其一，经典化的儿童文学作品往往与作家的人格紧密相连。经典儿童文学作品在时间中可能被重评，但难以被遗忘。其中一个重要的因素便是这些作品灌注着作者的人格力量。其二，经典化的儿童文学作品往往超越儿童与成人的边界。经典化的儿童文学作品一经具备经典的开放性，也便对一切读者敞开了文本空间。同样道理，正如职业儿童文学作家也会兼顾成人文学创作一样，以成人文学创作为主的作家未尝不可以创作出经典化的儿童文学作品。鲁迅的《社戏》《朝花夕拾》、废名的《桥》、沈从文的《阿丽思中国漫游记》及汪曾祺的《受

---

① 束沛德：《百年百部儿童文学经典的价值》，《文汇读书周报》2006年1月27日。
② "百年百部中国儿童文学经典书系"编选委员会：《"百年百部中国儿童文学经典书系"总序》，湖北少年儿童出版社2009年版。

戒》可以说书写了另一种脉络的经典"成长小说"。其三，经典化的儿童作品往往具有传统文化与现代文化的双重底蕴，并呈现出文学史的文脉。大凡具有经典品质的儿童文学作品，无不是对传统文化的现代性转换。即便是以时尚的现代文化作为主打文化的作品，也仍然是文化史和文学史链条上的写作。其四，经典化的儿童文学作品往往具有人类的视域，并善于汲取世界上一切文化和文学的滋养。那些具有全球影响力的儿童叙事作品，既是参照，也是养分。卡勒德·胡赛尼的长篇小说《追风筝的人》和《灿烂千阳》、克莱齐奥的长篇小说《金鱼》和《乌拉尼亚》、多丽丝·莱辛的短篇小说《海底隧道》，借助儿童视角，将时代的风云、残酷的现实、生活的无奈、生命的无常、无常中的悲欢全部放置在人性的透视中。还有 J. K. 罗琳的系列小说《哈利·波特》，它的轰动效应一定有耐人寻味的道理。

在市场化潮流中，当下儿童文学作品相逢了开放性的机缘，同时也陷入了封闭性的危机。当下儿童文学批评的声音固然微弱，但理性的尺度依然不可放弃。那就是应该坚持这样的儿童文学批评观：儿童文学作品可以被看作商品，故事模式可以最大限度地调动读者的看点，语言可以时尚化、娱乐化，但文学创作的底线不能逾越，对经典的敬畏意识不该消解。

（本文发表于《南方文坛》2009 年第 4 期。全文转载于人大复印资料《中国现代、当代文学研究》2009 年第 10 期）